L'amoureuse

GUY DES CARS

L'OFFICIER SANS NOM	J'ai lu 331/3
L'IMPURE	J'ai lu 173/4
LA DEMOISELLE D'OPÉRA	J'ai lu 246/3
LA DAME DU CIRQUE	J'ai lu 295/2
LE CHÂTEAU DE LA JUIVE	J'ai lu 97/4
LA BRUTE	J'ai lu 47/3
LA CORRUPTRICE	J'ai lu 229/3
LES FILLES DE JOIE	J'ai lu 265/3
LA TRICHEUSE	J'ai lu 125/3
AMOUR DE MA VIE	J'ai lu 516/3
L'AMOUR S'EN VA-T-EN GUERRE	J'ai lu 765/3
CETTE ÉTRANGE TENDRESSE	J'ai lu 303/3
LA MAUDITE	J'ai lu 361/3
LA CATHÉDRALE DE HAINE	J'ai lu 322/4
LES REINES DE CŒUR	J'ai lu 1783/3
LE BOULEVARD DES ILLUSIONS	J'ai lu 1710/3
LES SEPT FEMMES	J'ai lu 347/4
LE GRAND MONDE	J'ai lu 2840/8
SANG D'AFRIQUE	J'ai lu 2291/5
DE CAPE ET DE PLUME-1	J'ai lu 926/3
DE CAPE ET DE PLUME-2	J'ai lu 927/3
LE FAUSSAIRE (DE TOUTES LES COULEURS)	J'ai lu 548/5
L'HABITUDE D'AMOUR	J'ai lu 376/3
LA VIE SECRÈTE DE DOROTHÉE GINDT	J'ai lu 1236/2
LA RÉVOLTÉE	J'ai lu 492/4
LA VIPÈRE	J'ai lu 615/4
LE TRAIN DU PÈRE NOËL	
L'ENTREMETTEUSE	J'ai lu 639/4
UNE CERTAINE DAME	J'ai lu 696/5
L'INSOLENCE DE SA BEAUTÉ	J'ai lu 736/3
LE DONNEUR	J'ai lu 809/3
J'OSE	J'ai lu 858/3
LE CHÂTEAU DU CLOWN	J'ai lu 1357/4
LA JUSTICIÈRE	J'ai lu 1163/2
LE MAGE ET LA BOULE DE CRISTAL	J'ai lu 841/1
LE MAGE ET LE PENDULE	J'ai lu 990/1
LE MAGE ET LES LIGNES DE LA MAIN ... ET LA BONNE AVENTURE	
... ET LA GRAPHOLOGIE	J'ai lu 1094/4
LA FEMME QUI EN SAVAIT TROP	J'ai lu 1293/3
LA COUPABLE	J'ai lu 1880/3
LA FEMME SANS FRONTIÈRES	J'ai lu 1518/3
LA VENGERESSE	J'ai lu 2253/3
LE FAISEUR DE MORTS	J'ai lu 2063/3
JE T'AIMERAI ÉTERNELLEMENT L'ENVOÛTEUSE	J'ai lu 2016/5
LA MÈRE PORTEUSE	J'ai lu 2885/3
L'HOMME AU DOUBLE VISAGE	J'ai lu 2992/4
LE CRIME DE MATHILDE	J'ai lu 2375/4
LA FEMME-OBJET	
LA VOLEUSE	J'ai lu 2660/4
LA FEMME D'ARGENT	
LA VISITEUSE	
L'AMOUREUSE	J'ai lu 3192/4

Guy des Cars

L'amoureuse

Éditions J'ai lu

© Édition°1 - Éditions Michel Lafon, 1989

LA VALSE DES CHIFFONS

— J'ai préparé le souper de deux couverts que Madame m'a commandé ce matin. Dois-je le placer sur la table de la salle à manger ou l'apporter ici sur la desserte roulante ?

— Apportez-le. Je ne me sens pas ce soir le courage d'abandonner mon lit. Et le mot souper me paraît bien grand quand il ne s'agit que de quelques toasts au caviar et de l'un de ces gâteaux au chocolat dont vous avez le secret... Vous n'avez pas oublié de l'entourer de bougies ?

— Madame va pouvoir les compter : il y en a quarante-quatre, toutes bleues... Mais Madame parviendra-t-elle à les allumer dans son lit ?

— Je laisserai ce soin à mon invité. Mais comme il m'a dit, la dernière fois où il est passé me voir, qu'il ne pourrait pas être ici avant minuit, vous devriez monter vous reposer dans votre chambre.

— Madame est-elle bien sûre de ne pas avoir encore besoin de mes services ce soir ?

— Je vous sonnerais si c'était nécessaire mais je ne le pense pas. Malgré mon moral, qui n'est guère encourageant, je dois pouvoir attendre avec une relative sérénité l'arrivée de mon visiteur qui saura faire figure pour moi de docteur Miracle !

— Le professeur est très dévoué à Madame.

— Pas plus que vous, Caroline ! J'ai beaucoup de chance d'être entourée de telles amitiés... Et, comme il n'est que vingt heures, je vais pouvoir, pendant ces quatre heures d'attente, revivre les meilleurs moments de mon passé... Car j'en ai quand même connus, ma bonne Caroline !

— Madame n'a pas besoin de me le dire, je le sais.

— Placez la desserte au pied de mon lit ainsi qu'une chaise pour mon sauveur.

Dès que ce fut fait et pendant que la vieille confidente expliquait « J'ai mis intentionnellement beaucoup de glace dans le seau à champagne pour que celui-ci reste bien frappé », la femme, assise sur son lit avec le buste calé droit dans ses oreillers, compta les bougies avant de murmurer :

— Le nombre voulu y est... Au fond j'ai eu aussi une certaine chance de pouvoir atteindre ma quarante-quatrième année après ce qui m'est arrivé ! N'est-ce pas votre avis, Caroline ?

— Madame a toujours su se montrer courageuse.

— L'ennui, c'est que je commence à trouver que ce genre de courage a suffisamment duré puisqu'il ne sert plus à rien ! Il est grand temps que ça finisse...

— Madame n'a pas le droit de parler ainsi ! Nous avons encore besoin d'elle.

— Qui cela « nous », à l'exception de vous peut-être qui n'avez pas hésité à rester à mon service le jour où j'ai été contrainte d'abandonner ma carrière ?

— N'ai-je pas été l'habilleuse de Madame ? Que de souvenirs de répétitions générales et de grandes premières sont restés vivaces entre Madame et moi !

— C'est vrai mais pourquoi s'attendrir ? Avant de partir, apportez-moi le sac de toile que vous me reprochez sans cesse de garder dans ce placard de ma chambre en me demandant à chaque fois pourquoi je conserve ces oripeaux ? Eh bien sachez que je tiens énormément à ces morceaux d'étoffe qui évoquent pour moi les moments les plus marquants de mon existence.

Caroline apporta sans aucun enthousiasme le sac qu'elle déposa sur le lit en maugréant :

— Qu'est-ce que Madame va bien pouvoir en faire ?

— Ils vont m'être précieux pour m'aider à reconstituer mon passé bout par bout... Pour moi ces morceaux d'étoffe sont des points de repère ! A propos, vous n'avez pas manqué d'avertir Arsène que j'attendais une visite vers minuit ?

— C'est fait. Arsène connaît bien le professeur depuis le temps qu'il lui ouvre la porte !

— Je vous aurais bien offert, à l'un et à l'autre, une part du gâteau si je ne craignais de le déflorer avant l'arrivée de mon vieil ami... Mais rassurez-vous : il vous en restera suffisamment demain pour pouvoir le savourer à ma santé... Ni le professeur ni moi ne pourrons le déguster en entier ! Maintenant sauvez-vous.

— J'espère que tout se passera bien pour Madame à qui je me permets, moi aussi, de souhaiter un joyeux anniversaire.

— Joyeux ? N'exagérons pas mais merci quand même pour l'intention. Et bonne nuit !

Restée seule, Elisabeth demeura le regard fixé sur la belle ordonnance de la desserte. Tout y était : les deux couverts, la boîte de caviar, les toasts grillés protégés par une serviette pliée, le gâteau entouré de bougies, la bouteille de champagne dans le seau à glace... Une étrange maîtresse de maison, Elisabeth... Elle portait un déshabillé bleu pâle, recouvrant sa chemise de nuit et tranchant avec la blancheur des draps, et ses cheveux étaient entièrement dissimulés sous un turban bleu lui aussi. Le visage apparaissait ainsi complètement dépouillé mais quel visage ! Flasque et boursouflé de morceaux de chair dont certains pendaient lamentablement, on pouvait croire qu'il était recouvert d'une couche de gélatine. On ne voyait pas les oreilles cachées par le turban, la bouche était hideuse avec des lèvres gonflées restant perpétuellement entrouvertes comme si elles n'avaient plus la force de se fermer et laissant découvrir une denture trop éclatante d'alignement et de blancheur pour être tout à fait naturelle — cela sentait l'appareil dentaire. Et pourtant, quand elle avait parlé tout à l'heure avec Caroline, cette bouche hideuse à l'apparence inerte s'était exprimée sur un ton dont la résonance mélodieuse était presque agréable à écouter et la voix s'était révélée bien placée malgré toute l'horreur qui l'entourait. La seule expression de vie dans le visage entièrement grêlé provenait du regard fait de deux petits yeux noirs, qui avaient peut-être été beaux, surgissant des chairs informes et dont il ne restait qu'une extraordinaire acuité. Des yeux certainement capables d'évaluer encore à sa juste valeur la sensibilité de n'importe quel interlocuteur. Les mains, qui avaient saisi le sac apporté par Caroline, se révélaient intactes et d'une beauté surprenante : les attaches des poignets étaient racées et les doigts semblaient avoir été créés pour porter les plus belles bagues du monde. Il n'y en avait cependant qu'une seule à l'annulaire de la main gauche : un rubis à faire rêver la favorite d'un prince des Mille et Une Nuits.

Elisabeth ouvrit le sac qu'elle secoua et, tel un vol de papillons, des chiffons multicolores s'en échappèrent pour se répandre sur le dessus-de-lit brodé recouvrant le bas du corps de celle qui les contempla pendant un long moment avant de les palper un par un avec émotion comme si elle caressait les plus précieuses des reliques. Ces petits carrés de soie, de mousseline ou de velours ne représentaient-ils pas en effet, comme elle venait de le laisser entendre, les plus surprenants reflets de sa jeunesse ? Chacune de ces étoffes lui rappelait une robe, une blouse, un ensemble qu'elle avait portés à des époques successives de son existence, et dans des circonstances totalement différentes... Ce n'étaient cependant que ces restes de coquetterie féminine que les couturiers laissent volontiers à leurs clientes en leur livrant les commandes et que les femmes rangent soigneusement pour les besoins d'une éventuelle transformation ou d'une future réparation. Bouts de chiffon qui parviennent presque toujours à survivre aux robes elles-mêmes dont l'existence est le plus souvent éphémère.

Au-delà de ces reliques et beaucoup plus loin que le dessus-de-lit sur lequel elles traînaient, le regard d'Elisabeth commença à errer autour de la chambre faiblement éclairée par la lampe posée sur la table de chevet. Chambre assez vaste mais rendue douillette par son ameublement *regency* et dont les doubles rideaux semblaient avoir été volontairement fermés par Caroline pour masquer à la curiosité de la nuit extérieure la monstruosité du visage de celle qui se cachait, depuis cinq années déjà, dans le charmant petit hôtel particulier dont l'élégance architecturale donnait cependant l'apparence de ne pouvoir abriter que la beauté.

Habitation construite au XIXe siècle, en plein romantisme, et qui avait réussi à échapper à la volonté de massacre de ceux qui n'avaient pas hésité à démolir d'innombrables demeures exquises sous prétexte de favoriser les besoins de l'urbanisme. C'était l'un de ces derniers hôtels cachés derrière des immeubles de rapport bordant les rues de cette partie privilégiée du IXe arrondissement qui se trouve entre la place de la Trinité, la place Clichy et la place Blanche. Un triangle d'or où l'on peut encore vivre dans le calme absolu tout en se trouvant au cœur de l'un des quartiers les plus animés de Paris. Refuge qu'Elisabeth ne quittait jamais sauf pour se promener, le plus souvent très tard les soirs d'été et d'automne, dans le jardin entourant la maison, à des heures où personne ne pouvait l'apercevoir des fenêtres de tous les immeubles encerclant et surplombant son isolement volontaire. Il arrivait parfois — mais c'était rare — que Caroline la suivît silencieusement au cours de ce périple insolite où la haute silhouette de sa maîtresse, emmitouflée sous un voile noir, rappelait celle de quelque religieuse cloîtrée ayant tout juste l'autorisation de sortir de sa cellule lorsque la nuit la protégeait des regards impudiques. Une nonne assez étrange qui donnait à son accompagnatrice l'impression de rechercher dans ce jardin très secret l'ombre de celui qui lui avait offert ce coin de paradis terrestre avant de disparaître pour toujours. Pendant cette marche dans la petite allée faisant le tour de l'hôtel, Elisabeth parlait toute seule, mais c'était à voix basse, presque en murmurant... Elle s'adressait toujours à celui qui avait été son seul grand amour comme s'il se trouvait encore à ses côtés : « *Oui, chéri, tu as raison mais que puis-je faire d'autre ? Me montrer avec toi dans l'état où je suis ? Je te porterais tort, toi qui es encore superbe ! Et pour rien au monde je ne veux qu'après avoir été aussi fier de m'avoir pour compagne, tu aies honte ! Je ne pourrais pas supporter de te sentir encore plus malheureux que moi...* » C'étaient à peu près, à chaque promenade, les mêmes mots très tendres qui revenaient... C'était pourquoi aussi Caroline, l'âme toute dévouée, avait fini par les discerner malgré la discrétion de la voix.

Toujours assise dans son lit, la recluse revivait ces promenades mystérieuses... Elle se revoyait accueillant Roland dans le vestibule avant de l'entraîner dans le salon où il y avait, s'étalant dans un grand vase, avec toute l'insolence de leur éclat, les fleurs qu'il lui avait fait porter avant sa venue. Fleurs variant selon les saisons : des roses de toutes teintes, des azalées, des tulipes, des pivoines, des hortensias, des violettes même, mais jamais d'œillets — Elisabeth était persuadée qu'ils engendraient le malheur

— et encore moins de chrysanthèmes... Depuis que Roland n'était plus là, son amante n'avait jamais voulu retourner dans le salon. La seule exception qu'elle consentait encore pour ce rez-de-chaussée était d'entrer dans la salle à manger afin de faciliter le travail de Caroline qui y servait les repas et dont la cuisine se trouvait au sous-sol. Mais ce soir elle « souperait » dans sa chambre en compagnie de celui qu'elle considérait, depuis ces derniers mois, comme étant son sauveur.

Elle ne se déplacerait même pas pour l'accueillir dans le boudoir qui se trouvait à proximité de sa chambre sur le même palier. Le boudoir, lui aussi, resterait fermé. Il n'avait pas servi non plus depuis que Roland n'y était plus revenu. N'avait-ce pas été pour eux deux le lieu de prédilection où, dès qu'ils avaient gravi l'escalier, ils avaient pu se confier tous ces merveilleux secrets que des amants éternels se livrent dès qu'ils se retrouvent après une journée ou même seulement après quelques heures de séparation.

Au deuxième étage se trouvaient trois chambres dites autrefois « de bonnes » et conçues à une époque révolue où l'on regorgeait de personnel dans les maisons bourgeoises. Une seule d'elles était occupée maintenant par Caroline. Le petit hôtel n'avait que deux étages. C'était pourquoi il donnait l'impression de pouvoir être écrasé facilement par les masses hautaines des immeubles l'environnant. Heureusement le jardin était là, avec ses pelouses bien entretenues par Arsène, pour le protéger en le maintenant à une certaine distance de l'envahissement inexorable de ce que l'on appelle le progrès.

Il y avait bien longtemps qu'Elisabeth n'était montée au grenier où s'étaient pourtant accumulés, sous la poussière, des trésors inestimables, tels que sacs de voyage et malles d'une autre époque où l'on entassait tout ce qui était indispensable pour faire une saison prolongée aux bains de mer, en villes d'eaux ou à l'étranger... les « saisons » d'Elisabeth Neuray avaient presque toujours été des saisons théâtrales d'hiver ou d'été pendant lesquelles, engagée royalement par un grand Théâtre local ou par un Casino de vacances, la cantatrice y avait prodigué ses dons d'interprétation dans un répertoire s'étalant des chefs-d'œuvre de Puccini à ceux de Verdi en passant par les compositeurs français ayant pour noms Massenet, Gounod, Bizet et beaucoup d'autres. Les deux seules choses qui avaient importé dans le choix des programmes étaient que l'artiste s'y sentît à l'aise aussi bien dans l'expression musicale que dans l'interprétation scénique du rôle qu'elle avait consenti à jouer. Car, très vite, et encore toute jeune, douée comme elle l'était, Elisabeth Neuray avait pu imposer le répertoire qui lui convenait.

Quelques-unes de ces malles oubliées dans le grenier contenaient les robes de scène qui avaient habillé ses triomphes un peu partout aussi bien en Europe qu'en Amérique où elle avait été acclamée au *Metropolitan* de New York et au *Théâtre Colon* de Buenos Aires. Robes auxquelles Caroline allait rendre régulièrement visite chaque mois pour vérifier leur bon état de conservation. Celles qui lui semblaient trop fripées étaient extraites de la malle pour être descendues dans la lingerie voisine de sa chambre où elle les repassait avec respect. N'était-elle pas un peu la conservatrice de cet étrange musée du costume ? Dans l'idée de Caroline, ces robes devaient toujours être prêtes à retrouver immédiatement leur emploi dans l'opéra-comique pour lequel elles avaient été conçues au cas où « Madame » prendrait la brusque décision de faire enfin sa rentrée après ces années d'éloignement de la scène. Pourquoi un miracle ne se produirait-il pas ? Pourquoi, grâce aux soins éclairés de ce bon médecin qui venait régulièrement rendre visite à Elisabeth chaque semaine, cette dernière ne reprendrait-elle pas figure humaine ? La chirurgie esthétique n'a-t-elle pas accompli de fabuleux progrès et ne continue-t-elle pas à en faire de jour en jour ? Ce serait à nouveau le triomphe ! Les soirs de Générales et de Grandes Premières reviendraient... Les admirateurs se bousculeraient à nouveau après chaque représentation devant la sortie des artistes pour quémander une signature de leur cantatrice préférée... L'éblouissante artiste, redevenue plus belle que jamais, partirait alors sous les acclamations dans la merveilleuse voiture conduite par son amant, ce comte Roland de Jumièges qui avait tant d'allure et avec lequel elle constituait le couple idéal... Restée perdue dans la foule, l'habilleuse qui n'avait jamais pu résister à la joie de savourer ces triomphes populaires recueillis sur le trottoir dans la ruelle presque toujours située derrière le théâtre — n'est-ce pas la rue qui sanctionne les succès les plus durables ? — écouterait à nouveau avec délectation les commentaires des spectateurs extasiés : « *En voilà une, au moins, qui n'est pas fière !... On voit tout de suite, à sa manière de sourire, qu'elle n'est pas l'une de ces stars préfabriquées pour les besoins du cinéma !... C'est à son talent seul qu'elle doit son succès !* » Exultante et gonflée d'orgueil, Caroline confierait aussitôt à mi-voix à l'une de ses voisines appartenant à la foule : « *Vous avez raison, madame. Je la connais bien, mon Elisabeth, je suis son habilleuse...* » Et elle remonterait vite l'escalier des coulisses pour rejoindre la loge de la diva où elle remettrait de l'ordre en accrochant les robes de scène dans la penderie. Les mêmes robes sur lesquelles elle venait de jeter un regard énamouré en soulevant avec précaution les couvercles de malles qui aujourd'hui semblaient abandonnées dans le grenier.

De la fenêtre de sa mansarde où — contrairement à ce qui se passait dans la chambre de sa patronne

— elle ne fermait jamais les rideaux le soir pour pouvoir profiter, dès que le jour revenait, de ce qu'elle appelait « le petit matin de Paris », Caroline pouvait apercevoir, au fond du jardin, située à gauche de la grille d'entrée, la maisonnette où vivait Arsène, le seul homme de la maison isolée. Arsène qui avait abandonné, lui aussi, le monde du théâtre le même jour où l'habilleuse Caroline l'avait quitté pour s'occuper exclusivement de « Madame » après le drame qui était arrivé. Il n'avait pas toujours été gardien ni jardinier, l'excellent Arsène ! Sa véritable profession était machiniste-accessoiriste de théâtre : l'un de ces personnages obscurs et miraculeux que l'on n'applaudit jamais sur la scène parce qu'ils ne trouvent leur bonheur que dans les coulisses. Un homme sachant tout faire, le bricoleur de génie dont la présence est indispensable pour surveiller et réparer les mille et un impedimenta qui grèvent une demeure particulière et qui se nomment fuite de gaz, fuite d'eau, panne d'électricité, tringle à rideaux ne voulant plus fonctionner... Un homme capable aussi de faire briller les lustres et les parquets car, même si elle ne recevait plus personne, Madame continuait à se montrer des plus exigeantes pour le service. Un Arsène que l'on n'entendait pas travailler, qui ne rechignait jamais à la tâche, qui semblait être toujours heureux de vivre et qui se contentait, pour toute distraction, de regarder le soir la télévision dans la loge proche de l'entrée lui tenant lieu de domicile. Un cerbère ayant l'oreille fine, perpétuellement aux aguets et qui valait à lui tout seul une escouade de vigiles patentés pour assurer la protection de Madame et de Caroline... Une Caroline dont il avait sans doute été amoureux quand elle n'était encore qu'une jeune habilleuse et lui le plus fringant des machinistes.

De l'autre côté de la grille d'entrée, faisant face au local occupé par Arsène, se trouvait le garage dont le rideau de fer, donnant sur la cour de l'immeuble derrière lequel se cachait l'hôtel particulier, restait perpétuellement baissé. Une petite porte, pratiquée dans le mur du fond de ce garage, permettait d'y accéder directement du jardin. Porte dont Elisabeth était la seule avec Arsène à posséder la clef. De temps en temps, pas souvent et au cours de ses randonnées nocturnes dans le jardin, il arrivait que la maîtresse de maison ouvrît cette porte et pénétrât, suivie par Caroline et par Arsène, à l'intérieur du garage où elle tournait le commutateur électrique placé à droite de la porte. La lumière se répandait alors pour éclairer une *Bentley* rutilante placée sur cales comme toutes les voitures de collection qui sont destinées à ne plus rouler avant longtemps et que les connaisseurs conservent dévotement. Une voiture qui donnait l'impression d'être toute neuve tellement elle était en bon état. La teinte gris métallisé de la carrosserie s'harmonisait avec le cuir noir des sièges et l'acajou du tableau de bord. Sur chaque portière, à l'extérieur, deux petites lettres peintes en noir juste au-dessus des poignées indiquaient les initiales de la propriétaire, E.N. : Elisabeth Neuray. La belle voiture, offerte six années plus tôt par Roland avant ce que Caroline et Arsène appelaient par discrétion « le regrettable incident », n'avait été utilisée que pendant quelques mois... Ensuite elle n'était plus ressortie du garage où elle était entretenue avec un soin méticuleux par l'ancien machiniste. A chaque fois qu'il lui prenait l'envie d'aller lui rendre visite, Elisabeth se faisait accompagner par « son » personnel et ne manquait jamais de faire le tour du véhicule, qui semblait être pour elle un joyau rare, en l'inspectant avec la plus grande attention et en caressant de sa main droite gantée la carrosserie avant de dire « C'est très bien, Arsène, il n'y a pas de poussière » puis elle se retournait vers l'ancienne habilleuse pour lui confier :

— Ma voiture reste toujours la plus belle de toutes ! N'est-ce pas votre avis, Caroline ?

— Si Madame avait pu se rendre compte de l'effet qu'elle produisait — élégante comme elle l'était — quand M. le Comte venait l'attendre avec cette voiture à la sortie des artistes du Châtelet, à l'époque des triomphales représentations de *La Chauve-Souris* — au moment où elle montait prendre place à sa droite juste avant que cette étincelante merveille ne s'éloigne silencieusement sous les acclamations de la foule ! C'était féerique ! A chaque fois j'en avais les larmes aux yeux.

— Qu'aurait-ce été, Caroline, si nous nous étions trouvés au temps des équipages attelés avec cocher et valet de pied en livrée ! Mais ne rêvons pas et je ne veux plus que vous me parliez de cette *Chauve-Souris* ! Eteignons et rentrons.

La petite porte était refermée à clef et la prestigieuse voiture se retrouvait dans l'obscurité jusqu'à la prochaine visite que voudrait bien lui accorder sa propriétaire qui poursuivait sa promenade dans le jardin pendant qu'Arsène rejoignait sa loge.

Souvenirs qui venaient de ressusciter une fois de plus dans la mémoire de celle qui, toujours à demi allongée sur son lit, avait commencé à palper un bout de satin rose choisi dans le lot de chiffons éparpillés sur le couvre-lit. Pendant que ses doigts caressaient le tissu avec autant de délicatesse que la carrosserie de la *Bentley*, elle commença à revivre l'unique soirée de sa vie où elle avait porté une certaine robe rose dont il ne lui restait que ce coupon. Robe qui avait été imposée, rigoureusement la même, à elle et à sa sœur Hélène par leurs parents pour leur première grande sortie de jeunes filles alors qu'elles venaient d'avoir seize ans. Robe qu'Elisabeth avait tout de suite détestée pour plusieurs motifs : elle haïssait sa couleur et elle ne pouvait pas supporter le satin — tissu qui, pour elle, était tout juste bon pour des bals de province, des robes de demoiselles d'honneur de mariages d'un autre temps ou des repas de famille donnés à l'occasion de la Première Communion d'un jeune cousin insipide ! Elle avait toujours trouvé ridicule cette manie qu'avait alors sa mère d'habiller ses deux filles de la même façon sous prétexte qu'elles étaient jumelles. Enfin — peut-être était-ce la raison la plus grave ? — elle ne s'était jamais très bien entendue avec Hélène. Et pourtant les deux sœurs se ressemblaient de façon stupéfiante ! Mêmes cheveux foncés, mêmes yeux noirs, même peau mate, même taille, même silhouette élancée. Jolies comme elles l'étaient déjà, elles promettaient d'être bientôt belles. La grande différence venait des caractères diamétralement opposés.

Elisabeth était d'un naturel conciliant. Douce, plutôt optimiste, ayant peut-être tendance à faire trop confiance aux autres, essentiellement artiste, elle ne vivait que pour l'amour de son art en ne cherchant qu'à améliorer les possibilités de sa voix. Il y avait aussi en elle l'étoffe assez rare aujourd'hui d'une amoureuse-née. Ayant aimé dès son enfance la musique, le chant et tout ce qui est beau, elle ne pouvait que chérir l'amour sous toutes ses formes cérébrales et physiques.

Hélène au contraire attachait beaucoup moins d'importance à l'amour qu'à sa carrière parce que, chez elle, l'ambition n'avait pas de limites et l'argent primait tout. Enfin elle ne chantait pas du tout de la même manière, ni sur le même registre que sa jumelle. Alors qu'Elisabeth était destinée — les qualités de son timbre de voix, mezzo-soprano, permettaient de l'augurer — à interpréter les rôles des grandes amoureuses du répertoire lyrique allant de la Mimi de *La Bohème* à la Charlotte de *Werther*, sa sœur, dont la voix était beaucoup plus légère, semblait devoir être tout indiquée pour devenir la chanteuse d'opérette rêvée : une *Véronique*, une

Mascotte, une *Ciboulette*, une *Veuve Joyeuse* et tant d'autres...

Il était normal que toutes deux fussent artistes lyriques dans des genres différents, chacune avec une réelle perfection, puisque leurs parents Paul et Lucile Neuray étaient eux-mêmes des artistes : lui, sculpteur non dénué de talent même s'il n'avait pas acquis une grande notoriété dans une spécialité admirable mais le plus souvent ingrate sur le plan financier ; elle, excellente musicienne sortie 2e Prix du Conservatoire de musique de Paris qui, malheureusement, n'ayant pas eu les moyens de louer des salles de concert onéreuses pour y donner des récitals ni de se faire connaître grâce à la publicité dont l'apport est essentiel pour affirmer une carrière artistique, avait dû se contenter d'être deuxième violon dans l'excellent orchestre de l'Opéra-Comique et de donner des leçons de piano à domicile ou même dans des collèges et institutions privés dont les élèves n'étaient pas toujours aussi doués que le pensaient leurs chers parents.

Son mari, qui parvenait difficilement à imposer ses œuvres originales à des particuliers amateurs d'arts plastiques ou à des municipalités incapables de discriminer le beau et le laid dans les squares ou sur les places publiques, avait été contraint d'accepter de sculpter des copies d'œuvres dues à d'illustres confrères ou devanciers. Copies destinées à subir, sans grand dommage pour leur valeur intrinsèque, toutes les intempéries du plein air, alors que les originaux étaient soigneusement mis à l'abri dans des salles de musées ou même cachés dans de mystérieuses réserves des Beaux-Arts. Si le mari aussi bien que la femme avaient consenti à accepter de tels sacrifices dans leurs carrières respectives, cela avait été uniquement pour pouvoir élever décemment leurs jumelles en leur donnant les possibilités de poursuivre des études de chant qui leur permettraient de devenir, elles, des artistes dont le talent serait reconnu par le grand public.

Et comme les deux jeunes filles étaient douées — l'instinct maternel de Lucile la musicienne ne s'était pas trompé — Elisabeth et Hélène parvinrent, sans trop de difficulté, non seulement à être admises au Conservatoire de chant de Paris, mais à en sortir brillamment à dix-neuf ans, chacune avec un Premier Prix. Elisabeth obtint le diplôme envié de cantatrice pouvant accéder immédiatement à une grande scène lyrique. Cependant la tessiture et l'amplitude de sa voix ne lui permettaient pas d'interpréter du Wagner, de s'attaquer au fameux « Air des Clochettes » de *Lakmé* et même à beaucoup d'opéras mais elle serait parfaitement à l'aise dans une quantité impressionnante d'ouvrages du répertoire classique. Hélène, jolie comme elle l'était — l'exacte réplique de sa sœur — et pétrie de son impertinence juvénile, pouvait devenir très rapidement la coqueluche des fervents de l'opérette. Et Dieu sait, malgré les affirmations des augures ou critiques de notre époque, si ce public-là est nombreux aussi bien à Paris que dans nos villes de province et dans tous les pays francophones tels que la Belgique, la Suisse française, le Canada du Québec ! Et pourquoi, si Hélène voulait bien se donner la peine de se familiariser avec la langue, n'irait-elle pas chanter l'opérette en Autriche et en Allemagne où ce genre charmant a su conserver l'apparence d'« une reine exquise qui nous grise » ?

L'antagonisme entre les jumelles était tel que le soir où leur mère les contraignit à porter la même robe de ce satin rose dont Elisabeth tournait et retournait plus d'un quart de siècle plus tard dans ses doigts le dernier morceau restant, pour aller à un bal de jeunes filles, la soirée qui aurait dû être débordante de joie et d'insouciance pour elles, s'était mal terminée.

Au cours de ce bal, presque conçu pour débutantes, Elisabeth avait fait une conquête : un beau garçon dont elle était incapable aujourd'hui de se remémorer le nom ni le prénom. Les trois seules particularités de ce jeune homme, dont elle avait conservé le souvenir après tant d'années, étaient qu'il était grand, la dépassant d'une bonne demi-tête — elle qui était cependant d'une taille déjà appréciable pour une femme — qu'il était blond et que ses yeux clairs avaient des reflets capables de faire rêver toutes les passionnées de ciels limpides. Elle et lui ne s'étaient pratiquement pas quittés de la soirée, formant un couple où le contraste de la jeune fille très brune et du géant très blond avait suscité beaucoup d'envies, dansant sans paraître se soucier le moins du monde de la présence des autres couples ni surtout pas des filles laissées pour compte qui faisaient tapisserie dans les parages du buffet et parmi lesquelles, hélas, se trouvait Hélène ! Une Hélène tout aussi ravissante que sa jumelle mais qui — elle-même se demandait bien pourquoi et n'importe qui dans l'assistance aurait pu se poser la même question — ne trouvait pas de cavalier ! Ce qui était odieux et parfaitement injuste.

L'ennui venait de ce que ce n'était pas la première fois que pareil phénomène se produisait : Elisabeth avait la chance de plaire tout de suite et Hélène n'attirait personne. Elles avaient pourtant le même nez un peu retroussé qui ne manquait pas d'esprit, les mêmes yeux noirs pétillants de vivacité, les mêmes cheveux admirables, la même taille, le même port altier de futures beautés auxquelles des parents avisés avaient appris qu'une femme qui veut plaire dans la vie doit d'abord faire l'effort de se tenir droite pour regarder ses admirateurs en face au lieu de se voûter en contemplant la bassesse de la terre. Seules peut-être les bouches marquaient quelques différences : celle d'Elisabeth était souriante et auréolée de bonté naturelle alors que les lèvres d'Hélène se révélaient moqueuses et saupoudrées d'une certaine méfiance à l'égard de tous ceux qui la regardaient. Elisabeth était avenante, Hélène méprisante : ce qui devait être la raison secrète pour laquelle cette dernière était moins courtisée et assez peu invitée. Ce qui la rendait de plus en plus maussade.

Sa colère et surtout sa rancœur à l'égard de sa jumelle éclatèrent quand, la réception ayant pris fin, elles se retrouvèrent dans le modeste appartement familial du quartier des Gobelins. Comme leurs lits se trouvaient dans la même chambre, Hélène, qui avait réussi à refouler ses griefs pendant la soirée, exhala sa haine :

— Mais enfin, qu'est-ce qu'ils te trouvent de mieux qu'à moi, tous ces imbéciles ?

— Je ne sais pas, répondit gentiment Elisabeth qui était chagrinée que sa sœur n'ait pas obtenu un succès qu'elle méritait tout autant qu'elle. Peut-être ne sais-tu pas t'y prendre ?

— Que veux-tu que je fasse ? Que je me jette à leur cou ? Et toi, qu'est-ce que tu leur fais ?

— Rien.

C'était vrai. Les hommes étaient attirés par Elisabeth et guidés par cet instinct secret du mâle qui sent immédiatement que la femme convoitée a l'étoffe d'une amoureuse alors qu'une Hélène leur donnait l'impression de pouvoir être tout — une aventure, une camarade, une maîtresse épisodique à la rigueur — mais pas une authentique amante. Elle ne semblait pas les intéresser.

— C'est stupide à maman, reprit cette dernière, d'avoir cru que nous ferions sensation si nous étions habillées de la même façon ! Ces robes nous ridiculisent !

Et elle se jeta sur celle que portait Elisabeth pour la déchirer et la lacérer dans une crise de rage frôlant l'hystérie. Sa sœur qui avait su conserver son calme, lui demanda, quand elle estima que l'accès de folie était passé :

— Pourquoi t'en es-tu prise à ma robe plutôt qu'à la tienne ?

— Quand il n'en existera plus qu'une seule, je pourrai la porter et elle m'ira beaucoup mieux qu'à toi !

— Ce que tu viens de dire est très méchant, Hélène, mais je ne t'en veux pas. Je comprends ton dépit de ce soir... Si nous essayions de dormir ? Ne crois-tu pas que ce serait plus intelligent que de nous chamailler comme *Les Petites Filles Modèles* de la comtesse de Ségur ? Nous n'appartenons heureusement plus à ce temps-là.

A dater de cette dispute, l'harmonie, qui n'avait jamais été établie entre elles, commença à se détériorer sensiblement. Le seul point sur lequel elles parvinrent à se mettre d'accord — ceci à la suite d'un arbitrage du père, le sculpteur, qui leur fit comprendre qu'il s'agissait de leur intérêt — fut le choix du « nom d'artiste » sous lequel elles se présenteraient au concours de sortie du Conservatoire en fin de cours. Elisabeth — étant légalement l'aînée de par la législation française qui considère à tort ou à raison que lorsque l'on se trouve en présence d'une naissance d'enfants jumeaux, c'est celui (ou celle) paraissant le second au monde qui devient l'aîné puisqu'il semble, selon la médecine, avoir été conçu avant l'autre dans le ventre de la mère — porterait donc le nom de son père : Neuray... Elisabeth Neuray. Sa sœur devrait se contenter du nom de sa mère qui était tout aussi honorable : Bourdin... Hélène Bourdin. Ce qui fit que, le jour où elles sortirent l'une et l'autre triomphantes, avec, chacune, un 1er Prix du Conservatoire dans ce qui était sa spécialité, elles devinrent, à la plus grande joie de leurs parents, Elisabeth Neuray, brillante pensionnaire de l'Opéra-

Comique, et Hélène Bourdin, grand espoir de l'opérette. Chacune n'eut plus qu'à courir vers son destin.

Mais plus jamais, depuis la soirée mémorable de leur dispute vestimentaire, elles ne portèrent la même robe ni ne s'habillèrent pareil. Elles ne se coiffèrent également plus de la même façon. Les teintes de cheveux différèrent : Elisabeth resta la brune naturelle et sensuelle qu'elle avait toujours été, alors qu'Hélène devenait la plus agressive des fausses rousses. Ce qui lui permit d'ailleurs de commencer à récolter quelques succès auprès d'admirateurs qu'elle se garda bien de présenter à sa sœur. D'un commun accord tacite, et sans que personne le leur ait conseillé, elles s'arrangèrent pour se rencontrer le moins possible. Elisabeth étant restée vivre avec sa mère dans l'appartement du XIe après la mort subite du père, survenue avant qu'il ait pu l'applaudir sur une scène, Hélène dénicha un petit deux-pièces ne manquant pas de charme, dans les parages de la place des Vosges. Celle dont le destin serait d'être tour à tour une ingénue ou une soubrette d'opérette voulait acquérir sa liberté de manœuvre. A chaque fois qu'elle venait rendre une courte visite à sa mère, elle se débrouillait pour le faire quand sa sœur ne se trouvait pas dans l'appartement. Ceci au grand désespoir de maman qui ne put s'empêcher de lui confier au cours de l'une de ces entrevues rapides :

— Quel dommage que toi et ta sœur vous ne parveniez pas à vous entendre ! Vous seriez merveilleuses dans *Les Petites Michu* d'André Messager ou même dans *Les Sœurs Hortensias* !

— Nous y serions grotesques ! Ceci d'autant plus que nous n'avons pas les mêmes voix... Vous imaginez nos « duos » !

— Oh ! tu sais, chérie, les voix peuvent toujours s'harmoniser, si elles sont justes et à condition que chacune de vous consente à faire un petit effort.

— Encore heureux que *Les Deux Orphelines* ne soient pas une œuvre lyrique ! sinon tu y verrais très bien tes filles dans les rôles principaux, n'est-ce pas ?

Quand Elisabeth fit ses grands débuts sur la scène de l'Opéra-Comique, dans le rôle de la douce héroïne de *La Bohème*, sa mère, encore plus pathétique qu'elle, tenait dans l'orchestre son modeste emploi de deuxième violon mais avec quelle fierté ! Du fond de la fosse, elle écoutait avec ravissement les roucoulades de sa progéniture émouvoir, des fauteuils d'orchestre jusqu'aux places inconfortables de la galerie, les abonnés et habitués de l'illustre salle. Pour madame mère — qui n'avait pas manqué de faire comprendre à la cohorte de ses confrères musiciens que cette jeune, ravissante et talentueuse débutante du nom d'Elisabeth Neuray était bien sa fille — la satisfaction atteignit ce soir-là les sommets de la fierté... Jamais, jusqu'à cette soirée mémorable, Lucile Neuray, née Bourdin, n'avait pu imaginer qu'elle connaîtrait un pareil bonheur ! Et quel malheur que son cher mari ait quitté ce monde et sa petite famille avant de pouvoir se gaver, lui aussi, d'heures aussi exaltantes ! Mais enfin, le besoin inné de consolation faisait croire à la violoniste qu'une voix comme celle d'Elisabeth pouvait très bien, après avoir fait frémir les cristaux du grand lustre de l'Opéra-Comique, atteindre les cimes éternelles où le sculpteur, resté injustement obscur sur terre, devait être en train de ciseler les bustes de tous les saints aussi méconnus que lui, et oubliés sur terre par les fabricants de statues pieuses de Saint-Sulpice.

Sur la scène, après qu'Elisabeth eut lancé et même bissé son « *Je m'appelle Mimi* », ce fut le commencement d'un succès qui s'acheva en apothéose à la chute du rideau final. Aux ovations succédèrent les fleurs apportées dans la loge et adressées par des admirateurs d'autant plus sincères qu'ils étaient anonymes. Elisabeth rayonnait et madame mère, qui l'avait rejointe par le petit escalier en colimaçon permettant de ressurgir des profondeurs de la fosse d'orchestre, triomphait... Il y avait aussi, se tenant gauchement dans la foule envahissant la loge de la nouvelle *prima donna*, un jeune homme brun, ne se prénommant pas Rodolphe comme le héros de *La Bohème*, mais Adolphe... Après tant d'années, la femme allongée sur le lit de l'hôtel particulier ne se souvenait plus de son nom de famille. Le prénom ne suffisait-il pas puisqu'il était tellement proche de celui de Rodolphe ? Un Adolphe peut très bien être la doublure d'un Rodolphe, ceci d'autant plus que la passion du jeune homme timide donnait l'impression d'être encore plus grande que celle du héros de l'opéra-comique. Il ne disait rien, contemplant avidement celle dont il avait fait la connaissance quelques mois plus tôt dans un café-tabac situé à proximité du Conservatoire et dont la grande glace, ornant le mur placé derrière le comptoir, portait cette inscription prometteuse badigeonnée au pinceau par le propriétaire de l'établissement : « *Ici, au moins, on ne fait pas de fausses notes.* »

Après avoir embrassé maman qui rentrait chez elle, elle écouta ses dernières recommandations :

— Surtout, ma chérie, ne te couche pas trop tard ! Je sais que c'est pour toi un jour de joie mais il faut quand même te montrer raisonnable. Tu dois dormir au moins tes huit heures quotidiennes parce que tu as une belle carrière qui t'attend avec toutes ses fatigues impitoyables ! Je vous la confie, jeune homme.

— Vous pouvez compter sur moi, madame, furent les seules paroles qu'Adolphe, toujours engoncé dans son admiration silencieuse pour Elisabeth, prononça ce soir-là.

Quelqu'un, par contre, ne parut pas dans la loge de

la triomphatrice. Quelqu'un qui n'avait pas daigné se déplacer pour venir assister à la consécration de sa jumelle, ceci bien qu'une place de balcon lui eût été réservée, Hélène... Une Hélène qui, depuis que le nom de sa sœur commençait à se détacher sur les affiches, se sentait devenir beaucoup plus une Bourdin qu'elle n'avait été une Neuray.

Le morceau de tissu qu'une Elisabeth défigurée tournait et retournait maintenant dans ses doigts était celui de la robe bleu nuit toute simple qu'elle portait ce soir-là. Invitée par son soupirant, ils avaient été souper dans un restaurant proche de l'Opéra-Comique où les artistes, grands et petits, avaient pris l'habitude de venir se réconforter après avoir subi les affres du trac et de l'émotion. Le repas terminé, Adolphe l'avait ramenée bien sagement au domicile maternel.

Ils s'étaient retrouvés quelques jours plus tard et par une belle après-midi d'automne dans les jardins du Luxembourg où, seuls, les pigeons furent là pour observer leurs ébats très pudiques qui s'étaient résumés à un chaste baiser échangé à proximité de la statue du baiser de Rodin. « Hélas, pensa Elisabeth, papa n'a jamais été un Rodin ! » et elle n'eut aucune envie de rechanter le grand air de *La Bohème* pour son soupirant moins entreprenant que Rodolphe. Enfin, même si elle le proclamait en scène, elle ne se prénommait pas *Mimi* et était très heureuse qu'il en fût ainsi... Une toute première idylle se termine souvent vite. Les parents d'Adolphe — constatant que leur rejeton, obsédé secrètement par la tendre personnalité de « la théâtreuse en fleur », négligeait quelque peu les cours de pharmacie — prirent la funeste décision de l'envoyer poursuivre ses études à Angers qui possède une excellente faculté pour cette spécialité. Les premières semaines puis les mois passèrent et les jeunes amoureux ne se revirent plus. Elisabeth conservait quand même un vague souvenir du jeune homme qui, devenu certainement aujourd'hui un gaillard moins timide, devait tenir quelque officine où, à défaut de rencontres exquises, il vendait une multitude de produits et de flacons lui apportant la consolation de la fortune qui s'accumule.

Si Hélène n'avait pas daigné honorer de sa jeune présence la soirée des débuts de sa jumelle à l'Opéra-Comique, Elisabeth n'avait pas manqué, accompagnée par sa mère, de se rendre à Nancy pour assister aux débuts d'Hélène dans une reprise de *Véronique* où elle sut « pousser l'escarpolette » comme bien peu d'interprètes du célèbre rôle ne l'avaient fait avant elle. Une Véronique de rêve qui avait enthousiasmé la salle. Quand elle vit sa mère et sa sœur dans sa loge après la représentation, à l'heure des félicitations, la seule remarque d'Hélène fut :

— Ce n'était vraiment pas la peine de vous déranger pour si peu !

Ce qui aggrava le froid familial. Pendant le voyage de retour à Paris, Elisabeth confia avec tristesse à sa maman :

— Décidément, Hélène et moi, nous ne nous comprendrons jamais !

Comment aurait-elle pu prévoir à cet instant jusqu'où irait une pareille mésentente ?

Le morceau de soie blanche qui remplaça celui de la robe bleu nuit, à peine imprégnée du souvenir lointain de l'apprenti pharmacien, retint beaucoup plus l'attention d'Elisabeth qui le caressa avec un peu de nostalgie. Elle se souvenait qu'il avait été destiné à dissimuler un accroc éventuel dans le kimono qu'elle portait pour jouer le rôle de *Madame Butterfly* dans l'œuvre de Puccini quand elle l'avait interprétée à l'Opéra de Monte-Carlo. Cela s'était passé trois années après ses débuts parisiens. Entre-temps, elle avait chanté dans beaucoup d'autres rôles au cours d'une carrière ascendante, un peu partout, aussi bien à *La Monnaie* de Bruxelles qu'au Grand Théâtre de Genève et même à *Covent-Garden* en présence de Sa Majesté la reine Elisabeth à qui elle avait eu l'honneur d'être présentée à l'issue d'une représentation. La jeune cantatrice avait déjà acquis une réputation internationale. Ayant volé de succès en succès, de plus en plus sûre de sa voix, de plus en plus belle et de plus en plus adulée, c'était la première fois que l'on pouvait l'applaudir sur l'illustre plateau du théâtre construit, à la demande du prince régnant de Monaco, par Charles Garnier, l'architecte de l'Opéra de Paris. Et elle avait choisi, pour conquérir l'un des publics les plus difficiles et les plus snobs du monde, un rôle dans lequel elle était à peu près certaine de donner le meilleur d'elle-même. Ceci se passait au lendemain de la Seconde Guerre mondiale. Une étrange similitude avec le livret de l'opéra-comique inspiré du roman de Loti fit que, précisément à la même époque, la célèbre VIe flotte de guerre américaine — dont la mission était de protéger la tranquillité de la Méditerranée — fit escale, comme cela se produisait chaque année, dans les différents ports de la Côte d'Azur. Le porte-avions mouillait dans la baie de Cannes, les destroyers étaient répartis entre Golfe-Juan et Villefranche, le croiseur amiral enfin jetait l'ancre en rade de Monte-Carlo.

Aucune œuvre lyrique ne paraissait être plus indiquée pour fêter dignement la venue de cette VIe flotte que l'émouvant roman d'amour entre la petite Japonaise et le brillant officier de marine américain. Comme partout, Elisabeth Neuray connut à Monte-Carlo le triomphe. Et le hasard voulut — fut-ce le dieu-hasard ou le dieu-amour ? — qu'il se trouva le soir de la Première, dans la salle dégoulinante des dorures tarabiscotées conçues par M. Garnier, un lieutenant de vaisseau issu d'une grande famille de Boston. Vêtu du flatteur uniforme blanc, chamarré de décorations comme le héros inventé par l'imagination de Pierre Loti et immortalisé par la partition de Giacomo Puccini, le brillant navigateur, très séduisant et dont le prénom était William, ne put résister — comme l'avaient fait quatre années avant lui le timide Adolphe et beaucoup d'autres depuis — à la tentation de se rendre lui aussi dans la loge de la diva pour l'approcher de plus près. Les choses se passèrent exactement comme dans l'œuvre lyrique : ce fut le coup de foudre immédiat et réciproque. Il est vrai que William correspondait à l'idéal masculin que la brune Elisabeth avait conçu dès que les premiers rêves d'amour avaient commencé à tourmenter sa jeunesse. Pour elle, un Adolphe, malgré toute sa gentillesse, n'avait eu aucune chance de plaire : il était de taille moyenne, rouquin et sans allure. Il ne portait surtout pas l'uniforme prestigieux qui évoque une idylle dans chaque port et l'insondable mystère des mers lointaines...

L'aventure avec William ne dura pas mais se révéla fulgurante pour deux raisons : Elisabeth ne donnait qu'un nombre limité de représentations de *Madame Butterfly* à Monte-Carlo avant d'aller honorer un contrat dans un autre ouvrage au Grand Théâtre de Bordeaux et la VIe flotte devait lever l'ancre quelques jours plus tard pour Naples. Après avoir entendu trois fois de suite celle qui le subjuguait chanter que « *sur la mer calmée au loin une fumée* », William prit la décision téméraire d'annoncer lui-même à Elisabeth — qui se démaquillait dans sa loge après s'être débarrassée du kimono blanc — qu'elle lui plaisait tellement qu'il avait pris la brusque décision de l'épouser. C'est bien connu : les Américains épousent beaucoup et un peu partout... Evidemment une telle façon d'envisager l'amour modifiait sensiblement la trame du livret de l'opéra-comique : le bel officier n'était pas déjà marié aux Etats-Unis comme dans la pièce et n'avait pas encore eu la possibilité de rendre enceinte la mignonne geisha qui n'avait plus du tout l'intention de se faire hara-kiri à Monte-Carlo par désespoir de se sentir abandonnée par celui qui l'avait sournoisement séduite. Les rôles étaient inversés : William devenait le mendiant d'amour et la fausse Japonaise, née aux Gobelins, la meneuse de jeu.

Elisabeth sut profiter d'une situation aussi inespérée pour imposer sa loi à celui auquel elle ne s'était pas encore abandonnée. Bien sûr, refuser une telle occasion (l'officier était tellement séduisant !), qui ne se présenterait peut-être plus pour elle puisqu'ils se trouveraient séparés dans très peu de temps, aurait été l'une de ces erreurs qu'elle aurait amèrement regrettée plus tard...

Beaucoup d'années s'étaient écoulées depuis cette aventure, revigorée grâce à la présence d'une toute petite parcelle du costume de *Madame Butterfly*, et Elisabeth ne regrettait absolument pas d'avoir cédé au désir du bouillant lieutenant...

Oui, ils avaient fait l'amour pendant toute une nuit dans une chambre accueillante d'un hôtel discret de la Principauté où la fenêtre était restée grande ouverte sur la vision féerique du croiseur amiral illuminé qui attendait patiemment dans la rade que son transfuge voulût bien revenir à bord pour prendre le large en exhalant sur le fond bleu de l'horizon méditerranéen cette fumée blanche immortalisée dans le cœur de toutes les amoureuses grâce au génie musical de M. Puccini.

Quand le jour revint après la nuit d'ivresse, le beau William dormait, profondément enfoui dans ce sommeil réparateur qui est la juste récompense de tous les hommes qui ont su honorer dignement leur compagne. Et comme ce navigateur donnait l'impression de ne pas pouvoir s'arracher à cette béatitude des élus repus, Elisabeth se rhabilla prestement et quitta la chambre accueillante avant de faire mander un taxi qui la ramena à son propre hôtel où elle eut tout juste le temps de boucler ses valises. Puis elle rejoignit le gros de la troupe théâtrale — ses partenaires de la tournée lyrique — qui l'attendait déjà sur le quai de la gare de Monaco où l'arrivée de l'express *Vintimille-Bordeaux* était imminente.

Le bel officier de marine ne dut se réveiller qu'aux alentours de midi quand le train était déjà loin. Le désespoir de se retrouver seul, délaissé par celle dont il croyait avoir fait la conquête « pour le meilleur et pour le pire », fut certainement atroce, comparable peut-être à celui de la vraie Japonaise abandonnée sur une plage où elle continuait à espérer l'apparition de « la petite fumée » à l'horizon du Pacifique tout en tournant le dos à l'illustre *Fuji-yama* qui constituait l'élément le plus décoratif de l'indispensable toile de fond sans laquelle une évocation théâtrale du pays du Soleil Levant ne saurait être une réussite.

Avec le recul du temps, Elisabeth préférait rester impassible — les femmes très douces peuvent se révéler parfois les plus ingrates — en imaginant quel avait pu être le chagrin de « son » marin de passage ! De son lit — ceci toujours grâce au mirage du bout d'étoffe qu'elle tournait et retournait dans ses mains — elle croyait le voir errant de l'entrée des artistes de l'Opéra de Monte-Carlo à celle de l'*Hôtel de Paris* puis de bar en bar à la recherche de la beauté disparue jusqu'à ce que l'un de ses compatriotes compatissant — pourquoi ne serait-ce pas le consul américain de Monaco remplaçant celui de Yokohama qui apparaissait dans l'opéra-comique pour annoncer la triste nouvelle à l'abandonnée enceinte ? — lui conseillât de rejoindre au plus vite le navire dont la sirène ne cessait pas de l'appeler.

Dans sa vision, Elisabeth crut même entrevoir le croiseur qui s'éloignait en laissant derrière lui une traînée de fumée blanche... Le comble était que ce départ précipité ne l'avait pas tellement chagrinée ! Un certain sentiment de satisfaction l'avait même envahie à l'idée qu'en ayant agi ainsi avec William elle avait vengé la pauvre *Butterfly* et toutes les amoureuses trop souvent oubliées dans les ports...

Peut-être aurait-elle vu les choses autrement si, comme dans le récit lyrique, elle s'était retrouvée quelques semaines plus tard enceinte des œuvres du beau capitaine ? Mais ce ne fut pas le cas. Depuis, des années avaient passé et jamais il ne lui était arrivé d'espérer être mère malgré d'autres aventures sublimes qui avaient alterné avec les triomphes scéniques. N'était-il même pas très étrange que ce soir, alors qu'elle s'apprêtait à goûter au gâteau de son quarante-quatrième anniversaire, elle n'éprouvât pas plus de regret de n'avoir pas connu ce bonheur ? Ceci sans doute parce qu'elle n'avait toujours été mariée qu'avec son art : ce chant auquel elle avait voué, depuis sa jeunesse, un amour inconsidéré et sans limites... Passion étrange faite d'appuis, d'attaques, de débits, d'émissions, d'intonations, de modulations, de phrases, de vocalises et dans laquelle était venue se glisser de temps en temps, alors que sa prêtresse ne l'attendait pas, une mélodie imprévue venue de désirs charnels et de sentiments qui avaient besoin de s'exprimer... Mélodie ressemblant à celle qui l'avait émue quand elle avait rencontré un William mais qui avait toujours été très courte à l'exception cependant d'une unique fois symbolisée par le rubis qu'elle portait à l'annulaire gauche et dont elle n'avait jamais pu se séparer depuis que celui qui le lui avait offert s'était évadé pour toujours de son existence. Mélodie qui continuait aussi à résonner dans le secret de son cœur déchiré. Musique lancinante dont la naissance évocatrice resterait toujours plus forte que celle de tous les bouts de chiffon accumulés.

Elle repoussa le morceau de kimono en se disant

que même si le beau capitaine était parvenu à lui plaire davantage, il n'aurait jamais été capable, à la longue, de devenir son véritable amant.

Et la jumelle, la rousse Hélène, où pouvait-elle bien être pendant que sa sœur interprétait, dans la réalité de la vie, une version toute différente de celle conçue pour une *Madame Butterfly* n'évoluant que dans les décors de toile et de carton sous les feux d'une rampe ? Eh bien, Hélène poursuivait sa carrière de chanteuse d'opérette... Ses meilleurs succès avaient été *La Fille du Tambour-Major* au théâtre de Charleroi et *Ciboulette* à la nouvelle salle des fêtes de Tourette-Levens. Et ses amours ? Rapides, elles aussi, mais plus ternes et moins brillantes. Hélène était passée indifféremment des déclarations enflammées d'un sous-préfet aux caresses musclées d'un joueur de rugby. En amour comme en chant, Hélène n'avait pas la chance insolente d'Elisabeth. La guigne semblait la poursuivre, et pourtant elle était terriblement excitante en fausse rousse et tout aussi désirable qu'Elisabeth. Seulement il y avait ce je-ne-sais-quoi indéfinissable qui fait qu'entre deux jumelles, l'une attire et l'autre ne séduit pas tout à fait.

Madame mère, elle, continuait à occuper consciencieusement son poste de second violon dans la fosse de l'Opéra-Comique de Paris. Mais elle ne manquait jamais, à chaque fois que l'une ou l'autre de ses filles interprétait un rôle — et ceci dans quelque ville que ce fût — à montrer à ses confrères ou à ses consœurs de la brillante phalange à laquelle elle avait l'honneur d'appartenir les coupures de journaux ou de gazettes locales vantant les mérites et les exploits de sa progéniture. Aux très rares fois où elle parvenait à réunir ses filles chez elle, celles-ci se parlaient peu et évitaient surtout de relater leur vie professionnelle. C'était comme si l'une et l'autre exerçaient un métier parfaitement étranger à celui de sa jumelle et qui ne pouvait pas l'intéresser.

Il en fut de même pour leurs amours qu'elles gardèrent très secrètes. Maman ne posait pas de question sur un sujet aussi délicat, estimant que la seule chose importante pour ses filles était de pouvoir chanter en public. Mais dans la réalité, qui est souvent très éloignée de la fiction théâtrale, Elisabeth restait la romantique ne rêvant que de rencontrer à chaque nouvelle aventure la passion suprême, alors qu'Hélène demeurait la femme pratique préférant mêler l'utile à l'agréable : l'argent au plaisir éphémère. Et comme elle y parvenait presque à chaque fois, ses liaisons duraient encore moins longtemps que celles de sa sœur. Ce fut ainsi qu'Elisabeth Neuray « de l'Opéra-Comique » et Hélène Bourdin — qui aurait pu être « de la Gaîté-Lyrique » — allèrent de ville en ville et de scène en scène pendant des années jusqu'au jour où l'existence d'Elisabeth fut tragiquement modifiée. Pour le moment, dans le silence de sa chambre toujours faiblement éclairée, la cantatrice mutilée continuait à contempler les bouts d'étoffe qui lui servaient de points de repère pour revivre en mémoire le vertigineux tourbillon du passé.

Ce n'était pas un carré de tissu qu'elle tenait maintenant entre ses doigts mais quelques franges dorées ayant appartenu à un châle espagnol dans lequel elle se souvenait avoir frissonné une certaine nuit d'été dans les arènes de Nîmes...

La Municipalité du chef-lieu du Gard, s'étant brusquement sentie empoignée par un besoin de munificence, avait décidé de donner beaucoup d'éclat à la *Feria* annuelle en finançant une représentation extraordinaire de *Carmen*, le célèbre opéra-comique de Bizet, dans les illustres arènes datant de l'époque des Antonins. Le clou de la soirée sans précédent devait être — intercalé au début du 4e acte et avant l'assassinat de l'héroïne par le farouche Don José —

une véritable corrida. Le public serait donc doublement satisfait puisqu'il aurait droit à deux décès dans la même soirée : celui du taureau estoqué par un authentique matador engagé à prix d'or et venu spécialement d'Espagne, qui serait la doublure du toréro Escamillo, rival heureux du brigadier Don José dans le chef-d'œuvre musical, et la mort de Carmen poignardée par le même Don José. Le matador fut vite trouvé. Ce n'est pas ce qui manque en Espagne. Il se nommait Miguel Orvega. Comment Elisabeth aurait-elle pu oublier le prénom et le nom de ce personnage réel qui sut lui apporter tant d'émotions ? Car ce fut après de longues délibérations et hésitations du Conseil Municipal de la ville natale d'Alphonse Daudet, qu'on lui demanda de vouloir bien interpréter le rôle célèbre. N'incarnait-elle pas à la perfection, grâce à ses yeux noirs, à sa chevelure de jais, à sa peau mate, à sa voix chaude de mezzo-soprano et à sa silhouette avantageuse, la Carmen idéale ? Une sonorisation sophistiquée, rappelant celles que l'on utilise pour les spectacles de son et lumière, avait été spécialement installée pour permettre à la qualité des voix de ne pas se perdre dans l'immensité du vaisseau de pierre.

Cette représentation, pour laquelle les places s'étaient arrachées des mois à l'avance, fut pour Elisabeth Neuray une nouvelle ascension dans une carrière déjà exceptionnelle. Ce fut également une colossale publicité pour son nom. Sa sœur qui, à la même époque, chantait *La Mascotte* au Théâtre Municipal d'Angers, dut en contracter une véritable jaunisse de jalousie. Et pourtant dans la charmante opérette d'Audran, Hélène était particulièrement exquise lorsqu'elle minaudait dans le fameux duo où son partenaire masculin devait bêler comme un mouton alors qu'elle-même gloussait comme un dindon.

Conseillée par son agent artistique, Elisabeth était

arrivée à Nîmes suffisamment à l'avance pour répéter et pour s'adapter aussi à une mise en scène circulaire à laquelle elle n'était pas plus habituée qu'aux dimensions impressionnantes des arènes. Pendant ces jours de préparation intense, elle habitait à l'hôtel *Imperator* et, une fois de plus, le hasard se mêla de son destin en voulant que l'illustre matador Miguel Orvega occupât l'appartement voisin du sien. Il y a comme cela dans la vie de ces hasards qui ne peuvent pas s'expliquer... Et quand on réside au même étage que l'autre grande vedette du spectacle où l'on doit briller, il est normal que l'on s'y rencontre entre les répétitions, que l'on s'y croise dans les couloirs ou dans l'ascenseur et que l'on y parle d'autre chose que de l'aventure de *Carmen* que tout le monde connaît par cœur.

Elisabeth ignorait les beautés de la langue ibérique mais Miguel parlait correctement français. Il avait même, quand il s'exprimait dans notre langue, de ces zézaiements charmants qui adoucissaient tellement la limpidité des mots qu'on avait l'illusion que le français pouvait devenir le plus beau des langages d'amour. Pour Elisabeth, entendre Miguel Orvega lui susurrer qu'elle était de loin la femme la plus intéressante qu'il eût jamais rencontrée devenait un véritable enchantement. Ce qui devait arriver se produisit : Elisabeth succomba avant même le soir du Grand Gala. La séductrice-née était devenue la victime consentante. Il est vrai que la proximité des chambres de l'hôtel avait favorisé une aussi rapide reddition.

Chaque nuit, avant l'acte d'amour, la femme conquise parlait de son art de cantatrice en affirmant — sans trop y croire tant l'homme la fascinait — qu'il n'était pas très bon pour le plein épanouissement de ses qualités vocales, qui devraient s'affirmer irréprochables le soir de la fameuse représentation, de s'abandonner à des ébats où la raison sombrait sous l'effet d'un tout autre genre de vocalises... Après l'amour elle se taisait, vaincue, et c'était lui qui commençait à parler en triomphateur. Il lui racontait alors de merveilleuses histoires de tauromachie et parmi elles, une qu'elle n'avait jamais pu oublier malgré les années écoulées depuis ces brûlantes nuits andalouses transplantées au pied des Cévennes. C'était, avait-il affirmé avec toute sa fougue, la surprenante aventure advenue l'année précédente à l'un de ses jeunes confrères matadors alors qu'il se risquait à « toréer » pour la première fois en public.

— Comme tu es toi-même cantatrice, expliqua Miguel, je pense que cette histoire vécue devrait tout particulièrement t'intéresser. Elle a commencé à Madrid à une époque où ce beau garçon n'était pas encore matador mais simplement deuxième violon dans l'orchestre de l'Opéra.

— Tu as bien dit « deuxième violon » ?

— Cela t'étonne ?

— Ça me surprend... Ma mère aussi, que j'aime beaucoup, tient cet emploi dans l'orchestre de l'Opéra-Comique à Paris. Avoue que c'est pour le moins curieux !

— Je ne pense pas que ta mère ait pu connaître la même aventure que ce violoniste ! Il était donc deuxième violon et un artiste tellement consciencieux qu'il arrivait toujours une heure à l'avance à l'Opéra lorsqu'on y donnait une représentation. Il n'hésitait pas à s'asseoir tout seul devant son pupitre dans la fosse d'orchestre encore vide de ses autres occupants syndiqués. Aussi dois-tu te douter, *querida*, que les spectateurs qui s'installaient peu à peu à leurs places aussi bien au parterre qu'aux balcons ne pouvaient pas ne pas remarquer ce musicien solitaire. Et parmi ceux qui le repérèrent un soir d'abonnement où l'on allait donner précisément *Carmen* — qui, bien qu'étant l'œuvre d'un Français, obtient toujours un tel succès dans mon pays que certains de mes compatriotes sont persuadés que sous le pseudonyme de Georges Bizet se cache un Espagnol — se trouvait une ravissante *señorita* se prénommant Celsa et fille unique d'un noble seigneur veuf, Grand d'Espagne de Première Classe, Don Alonzo Balmoral, qui accompagnait sa fille au théâtre. Ils occupaient une loge d'avant-scène d'où ils pouvaient non seulement observer la salle mais remarquer aussi tout ce qui se passait dans la fosse d'orchestre. Il est évident que la présence du deuxième violon solitaire, tenant déjà son instrument dans la main gauche et son archet dans la droite, ne pouvait qu'attirer l'attention de la jolie Celsa qui demanda à son père :

— Pourquoi ce musicien est-il là et pas les autres ?

— Sans doute, ma fille adorée, parce que c'est un authentique artiste qui veut se recueillir dans l'ambiance de l'Opéra et se concentrer avant de jouer l'ouverture en compagnie de ses confrères.

... N'ayant rien d'autre à faire et les spectateurs ne l'intéressant pas, poursuivit Miguel, la jeune fille continua à dévisager le violoniste. Il se passa alors quelque chose d'extraordinaire comme cela arrive parfois quand le regard de quelqu'un que l'on ne connaît pas demeure rivé sur vous. Un fluide étrange obligea le modeste musicien à lever les yeux vers l'avant-scène où le regard de braise, qui ne se dissimulait même pas derrière un éventail, continuait à le fixer avec une telle intensité que Carlos — c'était le prénom de l'artiste — se sentit transpercé. Il faut dire que si Celsa était une véritable beauté, le jeune artiste n'était pas mal du tout non plus de sa personne ! Et le courant s'intensifia, descendant de l'avant-scène vers la fosse pour remonter aussitôt en apportant à la *señorita* la réponse fiévreuse d'un regard ébloui. Il y a souvent dans les théâtres — et plus particulièrement dans les salles où le lyrisme musical peut se donner libre cours — de ces effluves mystérieux et assez indéfinissables qui perturbent tellement le bon déroulement d'une représentation que les deux intéressés ne remarquent plus rien du spectacle et n'écoutent que les battements de leur cœur qui dominent les partitions les plus grandioses, les accents tonitruants de l'orchestre et même les voix des artistes n'offrant plus le moindre attrait pour ceux qui ne peuvent pas se quitter des yeux... Cela dura pendant toute la représentation. Tel un automate, Carlos joua par cœur, ne regardant ni sa partition ni la baguette du chef. Il fit même quelques fausses notes qui passèrent inaperçues dans le tintamarre du grand ensemble orchestral. Celsa, elle, était encore empoignée par l'extase amoureuse quand son très digne père lui dit, une fois la représentation terminée et le grand lustre de la salle rallumé :

— Je trouve que l'acteur qui tient le rôle de Don José ne s'est pas révélé très brillant. J'en ai connu de meilleurs. N'est-ce pas ton avis ?

La jeune fille répondit, comme si elle sortait d'un rêve : « Je ne l'ai même pas remarqué, père... »

Ce dernier la regarda, intrigué, pendant qu'ils rejoignaient leur voiture, en se demandant si sa fille avait vraiment de l'oreille, si elle était capable d'apprécier l'histoire de *Carmen* et l'étincelante partition de M. Bizet ou si elle aimait même l'opéra-comique ?

— Ton récit m'enchante, Miguel chéri ! s'exclama Elisabeth. Mais tu ne dois pas en rester là ! Que s'est-il passé ensuite ?

— Des événements fabuleux, *mijita* ! Dès le lendemain Celsa demanda au noble auteur de ses jours quel soir il la ramènerait entendre à nouveau *Carmen*. Médusé, Don Alonzo pensa qu'il s'était complètement trompé sur le sens musical de sa fille et il en fut enchanté. Une héritière de grande famille qui n'apprécie pas le bel canto est l'incarnation certaine d'une jeune fille dont la bonne éducation n'a pas été parachevée. Et, dès le surlendemain, le père noble trônait à nouveau dans l'avant-scène en compagnie de Celsa qui avait arboré son décolleté le plus avantageux pour assister à une deuxième représentation de *Carmen*. Il y en eut ainsi cinq, espacées chacune de quarante-huit heures, pendant lesquelles le Grand d'Espagne trouva Don José de plus en plus exécrable mais d'où Celsa ressortait de plus en plus extasiée. A chaque fois le deuxième violon Carlos était installé seul dans la fosse longtemps avant l'ouverture. Le courant d'amour s'intensifia, rafraîchissant sans pudeur les seins en plâtre poussiéreux des deux dames sculptées et dénudées — censées représenter Euterpe, la muse de la musique, et Terpsichore, la muse de la danse —, qui protégeaient le cadre de scène de toute leur généreuse opulence... Courant magique qui survola les ors et les rouges de la salle sans prêter attention à la splendeur des décors ni au chatoiement des costumes, pour ne plus cesser de monter et de redescendre, transporté par un ascenseur enchanté, du trou de la fosse jusqu'à l'avant-scène. Et ce ne fut pas parce que ces représentations exceptionnelles prirent fin que le courant cessa de circuler. On ne peut pas lutter contre l'amour ! Celui-ci sut prendre d'autres chemins...

— Les amoureux se retrouvèrent ?

— Ce fut long et difficile. Ayant réussi à connaître l'adresse du magnifique hôtel particulier des Balmoral, le violoniste parvint — en prodiguant des leçons de violon gratuites à l'un des valets de pied qui, lui aussi, se sentait l'étoffe d'un mélomane — à obtenir que ce dernier transmît régulièrement à celle qui occupait ses moindres pensées des billets où il exprimait sa flamme. Utilisant le même messager, Celsa répondit dans des missives parfumées que — partageant totalement ses désirs — elle se préparait à informer son père, qui l'adorait et qu'elle respectait, de ses intentions amoureuses. Car il n'était pas question, dans une aussi noble lignée que la sienne, de convoler sans avoir reçu la bénédiction paternelle. Après trois semaines d'attente, estimant le moment propice arrivé un jour où Don Alonzo était d'excellente humeur, elle se risqua... La réponse de l'hidalgo fut nette :

— Jamais la fille d'un Alonzo Balmoral n'épousera un second violon de l'Opéra !

— Pourtant, père, ce n'est pas parce que Carlos est pauvre qu'il n'est pas honnête !

— Il ne saurait être question de mettre en cause son honnêteté. Ce qui m'inquiète, c'est sa profession... Si encore c'était un virtuose connu dans le monde entier mais deuxième violon dans une fosse d'orchestre, ça ne va pas très loin ! Ce qu'il lui faudrait pour être digne de postuler ta main, mon enfant, serait que, même étant d'extraction modeste, il ait une profession des plus nobles... Par exemple, s'il était matador, ça changerait tout ! Tu as bien vu ce qui se passe dans *Carmen* : finalement c'est Escamillo, avec son habit de lumière, qui remporte le tournoi d'amour face au minable Don José. Le prestige d'un matador chez nous est immense ! Ton soupirant devrait sérieusement y penser.

... Le lendemain, toujours par l'intermédiaire du serviteur aussi complice qu'un valet de répertoire, Carlos reçut un billet laconique de sa dulcinée :

Devenez rapidement matador et vous pourrez m'épouser ! Mais hâtez-vous : dans ma famille nous avons horreur d'attendre !

... Le pauvre Carlos mit les bouchées doubles, s'adressant aux meilleurs matadors d'Espagne pour embrasser l'une des plus spectaculaires mais aussi l'une des plus dangereuses de toutes les professions. Il n'osa plus envoyer de messages à Celsa et commença à se familiariser avec le lancement des banderilles et les ondulations de la *capa*. Ceci avec ce même acharnement dont il avait su faire preuve pour que les cordes de son violon puissent vibrer harmonieusement. Quand il se crut enfin paré pour les jeux dangereux de l'arène et estoquer son premier taureau, il adressa à la belle Celsa deux invitations lui permettant d'assister, en compagnie de son farouche homme de père, à ses exploits un dimanche après-midi à Valence. Follement émue, la jeune fille — dont la bouillante impétuosité n'en pouvait plus de patienter — transmit la prodigieuse nouvelle à Don Alonzo qui, en grand seigneur qu'il était, reconnut loyalement : « Caramba, voilà un garçon qui m'enchante parce qu'il ne manque pas de courage ! »

... Le grand jour arriva. Quand un jeune matador débute, chez nous, on le place dans une corrida où se trouvent deux autres matadors chevronnés. J'étais l'un de ceux-là. Précaution prise pour le cas où le néophyte n'acquerrait pas d'emblée la faveur de la foule qui se montre le plus souvent très difficile et même féroce pour sanctionner des débuts. Il fallait donc au moins la présence d'une vedette... Pardonne-moi, Elisabeth aimée, si je manque un peu de modestie à ton égard en me parant d'un tel titre tout en sachant que dans quelques jours, ici même à Nîmes, la grande vedette de la soirée *Carmen* sera toi et pas moi !

— Ne dis pas cela, Miguel ! Toi aussi tu es un as dans ta spécialité. Et je ne t'aime pas modeste ! L'humilité ne convient guère à un matador qui doit toujours se montrer brillant. Ne viens-tu pas déjà de me prouver que tu savais l'être dans un lit et il n'y a aucune raison que tu ne le sois pas autant que moi le soir de notre exhibition commune.

— En somme, selon toi, nous sommes deux stars ?

— Exactement ! C'est pourquoi nous nous comprenons aussi bien.

— Si nous nous comprenons, Elisabeth ? Mais avec une cantatrice de ton envergure ce ne peut être que l'accord parfait !

— Si nous revenions au violoniste-matador ? Comment les choses se sont-elles passées le dimanche de ses débuts ?

— Elles ont bien commencé, *querida*, mais hélas elles se sont très mal terminées ! Crois-moi : j'étais là au premier plan, derrière la barrière de protection et prêt à bondir dans l'arène pour venir en aide à l'apprenti torero si les choses tournaient brusquement mal pour lui... J'ai fait tout ce que j'ai pu, je te le jure sur le reliquaire et Saint-Jacques-de-Compostelle, mais le malheur a voulu que les événements aient été plus rapides que mon agilité ajoutée à mon expérience... Et pourtant, le taureau dont avait hérité Carlos n'était pas une bête plus méchante qu'une autre ! J'étais même plutôt satisfait de constater, au cours des premières passes et pendant que les picadors l'excitaient, que l'animal n'était pas vicieux, ce qui arrive assez souvent. En somme, pour ses débuts, Carlos avait une certaine chance... Seulement voilà, comme tous les apprentis, il voulut trop en faire ! Sachant que la belle Celsa était là aux places d'honneur sur les gradins en compagnie de son père — qui dans le fond de ses pensées d'hidalgo devait être plutôt flatté qu'un jeune homme ait troqué son archet pour l'épée et ceci uniquement par amour pour son trésor de fille trop gâtée — le téméraire avait préparé, dans le plus grand secret et sans s'être confié à aucun membre de la *cuadrilla* et pas même à moi qui avais été l'un de ses professeurs ès tauromachie, une action d'éclat qui, dans son imagination d'amoureux tout à fait fou, devrait déchaîner l'enthousiasme délirant de la foule au moment de la mise à mort.

— Qu'a-t-il donc fait de si extraordinaire ?

— Aie un peu de patience, chère Elisabeth ! La corrida a ses lois, ses règles, son déroulement inchangé depuis des siècles... Après la sortie du picador, ce fut la passe délicate des banderilles que Carlos sut enfoncer dans le cou du taureau avec une habileté, une rapidité et une élégance réellement surprenantes qui déclenchèrent les acclamations de la foule déjà debout. A cet instant, il avait presque acquis la célébrité. Il ne restait plus que la mise à mort qui, pour un garçon d'une telle témérité, ne devait plus être qu'un jeu d'enfant. Malheureusement ce fut alors que tout se corsa et très vite ! A la seconde où, bien placé face au taureau et alors que la foule, haletante et brusquement silencieuse comme cela se passe toujours avant la mise à mort, s'attendait à le voir porter l'estocade finale avec *l'espada* dissimulée jusque-là sous la *muleta rouge*, Carlos mit un genou à terre devant la bête et sortit de sous la *muleta* non pas une épée mais un archet et un petit violon ! Et, impassible devant la bête écumante et dégoulinante du sang provenant des blessures dues aux banderilles, il commença à jouer un petit morceau de violon. Devine quel air il choisit ? Celui de l'entrée du matador dans *Carmen*, le fameux « *Toréador* » ! Le drame fut que ce taureau n'était pas mélomane... Après avoir piaffé sur place et avoir hésité pendant quelques secondes tellement lui aussi devait être stupéfait d'une telle audace, l'animal fonça et encorna le virtuose sans même attendre la fin du morceau ! On vit Carlos, l'archet et le violon voltiger dans les airs pour retomber sur le sol alors que le taureau partait galoper dans l'arène tout fier de son exploit et narguant la foule saisie d'horreur. Pendant que les hommes du cirque emportaient Carlos éventré, les autres membres de la *cuadrilla* occupèrent le taureau pour me permettre de procéder le plus rapidement possible à sa mise à mort. On doit achever une bête blessée, sinon elle risque de devenir terriblement dangereuse ! J'eus le taureau avec *l'espada* que Carlos avait posée tranquillement sur le sol juste avant d'exhiber son archet et son violon.

Voilà, chère Elisabeth, l'exploit de Carlos tué d'un seul coup de corne.

— Mais c'est dément !

— Dans une corrida, quand l'instant du face-à-face final survient, il y a toujours l'un des antagonistes qui mord la poussière. Ou c'est le taureau, ou c'est le matador ! Cette fois ce fut le taureau qui gagna. Heureusement il arrive — si le taureau, lui, est sûr d'être achevé en fin de course — que le matador ne soit que blessé. Mais ses blessures sont le plus souvent tellement graves qu'il faut que le gaillard ait une solide constitution et beaucoup de chance pour y survivre ! Que penses-tu de cette histoire véridique, Elisabeth ?

— Tout s'est passé sous les yeux de Celsa ?

— Et de son père, le noble Don Alonzo Balmoral.

— Qu'est devenue Celsa ?

— Je n'en sais absolument rien. Mais, comme c'était une jeune fille d'excellente famille et bien élevée, à mon avis il ne lui est resté qu'une solution digne de son rang à l'issue de ce drame : se réfugier dans un couvent où elle doit encore prier pour le repos de l'âme du petit violoniste qui a su lui offrir une preuve d'amour qu'aucun autre homme au monde n'aurait eu le courage de lui apporter. Personnellement je trouve que c'est une très belle histoire... Encore plus forte peut-être que celle de cet opéra-comique, où tu vas chanter et dans lequel je n'apparaîtrai qu'au quatrième acte, au moment de la corrida, mais — je te le jure — je n'aurai ni archet ni violon ! Je m'y présenterai avec ma seule *espada* comme tous les matadors du monde, ceci pour que la représentation puisse se terminer dans de bonnes conditions, du moins pour moi !

Elisabeth demeurant muette, il reprit gentiment :

— S'il t'arrivait un jour de passer à Valence, dans l'une de tes tournées, je ne saurais trop te conseiller d'aller visiter l'étonnant Musée de la Tauromachie, unique au monde, qui se trouve dans cette ville. Tu y verras — entourées des affiches des plus grandes corridas qui aient été données aussi bien en Espagne qu'au Portugal, au Mexique, en Colombie, au Pérou et même en France — les photographies ou portraits des plus illustres matadors encore vivants ou disparus. Tu contempleras aussi, exposés, leurs habits de lumière, leurs *muletas*, leurs petits souliers sans talons, leurs toques noires qu'ils ont léguées à l'étrange musée. Tu y admireras enfin, protégés par une vitrine, l'archet et le violon déformé de Carlos avec l'indication de la date de sa mort et des extraits de coupures de presse relatant les circonstances assez exceptionnelles dans lesquelles elle s'est produite. Ce qui te permettra de vérifier l'authenticité de mon récit. Mais le plus curieux te semblera sans doute être une tête de taureau empaillée placée juste au-dessus de la vitrine et où il est mentionné que c'est lui qui a encorné le pauvre Carlos. Il y a ainsi, dans ce musée, quelques têtes conservées de bêtes qui ont su se montrer courageuses jusqu'au bout puisqu'elles ont eu la peau de leur adversaire! Ce qu'il y a de fantastique, c'est le nom qui avait été donné par le propriétaire de la *ganadería* (ou élevage) à cette bête que j'ai exécutée pour venger Carlos : *Stradivarius* ! Tu comprendras ainsi qu'en ce dimanche de corrida fatale, ils étaient prédestinés à rester en pleine musique ! Mais oublions tout cela et revenons à nos amours...

— Il est déjà très tard, Miguel... Je dois dormir parce que demain je répète encore. Si nous continuons à nous aimer à une pareille cadence entre chaque répétition, je ne serai plus du tout en forme pour le grand soir ! Tu as beaucoup de chance, toi ! Quand tu paraîtras au moment de la corrida, tu n'auras eu nul besoin de répéter comme moi, connaissant ton métier encore mieux qu'Escamillo !

— Ne crois pas cela ! Contrairement à ce gentil

Carlos, j'ai enduré d'innombrables répétitions avant de me présenter en public devant mon premier taureau, il y a de cela déjà des années... Ce doit être la raison pour laquelle je ne me suis pas trop mal débrouillé jusqu'ici ? Mais tu as raison : dormons ! Je te donne un dernier baiser et je rejoins sagement ma chambre.

Le lendemain, à la répétition, ce fut un autre genre de corrida qui commença pour Elisabeth. Le ténor, brillant et venu du *Capitole* de Toulouse, qui avait été choisi par la Municipalité de Nîmes pour tenir le rôle de Don José, avait commencé dès les toutes premières répétitions à lui adresser — n'est-ce pas le cas de le dire puisqu'à la fin de l'opéra-comique de Bizet, c'était lui qui devait tuer la volage Carmen ! — des œillades assassines. Comme beaucoup de ses confrères ténors, ce cabotin, se croyant irrésistible, ne concevait pas de chanter sans que sa partenaire, subjuguée par son avantageuse prestance et les qualités indéniables de sa voix, ne tombe immédiatement en pâmoison devant ses charmes. Il estimait que ça n'aurait pas valu la peine de jouer les ténors s'il n'en était pas ainsi à chacune de ses apparitions sur scène. Mais ce qu'il ignorait, c'est qu'Elisabeth, dont il n'avait pas encore été le partenaire, détestait ce genre de personnage trop sûr de lui et n'avait jamais consenti, au cours de sa carrière de plus en plus triomphale, à avoir la moindre aventure avec l'un ou l'autre de ses partenaires. Elle, qui aimait passionnément son art mais pas du tout les chanteurs, s'était même toujours débrouillée, tout en sachant rester souriante et aimable, pour garder prudemment ses distances dans ce domaine. Il n'existait pas, dans le monde tellement cancanier des planches, un seul ténor ou baryton qui pouvait se targuer d'avoir connu une quelconque aventure avec la belle Elisabeth Neuray. Ce qui lui avait valu, grâce à la médisance des postulants déçus, une réputation de frigidité qui était loin d'être méritée.

Quand un homme lui avait plu et à condition qu'il ne fût pas acteur, Elisabeth n'avait jamais hésité à aller jusqu'au bout de son désir. Son aventure passionnée avec le matador Miguel en était une preuve éclatante. Et justement, parce qu'elle se sentait comblée au-delà de ses désirs depuis son arrivée à Nîmes, elle n'avait pu supporter les roucoulades ridicules d'un Don José. Les choses se passèrent pour elle exactement de la même façon que dans la fiction théâtrale, ceci à la petite différence près que l'Escamillo de *Carmen* était remplacé par un Miguel.

Excédée par les avances de plus en plus pressantes du ténor, dont la propre épouse — dotée elle aussi d'une jolie voix et d'une blondeur qui n'avait rien de déplaisant — tenait avec brio le second rôle féminin de Micaëla, la titulaire du rôle de Carmen lui fit nettement comprendre qu'il n'aurait aucune chance de parvenir à ses fins avec elle. Dès lors le Don José « du Capitole » devint fou de rage et voua une haine éternelle — il est heureux que, dans le monde du spectacle, l'éternité ne dure guère plus longtemps que le nombre de représentations prévues — à ce véritable matador, importé à grands frais d'Espagne pour doubler le personnage d'Escamillo, au moment où s'intercalerait la vraie corrida. Dans ce conflit des coulisses, les choses continuaient à se passer comme dans l'histoire chantée.

N'importe quel observateur un peu subtil aurait pu en déduire qu'un moment surviendrait fatalement où l'orage d'amour, dont les nuages lourds d'inquiétude s'amoncelaient de plus en plus au-dessus des arènes de Nîmes au fur et à mesure que les répétitions se prolongeaient, finirait bien par éclater ! Ce qui se produisit le soir de la représentation de gala mais heureusement à une heure où le drame scénique étant consommé par la mort de Carmen assassinée de la main du lâche Don José, les milliers de spectateurs enthousiastes avaient quitté les gradins après avoir associé dans la même ovation délirante aussi bien les chanteurs que la *cuadrilla* venue de Madrid. Ce fut le moment que choisit Micaëla, l'épouse aussi légale que jalouse de Don José, pour tuer d'une balle de revolver en plein cœur son matador de mari dont elle avait bien repéré l'empressement excessif auprès de Carmen. Avec un ténor pour conjoint, cette blonde rivale aurait pourtant dû avoir appris à se montrer plus conciliante : une voix mâle qui sait faire vibrer les cœurs féminins a droit à toutes les indulgences. Peut-être l'événement eût-il été plus romanesque si, au lieu du revolver banal toujours à la portée de n'importe quelle petite-bourgeoise rêvant d'être citée dans les faits divers, Micaëla avait utilisé ce même couteau de théâtre dont venait de se servir Don José pour faire semblant de poignarder devant les milliers de spectateurs haletants d'émotion la brûlante Carmen ? Mais sans doute, étant elle aussi du bâtiment, savait-elle depuis longtemps que les couteaux de théâtre coupent encore moins bien que ceux des restaurants.

L'infortuné Don José fut emporté aussi rapidement qu'un matador encorné jusqu'à sa loge par la *cuadrilla* espagnole qui ne manquait pas d'expérience pour effectuer ce genre de transit. Et il expira avant que le médecin de service ait eu le temps d'intervenir. Le *Capitole* de Toulouse perdit ce soir-là l'un de ses meilleurs ténors. Son épouse, bien sûr, fut arrêtée. Effondrée elle-même et pleurant plus que toutes celles qui avaient interprété depuis des années le rôle de la rivale de Carmen, elle n'opposa aucune résistance. Peut-être avait-elle déjà prévu qu'en France plus que partout ailleurs un crime passionnel a toutes les chances de susciter l'indulgence du jury. Et quel crime pouvait être plus passionné que celui-ci perpétré à l'issue de l'un des plus violents drames d'amour de tout le répertoire lyrique ?

Pendant ce temps, voulant éviter les questions indiscrètes que ne manquaient jamais de poser les journalistes avides de faire un « scoop » sensationnel, Elisabeth rejoignit précipitamment son hôtel et se fit conduire à l'aéroport de Nîmes-Garon où elle sauta, dès le lever du jour, dans le premier avion en partance pour Paris. Elle débarqua au domicile maternel juste à temps pour que sa mère puisse lui demander :

— J'espère que tu as entendu la radio ce matin ?

— J'avais autre chose à faire !

— Je m'en doute... Pourtant on y a beaucoup parlé de toi !

— Pourquoi de moi ?

— Au sujet de ce qui s'est passé hier soir aux arènes de Nîmes. Je pense que tu sais que ton partenaire est décédé ?

— Et alors ? Je n'ai rien à y voir.

— Le speaker a pourtant expliqué que ta camarade qui a tué son mari aurait confié que c'était uniquement à cause de toi !

— Quel toupet ! Ce type était impossible ! Il ne chantait pas trop mal mais c'est tout ce qu'il avait pour lui.

— Ne crains-tu pas que la presse ne vienne t'interroger ici ?

— Je n'y serai pas. Je vais partir pour quelques semaines. Tu sais très bien, puisque tu y travailles, que je ne ferai ma rentrée à l'Opéra-Comique dans *La Tosca* qu'en octobre prochain. Si des journalistes téléphonent pour obtenir un rendez-vous, dis-leur qu'ayant eu une saison exténuante, je suis partie me reposer. Et s'ils avaient l'outrecuidance de venir sonner ici, flanque-les à la porte !

— Et ta sœur ? Elle m'a déjà téléphoné. Elle aussi a entendu la radio.

— Ça ne me surprend pas... Hélène doit être ravie que je connaisse quelques ennuis !

— Pas ravie mais enfin ça n'avait pas l'air de tellement la chagriner... Elle m'a demandé si je savais que tu avais une liaison avec ce chanteur du Capitole ?

— Et que lui as-tu répondu ?

— Que je l'ignorais.

— Tu pouvais car il n'y a rien eu entre ce guignol et moi ! C'est tout juste si je le connaissais de nom et je ne l'avais jamais rencontré avant les répétitions de Nîmes !

— Mais ne te mets pas en colère, ma chérie... Je te crois ! Seulement tu sais comment est ta sœur : elle a toujours été un peu jalouse de toi.

— Un peu... seulement ? Elle me hait parce qu'elle ne pourra jamais chanter les grands rôles du répertoire que l'on me confie.

— Ne sois pas méchante ! Ça ne te va pas, ta nature est trop charmante...

— Où est-elle en ce moment, Hélène ?

— Elle m'a appelée de Rouen où elle fait un triomphe, m'a-t-elle dit, dans *Les Cloches de Corneville* données au Grand Théâtre.

— Le contraire serait surprenant : cette opérette de Planquette, qui est presque une épopée normande et dont le grand air est *J'irai revoir ma Normandie*, ne peut être qu'un succès à Rouen !

— Pourquoi rabaisser les mérites d'Hélène ? Pour les œuvres légères, elle a de réelles qualités.

— Je le sais mais comprends bien que cette histoire de Nîmes, dans laquelle je ne suis pour rien, m'a complètement désorientée. Je vais quitter Paris et quand je reviendrai après quelques semaines de repos, j'aurai retrouvé mon calme. Je partirai dès ce soir. J'ai déjà réservé ce matin ma place dans un avion quand je suis passée à Orly.

— Une place pour où ?
— Madrid... Après avoir chanté *Carmen*, figure-toi que j'ai envie de découvrir l'Espagne où je n'ai encore jamais été.

Maman n'insista pas et ne posa plus de questions. Lorsque Elisabeth arriva à Madrid, elle y fut accueillie à l'aéroport par Miguel... un matador qui avait remplacé son habit de lumière par un vêtement civil ne le distinguant guère du commun des amoureux du monde... Un Miguel qui avait voulu éviter, lui aussi, tous les racontars en s'enfuyant très vite de Nîmes mais non sans avoir prévu de proches retrouvailles avec sa nouvelle conquête. Pour Elisabeth — qui jusqu'à ce jour avait cependant réussi à conserver un calme relatif devant les assauts de la passion parce que si elle adorait séduire, elle se refusait obstinément à être séduite — rejoindre Miguel dans son pays c'était un peu comme si elle devenait l'héroïne d'une fugue ensoleillée... Et, pendant quinze jours, elle ne donna de nouvelles à personne, pas même à sa mère qui sut repousser avec brio l'insatiable curiosité des journalistes. Ces derniers finirent par se lasser de l'attente de confidences qui ne venaient jamais ! Et comme l'actualité était là, déroulant inexorablement son ruban d'informations farcies d'autres nouvelles « à sensation », le crime passionnel des arènes fut vite oublié pendant qu'Elisabeth continuait à vivre avec son vrai matador des heures d'extase que beaucoup de femmes, même les plus sages, rêvent de connaître au moins une fois dans leur vie.

Seulement — et ce fut là où le bât commença à blesser — si c'est très émouvant, un torero en chaleur, ça le devient moins quand il ne peut plus se déchaîner dans un lit et lorsqu'il s'octroie des moments de repos ainsi que cela se passe entre deux corridas. Pour une Elisabeth qui, ayant fait preuve de tant de réserve jusqu'à ce jour, se sentait quelque peu sevrée d'amour, ces pauses, qui commençaient à avoir une fâcheuse tendance à se multiplier, devinrent un véritable supplice ! Comme toutes celles qui ont trop longtemps attendu avant de goûter au fruit défendu, elle était devenue insatiable et le drame fut qu'en dehors des moments où il se trouvait dans l'arène face à un animal rendu fou furieux et ceux où il « toréait » en chambre avec une créature qui n'était au fond pour lui qu'une sorte de vachette, le fringant matador n'avait plus rien à dire ! Sa conversation, sa culture et ses connaissances musicales étaient des plus restreintes. Très vite, pour une femme aussi fine que l'ancien 1er Prix du Conservatoire, le personnage devint ennuyeux. Dès que la lassitude commence à s'immiscer dans une aventure, même la plus effrénée soit-elle, les choses ne durent pas très longtemps. Ce fut pourquoi Madame mère vit, non sans étonnement, son Elisabeth bien-aimée revenir au modeste domicile des Gobelins longtemps avant la réouverture prévue du vieil Opéra-Comique où elle devait interpréter *Tosca*. Une Elisabeth qui, n'en pouvant plus des matadors et des matamores, était bien décidée à ne plus jamais jouer le rôle de *Carmen* ni sur scène ni dans la vie. Une jeune femme redevenue beaucoup moins acerbe et qui, lorsque sa maman demanda : « C'était beau, l'Espagne ? », eut cette réponse, aussi vague que laconique :

— C'est beau si l'on veut...

Le seul souvenir tangible qui lui restait aujourd'hui de cette aventure ensoleillée était les franges du châle espagnol qu'elle portait à Nîmes pendant le dernier acte de *Carmen* quelques instants avant d'y être assassinée dans les arènes par Don José... Franges qu'elle abandonna sur le dessus-de-lit pour palper un morceau du voile noir de *La Tosca*.

Le personnage de la *Tosca*, maîtresse amoureuse d'un jeune peintre qui œuvre dans une église où il achève le portrait d'une madone, était peut-être celui de sa carrière où Elisabeth s'était sentie le plus à l'aise. Tout, dans le drame lyrique inspiré d'un mélodrame célèbre de Victorien Sardou, semblait avoir été conçu pour lui apporter un rôle à sa mesure. Cette Tosca qui, dans la pièce, était la plus célèbre cantatrice de la Rome de 1800, pouvait très bien être elle : une splendide créature adulée qui est tellement amoureuse qu'elle n'hésite pas à tromper la vigilance de Scarpia, l'ignoble chef de la Police, pour sauver son amant. Tout cela se termine, comme dans la plupart des opéras-comiques et des opéras, par le suicide de l'héroïne qui se jette dans le Tibre. Une héroïne lyrique porte en elle une telle démesure qu'elle ne peut que mourir devant des milliers de spectateurs ! Sentiment étrange chez elle, Elisabeth se voyait toujours renonçant à la vie plutôt qu'à un grand amour. Ne s'était-elle pas, depuis l'enfance, réveillée aussi exaltée qu'une *Tosca* ?

Au point culminant de sa carrière, Elisabeth était devenue, elle aussi, dans sa vie, une sorte d'héroïne de répertoire. Mais, celui-ci primant tout pour elle, ses amours n'avaient pu être que des entractes entre un lever et une chute de rideau. Cette nuit, solitaire dans sa chambre — où le désastre de son visage défiguré, qu'elle se refusait depuis des années à montrer au public, la contraignait à se cacher et à se calfeutrer — Elisabeth ne pouvait que s'attendrir sur son passé artistique... Plusieurs fois déjà, quand elle s'était fait apporter dans les mêmes circonstances par Caroline le mystérieux sac de toile contenant les derniers vestiges de ce qui avait été sa raison de vivre, elle s'était posé la question : « Pourquoi, au lieu de languir ici dans ma détresse hideuse, ne me suis-je pas suicidée comme ont eu le courage de le faire une *Madame Butterfly* ou une *Tosca* ? » Son malheur venait peut-être de ce qu'elle n'avait pas rencontré à temps l'homme qui l'aurait tuée par jalousie avant sa déchéance comme un Don José dans *Carmen* ?

Quelques semaines après son succès dans le chef-d'œuvre de Puccini auquel, toujours cachée dans la fosse devant son pupitre de second violon, maman avait assisté avec des larmes de joie, un chagrin — mais pas un drame de carton-pâte cette fois, un vrai — était survenu dans la vie d'Elisabeth. Cette mère à qui elle et sa sœur devaient tout parce qu'elle avait su pressentir qu'elles réussiraient aussi bien l'une que l'autre dans une carrière difficile où elle-même, Christine Neuray, n'était restée qu'une obscure, cette honnête femme s'éteignait emportée par une pneumonie comme l'avait été son époux le sculpteur ignoré.

Les obsèques furent aussi simples que l'avait été toute l'existence de cette maman modeste qui avait toujours préféré rester dans l'ombre plutôt que de gêner la progression de ses filles. Qui peut s'intéresser à la disparition d'une inconnue qui a donné la vie à deux authentiques artistes ?

Les jumelles et quelques habitants de l'immeuble des Gobelins, où avaient vécu le sculpteur et la violoniste, furent les seuls assistants de la triste cérémonie. Quand la tombe de celle qui rejoignait son époux se fut refermée, Elisabeth et Hélène se séparèrent comme si le dernier lien, qui pouvait encore leur permettre de se retrouver de temps en temps, venait de se briser. Chacune d'elles pensa qu'elles ne se reverraient peut-être plus, Elisabeth avec tristesse, Hélène avec indifférence. Mais elles se trompaient. La vie, qui réserve beaucoup de surprises, leur préparait d'étranges retrouvailles dont l'une sortirait grandie et l'autre meurtrie à jamais.

Cette fois le morceau d'étoffe qui attira l'attention d'Elisabeth présentait un contraste saisissant avec le voile noir de *La Tosca* : au lieu d'évoquer l'idée de suicide, il reflétait l'éclat de la vie. Il rappelait à Elisabeth une somptueuse robe dorée en tissu moiré qu'elle avait portée pour tenir le rôle d'une princesse de rêve dans une œuvre qui n'avait encore jamais été jouée : un nouvel opéra-comique dont la création s'était faite au Théâtre des Champs-Elysées pour une série exceptionnelle de soirées de gala données au profit de la recherche sur le cancer. Représentations qui avaient suscité aussi bien l'engouement de la nouvelle génération de mélomanes que la méfiance des fidèles inconditionnels du répertoire classique.

La grande Elisabeth Neuray avait beaucoup hésité avant de se risquer dans une telle aventure que ses admirateurs habituels pourraient lui reprocher. Et, pendant qu'elle repensait, sept années plus tard, à la création mémorable, elle avait l'impression de réentendre — dans le silence ouaté de sa chambre — le fantastique brouhaha, tout proche du chahut, qui avait déferlé dans l'admirable nef de la salle de l'avenue Montaigne au moment où le rideau était tombé à la fin de la Grande Première qui avait rassemblé ce public impossible qui croit incarner le « tout-Paris ».

Pour elle, c'était un souvenir rare : celui du premier et même du seul « bide » — un mot peut-être un peu vulgaire mais tellement significatif en langage de théâtre — qu'elle eût connu au cours de sa carrière. Le lendemain, devant l'insuccès notoire et par crainte de manifestations encore plus intempestives, la seconde représentation prévue avait été annulée et il n'y en avait plus jamais eu d'autre. La créatrice, qui avait été accablée de sifflets, estimait encore aujourd'hui que le public s'était montré d'une flagrante injustice. Sachant aussi que ce n'étaient ni elle ni ses partenaires qui avaient été censurés mais l'œuvre elle-même et, ayant eu tout le temps de réfléchir sur les raisons de ce désastre, elle avait acquis la conviction que si la création de l'ouvrage n'avait pas été précédée d'une publicité tapageuse d'assez mauvais goût, ce n'aurait pas été un tel échec. Et *Le Chercheur et la Mort*, titre de l'opéra-comique, n'aurait pas sombré dans ce gouffre d'oubli où ont disparu tant de drames lyriques que l'on croyait, avant qu'on ne les joue, dignes de passer à la postérité.

En dehors des commanditaires, qui durent y laisser pas mal de plumes, les deux responsables du fiasco avaient été les auteurs. Et pourtant, si Elisabeth avait accepté de se commettre dans ce guêpier, c'était parce qu'elle avait été sincèrement enthousiasmée par la qualité du livret dont l'originalité dépassait de loin tous les poncifs des vieux opéras-comiques où elle avait triomphé jusqu'alors. L'auteur de cette histoire s'écartant de la banalité n'était pas un écrivain de métier mais un médecin biologiste travaillant à l'Institut Pasteur et se nommant Alain Thiviers. Jeune savant auquel aussi bien ses « Patrons » que ses confrères prédisaient le plus bel avenir dans le domaine de la recherche médicale. Pour Thiviers, imaginer un livret d'opéra-comique n'avait été qu'un dérivatif dans lequel il s'était lancé avec la même passion que celle dont il faisait preuve pour se pencher sur ses travaux de laboratoire.

Contrairement à lui, le compositeur, jeune également et son ami, était un musicien de métier qui avait sans doute eu tort de croire que, pour sa première œuvre d'importance qui allait être représentée, il serait préférable de sacrifier la mélodie à des effets d'orchestration dodécaphonique très osés. Persuadé que ce serait ce genre de partition heurtée qui aurait le plus de chance de convenir au goût des auditeurs de notre temps, il avait complètement oublié que seules les œuvres où se trouvent des thèmes généreux, frisant parfois la ritournelle, ont quelque chance de franchir l'épineux obstacle de l'ignorance musicale propre aux masses. Thèmes qui finissent par se transformer en « airs » ou en leitmotive que l'on retient et fredonne facilement, telles les strophes célèbres de la chanson enivrante de *La Traviata*. Mélodies qui défient la redoutable usure du temps.

Elisabeth avait peu apprécié ce compositeur dont elle se souvenait à peine du nom et qui, au cours des répétitions, avait eu l'outrecuidance de lui prodiguer conseils sur conseils tout en lui faisant comprendre qu'elle allait avoir beaucoup de chance — elle la cantatrice pourtant consacrée — d'interpréter une œuvre d'une telle qualité ! Un musicien qui se prenait pour un petit génie alors que le librettiste était d'une extrême modestie. Et en plus, ce qui ne faisait qu'ajouter au charme de cette qualité, le docteur Alain Thiviers possédait un physique des plus intéressants. Son front dégagé, sa chevelure opulente déjà toute blanche malgré son jeune âge et rejetée en arrière, sa curieuse façon de regarder sans cesse le ciel comme s'il y cherchait l'inspiration, lui donnaient l'apparence d'un prophète ou d'un alchimiste de temps révolus. Le regard et le visage, engendrant tout de suite la sympathie, étaient imprégnés d'un mélange de rêve et de bonté. Un homme qui fascina Elisabeth la première fois où il vint lui rendre visite dans sa loge de l'Opéra-Comique, après lui avoir fait passer sa carte, à l'issue d'une représentation de *La Tosca*.

— Ça vous a plu, docteur ? demanda-t-elle.

— Ça m'a enchanté, madame ! Vous êtes admirable !

— Oh ! Il y a eu avant moi pas mal d'autres *Tosca* et il y en aura encore beaucoup après ! C'est le rôle qui est prodigieux... On pourrait presque dire qu'il porte son interprète. Et vous, docteur, vous travaillez à l'Institut Pasteur ? C'est là une magnifique vocation.

— Mon Dieu, madame, comme tous les confrères qui m'entourent, je cherche... et je ne trouve pas souvent !

— Dans quelle branche êtes-vous spécialisé ?

— Les infections et maladies de la peau... J'ai vu tellement d'horreurs dans ce domaine ! Si je pouvais seulement inventer un produit qui permettrait, par exemple, aux victimes de brûlures de faire disparaître complètement leurs cicatrices, qui sont souvent hideuses, je serais le plus heureux des biologistes... Evidemment cela doit paraître assez stupide de ma part de faire une pareille confidence à quelqu'un comme vous, madame, qui incarnez un idéal de beauté.

— Je ne me fais pas trop d'illusions, docteur ! Disons que, même chez les cantatrices, ce ne sont pas les jolies femmes qui manquent !

— Mais toutes ne possèdent pas la qualité de votre épiderme, madame !

— Qu'est-ce qu'elle a donc d'aussi extraordinaire, ma peau ?

— Malgré les fards que vous imposent les feux de la rampe, son éclat rayonne jusqu'au fond de la salle quand vous paraissez sur scène.

— Voilà un compliment assez original, docteur, que je n'avais encore jamais entendu et auquel je suis sensible... Mais je ne pense pas que ce soit pour me vanter de tels mérites que vous êtes venu me rendre visite ?

— Vous avez raison, madame.

— Vous pouvez m'appeler mademoiselle... Ça ne me dérange pas puisque je n'ai jamais été mariée.

— Je n'osais pas... « madame » me paraissait mieux convenir à une artiste de votre renom... Je vous dirai donc, mademoiselle, qu'en plus de l'admiration que je tenais à vous exprimer, ma visite a une tout autre raison...

Il s'arrêta de parler, rougissant comme un collégien intimidé.

— Qu'est-ce qui vous arrive, docteur ?

— Il m'arrive, mademoiselle — tels tous ceux qui cherchent à s'évader de la routine de leur profession, même si celle-ci les passionne — d'écrire de temps en temps... C'est ainsi que j'ai osé écrire un livret d'opéra-comique...

— Vous ? Mais il ne faut pas en avoir honte ! Pourquoi un savant ne serait-il pas tout indiqué pour inventer de belles histoires ? La plupart des auteurs de livrets manquent tellement d'imagination aujourd'hui ! Ils ressassent toujours les mêmes thèmes où l'action se termine par la mort de l'héroïne qui, d'ailleurs, n'en finit pas de mourir parce qu'elle doit presque toujours chanter à ce moment-là son grand air où elle explique dans des couplets à peu près incompréhensibles les raisons pour lesquelles elle se tue ou on la tue !

— Eh bien, mademoiselle, dans mon livret que j'ai intitulé *Le Chercheur et la Mort*, parce que c'est une situation que je crois connaître parfaitement, l'héroïne ne meurt pas. Au contraire, grâce à un secret révélé dans l'histoire, elle vit très longtemps, belle et radieuse...

— Voilà qui est nouveau, docteur ! Vite ! Racontez-moi ça...

— Je crains de vous importuner. Ne venez-vous pas de connaître une soirée écrasante pendant trois heures de scène, et il se fait tard...

— J'ai gardé mon âme d'enfant : je ne m'endors jamais quand l'histoire que l'on me raconte est belle... Je vous écoute.

— Ne pensez-vous pas qu'il serait préférable que je vous laisse ce livret qui est entièrement écrit et que je me suis permis de vous apporter ? Ainsi vous pourrez en prendre connaissance si vous en avez le temps. Le voici.

Ayant reçu le manuscrit, elle demanda :
— Et sa partition ?
— Terminée également.
— Mais alors c'est merveilleux ! Nous pourrons organiser un jour une séance de lecture et d'audition avec votre compositeur au piano... Mais dites-moi : où comptez-vous faire créer cette œuvre ?
— Au théâtre des Champs-Elysées avec l'aide financière de différentes entreprises commerciales et industrielles qui veulent bien nous aider. Les bénéfices, s'il y en a, iront à la recherche sur le cancer.
— Tout est donc déjà prévu ?
— Tout sauf l'interprétation et c'est pourquoi je me suis permis de m'adresser à vous en tout premier lieu pour le principal rôle féminin qui devrait vous convenir à merveille.
— Pourquoi à moi plutôt qu'à une autre ?
— Parce que vous êtes « ma » Princesse ! Vous ayant déjà applaudie dans *Madame Butterfly*, la Charlotte de *Werther*, la Mimi de *La Bohème* et dans d'autres rôles jusqu'à l'inoubliable *Tosca* que vous nous avez offerte ce soir, je sais qu'il n'y a que vous à pouvoir créer *Le Chercheur et la Mort*... Seulement j'ai très peur que les cachets qui vous seront proposés par les organisateurs de ces représentations de charité ne puissent correspondre à vos légitimes exigences ?
— Cher docteur, tout dépendra de la qualité de l'ouvrage dont vous venez de me remettre le livret. Et comme je sais qu'il s'agit de chanter au profit d'une œuvre d'utilité mondiale, j'accepterai bien volontiers de demander ce que l'on appelle un « prix d'ami ». Qui sait ? Peut-être même ne réclamerai-je aucun fixe, acceptant le risque de jouer seulement au pourcentage.
— Oh merci ! Je n'en espérais pas moins de votre générosité.

— Pourquoi diable pensez-vous que je puisse être capable de me montrer généreuse ?

— Il n'y a qu'à vous écouter, qu'à vous voir jouer quand vous êtes sur scène et même qu'à vous regarder telle que vous êtes dans la vie pour comprendre, mademoiselle Neuray, que vous ne pouvez que vous montrer généreuse en tout... Vous êtes faite pour donner : c'est votre nature contre laquelle vous ne pourrez jamais lutter.

— Griffonnez sur votre bristol le numéro de téléphone où je devrai vous appeler pour vous faire part de ma première impression dès que je vous aurai lu... Voilà ! Et maintenant rentrez chez vous. Je suis sûre que vos travaux à l'Institut Pasteur vous obligent à être bien plus tôt que moi sur les lieux de votre travail. Moi je ne suis qu'une théâtreuse et, comme la plupart des femmes de ma profession, j'ai la stupidité de croire que l'avenir appartient à celles qui se couchent tard parce qu'elles ont la possibilité de ne pas se lever trop tôt le lendemain... Je suis ravie d'avoir fait votre connaissance sans aller jusqu'à vous dire « A bientôt, mon futur auteur ! » mais on ne sait jamais, n'est-ce pas ?

Revenue chez elle dans l'appartement des Gobelins qu'elle n'avait pu se résoudre à abandonner après la disparition de sa mère, elle s'était mise au lit — et, à demi assise comme elle l'était aujourd'hui de longues années plus tard dans sa chambre du 9e arrondissement, ce ne furent pas des bouts de tissu que ses doigts manipulèrent mais les pages du livret écrit par le jeune médecin et qui la fascinèrent. Le thème du *Chercheur et la Mort* était assez surprenant et ne pouvait être que le fruit de l'imagination d'un praticien qui avait laissé libre cours à ses fantasmes...

C'était l'histoire d'un jeune et beau médecin dont la réputation était grande... Chaque fois qu'il était appelé au chevet d'un malade gravement atteint, son diagnostic se révélait infaillible : il pouvait dire, sans crainte de se tromper, si le malade guérirait, ou s'il mourrait. Ce que tout le monde ignorait, c'était le secret qui permettait à ce médecin de ne jamais commettre d'erreur. Secret datant du jour de sa venue au monde. Pourtant la chance ne semblait pas, ce jour-là, être avec lui : abandonné par sa mère, le nouveau-né avait été déposé une nuit devant le portail d'une maternité. Mais le portail ne s'était pas ouvert et l'enfant aurait été voué à une mort certaine si une femme n'était passée par là... Une femme étrange et sans âge dont le visage au teint blafard émergeait d'un capuchon surmontant un ample manteau couleur de muraille et dont les pieds nus dans des sandales semblaient à peine effleurer le sol lorsqu'elle marchait.

Après s'être arrêtée devant le poupon emmailloté de blanc, la femme se pencha pour le regarder longuement puis le prit dans ses bras et disparut dans les ténèbres avec son fardeau tellement frêle. Quelques minutes plus tard elle frappait à une porte. Une solide femme ouvrit :

— Je te confie cet enfant, dit la visiteuse. Voici cinq pièces d'or. Je repasserai toutes les semaines vers la même heure pour voir si tu le nourris bien et comment tu l'élèves. Je sais que, bien qu'étant très pauvre, tu es courageuse et que tu t'es souvent occupée d'enfants abandonnés. Si tu t'acquittes de ta tâche, chaque fois que je reviendrai, je te donnerai le même nombre de pièces d'or.

Elle s'enfuit, laissant l'enfant dans les bras de celle qui serait sa nourrice. Elle tint parole : toutes les sept nuits, elle frappait à la porte, toujours vêtue du même manteau triste. Pendant quelques instants, elle prenait dans ses bras l'enfant qui lui était présenté et le contemplait. Mais elle donnait l'impression de ne pas être capable de l'embrasser, ni même de lui sourire. Le visage impassible, elle le rendait à la nourrice, sans rien dire, avant de lui remettre les cinq pièces d'or. Ce fut ainsi que d'aumône d'or en aumône d'or, l'enfant fut élevé pendant les premières années. Il grandit et, chose curieuse, chaque fois qu'il revoyait sa protectrice au visage austère et toujours silencieuse, il lui souriait.

Quand il fut en âge d'apprendre ce que l'on doit savoir sur les choses de l'existence, elle dit à la nourrice :

— Prépare ses vêtements. Je l'emmène ce soir. Mais comme tu as accompli avec zèle la tâche que je t'avais confiée, chaque semaine je reviendrai frapper à ta porte pour te donner les cinq pièces d'or. Elles te permettront d'élever d'autres enfants abandonnés qui ont droit, eux aussi, à une certaine dose de vie...

Elle prit l'enfant par la main : une main glacée qui semblait n'être que d'ivoire. Mais l'enfant n'eut pas peur : sa petite main chaude serra avec confiance celle de sa protectrice. Elle et lui s'enfoncèrent dans la nuit.

Après une longue marche, ils arrivèrent devant la porte d'une grande maison qui s'ouvrit dès que la femme eut frappé contre le battant. Un vieil homme parut.

— Voici, lui dit-elle, celui dont je t'ai annoncé depuis longtemps la venue et auquel tu vas insuffler tout ton savoir qui est immense.

Puis, se tournant vers l'enfant, elle lui parla pour la première fois :

— Je ne te reverrai que lorsque tu auras fini tes études et que tu seras devenu un homme. Ce jour-là je te livrerai un secret qui te permettra d'être le plus grand médecin de tous les temps !

Elle partit, le laissant avec celui qui allait devenir son maître en sciences et en sagesse.

Les années passèrent. Le jour où il obtint ses derniers diplômes, celui qui était maintenant un homme reçut la visite de la dame au grand manteau.

— Je tiens toujours mes promesses, dit-elle. Parce que tu es le seul être vivant dont j'aie eu pitié, je me dois de continuer à t'aider. Voici le secret : je suis la Mort... Apprends que, chaque fois que quelqu'un est très malade, je m'approche de son lit... Si je me place à la tête de ce lit, c'est que le malade va guérir et continuera à vivre. Si, au contraire, je viens au pied du lit, c'est qu'il va mourir. Personne ne m'a jamais vue et ne me verra jamais dans ces moments-là ! Personne à l'exception de toi qui es mon unique protégé. Ainsi, selon la position que j'occuperai auprès du lit, tu pourras annoncer à la famille ou aux amis du malade qu'il vivra ou qu'il mourra... Tu deviendras pour tous le médecin infaillible et tu seras très riche.

— Pourquoi faites-vous cela pour moi, madame ?

— Parce que je sais que ta vie doit être longue ! Tu ne pouvais pas mourir une nuit, devant le portail d'une maternité, alors que tu venais à peine de venir au monde.

Et elle s'enfuit à nouveau.

Très vite, le jeune médecin devint célèbre. Chaque fois qu'il était appelé au chevet d'un moribond, la dame au manteau apparaissait pour lui seul, soit à la tête, soit au pied du lit, et son diagnostic prit figure d'oracle. Sa réputation devint telle qu'il fut appelé un jour dans le palais d'un roi dont la fille unique et adorée était très malade. Aucun des innombrables praticiens conseillés n'avait pu se prononcer. Quand il vit la jeune fille allongée, languissante sur son lit, le jeune médecin fut ébloui : jamais il n'avait rencontré beauté pareille ! Et comme il lui sembla injuste, odieux même qu'une telle créature pût disparaître aussi jeune, il décida de venir à son secours.

Il dit au roi :

— Sire, faites venir immédiatement quatre forts gaillards que nous placerons aux quatre coins du lit de la princesse. Et, dès que je leur ferai signe, ils soulèveront le lit qu'ils tourneront sans cesse, tant que je l'ordonnerai.

— Vous croyez sincèrement, objecta le roi, que c'est le meilleur des remèdes ?

— Sire, c'est le seul qui me permette de lutter efficacement contre la Mort si elle se présentait...

A peine avait-il dit ces mots que la dame au manteau lui apparut. Il attendit et quand il vit qu'elle se dirigeait vers le pied du lit, il ordonna aux quatre gaillards mandés d'urgence par le roi de tourner immédiatement le lit. Ainsi la Mort se trouva à la tête au lieu d'être au pied... Il en fut ainsi pendant des heures : jamais la dame au manteau ne parvint à se trouver au pied du lit. Furieuse, elle partit et le médecin put annoncer :

— La princesse vivra !

Ce qui se produisit. Quelques jours plus tard, elle était guérie. Le médecin reçut du roi l'autorisation de lui tenir compagnie.

Une nuit où il revenait d'un souper donné par le roi pour fêter aussi bien la guérison de sa fille bien-aimée que l'art de celui qui était parvenu à la sauver, le jeune médecin trouva, l'attendant devant la porte du palais, la dame au manteau.

— Pourquoi m'as-tu trahie ? demanda-t-elle. Moi qui ai tout fait pour toi !

— Je ne vous ai pas trahie, madame, puisque personne n'a pu deviner le secret que vous m'avez confié pour me permettre de réussir dans ma carrière... Qui se serait douté, dans la chambre de la princesse malade, que je faisais sans cesse tourner le lit pour vous empêcher de vous trouver dans la position où vous apportez la mort ? Je suis le seul à vous avoir vue... Et, si j'ai agi ainsi, c'est parce que j'ai éprouvé le même sentiment que vous-même avez connu lorsque vous m'avez vu, il y a des années, devant le portail d'une maternité : il m'interdisait de voir disparaître la beauté comme il vous a empêchée de laisser mourir un nouveau-né.

— Ta dialectique subtile me prouve que j'ai confié ton éducation à un excellent maître. Mais tu mens ! Tu n'as trouvé ce stratagème que parce que tu es devenu éperdument amoureux de la fille du roi.

Et comme il ne répondait pas, elle ordonna :

— Donne-moi la main et viens...

Il prit, pour la seconde fois de sa vie et sans hésiter, la main glacée en souhaitant que sa propre main, brûlante de fièvre amoureuse, parvînt à la réchauffer. Il n'en fut rien.

Ils sortirent de la ville. Arrivés dans la forêt, elle le conduisit jusqu'à une grotte où elle l'entraîna.

— Regarde, dit-elle.

Il y avait dans cette grotte, alignées sur des candélabres d'or, des milliers et des milliers de bougies rouges allumées qui se consumaient lentement. Cela créait une lumière irréelle qui ne pouvait venir que de l'au-delà.

— Chacune de ces bougies, continua la dame au manteau, marque la durée de l'existence d'un homme ou d'une femme... Quand la flamme s'éteint, cela veut dire que celui ou celle dont c'est la flamme de vie est en train de mourir... Vois celle-ci : la bougie est encore longue, sa flamme est vive : c'est la bougie de ton existence... Mais regarde aussi celle-là : sa flamme est très courte et vacille... elle ne possède presque plus de vie et te révèle que, quoi que tu puisses faire ou tenter, la fille du roi doit bientôt mourir !

— Pourquoi si jeune ?

— Je n'ai pas à t'expliquer, à toi qui es vivant, pourquoi ce sera elle plutôt qu'une autre... Apprends cependant qu'étant la Mort, il me faut à chaque heure, à chaque minute, à chaque seconde de ma comptabilité le même nombre de morts. Si l'on essaie de me voler l'une de ces morts, une autre doit la remplacer... Tu n'as rien répondu quand je t'ai dit que tu étais amoureux de la princesse ? Aie au moins la franchise d'exposer la vérité de ton âme devant la Mort.

— Je l'aime... éperdument !

— Et parce que ton amour est fou, tu souhaites qu'elle continue à vivre ?

— Oui.

— Puisqu'il en est ainsi, je vais t'aider pour la dernière fois. Tu vas prendre la bougie de ta vie et tu la mettras à la place de celle de la fille du roi après avoir mis dans ma main ce qu'il reste de la sienne.

Il fit ce qu'elle demandait.

Quand elle eut dans sa main d'ivoire la bougie de la princesse, elle souffla dessus et le médecin s'écroula, mort.

Incontestablement, c'était un extraordinaire livret pour un drame lyrique. Et comme le lui avait annoncé le jeune médecin venu la saluer dans sa loge, Elisabeth devait reconnaître que l'héroïne — cette princesse dont il lui demandait d'interpréter le rôle — ne mourrait pas à la fin de l'histoire. Dès le lendemain, elle téléphona au docteur Thiviers :

« Votre histoire est magnifique ! Maintenant je veux vite écouter la partition. Prévenez votre complice le compositeur. Si son travail est à la hauteur du vôtre, je serai heureuse de jouer votre œuvre. »

Hélas ! La partition lui parut assez décevante, avec son excès de modernisme qui tuait le rêve du romantisme. Malgré tout, le livret lui plut tellement qu'elle accepta de créer *Le Chercheur et la Mort*. Ce fut le désastre, mais ce livret, qui parut peut-être insensé à beaucoup de spectateurs trop terre à terre, eut le mérite de sceller entre une Elisabeth-Princesse et un médecin-poète une amitié qui ne se ternit jamais. Ils se revirent régulièrement. Presque chaque semaine, il venait l'attendre dans sa loge de l'Opéra-Comique pour l'emmener souper. Des tête-à-tête où il lui racontait ses travaux de laboratoire qui progressaient et où elle lui confiait ses inquiétudes d'artiste qui n'est jamais tout à fait satisfaite de ses interprétations parce qu'elle ne cesse de rechercher aussi bien la perfection vocale que l'aisance de la comédienne. Fut-ce entre eux un dialogue d'amoureux plus ou moins déguisé ? Ce soir encore — alors qu'elle espérait dans sa chambre pour le souper de sa quarante-quatrième année la venue de celui qui n'était plus le petit docteur Thiviers, librettiste méconnu, mais le professeur Thiviers que tous ses élèves appelaient respectueusement « Monsieur » et dont la réputation n'avait fait que grandir sans entacher le moins du monde la modestie — Elisabeth était incapable de mesurer quelle avait été leur intimité amoureuse. Un amour discret et tendre, resté mystérieux et secret, qui n'avait jamais franchi ces limites dangereuses qui font qu'un sentiment sublime se transforme le plus souvent en une possession banale prenant fin dans une déchirure irréparable. Une passion profonde aussi, mais contenue, qui n'ose pas aller trop loin par crainte de voir se rompre le lien tellement fragile de l'affection réciproque qui, pour rien au monde, ne doit s'évaporer dans ces fumées d'oubli cachant plus de relents de désillusion que de véritables regrets.

Ce fut au cours de l'un de ces petits soupers, pris dans un restaurant proche de l'Opéra-Comique et après qu'Elisabeth eut avoué à son confident « Je commence à en avoir assez de chanter tous ces rôles d'un répertoire qui me paraît terriblement vieillot » que ce dernier lui dit :

— Je suis un peu de votre avis. Ce qui m'ennuie surtout c'est que vous êtes une femme si vivante et si brillante que je trouve regrettable de vous voir mourir, désespérée, à la fin de chacune de vos représentations, quels que soient l'auteur du livret ou le compositeur ! Le seul ouvrage où vous avez pu échapper à ce funeste destin fut *Le Chercheur et la Mort*... Mais malheureusement ce fut l'ouvrage lui-même qui mourut en entraînant tous ses interprètes dans un sinistre purgatoire ! Je ne me pardonnerai jamais d'avoir été le principal responsable d'un pareil naufrage.

— A ce propos, Alain, il y a une question que je me suis souvent posée sans oser la formuler devant vous mais maintenant que vous et moi sommes devenus des amis, je crois pouvoir me risquer... Répondez-moi franchement : qu'est-ce qui vous a poussé à écrire un livret d'opéra-comique, alors que la nature même de vos études et votre vocation étaient tellement éloignées d'un travail frivole ?

— Frivole ? Croyez-vous que ce soit aussi aisé que cela de bâtir une bonne histoire pour le théâtre ? Pourquoi me suis-je laissé entraîner à cette occupation très éloignée en effet de mes travaux habituels ? Mais tout simplement parce que j'ai toujours été un passionné, dès mon enfance, d'art lyrique ! Comme le principal personnage masculin de « mon » opéra-comique manqué, je n'ai pas eu le bonheur de connaître mes parents, ayant été abandonné, moi aussi, devant le portail du vieil hôpital Saint-Louis... Après avoir été pris en charge par l'Assistance Publique — qui se nomme aujourd'hui l'Aide Sociale à l'Enfance —, j'ai eu la chance d'être confié à une brave femme, infirmière privée, qui avait deux passions : les soins médicaux et l'opéra-comique. Elle m'a inculqué les deux : c'est sûrement pour cela que je suis devenu ce personnage hybride qu'est un biologiste-scribouillard ! Chaque semaine, quand j'obtenais de bonnes notes aussi bien à la Communale qu'ensuite au lycée, ma protectrice — qui n'avait rien, je m'empresse de vous le dire, du personnage assez inquiétant de *la Mort* de l'ouvrage dans lequel vous avez accepté de chanter — m'emmenait salle Favart où nous nous installions aux places les moins chères des galeries.

Et ce fut du haut de ce « poulailler » grandiose que nos yeux et nos oreilles émerveillés ont pu plonger sur tous les chefs-d'œuvre du répertoire que je sais par cœur. J'étais déjà en troisième année de médecine quand j'ai connu la joie d'assister à vos grands débuts dans *La Bohème* où vous fûtes une *Mimi* incomparable ! Pourquoi ai-je commencé alors à adorer encore plus l'opéra-comique ? Mais parce que vous y étiez ! Dès votre première apparition, j'ai été conquis ! Je ne sais trop si ce fut par la qualité de votre voix ou par cette séduction innée qui est en vous... Oui je vous ai aimée en *Mimi*, en *Charlotte*, en *Manon*, en *Mireille* et je sais que je vous admirerai toujours ! C'est à cause de cette ferveur que m'est venue l'idée folle d'écrire pour vous le livret du *Chercheur et la Mort* dont l'inspiration a été puisée aussi bien dans ce que l'on m'a appris de ma venue au monde que de la profession vers laquelle m'avait orienté mon infirmière protectrice. C'est tout. Ai-je bien répondu à votre question ?

— Je suis très émue...

— Au diable l'émotion et revenons à votre carrière : c'est beaucoup plus important ! Je ne veux plus vous voir mourir en scène ! Ça me donne trop de chagrin... En médecin que je suis, j'ai cherché un remède et je pense avoir trouvé... Vous m'avez bien dit que votre sœur jumelle, que je n'ai pas le plaisir de connaître et que je n'ai jamais pu applaudir, chantait l'opérette... Pourquoi ne pas faire comme elle ?

— Je ne comprends pas... Moi dans une opérette ? Mais ce serait une décadence !

— Vous y seriez éblouissante de charme et ce genre de spectacle présente le sérieux avantage de ne pas se terminer par une mort mais toujours par un mariage ! Dans aucune des œuvres du répertoire que vous avez chanté on ne vous a encore mariée... Ne croyez-vous pas que c'est là une regrettable lacune qu'il serait grand temps de combler ?

Belle comme vous l'êtes, vous avez droit au mariage final ! Et vous seriez aussi ravissante que follement désirable en mariée ! Oui, je rêve de vous voir en blanc !

Elle le dévisagea avec curiosité avant de répondre, souriante :

— Mais dites-moi, monsieur le Professeur, ne serait-ce pas de votre part une sorte de demande en mariage ?

— Jamais je n'oserais ! Et vous nous imaginez, unis pour le meilleur et pour le pire, vous avec vos répétitions quotidiennes et moi encombré de consultations que je suis bien obligé de donner maintenant que je suis devenu le Patron d'un service hospitalier ? J'ai de plus en plus tendance à penser que notre amitié indestructible est la bonne solution : n'étant mariés ni l'un, ni l'autre, il n'y a aucune raison pour qu'elle prenne fin. Si je vous ai dit que je souhaitais vous voir mariée, c'était uniquement dans une opérette ! Une femme telle que vous ne se marie pas sinon elle risque de perdre la majorité de ses admirateurs... Et moi je serais le plus exécrable des époux ! Accaparé par mes travaux, je ne pourrais être que quelques heures par jour auprès de vous ! Ce qui nous convient le mieux c'est de nous rencontrer pour des petits soupers dans le genre de celui-ci.

— Vous avez raison : par intermittence et en nous souhaitant réciproquement bonne chance à chaque fois que nous nous séparons pour rentrer chacun chez nous... Mais pourquoi m'avoir conseillé tout à l'heure de me lancer dans l'opérette, un genre de spectacle que je trouve mineur ?

— Vous avez tort ! L'opérette ne pourra jamais être une fille majeure puisqu'elle est aussi exquise que vous ! Seulement entendons-nous : pas question pour vous de paraître dans de petites œuvres trop légères ! Ce qu'il vous faut, c'est la grande opérette... Je dirais même l'opéra bouffe qui, à certains moments de sa partition, se rapproche de l'opéra ! Pensez à Offenbach : les plus célèbres cantatrices ont été ravies de devenir une *Belle Hélène*, une *Périchole* et tant d'autres femmes inoubliables auxquelles il fallait non seulement de vraies voix mais aussi la beauté, l'abattage et la présence que vous avez, alors que la plupart d'entre elles ne pouvaient guère se vanter de posséder autant de qualités !

— On a beaucoup repris — plus ou moins bien, je le reconnais — les œuvres d'Offenbach ces dernières années. Même ma sœur Hélène s'est risquée, je ne sais plus sur quelle scène de province, à jouer *La Fille du Tambour Major*.

— Ce fut un succès ?

— Je l'ignore mais je le souhaite pour elle. Hélène est parfaite dans ce genre de répertoire. Vous ne voudriez tout de même pas que je me mette à lui faire de la concurrence dans un domaine où elle excelle ? Ce serait très inélégant de ma part.

— Cette *Fille du Tambour Major* est loin d'être le chef-d'œuvre d'Offenbach ! N'importe qui, ayant du métier, peut se hasarder dans le rôle principal... Mais pour chanter le « *Dis-moi Vénus* » de *La Belle Hélène* ou le « *Dites-lui qu'on l'a remarqué, distingué* » de *La Grande Duchesse*, il faut avoir une voix de mezzo-soprano aussi bien placée que la vôtre... Enfin il existe d'autres très grandes opérettes classiques qui ne sont pas d'Offenbach, ne serait-ce, par exemple, que *La Chauve-Souris* de Johann Strauss où vous seriez prodigieuse ! Le rôle de l'épouse du mari volage semble avoir été écrit pour vous... Je vous vois et vous entends déjà dans la scène du bal masqué du second acte chantant les couplets où vous vous moquez de votre époux, le fêtard invétéré, qui ne vous reconnaît pas parce que vous portez un masque vénitien. Vous y seriez inouïe de fantaisie et de charme !

— Johann Strauss ? C'est en effet une idée. Il faudra que j'y songe... Mon cher Alain, au lieu d'être un grand médecin comme quelques autres, vous devriez devenir mon imprésario ! Il n'y en a plus de bons !

— J'avoue que ça ne m'aurait pas tellement déplu de vivre ainsi dans votre ombre : j'y aurais découvert des joies insoupçonnées dans ma profession ! Le seul ennui, c'est que l'on ne change pas de vocation quand on est arrivé au stade où j'en suis, ni surtout à mon âge ! On ne me prendrait plus du tout au sérieux.

— Sachez que je ne vous ai jamais pris tout à fait au sérieux parce que vous êtes exactement comme moi : un optimiste ! Maintenant il est grand temps de nous séparer pour rentrer chacun chez nous et nous reposer avant de reprendre dès demain le collier de nos activités, si éloignées l'une de l'autre ! Activités qu'il nous arrive même parfois de ne plus tellement chérir parce qu'elles ont fait de nous de véritables esclaves ! Quand dînons-nous à nouveau ensemble ?

— Dès que cela vous fera plaisir.

— Téléphonez-moi. Pour vous, je m'arrangerai toujours pour me rendre libre, à condition qu'il ne s'agisse que d'une soirée...

— Moi aussi, Elisabeth. Savez-vous ce que nous sommes en réalité ? Des amoureux de la nuit, de faux amants qui se cachent...

Et Hélène ? Semblant vouloir copier les agissements de sa jumelle, elle aussi s'était aventurée dans un genre de spectacle qui ne lui convenait pas. Expérience soldée par un four complet qui avait eu lieu dans le même théâtre des Champs-Elysées dont la destinée semblait, presque depuis sa construction en 1911, d'être voué à servir de tremplin de luxe à des ouvrages dramatiques, lyriques ou chorégraphiques ayant peut-être trop de qualités cachées pour pouvoir assurer des succès durables. Hélène, perdue dans une troupe un peu disparate, avait fait pourtant de son mieux pour chanter, jouer et danser dans une comédie musicale fabriquée en France avec l'intention de concurrencer les chefs-d'œuvre du genre venus des Etats-Unis. Mais hélas *Barbara* — c'était aussi bien le titre de l'œuvre que celui du rôle principal interprété par Hélène — n'avait aucun point de comparaison avec des *West Side Story, My Fair Lady* ou autre *Hello Dolly* ! De plus, si Hélène possédait une agréable voix légère pour le répertoire d'opérettes françaises ou viennoises, elle ignorait, contrairement à sa sœur qui avait fait d'immenses progrès dans ce domaine, l'a.b.c. des lois régissant les scènes de comédie qui abondent dans une comédie musicale et n'avait aucune idée — comme beaucoup d'artistes françaises ou français se croyant aptes à tout — de ce qu'était la véritable danse. Enfin le nom Hélène Bourdin était loin d'être celui d'une vedette capable d'attirer les foules comme celui d'une Elisabeth Neuray. Cette dernière n'eut d'ailleurs pas le temps d'aller applaudir sa sœur, ainsi qu'elle l'avait gentiment fait chaque fois qu'elle l'avait pu, puisque *Barbara* — comme *Le Chercheur et la Mort* — ne connut qu'une seule représentation devant une salle à demi vide ne permettant pas de prévoir la moindre suite. Les invités de la Première n'étaient même pas venus ! Si Elisabeth fut chagrinée de son échec avenue Montaigne, Hélène fut terriblement mortifiée par le sien.

Les conseils du professeur Thiviers, devenu l'ami solide, avaient porté. Pour en être encore convaincue, après des années, Hélène n'avait qu'à palper le morceau de taffetas — s'étalant sur le dessus-de-lit comme tous les tissus qu'elle venait déjà de caresser — qui avait été prévu pour le cas où il y aurait eu quelque accroc dans la robe du soir mauve au décolleté prestigieux qu'elle avait portée au cours d'une longue série de représentations de *La Chauve-Souris* de Johann Strauss au Châtelet. Un véritable triomphe ! Le plus grand qu'eût jamais connu une Elisabeth Neuray ! Il est vrai qu'aussi bien les interprètes que le public ont toujours beaucoup de mal à résister à l'incomparable envoûtement de la valse : « première valse, dernière valse », valse éternelle... Comme c'était prévisible, l'abandon provisoire du répertoire d'opéra-comique par la cantatrice pour s'adonner à la grande opérette avait été un événement dans le monde musical. « Pourquoi a-t-elle fait cela ? » s'étaient exclamés les grincheux. Reproche auquel le chœur des fidèles indéfectibles d'Elisabeth répondait : « Allez donc la voir et l'entendre au Châtelet avant de la critiquer et, comme la majorité des gens, vous ne pourrez que la féliciter d'avoir pris une telle décision. »

Assise dans son lit, Elisabeth croyait encore entendre les échos de cette polémique qui avait eu au moins le mérite de prouver que sa popularité n'était pas surfaite. Mais ce fut surtout la contemplation silencieuse du tissu qui lui rappela une fois de plus — n'était-ce pas un souvenir qui resterait gravé dans sa mémoire jusqu'à sa mort ? — les circonstances lui ayant permis de faire la connaissance de Roland de Jumièges.

Ça s'était passé comme pour la plupart des rencontres avec ses précédents soupirants, dans sa loge d'artiste au cours de l'entracte suivant le deuxième acte : celui qui se terminait par le célèbre bal costumé, tellement apprécié par le professeur Thiviers, où l'héroïne cherchant à ridiculiser son mari volage auquel elle se fait présenter comme n'étant qu'une belle inconnue, se cache sous un masque vénitien fait d'un loup noir d'où n'émerge que la vivacité intrigante des yeux et qui se prolonge par un voile de dentelle destiné à dissimuler également le bas du visage. Remontant de la scène, Elisabeth n'avait pas encore eu le temps de retirer ce masque quand on frappa à la porte de sa loge. Croyant que c'était son habilleuse Caroline, elle cria « Entrez ! » comme elle avait l'habitude de le faire à chaque fois qu'elle venait de réintégrer ce local intime qui sait se révéler parfois très douillet parce que son occupante a su bien l'aménager. Sa surprise fut grande de se trouver, alors qu'elle était encore vêtue de sa robe mauve et de tous ses atours de scène, en présence d'un homme d'une quarantaine d'années ayant belle prestance. Un grand blond, aux yeux clairs comme elle les aimait, qui s'empressa de dire :

— Pardonnez-moi, mademoiselle, d'avoir fait preuve d'une telle hâte pour venir vous exprimer mon admiration... Je dois aussi vous avouer, à ma plus grande confusion, que, fréquentant assez peu les théâtres lyriques — ce en quoi, je le reconnais aujourd'hui, j'ai eu le plus grand tort ! — je n'avais pas encore connu la joie de vous applaudir... Plaisir immense, croyez-moi ! J'étais déjà là hier soir dans la salle avec mon épouse qui a été aussi enthousiaste que moi mais ce soir j'ai tenu à revenir seul avec l'intention, je le confesse humblement, de vous demander — pour le cas assez improbable où vous seriez libre — de vouloir bien consentir à souper avec moi ?

Tout cela avait été débité d'une seule traite comme si cet admirateur inconnu avait craint de perdre l'inspiration en cours de propos mais aussi avec une réelle simplicité et beaucoup de gentillesse. Ce qui amena Elisabeth à demander dans un sourire que l'on pouvait deviner à travers la dentelle du masque :

— Vous voulez dire souper ce soir quand la représentation aura pris fin après le troisième acte ?

— Exactement.

Il y eut un moment d'hésitation avant la réponse :

— Votre invitation est charmante mais je ne vous connais pas, monsieur ! J'ai ouï dire qu'il n'y a pas encore si longtemps, quand on souhaitait être reçu par une artiste dans sa loge, on lui faisait d'abord porter un bristol où l'on mentionnait son identité et son adresse... Il arrivait même, parfois, que l'on se fît précéder par un envoi de fleurs sur lesquelles était épinglée la carte de visite... Mais ce sont là des usages qui se perdent de plus en plus ! Ce que je déplore... Enfin ! Ne devons-nous pas vivre avec notre temps ? Puis-je connaître quand même votre nom, cher monsieur ?

— Comte Roland de Jumièges... Oui, mademoiselle, vous avez mille fois raison : je suis impardonnable ! J'ai failli à toutes les règles de la bienséance mais je vous promets, si vous acceptez de m'accueillir à nouveau, qu'une aussi regrettable erreur de ma part ne se reproduira plus jamais !

Il avait tenu parole. Les envois de fleurs s'étaient ensuite succédé dans le salon de cette demeure qu'il lui avait offerte et avaient précédé chacune de ses visites avant qu'il n'eût quitté ce monde. Depuis sa disparition, il semblait que les fleurs, ces gages d'admiration tellement fragiles, aient oublié de continuer à rendre hommage à celle qui avait été l'une des femmes les plus enviées de Paris et qui croyait encore se revoir en train de recevoir dans sa loge du *Châtelet* — devenu « *Théâtre Musical de Paris* » — les excuses de l'aristocrate avant de lui confier en riant franchement cette fois :

— Eh bien vous pouvez dire que vous avez de la chance ! Ce soir, justement et parce qu'un grand ami qui veut bien me convier à souper très souvent, est retenu par les exigences de sa profession, je suis libre... J'accepte donc mais je vous demanderai, quand vous reviendrez me chercher tout à l'heure, de patienter dans le couloir jusqu'à ce que mon habilleuse vienne vous annoncer que vous pouvez entrer dans cette loge.

— C'est juré.

— Maintenant retournez dans la salle. Je dois me changer entièrement pour le dernier acte qui se passe dans une prison où l'on a enfermé mon fêtard de mari. Vous ne m'imaginez tout de même pas me rendant ainsi vêtue dans un parloir de prison ! Etes-vous au moins bien placé dans la salle ?

— On ne peut mieux : au deuxième rang des fauteuils d'orchestre. Ce qui me permet de vous dévorer des yeux !

— Gardez votre fringale et méfiez-vous : les fosses d'orchestre peuvent se révéler dangereuses ! J'en sais quelque chose par une curieuse aventure qui s'est passée en Espagne.

Ce fut à ce moment de sa rêverie que la recluse volontaire cessa de contempler la pièce de taffetas mauve pour ouvrir le tiroir de la table de chevet, sur laquelle était posée la petite lampe à abat-jour apportant l'éclairage très tamisé de la chambre, et en extraire avec d'infinies précautions un masque vénitien qu'elle fixa, grâce à un ruban noué derrière sa nuque et sans avoir retiré le turban dissimulant les cheveux, devant son visage hideux en murmurant encore à mi-voix :

— C'était ainsi que je devais être quand il a eu le toupet de pénétrer pour la première fois dans ma loge et dans ma vie !

S'étant emparée d'un miroir portatif, puisé dans le tiroir de l'autre table de chevet, elle jugea de l'effet obtenu avant de dire encore à mi-voix :

— Je sais que j'étais très belle dans cette scène du bal de *La Chauve-Souris*...

Revigorée par cette pensée, elle ne retira plus le masque à dentelles dissimulant sa monstruosité pendant que ses souvenirs continuaient à errer six années plus tôt dans les parages du *Châtelet*... Elle s'y revoyait, accompagnée par Roland et passant, radieuse, devant la double haie d'admirateurs qui lui présentaient, de chaque côté de la sortie des artistes rue Edouard-Colonne, des programmes en quémandant des autographes avant qu'elle ne prît place dans une voiture à la droite de ce nouvel admirateur qui l'emmenait souper alors qu'elle ne soupçonnait même pas son existence deux heures avant !

Comment avait-elle pu céder aussi vite à l'invitation ? Mais tout simplement par impulsion comme cela s'était déjà produit avec le futur pharmacien de *La Bohème*, l'officier de marine de *Madame Butterfly*, le matador de *Carmen* et beaucoup d'autres dont les personnalités l'avaient moins marquée. Ce qui paraissait assez curieux, dans cette rétrospective saupoudrée de désirs plus ou moins assouvis, était que le médecin, devenu ensuite le Professeur, semblait ne pas faire partie de la galerie amoureuse. C'était un personnage à part dans l'existence d'Elisabeth qui ne l'avait toujours aimé qu'en pensée et jamais désiré physiquement. Ce médecin, dont elle attendait la venue tout à l'heure pour savourer en sa compagnie le gâteau de son quarante-quatrième anniversaire, était toujours resté le grand mystère de son existence. Peut-être était-ce pourquoi elle avait conservé une confiance illimitée en lui ? N'avait-elle pas compris depuis longtemps déjà, presque depuis le premier jour où il était venu lui demander d'être la créatrice du *Chercheur et la Mort*, qu'elle pourrait tout lui dire et qu'il saurait aussi rester le confident dévoué ne refusant jamais de rendre un service, aussi démesuré fût-il, comme ce serait peut-être le cas un jour ?

Avec Roland les choses s'étaient passées d'une tout autre façon. Sans avoir jamais été appelé à jouer le rôle du témoin attentionné des mauvais jours, il avait su se révéler l'amant que toute femme ne rencontre qu'une seule fois dans sa vie et le plus souvent jamais ! Si Alain Thiviers était le docteur-miracle, Roland de Jumièges avait été pour elle celui dont sa sensualité très féminine n'avait pu se passer dès le premier instant où elle était devenue sienne. Le souvenir de tous ceux qui avaient précédé Roland dans son existence, y compris le fougueux Espagnol, avait été balayé par la présence et les caresses de l'homme capable de faire se prolonger des amours et même de les faire durer au-delà de la mort comme cela venait de se passer depuis cinq années qu'il n'était plus là.

Ce n'était pas parce qu'il était marié le jour où ils avaient fait connaissance que son amante n'avait pas gardé la conviction d'avoir été sa seule véritable, son unique compagne... Certitude née au cours du premier souper où il l'avait entraînée en sortant du Châtelet et qui s'était passé chez *Maxim's*, ce lieu prédestiné des nouvelles liaisons qui ne craignent pas de s'afficher. Cette nuit-là ils avaient commencé à vivre une valse passionnée qui ne s'était jamais interrompue malgré la brutale disparition de l'un d'eux pouvant faire croire qu'ils s'étaient séparés. Elisabeth avait continué à valser jour et nuit en rêve dans les bras de l'être adoré. Ce soir, assise dans son lit et le visage masqué, elle fredonnait encore la valse qu'elle chantait en scène à son mari volage au cours du bal de *La Chauve-Souris* et qui avait déclenché le mécanisme mystérieux faisant qu'un homme — même s'il n'est qu'un spectateur perdu au milieu de beaucoup d'autres dans une immense salle — ne peut pas résister au désir impérieux de se rapprocher de celle qui l'a ensorcelé sous les feux de la rampe. Au fond, le véritable responsable de tout ce qui s'était passé ensuite avait été le démoniaque Johann Strauss...

LA VALSE PASSIONNÉE

Ce premier souper en compagnie de Roland chez *Maxim's*, où Elisabeth n'avait encore jamais eu la curiosité d'aller, ne ressemblait en rien au dîner bien modeste que lui avait offert — le soir de ses débuts à l'Opéra-Comique dans *La Bohème* — le jeune étudiant en pharmacie. Roland connaissait tout le monde dans le célèbre restaurant mais sa conquête, qui intriguait la salle, n'avait prêté que peu d'attention à tous ceux qui l'entouraient. L'unique souvenir précis qui lui restait de cette soirée, déjà lointaine, était le moment où celui qu'elle trouvait de plus en plus séduisant lui avait demandé, alors qu'ils venaient de remonter dans la voiture stationnée rue Royale :

— Où allons-nous maintenant ? Préférez-vous que je vous ramène chez vous ?

— Peut-être serait-ce plus indiqué pour le premier soir où nous sortons ensemble ?

— Vous avez raison.

Mais quand la voiture s'arrêta devant la porte d'entrée du vieil immeuble des Gobelins, la femme déjà conquise, poussée par un instinct qu'elle était encore incapable d'analyser six années plus tard, ne put résister à l'envie de dire :

— Pourquoi ne montez-vous pas ? Ainsi vous pourrez connaître l'appartement qui fut celui de mes parents et que j'ai tenu à conserver après leur disparition. Il ne se trouve sans doute pas dans un quartier très huppé ni dans un immeuble de grand standing mais je l'aime ! J'y ai grandi et, depuis tant d'années, lui et moi avons fini par nous habituer l'un à l'autre ! Venez... Seulement je vous préviens : il n'y a pas d'ascenseur et il va vous falloir gravir quatre étages.

— Excellent exercice après le dîner !

Elisabeth n'avait eu aucune honte à lui montrer ce domicile. Et elle avait eu mille fois raison puisque, tout en lui conservant l'atmosphère d'un passé familial, elle avait su l'aménager avec goût. De tout cela d'ailleurs, Roland se moquait éperdument : la seule chose à avoir de l'importance pour lui était la présence de cette superbe créature de trente-huit ans qui, au cours du souper, avait su se montrer aussi brillante qu'adorable. Lui aussi était conquis. Son premier geste, dès que la porte d'entrée de l'appartement se referma derrière eux, fut d'enserrer sa conquête et de l'embrasser tendrement.

Elle n'avait opposé aucune résistance. Chez Elisabeth il en avait toujours été ainsi : un homme lui plaisait tout de suite ou jamais. Dans le second cas il ne présentait pour elle aucun intérêt. Dans le premier elle s'abandonnait à lui comme si elle était assoiffée d'amour. Il y avait cependant eu une exception : ne voulant pas déflorer une amitié qu'elle avait pressentie tout de suite comme pouvant être indissoluble avec le docteur Thiviers, elle l'avait conservé égoïstement comme ami de cœur. Par contre avec un Roland de Jumièges elle n'avait pas pris le temps de réfléchir. N'avait-il pas tout pour lui : la beauté mâle, la classe, le charme ? Tout cela ajouté à un nom qui l'habillait bien parce qu'il savait le porter avec une désinvolture sympathique.

Lorsqu'ils se réveillèrent, tard le lendemain matin, elle demanda dans un souffle d'amoureuse :

— Chéri, ne m'as-tu pas parlé hier soir de ta

femme qui t'accompagnait le premier jour où tu es venu m'applaudir dans *La Chauve-Souris* ?

— C'est exact. Je suis marié mais, à partir de la seconde où je t'ai vue et entendue, sa présence n'a plus eu pour moi la moindre importance ! C'est comme si tu étais parvenue à m'obliger à faire complètement cocu mon passé... Sais-tu que c'est formidable ! Je n'aurais jamais cru que cela pourrait être aussi agréable !

— Ton épouse doit pourtant être charmante ? Ça m'étonnerait qu'un homme tel que toi se soit contenté d'un laideron, même si celui-ci t'a apporté une grosse dot ?

— C'est moi qui ai l'argent, pas elle... Mais ça ne l'empêche pas d'avoir un certain charme comme tu le dis. Seulement rassure-toi : elle ne te ressemble en rien ! Elle est blonde... Trop blonde même pour moi qui le suis déjà et qui ai toujours pensé avoir commis une regrettable erreur en n'épousant pas une brune... Pour moi tu es une sorte d'idéal. Avec Christiane — c'est le prénom de mon épouse — vous présentez un contraste absolu ! Et pas uniquement pour la couleur de peau... Elle est petite et tu es grande, sa voix est tellement pointue qu'elle finit à la longue par en devenir agaçante alors que la tienne est mélodieuse, ses gestes sont trop brusques tandis que les tiens sont toujours mesurés ou empreints d'une certaine langueur que j'adore, tu ne donnes pas non plus l'impression d'être stupidement jalouse, enfin — et pour moi c'est très important ! — tu fais divinement l'amour...

— Ta femme doit quand même bien avoir quelques qualités, sinon tu ne l'aurais pas épousée ! Vous avez des enfants ?

— Non.

— Puisque tu n'es pas heureux avec elle, pourquoi n'avoir pas divorcé ?

— Figure-toi que dans mon monde le divorce est

assez mal vu... Je reconnais que c'est bête mais c'est cependant ainsi ! Tu sais : c'est très difficile de lutter contre les vieux principes ancrés dans nos familles depuis des générations !

— Qu'un homme ait une épouse légale ou pas, moi ça m'indiffère ! Les deux seules choses que je lui demande c'est de savoir être mon amant et de ne pas avoir d'autre maîtresse.

— Voilà ce que j'appelle une femme épatante ! Mais oui : tu comprends les choses ! C'est pourquoi nous deux ça risque de durer très longtemps...

— Ça ne tiendra qu'à toi. Personnellement, même si j'ai vécu quelques aventures, je n'ai aucune liaison. Je suis libre !

— Moi aussi puisque Christiane ne compte plus.

— On dit cela...

— Mais c'est la vérité, mon amour !

— Je veux bien te croire aujourd'hui... Seulement qu'allons-nous devenir l'un et l'autre ?

— Nous ne nous quitterons plus.

— Penses-tu que ce sera facile, toi avec ton épouse d'un côté et moi avec ma carrière de l'autre que j'ai bien l'intention de continuer à mener même si j'aime éperdument un homme ! Il devra s'habituer à bâiller dans la salle pendant que je roucoulerai sur la scène !

— Je ne demande qu'à t'applaudir tous les soirs avant de t'emmener souper. Dès maintenant tu peux te considérer comme étant mon invitée quotidienne... Cela a commencé hier, ça continuera aujourd'hui... Je viendrai te chercher dans ta loge après la représentation et je prendrai bien soin d'attendre dans le couloir que ton habilleuse vienne m'annoncer que « Madame est prête à me recevoir ».

— Ne crois-tu pas que tu seras vite saturé d'un tel programme ?

— Je ne t'aurai jamais assez avec moi.

— Et ta femme, qu'est-ce qu'elle dira ?

— Il faudra bien qu'elle s'y habitue, sinon nous

nous séparerons sans divorcer. D'ailleurs je ne me fais plus trop d'illusions : la seule chose qui l'intéresse vraiment en moi ce n'est pas ma petite personne mais mon fric.

— Il existe donc des femmes comme cela ?

— Il y en a, chérie ! Et beaucoup plus que tu ne le crois !

— Cette fortune que tu appelles « ton fric », d'où vient-elle ? Tu l'as gagnée par ton travail ?

— Ce n'est pas que je déteste le travail, mais si j'étais accaparé dans un bureau ou par une affaire à gérer, je ne pourrais pas faire tout ce que j'aime vraiment...

— Tu aimes quoi à l'exception des femmes ?

— Tu devrais dire une femme, qui est toi... A part toi depuis avant-hier, j'aime l'équitation, l'escrime, le golf, la voile, les rallyes automobiles, la chasse, une partie d'échecs, un bon repas... C'est à peu près tout mais ce n'est déjà pas si mal, ne trouves-tu pas ?

— Tout cela, c'est très joli mais ça ne te permet quand même pas de tenir le train de vie que tu mènes.

— Ajoutons à ce programme d'occupations assez diverses un élément dont je ne t'ai pas encore parlé parce que je n'ai pas lieu d'en être tellement fier ! J'ai eu la chance, mes parents étant morts quand j'étais encore jeune, d'hériter d'une fortune plus que confortable. Alors pourquoi travailler en faisant des choses qui m'ennuient ? Mieux vaut vivre agréablement en dépensant les revenus d'un capital... Oui, je le reconnais, je ne suis que l'un de ces derniers et affreux fils à papa que tout le monde critique mais que l'on envie parce qu'ils sont à peu près les seuls à pouvoir faire ce qu'ils veulent... C'est très vilain, n'est-ce pas, d'être un fils à papa ?

— Ça ne me gêne pas... Ceci d'autant plus que tu as la franchise de reconnaître que ce n'est pas un titre de gloire ! Pour moi tu as deux qualités primordiales : tu es bel homme et toi aussi tu sais merveil-

leusement faire l'amour. Que veux-tu que je demande de plus ?
— Que je te gâte !
— Mais j'ai tout ce qu'il me faut : je chante le répertoire qui me convient, le public est plutôt gentil avec moi, mes cachets me permettent de vivre décemment et j'ai l'impression depuis cette nuit d'avoir peut-être enfin décroché un authentique amant... Alors !...
— Mais si c'est moi qui veux te couvrir de cadeaux parce que ta féminité y a droit ? Tu ne vas quand même pas me dire que tu détestes les fourrures, les bijoux, les tableaux, les objets d'art, les demeures somptueuses, les voitures qui ne ressemblent pas à toutes les autres ?
— Je peux apprécier tout ce qui est beau mais je saurai très bien aussi me contenter de ce que j'ai si tu restes dans mon existence.
— Voilà bien la première fois que je rencontre une magnifique femme qui n'a que son talent d'artiste pour vivre et qui ne réclame rien ! C'est bien pourquoi j'ai la ferme intention de t'offrir tout ce qui te manque à mon avis. Elisabeth chérie, tu as devant toi un homme heureux ! Maintenant il faut qu'il rentre chez lui...
— A cause de sa femme ?
— D'elle et surtout des convenances... Que diraient les domestiques s'ils ne voyaient pas revenir « Monsieur » ! On ne doit jamais scandaliser un personnel qui vous est tout dévoué. Et puis cet après-midi j'ai promis d'aller faire un bridge au *Jockey-Club*.
— Tu en fais aussi partie ?
— J'appartiens à une quantité d'institutions plus ou moins utiles où il sied de faire de temps en temps acte de présence.
— Serais-tu snob ?
— C'est possible mais je pense être plutôt moi-même.

— Autrement dit, il n'existe qu'un Roland de Jumièges ?
— Un seul et tu l'as !
— Tu vas finir par me faire croire que j'ai beaucoup de chance.
— Nous sommes tous les deux de grands veinards de nous être rencontrés.
— Avant de te sauver, tu accepteras quand même bien le petit déjeuner que je vais te préparer ?
— Déjà un cadeau ? Mais, mon amour, ce n'est pas à toi de m'en faire ! Reste au lit... Ça te va tellement bien d'être dans un lit... Et si cela peut être pour toi une distraction, tu as le droit de me regarder m'habiller.
— Ça m'amuse toujours de contempler un homme qui se revêt après une nuit d'amour.
— Tu en as déjà vus beaucoup ?
— Je te raconterai cela plus tard quand nous nous connaîtrons un peu moins mal.
— Où diable ai-je laissé mes chaussettes ? Quelle pagaille !
— Cette nuit, quand nous sommes arrivés, tu étais tellement pressé...
— Et toi tu ne l'étais donc pas ?
— Je ne sais plus dans quel état j'étais, sinon que j'avais une envie folle de me trouver dans tes bras... Alors c'est bien décidé : nous soupons ensemble encore ce soir ?
— Je t'ai dit : tous les soirs !
— Sais-tu que tu as eu une veine insolente de me trouver libre hier ? Et s'il m'arrivait de ne pas l'être un soir ?
— Tu me rendrais très malheureux !
— A ce point-là ?
— J'en suis tout étonné moi-même... J'ai encore une cravate à nouer, mon veston à enfiler, le manteau à endosser... Ça y est ! Ouf !

Revenu près du lit, il se pencha vers elle :

— Maintenant c'est l'instant divin du baiser qui porte bonheur...

Celui-ci fut encore plus tendre que le premier échangé après qu'ils eurent pénétré dans l'appartement. S'arrachant à l'étreinte, il dit :

— Tu es un ange ! Grâce à toi, je suis sûr qu'au *Jockey* je vais faire fortune au bridge ! Et j'ai déjà l'impression de t'aimer... A ce soir, au Châtelet... J'occuperai le même fauteuil, deuxième rang. Mais je saurai rester discret : ce qui nous arrive ne concerne aucun autre spectateur. Si ces représentations de *La Chauve-Souris* se prolongent longtemps, je finirai par connaître la pièce par cœur et qui sait ? peut-être pourrai-je un jour y jouer avec toi ?

— Tu serais l'homme rêvé pour interpréter le rôle du mari volage... Dépêche-toi de rentrer au bercail sinon tu seras grondé par ta femme comme cela se passe dans l'opérette de Strauss.

— Vive l'Opérette !

Il s'enfuit, la laissant rêveuse.

Le soir même le deuxième souper eut lieu dans un tout petit restaurant du XVIIe dont le patron était l'ancien maître d'hôtel des parents de Roland. Etablissement connu seulement de quelques initiés et qui offrait le double avantage d'avoir peu de clients à une heure aussi tardive, tout en présentant une carte excellente parce que simple. Ce fut pendant ce repas discret qu'Elisabeth reçut de son nouvel amant le rubis qu'elle ne cessa plus jamais de porter ensuite à son annulaire après la mort du donateur. En lui remettant l'écrin, il avait dit en souriant :

— J'espère que la couleur de cette pierre sera celle qui saura le mieux s'harmoniser avec tes yeux et tes cheveux noirs.

Il ne s'était pas trompé. Tous les matins au réveil, depuis qu'elle s'était retrouvée seule, le premier geste d'Elisabeth avait été d'embrasser ce rubis qui symbolisait la générosité de son seul véritable amant.

Une fois la bague passée au doigt de son invitée, comme si ce geste était le plus banal du monde, il avait orienté la conversation sur un tout autre sujet :

— J'ai beaucoup réfléchi depuis que je t'ai quittée ce matin... L'appartement où tu habites ne manque pas de charme et je comprends très bien que tu y sois restée attachée puisqu'il a été pour toi le cadre de tant de souvenirs de jeunesse et familiaux... D'ailleurs j'avais tellement faim de toi que je n'ai même pas pris le temps de le visiter. Il m'a paru plutôt grand. Depuis la disparition de ta mère, tu y as vécu seule ?

— Aucun homme n'y a pénétré à part toi.

— Tu n'as donc pas eu peur de m'accueillir ainsi à l'improviste ?

— Pendant des années je me suis toujours dit que si jamais un homme se retrouvait chez moi dans mon lit, ce ne serait que parce que le destin l'aurait désigné pour être l'homme de ma vie.

— Le destin ? Tu y crois ?

— Oui. Et toi ?

— J'ai plutôt foi dans les flèches de Cupidon... Celle qui m'a transpercé venait directement de la scène du Châtelet : elle a survolé la fosse d'orchestre pour tomber sur le fauteuil du deuxième rang où je me trouvais... Mais dis-moi : cette chambre où nous sommes devenus amants, c'était ton ancienne chambre de jeune fille ?

— Ce fut celle de mes parents. Ce que tu appelles ma chambre de jeune fille se trouve au bout du couloir. Elle a deux lits jumeaux parce que nous y couchions à deux, ma sœur et moi.

— Tu as une sœur ? Mais tu ne m'en as pas parlé !

— Cela m'étonnerait, si Hélène rencontre elle

aussi un amant, que son premier souci soit de lui parler de moi ! Nous ne nous voyons pratiquement plus depuis la mort de ma mère et pourtant nous sommes jumelles.

— Jumelles ? Vous vous ressemblez ?

— A s'y méprendre. Tout à l'heure quand nous serons aux Gobelins tu pourras la découvrir sur une photo où nous sommes toutes les deux côte à côte, alors que nous avions seize ans, portant la même robe et coiffées pareil pour nous rendre à notre premier bal de jeunes filles... L'horreur, quoi !

— Pourquoi l'horreur ? Ce doit être au contraire une photo charmante. Puisque tu me dis que ta sœur est ta réplique, elle aussi ne peut être que très jolie ?

— Elle l'est... Mais maintenant elle est devenue rousse.

— Quelle idée ! Enfin si ça lui va bien, ça enchante peut-être son amoureux... J'espère qu'elle en a au moins un ?

— Ne t'inquiète pas pour elle. C'est une femme qui se débrouille très bien.

— Elle chante aussi ?

— Sous le pseudonyme d'Hélène Bourdin, mais pas dans le même genre de répertoire que moi. Elle serait plutôt une bonne divette d'opérette.

— Si elle est aussi experte, elle pourrait très bien te remplacer dans *La Chauve-Souris* ?

— La partition n'a pas été écrite pour son registre et je ne tiens pas du tout à ce qu'elle me double ! Maintenant que tu sais qu'elle existe parce qu'un jour viendra sûrement où, la connaissant, elle tentera de s'accrocher à toi, si nous parlions d'autre chose ? Pourquoi t'intéressais-tu tout à l'heure à mon appartement ?

— Tu le possèdes en copropriété avec ta sœur ?

— Il n'appartient ni à l'une ni à l'autre puisque c'est une location dont je suis seule à payer le loyer depuis la mort de mon père. Hélène habite ailleurs.

— Voilà qui est parfait puisque tu vas quitter les lieux.

— C'est toi qui viens de décider ça ?

— Mais oui, chérie ! Etant devenue ma maîtresse — et je sais que tu le seras de plus en plus — tu ne peux pas continuer à habiter aux Gobelins ! Ce n'est pas que j'aie un grief quelconque contre ce quartier sympathique où habite certainement une foule de braves gens mais j'ai beaucoup mieux pour toi dans le IXe.

— Tu estimes que le IXe est tellement supérieur au XIIIe ?

— Peut-être pas mais j'y possède un hôtel particulier dont j'ai hérité, il y a trois années, au décès d'une vieille tante qui se nommait Adélaïde de Jumièges, sœur non mariée de mon père qui non seulement était très gentille mais qui a eu aussi l'heureuse idée de faire de moi — qui étais son filleul — son héritier.

— Tu as donc passé ta vie à toucher des héritages ?

— C'est un peu notre défaut, à nous les fils de famille... On nous le reproche d'ailleurs beaucoup mais ce n'est pas notre faute ! C'est celle de l'affreux destin dont tu parlais tout à l'heure... Donc cet hôtel — qui est ravissant mais dont je ne sais trop que faire habitant déjà dans celui que je possède rue Spontini, et qui se trouvait être dans l'héritage normal de mes parents — me semblerait tout indiqué pour servir de thébaïde, en plein cœur de Paris, à une artiste de ta qualité. Il est entièrement meublé mais vide d'occupant. Actuellement il ne reste, résidant dans la loge placée près de l'entrée du jardin, qu'un gardien, ancien valet de chambre de la tante qui se nomme Sigismond et que je n'aime pas du tout ! C'est un vieux radoteur qu'il faudra sûrement remercier si tu acceptes de t'installer dans l'hôtel.

— Parce qu'il y a aussi un jardin ?

— Entourant complètement la demeure. Te

rends-tu compte ? Un îlot de verdure pour toi toute seule en pleine capitale ?

— Si je comprends bien tu voudrais m'installer dans ce paradis comme ça se faisait au temps de la génération précédente pour une cocotte de grand luxe ?

— N'attaque pas ces femmes-là ! Si on relit l'histoire on est bien obligé de constater qu'il en a existé quelques-unes parmi elles qui ont su faire preuve de beaucoup de générosité... Mais, de toute façon, comme tu n'en es pas une et que tu ne le seras jamais, tu n'as rien à voir avec elles... Toi tu es devenue *ma belle amante*, et quand on est capable de porter allègrement un titre pareil, on a droit à l'hôtel particulier, à la voiture que tu n'as pas encore mais qui ne saurait tarder — il y a un garage qui l'attend déjà dans le jardin de la maison —, aux plus beaux bijoux, aux robes à faire pâlir toutes les autres cantatrices, et tout et tout ! Oui, je suis décidé à « t'installer » dans les meilleures conditions possibles. Et je précise : si cet hôtel te plaît, tu le gardes parce que je te le donne. Il deviendra ton entière propriété. Ainsi, quand je viendrai t'y rendre visite — j'ai la ferme intention d'y être tous les jours ! — je me sentirai chez une femme ravissante qui veut bien me recevoir et non pas dans un appartement de location. Ne penses-tu pas qu'une telle façon de vivre changerait sensiblement ta vie ? Bien sûr, dans cette demeure, qui heureusement n'est pas trop vaste mais qui devra quand même être bien tenue pour que la vie y soit agréable, il te faudra aussi un couple de domestiques du genre femme de chambre-cuisinière et valet de chambre-chauffeur. On trouvera cela : ce ne sont pas les postulants qui manquent à notre époque où l'on engage de moins en moins de personnel ! Ce projet te convient-il ?

— Tu es fou, Roland ! Nous nous connaissons à peine et voilà que tu commences déjà à vouloir me commanditer ! N'est-ce pas ce qui va se passer malgré ma profession qui me permet de bien gagner ma vie ? Ne crains-tu pas que, n'ayant plus besoin de travailler, je ne me laisse aller au *farniente* et que je ne cesse de chanter ?

— Tu aimes trop ta vocation — chez toi c'en est une — pour commettre cette erreur ! Et puis la cantatrice me plaît en toi tout autant que la femme. J'aime te voir briller sur une scène ! Blotti au milieu du public dans un coin de la salle, je me sens devenir le ver de terre amoureux de son étoile... C'est grisant !

— Et ta femme, que pensera-t-elle de tant de largesses à mon égard ?

— Elle les ignorera et même s'il lui arrivait d'en entendre parler grâce à quelque méchante langue elle n'aura qu'à se taire. Ce n'est pas elle qui possède la fortune mais moi. Lui ayant déjà donné tout ce dont une femme mariée peut rêver, j'estime en avoir assez fait. Enfin ce n'est pas elle qui a hérité de l'hôtel de tante Adélaïde ! J'ai donc le droit d'en disposer à ma guise en te l'offrant puisque c'est là pour moi une grande joie. Ceci, bien sûr, à condition que ça te fasse plaisir ?

— Seulement le jour où elle apprendra que j'y habite, elle te posera sûrement une foule de questions ?

— Ça tu peux en être certaine : elle est la pire des égoïstes ! La devise de sa famille bourgeoise — qui est loin d'être noble, je m'empresse de te le dire — devrait être : *Tout pour moi, rien pour les autres*... Si elle m'interroge, je lui dirai qu'elle-même n'ayant pas voulu me donner d'enfants — ce qui ravivera chez elle un certain sentiment de culpabilité — et n'ayant aucun neveu, j'ai trouvé plus sage de me débarrasser de cet hôtel encombrant alors qu'il se trouve être encore en bon état.

— Ce sera à moi que tu seras censé l'avoir vendu ?

— A la merveilleuse Elisabeth Neuray que Christiane, mon exquise épouse, a eu le grand plaisir d'applaudir en ma compagnie dans la sensationnelle reprise de *La Chauve-Souris* au Châtelet... Je lui ferai comprendre qu'il est normal qu'une artiste aussi exceptionnelle ait réussi — grâce à ses cachets qui ne peuvent être que fabuleux, surtout au cours de ses tournées aux Amériques — à acquérir un certain pactole qu'elle a décidé d'investir dans une demeure parisienne où elle pourra plus tard terminer assez agréablement ses vieux jours... Note bien, amour, que ceux-ci ne sont heureusement pas très proches ! Tu as encore tout le temps de penser à cette retraite dorée...

— Le produit de mes cachets ? Comme la plupart des gens qui ne connaissent rien de la vie d'artiste, tu te leurres complètement sur leur montant réel !

— Je me fais tellement peu d'illusions que ce sera moi qui assurerai, par un tour de passe-passe magique que nous mettrons demain au point chez mon notaire, le financement de l'opération. La seule chose importante est que tu deviennes la seule et unique propriétaire de la bâtisse : ce sera fait et Christiane n'y verra que du feu.

— Tu es un homme inouï !

— Je crois être plutôt un homme équitable : tu m'offres ta personne qui n'a pas de prix, je t'apporte le complément et tout va bien ! Dès demain après-midi je viendrai te chercher pour t'emmener visiter ta future demeure... Mais il se fait tard : nous devrions nous montrer raisonnables et rentrer chez nous.

— Chez nous ?

— Pour le moment c'est encore aux Gobelins mais mon petit doigt me dit que ça pourrait ne pas durer...

— Sans doute vas-tu finir par me trouver assommante avec toutes mes inquiétudes mais que va finir par imaginer ton épouse quand elle constatera que tu ne rentres plus la nuit au domicile conjugal ?

— En ce moment elle n'imaginera rien du tout parce que je vais te faire un aveu : elle est partie, depuis hier matin, s'offrir une cure de thalassothérapie à Quiberon. C'est très à la mode ! Quand elle en reviendra tu seras déjà devenue propriétaire de ton hôtel.

— En somme, tu as tout prévu ?

— C'est indispensable quand on a décidé d'introduire une deuxième femme dans son existence... Comme tu m'as fait comprendre que cela t'indifférait que ton amant soit marié à condition que tu sois sa seule maîtresse, j'ai tout lieu de penser que cette dualité ne te gêne pas ? C'est d'ailleurs toi qui as la meilleure part puisque, dans mon cœur et dans mon esprit, tu es devenue ma vraie femme. L'autre n'appartient plus maintenant qu'au passé.

— Et si je te demandais quand même de m'épouser ?

— Ce n'est pas l'envie qui m'en manque ! Seulement je te l'ai déjà dit, dans mon monde catholique, le divorce est difficile à imposer.

— Ton monde ! Comme s'il était supérieur aux autres !

— Tu m'as mal compris. Ce n'est pas du tout cela que j'ai voulu dire... Et tu peux être assurée que dans ce monde assez fermé une maîtresse est toujours très bien accueillie à condition qu'elle soit ravissante, intelligente et qu'elle ait de la classe : ce qui est ton cas. Si, en plus, c'est une artiste, elle possède tous les mérites qui font s'ouvrir les portes les plus fermées. Nous partons ?

La deuxième nuit des Gobelins confirma les promesses de la première. Au petit jour ils avaient compris qu'ils auraient beaucoup de mal à se passer l'un de l'autre. Au moment de s'en aller, vers le milieu de la matinée, il dit :

— Je serai là à quinze heures. Après la visite des lieux dans le IXe et si tu n'es pas déçue, nous irons directement chez le notaire, à qui j'ai déjà téléphoné hier et qui nous attendra à dix-huit heures. Ce ne sera qu'une formalité avec quelques paperasses à signer par toi « l'acheteuse » et par moi « le vendeur ». Ensuite nous irons fêter l'événement au *Fouquet's*... Est-ce un endroit que tu fréquentes ?

— Non mais je sens que, conseillée par toi, ça pourrait peut-être arriver.

— Tu aurais raison : je connais tous les bons endroits. Pourquoi aller dans des maisons médiocres quand il en existe tant d'excellentes !... Ah, un petit détail qui a son importance : pour cette prise de contact avec le notaire, fais-toi élégante, chérie ! Il faut absolument que cet honnête tabellion qui porte le nom ronflant de Maître Rupied de Malavoine et qui t'a peut-être applaudie à l'Opéra-Comique, acquière immédiatement la conviction que tu es non seulement une grande artiste mais aussi une vraie Parisienne faite pour avoir pignon sur rue dans une demeure de grand standing. Cette race d'officiers ministériels — c'est ainsi qu'ils se font appeler — est toujours très sensible à l'allure vestimentaire, précisément parce qu'eux-mêmes sont presque toujours habillés d'une façon sinistre pour donner l'impression d'être des gens sérieux. Comme il t'arrivera presque certainement par la suite d'avoir à nouveau affaire à lui, il est préférable que tu fasses sa conquête dès le premier abord.

— Comme j'ai fait la tienne ?

— A cette différence près que je t'imagine mal en maîtresse de notaire !

— Moi non plus... Ni celle d'un notaire, ni celle d'un percepteur ! Ce sont des professions qui ne s'accordent pas avec l'art lyrique.

— Et maîtresse de médecin ?

— Ça, ce pourrait être autre chose...

Elisabeth se serait révélée bien difficile si elle avait annoncé, après la visite faite en compagnie de Roland, que l'hôtel particulier ne lui convenait pas. L'apparence extérieure, le jardin, la décoration intérieure et le mobilier, agrémenté de quelques beaux tableaux, étaient une réussite. Il y avait tellement peu de choses à changer qu'elle se demandait avec inquiétude, si elle prenait la décision de quitter les Gobelins, ce qu'elle pourrait bien faire de tout ce qui remplissait l'ancien domicile de ses parents ? Meubles et objets assez hétéroclites dont la seule valeur était d'évoquer des souvenirs de jeunesse. Mais pourquoi ne pas les conserver malgré le déménagement ? Le grenier de l'hôtel particulier était suffisamment vaste pour servir de garde-meuble. Ainsi la rupture avec tout un passé de travail et d'anxiété pour l'avenir ne serait pas totale.

Sortis dans le jardin, Roland s'adressa à celle qu'il considérait déjà comme étant la nouvelle propriétaire des lieux :

— Alors ?

— Tu tiens absolument à ce que je m'installe ici ?

— Je le souhaite de tout mon cœur. Cette demeure deviendra notre chez-nous. Les amants doivent avoir un chez-eux.

— Te rends-tu bien compte qu'il faut que j'aie une confiance absolue en toi pour abandonner l'appartement familial ?

— C'est un sacrifice que tu ne regretteras pas.

— Tu prends la responsabilité de tout ?

— De tout !

— Faut-il que je t'aime déjà très fort pour te croire ! Embrasse-moi : ça me donnera du courage.

Elle murmura :

— J'accepte ce nouveau cadeau mais je te préviens : si jamais tu me fais une infidélité, je t'interdirai l'entrée de « ma » maison !

— Tu auras raison : chacun est maître chez soi, mais, comme je ne suis fou que de toi, je ne courrai pas un tel risque ! Nous allons chez le notaire ?

— Puisqu'il le faut...

Au moment où ils passaient devant le pavillon occupé par le gardien, celui-ci parut sur le pas de sa porte :

— Bonjour, monsieur le Comte !

— Bonjour Sigismond. En entrant, ayant la clef de la grille, je n'ai pas voulu vous déranger.

— Je vous avais quand même vu passer en compagnie de madame.

— Justement madame... Mon bon Sigismond, vous avez devant vous la nouvelle propriétaire de cette demeure qui viendra s'y installer sous peu... Je suis persuadé que la chère tante Adélaïde sera heureuse, si elle peut voir de là-haut ce qui se passe sur terre, de constater que sa maison qu'elle chérissait tant va être habitée par une très grande artiste, Mlle Elisabeth Neuray, de l'Opéra-Comique... Avez-vous jamais été à l'Opéra-Comique, Sigismond ?

— Mon Dieu, monsieur le Comte...

— Oui, je vois... Eh bien sachez que l'on ne s'y ennuie pas du tout quand Elisabeth Neuray y chante... Actuellement elle triomphe au Châtelet dans une opérette de Johann Strauss... Aimeriez-vous par hasard l'opérette, Sigismond ?

— C'est-à-dire...

— Oui. Je vois aussi... Au revoir.

— A bientôt Sigismond, dit Elisabeth dans un sourire.

— Mademoiselle, répondit en s'inclinant le gardien dont le visage demeura impassible.

Pendant le trajet en voiture jusqu'à l'étude du notaire, elle ne put s'empêcher de confier à son amant :

— Je n'aime pas du tout la physionomie de ce Sigismond.
— Moi non plus ! Il est franc comme un âne qui recule. Pour le moment il est préférable de le garder jusqu'à ce que tu te sois installée mais ensuite tu auras intérêt à le liquider le plus vite possible et à le remplacer par quelqu'un qui te sera dévoué.

Roland ne s'était pas trompé : tout s'était très bien passé chez Maître Rupied de Malavoine qui fit preuve d'une certaine courtoisie à l'égard de la prochaine propriétaire de l'hôtel Adélaïde. Les signatures et contre-signatures ayant été apposées en bonne et due forme sur l'acte de vente, les deux intéressés prirent congé de l'officier ministériel et se retrouvèrent dans l'escalier de l'immeuble de la rue de Rivoli où l'étude était installée depuis plus d'un demi-siècle. Elisabeth demanda :
— Crois-tu que ce vieux renard s'est douté de ce qui existait entre nous ?
— Sûrement pas ! Lui-même, depuis la mort de ma marraine, m'avait toujours conseillé de me débarrasser de sa maison qui ne pourrait être pour moi qu'une charge inutile, ceci d'autant plus que mon épouse — qui n'avait pourtant aucune raison de se mêler de ça puisque nous sommes mariés sous le régime de séparation de biens — lui a dit un jour devant moi qu'elle n'aimait pas du tout cet hôtel qu'elle trouvait mal situé dans un quartier impossible ! Pour elle, comme pour toute petite-bourgeoise arrivée, elle considère qu'il n'y a qu'un seul quartier digne d'être habité : le XVIe ou, à la rigueur, Neuilly... Tout le reste pour elle n'est qu'une grande banlieue.
— Bien exigeante, ta comtesse ! Moi je sais que je saurai très bien me contenter de mon nouveau domicile... Dis-moi : ne penses-tu pas que ton notaire ait

un peu tiqué sur le prix que je suis censée t'avoir payé pour l'achat de cette petite merveille ?

— C'est un prix très raisonnable, chérie ! J'estime avoir été bien payé...

— Avec l'argent que tu as fait virer hier discrètement sur mon compte en banque, mon amour ! Sinon tu aurais toutes les chances pour que ce chèque, que je viens de te remettre en présence du notaire pour respecter les règles au moment de l'échange des signatures, soit sans provision ! Où aurais-je trouvé tant d'argent ?

— Mais grâce à ton talent ! Que faisons-nous maintenant ?

— Tu me déposes au Châtelet où je dois au moins faire acte de présence à une répétition de raccord rendue nécessaire parce que mon principal partenaire est remplacé ce soir par sa doublure.

— Ton mari volage ?

— Lui-même...

— Qu'est-ce qui lui est arrivé ? Il est parti pour de bon ?

— Il a la grippe : ce qui est désastreux pour un chanteur. J'ai complètement omis de te dire que j'en avais été avertie par le régisseur du théâtre juste avant que tu ne viennes me chercher.

— Et toi ça t'est déjà arrivé d'être contrainte de te faire remplacer ?

— Pas encore. Je reconnais que j'ai eu beaucoup de chance.

— Mais s'il nous prenait envie de nous évader pour quelques jours et d'aller vivre une sorte de lune de miel loin de ce Châtelet qui, pour toi, risque, si les représentations de *La Chauve-Souris* se prolongent indéfiniment, de redevenir une prison comme c'était sa destination première avant d'être transformé en théâtre ? Parce qu'enfin nous n'avons pas encore fait de voyage de noces ! Il faut toujours vivre un voyage de noces, même quand il s'agit de la naissance d'une liaison... C'est tout aussi important que si nous étions passés devant M. le Maire ! D'ailleurs il n'y a mariage que quand celui-ci a été consommé... N'est-ce pas ce que nous avons fait sans perdre notre temps à écouter le discours ridicule d'un personnage ceint d'une écharpe tricolore et debout sous le buste de Marianne ?

— Apprends, chéri, qu'une artiste consciencieuse — je pense que c'est mon cas — a pour principe, surtout si elle porte sur ses épaules le poids d'un spectacle, de se faire doubler le moins possible... Je te promets que nous le ferons, ce voyage de noces, mais nous attendrons de profiter de la relâche annuelle que tout théâtre est contraint aujourd'hui de respecter pour accorder les congés-spectacles. Conduis-moi vite au Châtelet où tu reviendras me chercher, comme tu en as pris l'excellente habitude, ce soir à la fin de la représentation.

Les choses n'avaient pas traîné. Dix jours plus tard Elisabeth s'installait dans le IXe. Une femme de chambre bon chic, bon genre, avait été engagée et Sigismond maintenu provisoirement à son poste. Le premier appel téléphonique que la nouvelle propriétaire lança de chez elle fut pour Roland :

— Chéri, juste quelques mots pour te dire que je suis follement heureuse et que je t'adore.

— A toutes fins utiles je t'annonce que Christiane, mon épouse, vient également de me téléphoner de Quiberon pour m'annoncer qu'elle serait de retour demain soir...

— Mais comment vais-je m'y prendre si j'ai quelque chose d'urgent à te dire au bout du fil ?

— Nous trouverons un code... Ce sera un secret de plus entre nous ! Et je te signale que ma femme répond rarement au téléphone. Elle est tellement paresseuse qu'elle laisse ce soin aux domestiques. A eux tu diras, après m'avoir demandé, que c'est de la part de M. Strauss... Si nous avions vécu à la même époque, ce brave Johann aurait très bien pu être l'une de mes relations ! Ils me transmettront le message et je comprendrai qu'il s'agit de toi. Si, par hasard, mon épouse se trouvait à mes côtés, je t'appellerais *chère amie*... Ça ne te vexera pas ?

— Ça me flattera au contraire. Devrai-je contrefaire ma voix ?

— Tu l'as suffisamment travaillée pour savoir faire d'elle ce que tu veux ! Enfin tu peux très bien être la secrétaire de M. Strauss !

— Ce qui expliquerait pourquoi je suis déjà son interprète ! Mais si je tombe directement sur ta femme au bout de la ligne ?

— Tu seras toujours secrétaire... Très polie, bien entendu !

— Compte sur moi ! La secrétaire-qui-t'aime... »
Et elle raccrocha.

Son deuxième appel téléphonique fut pour Hélène qu'elle n'avait pas rencontrée depuis une éternité.

— Que deviens-tu, ma chérie ?

— Ça alors, c'est toi ? Si je m'attendais à ce que tu m'appelles ! Qu'est-ce qui t'arrive ?

— Je voulais d'abord avoir de tes nouvelles... Où chantes-tu en ce moment ?

— Je me repose. J'ai eu une saison très chargée : je n'ai pas arrêté... Mais je suis ravie : je viens de signer pour une série de représentations en juillet prochain des *Trois Valses* au Grand Casino de Vichy.

— Ça, c'est excellent pour toi. Vichy, en pleine saison d'été est très important ! Ce rôle créé par Yvonne Printemps devrait te convenir à merveille.

— Mon agent, qui l'a bien connue, m'a dit que je lui suis nettement supérieure...

— Ça ne m'étonne pas. Ne trouves-tu pas que c'est assez amusant que toi et moi soyons chacune les interprètes d'un Strauss ? Pour moi au Châtelet c'est

Johann et pour toi ça va être Oscar... Il est vrai que ce dernier n'avait qu'un *s* à la fin de son nom et qu'ils ne furent nullement parents.

— Ils composaient quand même tous les deux des valses...

— Et quelles valses ! Je finis par me demander si la valse ne possède pas un pouvoir magique permettant à tout le monde de s'entendre ? Ne le penses-tu pas ?

— Pourquoi t'es-tu lancée dans l'opérette ?

— Parce qu'il y a opérette et opérette...

— Ce n'est pourtant pas du tout ton genre !

— Ne crois-tu pas que quand une voix peut plus, elle peut également moins ?

— Je ne te vois pas du tout dans *La Chauve-Souris*... Ce serait plutôt un rôle pour moi... Toi, tu es faite pour le drame lyrique. Tu n'as rien d'une fantaisiste !

— Dans ce domaine je risque de te surprendre bientôt par ma vie privée.

— Ta vie privée ?... Je m'en fiche ! Ça marche quand même bien pour toi au Châtelet ?

— Comme tu le dis : quand même... et malgré ma voix ! Mais ce n'est pas pour te parler de ce nouveau succès que je t'appelle... C'est simplement pour t'annoncer que j'ai déménagé.

— Comment ? Tu as abandonné l'appartement de nos parents ?

— J'ai suivi ton exemple... As-tu de quoi écrire à portée de la main ? Note ma nouvelle adresse et mon nouveau numéro de téléphone pour le cas où, toi aussi, tu aurais quelque chose d'intéressant à me raconter.

Après avoir écouté les indications, Hélène s'écria :

— Pourquoi as-tu choisi d'habiter dans le IXe ?

— Une idée comme ça... S'il nous arrivait de nous revoir, je t'expliquerais... Mais pour que tu ne sois pas trop surprise, si par hasard tu venais me rendre visite, apprends qu'en ayant assez de vivre dans un appartement, je me suis acheté un hôtel particulier.

— Un hôtel ? Mais avec quel argent ? Tout de même pas celui de tes cachets ?

— Tu n'as pas idée de ce que je gagne.

— Tout se sait dans le métier grâce aux impresarios.

— Tu m'espionnes donc ? Eh bien, si nous nous voyons, tu comprendras aussi comment je suis parvenue à me payer une pareille demeure.

— Mais nos meubles ?

— Quels meubles ?

— Ceux de nos parents dont la moitié me revient de droit ! Tant que tu occupais leur ancien appartement, je te les ai laissés, trouvant normal que tout reste en l'état, mais, avec ce que tu m'annonces, c'est différent... J'ai droit à ma part de mobilier qui est de cinquante pour cent.

— Rassure-toi : j'ai tout gardé bien que ça ne me soit d'aucune utilité ayant acquis un autre mobilier d'une certaine qualité... Celui des Gobelins est sagement rangé dans le grenier de ma maison qui est vaste et où tu pourras venir chercher la part te revenant quand tu le voudras. Tu peux constater que je ne suis pas comme toi, je ne t'ai pas oubliée... Et tu devrais même t'estimer heureuse que, depuis des années, j'aie consenti à jouer la gardienne de ce patrimoine commun ! Préviens-moi par téléphone quelques jours à l'avance si tu décides d'emporter chez toi ce qui t'appartient.

— Je ne saurais pas quoi en faire, étant très bien meublée, moi aussi, chez moi. N'aimant que le moderne, je ne veux plus de ce mobilier démodé ! Et puis les camions de déménagement sont hors de prix ! Si je récupérais ma part, ce serait uniquement pour la vendre... Malheureusement je ne pense pas que j'en tirerais beaucoup d'argent !

— Que fais-tu des souvenirs qui se sont attachés

à tout notre passé ? Pour moi ils n'ont pas de prix...
A bientôt, peut-être, Hélène ? »

Elle raccrocha, comprenant qu'une fois encore elles n'avaient plus rien à se dire. Mais elle avait la conviction qu'intrigante et jalouse comme elle l'était, sa jumelle viendrait bientôt lui rendre visite sous le faux prétexte de constater que le mobilier se trouvait bien là dans l'hôtel, mais en réalité pour voir si Elisabeth ne s'était pas vantée en parlant de sa demeure particulière. Une Hélène dont le caractère ne changerait jamais.

Le pressentiment d'Elisabeth était juste. Son étonnement fut quand même grand de voir arriver sa sœur non pas dans l'hôtel particulier mais dans sa loge du Châtelet pendant le second entracte de *La Chauve-Souris*.

— Je suis dans la salle, dit celle-ci en entrant. Je ne te dérange pas au moins ?

— Au contraire. Ta venue me fait un très grand plaisir. Alors quel est ton avis ?

— Pour quelqu'un qui vient de l'Opéra-Comique tu ne te débrouilles pas trop mal dans l'opérette.

— Venant de toi, qui es une grande spécialiste du genre, c'est là un compliment qui me touche beaucoup. Tu es seule ?

— Ça t'ennuie ?

— Au contraire. Aimerais-tu souper avec nous après le spectacle ? Nous allons au *Bœuf sur le toit*. Tu connais ?

— J'en ai entendu parler mais je n'y ai jamais mis les pieds.

— Alors raison de plus !

— Qu'est-ce que tu veux dire par « nous » ?

— Roland et moi... C'est mon amant : Roland de Jumièges. Tu verras : il a un charme fou et c'est un vrai gentleman. Il te plaira beaucoup. C'est bien simple : il séduit tout le monde ! Je lui ai parlé de toi et il sera sûrement enchanté de faire ta connaissance.

— C'est lui qui t'a offert l'hôtel particulier ?
— Qui veux-tu que ce soit d'autre ?
— Ta veine continue...
— Et toi, où en es-tu de tes amours ?
— Ça va, ça vient mais ce n'est jamais stable parce qu'ils n'ont pas assez d'argent ! Ce n'est pas facile à trouver un amant dans le genre du tien... Il est marié ?
— Oui mais ça ne crée aucune complication. Il est très libre de ses mouvements.
— Toujours ta chance insolente ! Il y a des femmes qui sont vernies... Mais comment as-tu fait pour le soulever ?
— Je ne l'ai pas « soulevé » selon ton expression. Ce n'est pas mon genre. C'est lui qui est venu comme toi un soir me trouver dans cette loge après avoir assisté à l'une des toutes premières représentations. Le reste a suivi et depuis nous ne nous sommes pratiquement plus quittés. Voilà ! Tu vois que c'est simple... Ma chérie tu connais le métier : il faut que je me dépêche pour changer de robe. Reviens après la fin. Roland, qui est peut-être aussi quelque part dans la salle parce qu'il aime me voir en scène, sera là. A tout à l'heure.

La rencontre avec Roland fut plus cordiale que ne l'avait pensé Elisabeth et le souper qui suivit presque souriant. La désinvolture naturelle de l'aristocrate fit merveille : les jumelles donnèrent l'impression de ne s'être jamais querellées et d'avoir toujours vécu ensemble. Elles s'embrassèrent même — fait qui ne s'était même pas produit au cimetière après l'enterrement de maman la violoniste — avant de se quitter devant le portail de l'immeuble du Marais où habitait Hélène et où les amants l'avaient raccompagnée en voiture. La seule présence d'un homme intelligent avait suffi pour qu'un tel miracle puisse se produire. En prenant congé de celle, qu'il considérait presque comme étant une pseudo-belle-sœur, il n'hésita pas à lui dire :

— Je souhaite de tout mon cœur qu'Elisabeth et vous parveniez à vous retrouver plus souvent. Et je suis sûr qu'elle sera ravie de vous faire voir sa nouvelle installation. N'est-ce pas, chérie ?

La réponse de la chérie fut moins enthousiaste :

— Mais bien sûr...

L'au revoir de Jumièges à Hélène se traduisit par un baisemain qui la laissa interloquée. Elle n'était pas habituée à ce que ses admirateurs fissent preuve à son égard d'une telle courtoisie !

Pendant qu'ils revenaient vers le IXe, Roland confia à Elisabeth :

— J'ai été très surpris. Contrairement à ce que tu m'avais laissé entendre, je n'ai pas trouvé ta sœur désagréable... D'abord, la teinte des cheveux mise à part, elle est physiquement ton sosie : une qualité dont je ne peux que la féliciter, ensuite elle s'est montrée plutôt aimable à mon intention.

— Plutôt ? Tu peux même dire qu'elle a tout fait, cette garce, pour essayer de te séduire !

— Qu'est-ce que tu racontes là, mon amour ? Elle s'est montrée correcte, c'est tout.

— C'est drôle comme les hommes ne remarquent jamais quand une femme cherche à se rendre intéressante.

— De toute façon, avec toi déjà dans ma vie, elle n'a aucune chance ! Je me sens paré pour longtemps.

— De toute façon je t'aurai prévenu. Méfie-toi d'elle ! Hélène a toujours été jalouse de moi alors que j'ai tenté l'impossible pour me montrer gentille et compréhensive à son égard. Ce n'est tout de même pas ma faute si son succès en scène a été plus limité que le mien et si le grand public connaît à peine Hélène Bourdin !

— Ça, c'est vrai. N'ayant jamais entendu prononcer son nom avant que tu ne me révèles son existence et n'ayant pas applaudi ta jumelle sur une scène, il m'est très difficile d'émettre une opinion sur ses qualités artistiques... Par contre, quand elle parle, j'aime beaucoup moins sa voix que la tienne ! La sienne est pointue et manque de charme tandis que la tienne est veloutée et chaude. Mais enfin, c'est quand même une jolie femme qui doit pouvoir séduire.

— Ce que j'ai toujours souhaité pour elle... Seulement tu peux être certain que si elle parvenait à briser notre bonheur elle le ferait sans la moindre hésitation ! Elle ne m'a jamais aimée mais, maintenant qu'elle sait que j'ai rencontré un homme merveilleux qui me gâte, elle va me haïr !

— Ce serait à ce point ?

— Elle est capable de tout pour pouvoir triompher là où elle n'a jamais réussi. Mais changeons de conversation, veux-tu ?

— Justement j'ai autre chose à te dire qui ne te fera peut-être pas non plus tellement plaisir... Mon épouse est revenue de Quiberon un quart d'heure avant que je ne sorte pour venir te rejoindre au Châtelet.

— Comment t'en es-tu tiré ?

— Très bien, comme d'habitude... Il y a longtemps que je ne lui rends pas plus compte de mes sorties qu'elle ne me parle des siennes. A chacun ses dîners en ville !

— Drôle de couple !

— Un couple comme beaucoup d'autres qui n'en peuvent plus de se voir ! Christiane et moi n'en avons pas inventé la mode... En partant ce soir je lui ai tout simplement dit que j'allais dîner avec une bande de vieux amis.

— C'est si pratique, les amis...

— Surtout quand ils sont imaginaires ! Les réels peuvent parfois se révéler dangereux.

— Après tout je me moque pas mal de ce que ta femme soit là ou non puisque maintenant tu m'appartiens.

— Le seul petit ennui c'est que demain je devrai dîner avec elle, ne serait-ce que par courtoisie.

— Tu ne vas pas me dire qu'à dater de demain nos petits soupers, que j'aime tant, vont être supprimés ?

— Pas question de ça ! De temps en temps — disons une ou deux fois par semaine — je tiendrai compagnie à Christiane pour respecter les convenances ou plutôt pour sauver les apparences...

— Quelles apparences ? Ne suis-je pas une réalité et tous les gens que vous connaissez doivent bien savoir que ta femme et toi vous ne vous entendez pas ?

— Ils le savent, bien sûr, mais comme ce sont des gens dits « du monde » ils s'arrangent pour ne pas avoir l'air d'être au courant : c'est là l'un de ces vieux usages qui nous restent d'une éducation qui doit paraître un peu périmée aujourd'hui ! Mais rassure-toi : puisque je ne pourrai pas souper avec toi demain, je viendrai te rendre visite l'après-midi avant que tu ne partes pour le Châtelet. Et nous ferons l'amour ! Nous remettrons à la mode le cinq à sept qu'on a un peu délaissé de nos jours et qui permettait à la génération qui nous a précédés d'avoir des occupations des plus hygiéniques l'après-midi. Tu verras que tu n'en chanteras que mieux le soir ! Peut-être est-ce une sottise mais j'ai souvent entendu dire par des gens — qui, je le reconnais, n'étaient pas de grands professionnels comme toi — que le plaisir charnel éclaircissait la voix...

— Vraiment ? Je n'ai pas encore expérimenté cette méthode, mais peut-être est-elle excellente ?

Ce fut à cette époque que commencèrent l'après-midi les visites quotidiennes de Roland précédées de l'envoi des fleurs égayant le salon, de sa montée dans l'escalier, des retrouvailles dans le boudoir où elle l'attendait pour lui raconter les mille et un petits potins de la soirée précédente qu'elle avait passée dans la énième représentation de *La Chauve-Souris*, et enfin de l'entrée dans la chambre à coucher voisine, ce saint des saints où ils s'aimaient avec encore plus de fougue qu'aux Gobelins...

Quelques jours passèrent avant que Sigismond ne vînt annoncer en début d'après-midi :

— Il y a, attendant dans la loge, une dame qui prétend être la sœur de Mademoiselle. Elle a dit son nom : Hélène Bourdin.

— Hélène ! s'exclama la maîtresse de maison. Vite ! Accompagnez-la jusqu'ici.

Elle attendit en haut du perron dominant l'escalier de pierre permettant d'accéder du jardin à la maison.

— Chérie ! Quelle surprise de te voir ! Mais tu as beaucoup de chance de me trouver. Une autre fois, pour être plus sûre que je ne sois pas partie faire des courses, tu devrais téléphoner.

— J'ai trouvé plus amusant d'arriver à l'improviste... Eh bien ! il ne m'a pas l'air mal du tout, ton nouveau pied-à-terre !

Après être entrée dans le vestibule et avoir pénétré dans le salon, sa réaction fut encore plus admirative :

— Ça on peut dire qu'il ne s'est pas moqué de toi, ton commanditaire !

— Ce serait plus gentil d'appeler Roland par son prénom plutôt que par une désignation dont le sens est assez péjoratif.

— Oh ! Tu sais, pour moi tous les hommes — qu'ils soient titrés ou pas — sont faits pour payer ! Tant mieux pour toi si le tien est bourré de fric ! Fais-moi faire le tour de la propriétaire : je veux tout voir.

— Viens...

Lorsqu'elles en furent au grenier, Elisabeth lui désigna un amoncellement de meubles :

— Tu vois : ils sont tous là, transbordés des Gobelins. Le jour où tu le voudras, tu n'auras qu'à venir choisir ceux qui te plairont.

— Je ne suis pas pressée.

Dans le salon, Elisabeth dit :

— C'est un peu tôt pour t'offrir une tasse de thé mais que dirais-tu d'un verre de champagne ? C'est bon à toute heure.

— Va pour le champagne !

Après que la maîtresse de maison eut sonné, la femme de chambre parut puis disparut pour exécuter l'ordre reçu.

— Madame n'a qu'à sonner pour être servie : c'est ça, le rêve ! s'exclama Hélène.

Alors qu'elles finissaient de boire le verre qui n'était pas obligatoirement celui d'une affection retrouvée, la femme de chambre revint apportant deux douzaines de roses blanches qu'Elisabeth reçut en disant :

— Laissez-moi faire, Delphine !

Et elle commença à disposer les fleurs dans un grand vase de cristal posé sur une table basse, en expliquant à sa sœur :

— C'est toujours moi qui accomplis ce travail. Puisque ces fleurs me sont destinées, n'est-il pas normal que je m'en occupe ?

— Mais il n'y a pas de carte ! Tu ne sais même pas qui te les a envoyées ?

— Lui... Toujours lui ! Il n'y a que Roland pour savoir trouver ainsi une variété de fleurs différente chaque jour... C'est un amour !

— Je vois... Ce n'est pas à moi qu'on enverrait ainsi régulièrement des fleurs !

— Peut-être ne sais-tu pas t'y prendre ?

— Tu m'avais déjà dit cela quand nous n'étions encore que des petites jeunes filles, après ce premier bal où nous portions la même robe hideuse ! Pourquoi veux-tu que je te réponde aujourd'hui où, malgré les années écoulées, les choses ne se sont toujours pas arrangées pour moi ! Je n'ai pas de chance, voilà tout !

— La chance ça s'apprivoise par le sourire et non pas en s'en prenant toujours à elle...

— Tu m'ennuies avec tes sermons ! A part ses fleurs, marié comme il l'est, il vient quand même te voir quelquefois ici ?

— Il est là tous les jours à dix-sept heures. Si tu ne t'en vas pas trop vite, tu pourras le rencontrer et je suis sûre qu'il sera enchanté de te revoir. L'autre soir, après notre souper en trio, il m'a fait les plus grands compliments sur toi.

— Vrai ? Tu as l'impression que je lui ai plu ?

— Pourquoi ne plairais-tu pas à un homme de goût ? Tu as beaucoup d'atouts, Hélène.

— Le drame c'est que je ne parviens pas à m'en servir aussi bien que toi ! Quand on voit le résultat auquel tu es arrivée, on peut dire que dans la pratique du charme tu es devenue une virtuose ! C'est un type comme ton Roland qu'il me faudrait.

— D'abord Roland n'est pas « un type » et ensuite il y a un ennui, c'est qu'il m'a plu avant qu'il ne te rencontre... Aussi suis-je décidée à le garder en exclusivité !

— Quand il vient ici, vous faites l'amour ?

— Ça ne te regarde pas.

— Donc je n'ai plus qu'à m'esquiver pour vous laisser roucouler... Tu veux bien m'accompagner jusqu'à la grille du parc ?

— Mais voyons !... N'ai-je pas appris les bons usages au contact de Roland ?

— Où habite-t-il ?

— Dans le XVIe.

— Evidemment ! Un type pareil ça ne loge pas dans le XXe... Je te dis que tu as dégoté un bonhomme en or ! Je file.

— Veux-tu que j'envoie Sigismond te chercher un taxi ?

— Pas la peine ! J'ai pris l'habitude de me débrouiller toute seule... Ah ! J'allais oublier... Une dernière question : pendant combien de temps encore crois-tu que vont durer les représentations de *La Chauve-Souris* au Châtelet ?

— Je ne sais pas mais on chuchote déjà dans le théâtre qu'étant donné le gros succès, les représentations reprendraient en septembre après la relâche obligatoire d'été et que ça risquerait même de durer toute la saison prochaine.

— Zut alors !

— Pourquoi zut ?

— Il est question, au cas où la reprise des *Trois Valses* au Casino de Vichy marcherait bien, que ce spectacle soit transféré dans un théâtre parisien avec ses décors, ses costumes, et tous les interprètes... Comme j'ai le rôle principal, tu te rends compte de ce que cela pourrait apporter à ma carrière ! Je chanterais enfin à Paris pendant une bonne série de représentations ! Seulement ce serait très regrettable que nous soyons toutes les deux en tête d'affiche en même temps dans deux salles parisiennes... Des jumelles ! Nous serions la risée des chansonniers et ça risquerait de nous faire une publicité désastreuse aussi bien à l'une qu'à l'autre !

— Crois-tu ?

— Nous nous ressemblons tellement que la presse, qui recherche à tout prix ce qu'elle appelle des bons *scoops*, s'emparerait sûrement de nos destinées sans pour autant nous faire de cadeaux !

— Ne t'inquiète pas trop ! Déjà nous ne portons pas le même nom d'artiste ; tu es une Hélène Bourdin, je suis une Elisabeth Neuray. De plus il y a autant de différence entre nos voix qu'entre les partitions d'un Strauss avec deux *s* et un Straus avec un seul *s* ! Personnellement je ne serais pas mécontente qu'il existe une certaine concurrence entre nous deux : ça créerait l'émulation... C'est excellent pour contraindre une artiste à progresser... Malheureusement, ma chérie, je crains qu'une pareille rivalité ne soit pas possible !

— Parce que tu t'estimes très supérieure ? C'est cela que tu veux dire, n'est-ce pas ?

— Hélène, essayons pour une fois de ne pas recommencer à nous disputer ! C'est tellement stupide ! Cette journée où tu m'as fait la gentillesse de venir me rendre visite dans mon nouveau chez-moi a si bien commencé que ce serait navrant de la voir mal se terminer... je te promets d'aller prochainement te rendre ta visite dans ton nid du Marais où tu ne m'as jamais conviée et que j'aimerais connaître.

— N'y viens surtout pas ! En comparaison de tes splendeurs, mon deux-pièces cuisine mansardé te paraîtrait bien misérable !

Elle s'enfuit sans prendre même la peine de dire au revoir.

Si Elisabeth fut gratifiée d'un pareil entretien avec sa jumelle, Roland eut droit deux jours plus tard à une conversation avec son épouse qui ne fut guère plus agréable. Après lui avoir annoncé, sans paraître y attacher autrement d'importance, qu'il venait de vendre dans d'assez bonnes conditions l'hôtel dont il avait hérité de la tante Adélaïde, il conclut :

— C'est un bon débarras ! Qu'en aurions-nous fait ?

— Tu avais donc besoin d'argent ?

— Absolument pas.

— Dans ce cas je me demande quelle idée saugrenue a bien pu te passer par la tête ?... Ce que nous aurions fait de cette demeure qui ne manquait pas de charme ? Mais elle aurait été la maison rêvée pour accueillir mes parents qui ne savent pas où prendre leur retraite !

— Tes parents ? J'avoue n'avoir pas pensé à eux... Nous ne les voyons jamais !

— Ce n'est pas une raison pour que moi je ne songe pas à leurs vieux jours.

— Ayant suffisamment de quoi vivre, ils n'ont pas besoin de nous... La preuve en est qu'il y a des années qu'ils ne nous ont pas plus donné de leurs nouvelles qu'ils ne nous en ont demandé des nôtres !

— Ils se seraient pourtant sentis très à l'aise dans cet hôtel pour y terminer douillettement leur vie.

— Ma petite Christiane, je peux t'affirmer que ma chère marraine n'a pas souhaité une seconde que cette demeure, où elle a reçu le Tout-Paris, devienne une maison de retraite ! Il y en a déjà bien assez comme cela en France !

— Tu es odieux ! Qui est l'acheteur ?

— Une acheteuse... Tu la connais d'ailleurs puisque tu l'as applaudie en ma compagnie, il n'y a pas si longtemps, quand elle chantait *La Chauve-Souris* de Johann Strauss sur la scène du Châtelet où elle continue d'ailleurs encore à triompher actuellement.

— Cette femme que tu trouvais tellement bien ?

— Toi aussi...

— Comment s'appelait-elle donc ?

— Elle s'appelle toujours Elisabeth Neuray. C'est sous ce nom, qui n'est pas un pseudonyme, qu'elle a fait l'acquisition de l'hôtel.

— Une théâtreuse ! Ça, c'est le comble ! les mânes de ta tante doivent en frémir !

— Pas sûr ! Elle adorait les artistes...

— Tu ne me feras pas croire que les cachets de cette chanteuse lui ont suffi pour pouvoir faire un pareil achat ! A moins qu'elle n'ait déjà une fortune personnelle ?

— C'est possible... Je n'ai pas eu à entrer dans ces détails. Tout ce que je sais, c'est qu'elle a payé la somme que j'ai demandée et rubis sur l'ongle.

— Dis plutôt qu'elle a un mécène ! D'ailleurs toutes ces actrices en ont un : c'est leur lot sinon elles végéteraient !

— Et alors ? C'est bien son droit... Pourquoi cette Elisabeth Neuray serait-elle condamnée à vivre seule ?

— Seule ? Elle a même peut-être plusieurs financiers derrière elle. C'est bien connu : ces femmes-là sont rarement des modèles de vertu ! Elles vivent comme des putains...

— Christiane ! Je t'interdis, ne la connaissant pas, d'affubler Elisabeth Neuray d'une appellation aussi infamante !

— Tu la connais donc, toi ?

— Je la connais pour avoir eu affaire à elle au moment de la vente et pendant que tu te prélassais à Quiberon.

— Ce serait presque à croire que tu as profité de mon absence pour conclure ce marché.

— C'est uniquement l'occasion qui s'est présentée : Elisabeth Neuray avait déjà repéré la maison depuis longtemps et elle lui plaisait.

— A toi, c'est elle qui te plaît ?

— Elle nous a donné l'impression, aussi bien à mon notaire qu'à moi, d'être une femme très estimable... Si tu tiens absolument à avoir de plus amples renseignements sur son compte, tu n'as qu'à téléphoner à Maître Rupied de Malavoine ! Tu le connais aussi bien que moi.

— J'avais déjà remarqué, le soir où nous avions été au Châtelet, qu'elle ne t'était pas insensible !

— Comme toi, je l'ai admirée pour la qualité de sa voix et sa prestance en scène... Nous ne devons sûrement pas être les seuls, puisque ces représentations de *La Chauve-Souris* se poursuivent devant des salles combles.

— Tu me parais être bien au courant des faits et gestes de cette personne ?

— Ils sont relatés dans tous les journaux : il n'y a qu'à les ouvrir... Seulement voilà : ton unique lecture de l'actualité se limite pour toi, comme pour beaucoup de gens qui croient appartenir à une sorte d'élite, à parcourir le carnet mondain du *Figaro*... Moi je lis toutes les rubriques dans un journal parce que tout est intéressant ! Cela dit, crois bien que je suis navré pour le projet que tu mûrissais en secret pour assurer l'avenir de tes chers parents, mais enfin je n'en porterai pas le deuil.

La discussion terminée, Roland pensa avoir réussi à faire passer dans les pensées de son épouse l'idée de la vente de l'hôtel. Assez mal, il est vrai.

— Chéri, avait dit Elisabeth, pourquoi ne profiterions-nous pas de la relâche estivale, qui se rapproche et qui me libérera du Châtelet pendant trois semaines, pour faire notre « voyage de noces » ? Récompense à laquelle j'estime avoir droit comme toutes celles qui ont réussi à trouver un époux... N'est-ce pas ce que tu es en train de devenir pour moi, même si cette situation n'est pas légalisée ? Quand on aime on se moque pas mal de la légalité ! Mon amour, il faut absolument que nous vivions ce voyage enchanté ! Si tu ne me l'offrais pas, j'aurais plus tard l'impression qu'il a manqué un élément essentiel à notre bonheur pour qu'il soit complet.

— Tu as raison. Nous allons le faire ce voyage sacré... Dans quel pays aimerais-tu qu'il ait lieu ?

— Dans le plus beau de tous : le nôtre ! Ni toi, ni moi n'appartenons à cette catégorie de « m'as-tu vu » qui ont acquis la conviction — depuis que les agences de voyage vantent les déplacements au bout du monde pour des prix défiant toute concurrence — que l'on ne peut découvrir les arcanes de l'amour qu'à la Réunion, aux Seychelles, aux Galapagos et n'importe où du moment que ça se trouve au diable !

La France me suffit avec ses paysages tempérés : n'offre-t-elle pas aux amants une variété de décors dans lesquels ils peuvent rêver ? La preuve n'en est-elle pas que la plupart des étrangers qui nous rendent visite ne viennent que pour découvrir chez nous une certaine joie de vivre ?

— Puisque nous avons la chance de disposer d'un tel choix à portée de nos désirs, tu dois bien avoir déjà une petite idée ?

— Il y a longtemps que j'ai envie de connaître une région dont mon père nous a souvent vanté les mérites à ma sœur et à moi : un département d'où sa famille était originaire. Je n'ai jamais eu l'occasion de le visiter, aussi bien pendant ma jeunesse que plus tard au hasard de mes tournées. Il faut reconnaître aussi que ce ne sont pas les scènes lyriques qui abondent dans ces parages ! S'il arrive parfois que l'on y chante, ce n'est qu'au cours de festivals d'été auxquels je n'ai jamais été conviée à prendre part. Mais cela n'empêche pas ce paradis, qui se nomme la Dordogne, d'être, paraît-il, le département de France où l'on trouve le plus de châteaux, grands ou petits, à visiter... Mon père prétendait qu'il y en avait un millier ! J'adore les châteaux, et toi ?

— Oui et non. Il y a de vieilles familles où l'on en collectionne tellement que l'on finit par attraper la maladie de la pierre.

— J'aime les pierres ! Surtout celles qui ont permis de bâtir au Moyen Age... Si je possédais un château de cette époque, je crois bien que je resterais toute la journée juchée au sommet du donjon, telle l'épouse de ce Malbrough — qui s'en allait en guerre —, pour attendre ton retour. Cela t'irait très bien de caracoler sur un palefroi... Avec le prénom que tu portes tu pourrais sonner du cor, comme ton illustre devancier ! Sais-tu que tu aurais beaucoup d'allure sur un cheval d'armes ?

— Si l'idée de me voir ainsi harnaché te sourit

autant, peut-être pourrais-je à la rigueur faire l'acquisition d'un cheval et me présenter ici en armure devant la grille de ton jardin ? Sigismond ferait une de ces têtes ! Le cheval, ça peut encore se trouver mais le donjon c'est une autre affaire ! Je n'en vois pas poindre le moindre à l'horizon de futurs héritages... Serais-tu devenue insatiable au point de me demander de t'offrir un château ?

— Pour le moment je saurai me contenter de ma résidence privée du IXe arrondissement.

— C'est bien d'être raisonnable... Par contre ce que je peux t'offrir et qui me paraît devoir t'être plus utile qu'un cheval aujourd'hui, c'est une automobile.

— Qu'en ferais-je ? Je n'ai même pas mon permis de conduire !

— Et les chauffeurs, ça sert à quoi ? Tu auras ta voiture avec chauffeur... Inutile de la refuser, elle est déjà commandée et viendra s'arrêter devant la grille demain à quinze heures. Ce sera dans ce moyen de locomotion que nous parcourrons la Dordogne dans tous les sens ! Nous irons de bons restaurants en auberges accueillantes : c'est un coin de France dont la réputation culinaire n'est plus à faire. Aux étapes nous nous gaverons de foie gras, de truffes et de confit de canard ! Quand nous reviendrons de ces vacances, nous aurons pris des kilos supplémentaires... Ça m'amuserait beaucoup que tu ne puisses plus rentrer dans ta belle robe mauve du bal de *La Chauve-Souris* quand tu reprendras ton rôle ! Elisabeth chérie, nous flânerons aussi dans Sarlat. Nous jouerons à cache-cache dans la grotte de Lascaux...

— Comme dans *Ciboulette*, une opérette charmante où Hélène doit très bien se débrouiller dans le rôle principal, nous pourrons chanter à notre retour le fameux duo : « *Nous avons fait un beau voyage...* » Nous y serions sublimes !

— Tu ne m'en voudras pas si, pour ce voyage inaugural de ta voiture, je remplace le chauffeur ? Lui sera enchanté : être entré au service d'une patronne qui lui offre, quelques jours à peine après son arrivée, un long congé payé ! Et nous deux, nous serons plus tranquilles. Ce serait très gênant, un chauffeur qui écouterait tout ce que nous dirions et qui observerait nos moindres gestes pendant notre lune de miel ! Il a d'ailleurs très bon genre, ce chauffeur... Je l'ai choisi avec soin. Il n'est ni trop jeune, ni trop vieux. Tu feras sa connaissance demain quand il amènera ton carrosse.

— Comment s'appelle-t-il ?
— Edouard, un prénom distingué qui convient à un chauffeur de bonne maison.
— C'est vraiment sérieux l'histoire de cette voiture et de ce chauffeur ?
— T'ai-je déjà menti ?
— Je ne te le pardonnerais pas.
— Et toutes les surprises ne peuvent pas arriver en même temps ! Il faut les espacer un peu pour pouvoir mieux les savourer.
— Quelle est la marque de cette voiture ?
— Peu courante. Tu ne voudrais tout de même pas qu'en dépit de sa simplicité naturelle, la grande Elisabeth Neuray arrive au théâtre où elle triomphe et en reparte sous les acclamations des foules extasiées dans la voiture de tout le monde ? Quand une artiste est parvenue à ton stade de notoriété, l'un de ses plus grands soucis doit être de maintenir son standing. Un autre avantage de cette voiture sera pour toi de l'avoir tout le temps à ta disposition puisqu'elle t'attendra dans le garage situé de l'autre côté de la grille face à la loge de Sigismond.
— Et le chauffeur, il y couchera pendant la nuit ?
— Il logera dans l'une des chambres réservées pour le personnel au deuxième étage de cet hôtel.
— Une fois de plus tu as tout prévu ?
— Tout !
— S'il fallait t'inventer, je n'y parviendrais pas !

Mais ce garage, à quoi servait-il au temps de ta tante ?

— A garer sa voiture que j'ai vendue le jour où j'ai hérité de l'hôtel. Si tu avais vu ce véhicule ! Un véritable monument ambulant : une vieille Packard dont le capot interminable n'en finissait plus et très bien astiquée par Ernest, le chauffeur de la tante, qui est parti se retirer en Bourgogne. Comme ma marraine ne l'a plus utilisée pendant les trois dernières années de sa vie, on l'avait placée sur cales dans le garage où elle aurait certainement fini par pourrir si je ne m'en étais pas débarrassé ! On n'a pas idée de conserver ainsi de vieilles reliques tout juste bonnes pour la ferraille... Mais ça, c'était tout à fait la façon d'agir de tante Adélaïde qui gardait tout, y compris des vieux bouts de chiffons qui encombraient ses placards ! Maintenant, dans le garage, la place est nette pour accueillir dès demain ta voiture.

— Si ta marraine n'a pas voulu se séparer de la sienne c'est peut-être parce qu'elle lui rappelait de merveilleux souvenirs ?

— Elle était capable de tout, la chère femme ! Même de faire l'amour avec l'un de ses soupirants pendant que la Packard roulait majestueusement conduite par un Ernest, assis sur le siège avant, qui tenait le volant en chauffeur très bien stylé ne regardant pas dans son rétroviseur pour voir ce qui se passait derrière lui...

— Elle a eu beaucoup d'amants, tante Adélaïde ?

— Je n'ai pas eu l'honneur de recevoir toutes ses confidences mais, comme elle ne s'est jamais mariée, j'espère qu'elle en a connu au moins un qui lui a permis d'éviter de rester éternellement jeune fille ! Revenons à ta voiture : je souhaite qu'elle te plaise.

— Quelle couleur ?

— Extérieurement gris métallisé et intérieurement en cuir noir.

— Ça me convient tout à fait. Je crois que, pour

une femme, ce qu'il y a de plus important dans le choix d'une voiture c'est la couleur... Le reste ? Du moment que ça marche et que la suspension est douce... Chéri, l'attente de l'arrivée de ce nouveau cadeau m'excite terriblement ! Tu es un véritable magicien ! Je suis sûre que notre voyage de noces sera ce rêve que je souhaite vivre depuis que je te connais... Et puisque tu as la gentillesse d'accepter de m'emmener en Dordogne, je vais t'adresser une autre requête : le jour où nous quitterons Paris au début de juillet, j'aimerais assez que nous fassions un crochet par Vichy...

— Tu n'as pas l'intention de me demander d'y faire une cure ?

— Nous n'y resterons qu'un soir mais, pour moi, ce sera important... Je sais qu'Hélène doit chanter les *Trois Valses* au théâtre du Casino du 1er au 8 juillet et peut-être même prolonger la série de ses représentations si c'est un succès. Il y a tellement longtemps que je ne l'ai vue jouer et entendue chanter que j'aimerais lui faire la surprise d'aller l'applaudir et ensuite de l'emmener souper comme nous l'avons déjà fait une fois ici.

— Très bonne pensée qui me séduit d'autant plus que je n'ai pas la moindre idée de ce dont elle est capable en scène. Par comparaison avec toi, cela m'intéressera.

— Tu ne seras pas déçu : Hélène a une jolie voix et sait bouger.

— Décidément tu es très gentille, Elisabeth... je me demande si Hélène dit autant de bien de toi quand elle parle des qualités artistiques de sa jumelle ? Nous ferons l'étape à Vichy.

Le lendemain, à quinze heures précises, « la voiture de Mademoiselle » était avancée devant la grille, conduite par Edouard. Il était superbe, ce chauffeur, ayant grande allure et digne de la merveille qui lui était confiée.

— C'est aussi beau qu'une *Rolls* ! s'exclama Elisabeth.

— C'est normal, chérie, puisque les *Bentley* sont les jumelles des *Rolls*... Elles aussi ont le droit de se ressembler ! Elisabeth Neuray est satisfaite ?

— Très satisfaite, monsieur le Comte... Nous montons dedans pour l'essayer ? Oh, juste le tour du quartier...

— Tu vas y être très remarquée !

— N'est-ce pas ce que tu cherches ?

— J'avoue que ça ne me déplaît pas.

Quand ils se furent installés à l'arrière de la voiture sous le regard écarquillé de Sigismond qui comprenait que beaucoup de choses avaient changé dans l'ancienne demeure de la tante Adélaïde, Roland dit au chauffeur :

— Nous partons...

— Où Monsieur le Comte désire-t-il aller ?

— Je ne désire rien, Edouard... Cette voiture ne m'appartient pas. Elle est à Mlle Neuray à qui vous voudrez bien vous adresser désormais pour recevoir des ordres.

— Bien, monsieur le Comte... Où Mademoiselle souhaite-t-elle se rendre ?

— Moi ? répondit Elisabeth blottie au fond de la voiture à côté de son amant. Je ne sais pas... Allons où vous voudrez, Edouard... Je me sens tellement bien dans cette voiture que je n'ai même pas envie de regarder ce qui se passe dans les rues !

Un mois plus tard ils roulaient vers Vichy mais c'était Roland qui conduisait la *Bentley*. Assise à sa gauche elle lui confia :

— Tu as bien fait de me conseiller de donner congé à Edouard. Je me demande ce que nous aurions pu faire de lui pendant ce périple alors que notre seul vrai désir était de l'accomplir seuls et débarrassés de tous les gens qui nous entourent : moi de la troupe du Châtelet et loin des spectateurs, toi sans tes partenaires de bridge du Jockey-Club et surtout sans ta femme ! Comment a-t-elle accepté l'idée de te voir partir ainsi en vacances ?

— Il y a déjà pas mal d'années que nous avons pris la salutaire habitude de nous séparer aux beaux jours : c'est la meilleure façon pour un couple de pouvoir se supporter pendant le restant de l'année ! Et je me suis bien gardé d'expliquer à Christiane que je serai très bien accompagné pendant mon absence.

— Peut-être l'est-elle aussi de son côté ?

— Dis plutôt entourée... C'est une femme qui ne peut pas vivre sans avoir autour d'elle une cour de laudateurs : tout le contraire de toi ! Si tu voyais la tête que tu fais quand des gens viennent te féliciter dans ta loge après une représentation ! Tu es aimable pour la forme, mais sans plus !

— Il me semble pourtant qu'avec toi le premier soir où tu es venu...

— Tu as été adorable ? C'est vrai mais c'était différent : sans le savoir l'un et l'autre nous nous aimions déjà ! A propos d'admirateurs, qu'est donc devenu ce grand ami dont tu m'as parlé ce soir-là et qui venait souvent te chercher, m'as-tu dit, pour t'emmener souper ?

— Dès le lendemain de notre première nuit je lui ai fait comprendre, dans une conversation téléphonique, qu'il serait préférable à l'avenir que nous espacions un peu nos rencontres.

— Il a avalé ça ?

— C'est un homme discret qui ne demande qu'à me savoir heureuse.

— Le bon Samaritain ?

— Mieux que cela : le confident quand j'éprouvais le besoin de faire des confidences... Ce qui, chéri, ne m'est plus arrivé depuis notre rencontre ! Ça ne te rend pas fier ?

— N'est-ce pas normal ? De même que tu m'as laissé clairement entendre que tu n'admettrais pas que j'aie une autre maîtresse, j'estime que tu n'es pas le genre de femme à avoir deux amants ! Qu'est-ce qu'il faisait dans la vie, ce personnage évincé ?

— Je ne l'ai pas évincé. C'est d'un commun accord que lui et moi avons décidé de moins nous voir. Mais on ne sait jamais... Si — ce que je ne crois pas — il te prenait l'envie de mettre fin à nos relations ou celle, encore plus saugrenue étant donné ce que tu m'as fait comprendre d'elle, de retourner te réfugier dans les bras de ton épouse, je pourrais très bien lui téléphoner à nouveau et il reviendrait aussitôt.

— Le toutou fidèle ?

— Plutôt l'ami très sûr qui n'a jamais cherché à devenir l'amant... Ce qui est très bien parce que, même si tu t'en allais, tu resterais dans mon cœur l'amant irremplaçable.

— Embrasse-moi pour une aussi bonne pensée... Mais sans trop de fougue ! C'est très dangereux d'embrasser quelqu'un qui conduit : c'est comme cela qu'on se tue bêtement... Réserve tes forces pour ce soir à Vichy après que nous nous serons montrés bien gentils avec Hélène... Tu ne m'as jamais dit ce qu'il faisait, ce monsieur tellement correct ?

— C'est un professeur en médecine.

— Fichtre ! Tu ne lésines pas... et tu as raison : ça peut toujours servir de garder quelques relations, même lointaines, avec un bon médecin.

— Sais-tu que s'il t'arrivait de tomber malade alors que tu te trouverais en ma compagnie, ce serait lui que j'appellerais immédiatement pour te soigner ?

— Et il rappliquerait ?

— Sûrement ! Il te guérirait aussi...

— Tu as une telle confiance en lui ?

La surprise d'Hélène fut grande de recevoir dans sa loge du casino, au deuxième entracte, la visite d'Elisabeth et de son amant. Après que les jumelles se furent embrassées en présence d'un Roland souriant, Elisabeth ne put cacher son enthousiasme pour la performance de sa jumelle :

— Sais-tu que tu es étonnante dans un rôle aussi difficile où, à chaque acte, tu dois incarner un personnage différent de la même dynastie d'artistes ? Au premier, tu m'as étonnée pour la façon avec laquelle tu fais les pointes de la ballerine du Second Empire qui deviendra la grand-mère mais qu'on ne verra pas vieillir. Au deuxième, tu es parfaite dans le rôle de sa fille lui ressemblant au point d'être sa réincarnation et qui est une chanteuse d'opérette triomphant en 1911 à l'Apollo où elle interprète *Rêve de Valse*, le premier grand succès d'Oscar Straus auquel nous devons aussi l'exquise partition de ces *Trois Valses*. La tournure, le chapeau, la voilette, la robe, les gants et les bottillons de l'époque que tu portes, au cours du souper que t'offre chez *Maxim's* le fils de famille amoureux, te vont à ravir ! On ne peut pas être plus ravissante ! Tu as fait d'énormes progrès, Hélène ! Ce qui ne peut être que le résultat d'un travail acharné dont je te félicite. Je suis trop du « bâtiment » pour ne pas savoir ce que cela représente de ta part. Bravo, mille fois ! Et toi, Roland, qui n'avais encore jamais eu l'occasion d'applaudir « mon » Hélène, qu'est-ce que tu penses d'elle ?

— Eblouissante ! Si vous saviez, ma chère belle-sœur — ne l'êtes-vous pas devenue un peu, Hélène ? — à quel point je suis fier de vous ! Et je suis persuadé que ce succès indiscutable, devant un public aussi cosmopolite que celui de cette ville d'eaux, va vous conduire rapidement à Paris comme Elisabeth m'a laissé entendre qu'il en était question. Et si les choses ne se passaient pas ainsi, ce serait la preuve que tous les directeurs de théâtre de la capitale ne sont que des ânes ! Maintenant j'ai hâte de vous applaudir dans le troisième acte où, selon ce que j'ai appris en parcourant le résumé de la pièce dans le programme, vous allez incarner la troisième demoiselle Grandpré qui est la petite-fille de la ballerine impériale et la fille de la divette 1900. C'est bien cela, n'est-ce pas ?

— C'est très agréable de se trouver en présence d'un spectateur qui s'intéresse autant à l'action de la pièce ! répondit Hélène avant d'ajouter : Maintenant laissez-moi... Il me reste très peu de temps pour me métamorphoser dans la troisième femme de la famille, la petite-fille...

— Qui devient, si j'ai bien lu, reprit Roland, une star de l'écran en 1936 ?

— C'est de loin celle des trois que j'aime le mieux incarner.

— Pourquoi ? demanda Elisabeth.

— Elle est plus près de notre époque... Et puis je ne détesterais pas devenir moi aussi une vedette de l'écran !

— On ne peut pas tout faire, chérie ! Contente-toi d'être celle que tu es déjà et que beaucoup de rivales doivent envier !

— Tu le penses sincèrement !

— Tu sais très bien que je ne suis pas menteuse.

— Tu ne peux pas te douter à quel point tu me fais plaisir ! Etre enviée des autres... Mon rêve ! A tout à l'heure... Vous reviendrez à la fin ?

— Mais nous n'avons fait cette halte à Vichy que pour te voir ! Et sais-tu où Roland va nous emmener souper toutes les deux ? Au restaurant de notre hôtel, l'*Aletti Thermal Palace*. Il dit que c'est le meilleur de Vichy et comme Roland sait tout, inutile de discuter !

— C'est l'endroit le plus indiqué pour vous deux, affirma Jumièges. Savez-vous comment s'appelle ce restaurant que j'ai repéré cet après-midi en arrivant ? *La Grillade Strauss*...

— Décidément, s'exclama Elisabeth, ma sœur et moi ne parviendrons jamais à nous arracher à l'empire des Strauss, qu'ils aient un *s* ou deux !

Le repas fut gai, digne d'un final d'opérette viennoise. On y parla beaucoup de l'avenir d'Hélène et assez peu de la Dordogne où les amants voulaient se cacher.

— Mais où allez-vous après cette étape ? avait demandé Hélène.

— Nous filons demain pour la Provence que Roland adore ! répondit précipitamment Elisabeth.

— Quelle chance vous avez ! Et moi qui vais peut-être rester ici sur les rives de l'Allier pendant toute la saison d'été !

— Ne te plains pas trop : cela signifiera que tu tiens un grand succès. Et puis, n'as-tu pas auprès de toi un ami qui pourrait t'emmener faire des promenades en voiture dans la région qui est, dit-on, assez riante ?

— Je suis seule.

— Pas le moindre gentil copain pour te tenir compagnie pendant cette période de vacances ?

— Tu sais bien que je n'ai pas ta chance insolente, Elisabeth ! Quand il m'arrive de dénicher un homme intéressant, c'est presque toujours dans la salle que ça se passe... Il y est pendant que je suis sur la scène. Une vraie partie de pêche ! C'est tout juste si ça ne mord pas dans la fosse d'orchestre où il peut arriver aussi qu'un musicien ne me déplaise pas non plus... Parfois c'est le chef d'orchestre mais c'est rare ! Le plus souvent ce n'est qu'un violoniste sans doute poussé vers moi par l'âme de maman qui était convaincue qu'il n'existait pas de plus belle profession que la sienne !

— Tais-toi, Hélène ! Nous avons eu la chance d'avoir une mère admirable ! Et tu vaux beaucoup mieux qu'un besogneux d'orchestre... N'est-ce pas Roland ?

— C'est certain.

— Ne crois-tu pas, chéri, que parmi tes nombreux amis l'un d'eux pourrait convenir à Hélène ?

— Je n'y ai pas encore réfléchi mais ça doit pouvoir se trouver sans trop de difficulté : non seulement vous avez du talent, Hélène, mais vous êtes également ravissante et follement vivante.

— Ça, pour ce qui est d'aimer la grande vie, je ne redoute personne ! Ce qu'il me faudrait, mon pseudo « beau-frère », ce serait quelqu'un dans votre genre... Un homme qui serait beau, riche, généreux et gai ! J'ai horreur des gens tristes qui ont des problèmes... Tout le monde a ses problèmes, moi la première ! S'il est marié comme vous, cela m'est bien égal à condition qu'il puisse se libérer de temps en temps de sa régulière sans que ça fasse trop d'histoires.

— Sa régulière..., s'exclama Roland. J'aime cette appellation pittoresque en diable ! Vous avez bien dit « se libérer de temps en temps » ?

— On ne peut pas demander l'impossible à un homme marié ! Et puis je ne tiens pas du tout à ce que ce monsieur soit tout le temps avec moi ! Un collage dont on ne peut plus se dépêtrer est pire que le mariage ! Ça en apporte tous les inconvénients et jamais les avantages ! Je suis pour l'union libre agrémentée de quelques pauses. Elles sont aussi indispensables que l'entracte dans une opérette : elles permettent de respirer... On ne peut pas être tout le temps l'un sur l'autre ni surtout l'un avec l'autre ! Vous ne croyez pas ça, tous les deux ?

Il y eut un moment d'hésitation avant qu'Elisabeth ne réponde :

— Roland et moi voyons les choses un peu différemment...

— Ça m'aurait bien étonnée que tu sois du même avis que moi ! Enfin tant pis ! Mais que cela ne vous empêche surtout pas, mon cher Roland, de rechercher pour moi un amant stable... J'en ai le plus grand besoin !

— Charmante Hélène, en remerciement du plaisir que votre interprétation des *Trois Valses* vient de m'apporter, je vais tenter de m'y employer de mon mieux... Et puis je ne peux rien refuser à Elisabeth qui me demande de m'occuper de vous.

Dès que les amants se retrouvèrent dans leur chambre de l'hôtel, Elisabeth demanda :

— Maintenant qu'elle n'est plus là, donne-moi franchement ton avis sur son talent après l'avoir vue et entendue sur scène ?

— Je pense, ma chérie, que ce que j'avais suggéré, avant que nous ne partions de Paris, n'était pas tellement utopique : ta jumelle pourrait très bien te remplacer dans *La Chauve-Souris* sans qu'il soit même nécessaire de placarder son nom sur l'affiche à la place du tien... Ce qui serait très astucieux puisque tout le monde connaît Elisabeth Neuray alors qu'une Hélène Bourdin est parfaitement ignorée, sauf ici à Vichy par quelques curistes... Et les curistes ça ne fait que séjourner le temps d'une cure ! Ensuite, ça oublie... La recette du Châtelet ne baisserait pas parce que les gens continueraient à venir pour ton nom tout en applaudissant ta sœur aussi fort que toi.

— En es-tu bien sûr ?

— Tu as eu raison de lui dire tout à l'heure dans sa loge qu'elle a fait d'immenses progrès. Ce que c'est que l'entêtement...

— Ou l'ambition ! Pourtant sa voix ?

— Moins chaleureuse et moins puissante que la tienne, c'est certain... Mais crois-tu que le bon gros public, qui finit à la longue par remplir toutes les salles après un certain nombre de représentations, s'apercevrait de quelque chose ? Il n'y verrait que du feu et serait persuadé d'acclamer Elisabeth Neuray parce qu'il a payé pour l'entendre ! Peut-être que quelques mélomanes — il arrive parfois qu'il y en ait chez les passionnés d'opérette — flaireraient la supercherie ? Mais ce n'est pas certain : la ressemblance physique serait là pour les troubler. Il suffirait qu'Hélène redevienne aussi brune qu'elle l'était quand ta mère vous vêtait des mêmes robes. Le tour serait joué !

— Pourtant l'allure ? Tu trouves que nous avons la même allure ?

— Dans la vie courante tu en as beaucoup plus qu'elle mais sur un plateau, à condition que les moindres gestes aient été bien réglés par un bon metteur en scène, on doit très bien pouvoir tromper son monde ! Ce qui, je pense, ne gênerait nullement Hélène... Toutes les artistes n'ont pas ton honnêteté ! Enfin ta jumelle possède, solidement ancrée dans son cerveau, cette foi en elle-même qu'ont toutes celles qui veulent arriver après avoir beaucoup trop attendu selon leur avis. Un purgatoire qu'elles estiment n'avoir pas mérité ! Hélène veut connaître sa revanche : si elle accepte de te doubler en conservant l'anonymat sous ton nom, ce sera uniquement parce que la seule grande ambition qu'elle a en tête est de te supplanter ! Quand le jour arrivera où elle entendra les gens dire partout « *Elisabeth Neuray est comme le bon vin. Elle est de plus en plus éblouissante en prenant des années justement parce qu'elle ne vieillit pas !* » ce jour-là, tu peux être certaine que ta tendre sœur s'arrangera pour vendre la mèche : le bon public apprendra, à la fois avec stupéfaction et émerveillement, que depuis quelque temps ce n'est plus la véritable Elisabeth Neuray qui chante mais sa jumelle qui l'a brillamment remplacée et qui se nomme Hélène Bourdin ! Ce serait un coup de tonnerre dans le Landerneau des planches et ce nouveau nom deviendrait encore plus célèbre que le tien. On s'arracherait cette Hélène Bourdin qui a eu l'immense mérite d'accepter de doubler sa sœur...

— Et moi qu'est-ce que je deviendrais à ce moment-là ?

— Toi ? Je suis sûr, le jour où ta jumelle pourra te remplacer, que tu laisseras tomber la scène, le monde des cabotins et tout le saint Frusquin !

— Et qu'est-ce que je ferai ?

— L'amour, chérie, et en exclusivité avec moi !

— Je ne chanterai plus ?

— Si ! Pour moi tout seul dans le boudoir de ton hôtel particulier... N'est-ce pas là un beau programme ?

— Un admirable programme...

— Il faut quand même bien que ça serve à quelque chose d'avoir une jumelle !

— Demain qu'est-ce que nous faisons ?

— Nous partons en douce pour la Dordogne.

— Sans dire au revoir à Hélène ?

— Pas la peine ! Rassure-toi : nous la retrouverons facilement si nous avons besoin d'elle et, telle que j'ai cru la deviner, elle n'attendra pas longtemps avant de se rappeler à notre bon souvenir... Ne serait-ce que pour que nous lui trouvions cet amant qui lui donnera beaucoup d'argent en la voyant de temps en temps et qu'elle recherche désespérément !

Si un vieux dicton affirme que « les peuples heureux n'ont pas d'histoire », que devrait-ce être pour des amants qui ont réussi à se donner l'illusion d'un semblant de bonheur ? Elisabeth et Roland appartenaient maintenant à la cohorte assez réduite de ces élus très rares. C'est pourquoi le périple en Dordogne, loin de toutes les intrigues de la capitale, fut un véritable enchantement. Quand ils en revinrent, ils formaient vraiment ce que l'on appelle un « couple soudé ». Il semblait que plus rien au monde ne pourrait les séparer, ceci parce qu'ils n'avaient pas prévu que Christiane, l'épouse légale, s'estimant lésée plus dans ses intérêts matériels que dans son affection, ferait tout pour y parvenir.

Une comtesse de Jumièges qui n'était pas restée inactive pendant que son époux et sa conquête profitaient du soleil du Périgord, de la beauté de ses sites et du calme de ses rivières. Au hasard d'une conversation avec Sigismond — le gardien hargneux de l'ancienne demeure de tante Adélaïde qu'Elisabeth, toujours encline à faire preuve de bonté d'âme, s'était refusée à mettre à la porte malgré le conseil que lui avait donné Roland le jour où il lui avait fait visiter la maison — Christiane avait pu découvrir et mesurer l'étendue de son infortune conjugale. Poussée par la curiosité qui sévit en toute femme et profitant de ce que Roland s'était absenté pour « *aller suivre, sur les conseils éclairés de son médecin, pendant trois semaines à Vichy la cure dont son foie avait le plus grand besoin pour se remettre des méfaits de la vie parisienne* » l'épouse en titre alla errer un après-midi aux alentours immédiats de l'hôtel particulier.

Après avoir constaté, à travers les barreaux de la grille d'entrée, que tous les volets de la charmante demeure étaient fermés, semblant indiquer qu'il n'y avait personne à l'intérieur, elle sonna à la porte de la loge sur le seuil de laquelle parut Sigismond le bougon, déjà prêt à aboyer. Mais, dès qu'il reconnut la visiteuse, son visage cessa d'être renfrogné pendant qu'il grommelait entre ses dents jaunies par l'abus de tabac :

— Ah ! C'est Madame la Comtesse ? Ça me fait rudement plaisir de la revoir depuis le temps qu'elle n'est pas venue ici !

— Je n'avais rien à y faire, mon bon Sigismond, puisque nous n'y habitions pas... et encore moins maintenant que mon mari a vendu cette maison !

— C'est bien regrettable.

— La nouvelle propriétaire n'est donc pas agréable ?

— Ce n'est pas exactement cela... Mais ce n'est pas comme Mlle Adélaïde qui faisait toujours un brin de causette à chaque fois qu'elle passait devant ma loge... Celle-ci ne me parle jamais. C'est comme si je n'existais pas ! Pourtant je sais monter la garde... J'ai l'œil et le bon ! Je repère tout, y compris ce que cette demoiselle de théâtre préférerait sans doute que je ne voie pas !

— Que voulez-vous dire ?

— Sauf le respect que je dois à Madame la Comtesse, j'ai pu compter toutes les visites que M. le Comte a faites à cette personne quand elle était là... Maintenant qu'elle est partie pendant la durée de la « relâche annuelle » — c'est ainsi qu'on appelle les congés payés dans sa profession ! — du Châtelet où elle s'exhibe depuis plusieurs mois, on ne le voit plus... Madame la Comtesse a bien dû remarquer qu'en ce moment M. le Comte était plus souvent auprès d'elle ?

— Je n'ai rien remarqué du tout pour la bonne raison que mon mari a pris depuis longtemps l'habitude de s'absenter à chaque fois que cela lui chante, soit dans la journée, soit le soir... Vers quelle heure de préférence venait-il voir cette Elisabeth Neuray ?

— C'était variable mais, ces derniers temps, plutôt l'après-midi... Le cinq à sept, quoi !

— A part vous, il y a du personnel ?

— La belle demoiselle ne se refuse rien ! Elle a une femme de chambre et un chauffeur qui logent en haut dans les chambres du deuxième... Ils ne sont guère plus aimables que leur patronne ! C'est comme s'ils me méprisaient... Ce en quoi ils ne manquent pas de toupet parce que j'en sais des choses aussi sur leur compte ! Ils fricotent sûrement entre eux : ça se devine. Delphine, c'est le nom de la femme de chambre, va rejoindre Edouard tous les jours dans le garage... Actuellement eux aussi sont en vacances.

— Peut-être ont-ils accompagné leur patronne là où elle est allée se reposer ?

— Sûrement pas ! Mlle Neuray est partie lundi

dernier dans sa belle voiture sans son chauffeur et avec M. de Jumièges : c'est lui qui conduisait.

— Vous n'auriez pas idée, par hasard, du lieu où ils se sont rendus ?

— Non. On m'a donné l'ordre de garder le courrier ici jusqu'à ce que je reçoive des instructions. Depuis, plus de nouvelles !

— Vous avez bien dit lundi dernier ? C'est ce même jour où mon époux est parti suivre sa cure à Vichy...

Christiane avait tout compris et, dès cet instant, elle se promit que Roland et sa maîtresse le paieraient cher !

Revenus de Dordogne, Elisabeth reprit son rôle à la rouverture du Châtelet et Roland retrouva son épouse qui lui dit n'avoir eu aucune envie de s'absenter de la capitale pour se mêler aussi bien en France qu'à l'étranger au flot d'aoûtiens qui ne l'intéressait nullement. Et Paris n'avait-il pas beaucoup de charme, débarrassé de toutes les voitures qui l'encombrent le reste de l'année ?

— Pour vous, Roland, cette cure s'est bien passée ?

— On ne peut mieux.

— Beaucoup de monde à Vichy ?

— Ce n'est plus ce que c'était : l'élégance l'a déserté pour laisser la place aux bénéficiaires de la Sécurité sociale qui y passent des vacances pas trop désagréables aux frais des contribuables !

— Vous n'avez pas bougé de là-bas ?

— Non.

— Tel que je vous connais, vous avez dû mortellement vous ennuyer, mon pauvre ami !

— Une cure n'est jamais très gaie ! C'est une cure...

— Avez-vous fini de vous moquer de moi ? Figurez-vous que pendant votre absence je me suis renseignée... Ce qui m'a permis d'apprendre une foule de choses intéressantes... Par exemple que vous entreteniez les liens les plus tendres avec cette théâtreuse à qui vous avez vendu, sans me demander mon avis, l'hôtel que vous avait légué votre marraine ! J'ai été rendre visite à Maître Rupied de Malavoine qui, en me confirmant l'exactitude de la vente, m'a révélé le montant de la somme que vous avez touchée pour cette opération immobilière et qui est véritablement dérisoire ! Vous auriez pu obtenir au moins le double, ne serait-ce qu'à cause de l'emplacement et de la superficie du terrain... Le prix que vous avez consenti est scandaleux de bon marché ! Comme vous êtes loin d'être un sot et très capable de défendre vos intérêts, j'ai bien été contrainte d'en déduire qu'il ne s'est agi en réalité que d'une vente de complaisance vous permettant de faciliter les choses à Mlle Elisabeth Neuray ! Bien plus, certains de vos bons amis vous ont vu souper à plusieurs reprises en sa compagnie dans des endroits qu'ils fréquentent aussi bien que vous... Alors parlons net : ou cette femme est votre maîtresse et nous nous séparons, ou elle ne l'est pas et vous cessez d'aller lui rendre visite. Comme je n'admets pas d'être ridicule, j'exige une réponse !

— Ma chère Christiane, j'attire d'abord votre attention sur le fait qu'étant mariés sous le régime de la séparation de biens, vous n'avez pas le droit au moindre regard sur la vente de cet hôtel qui n'appartenait qu'à moi seul. Donc je tiens pour nuls et non avenus les griefs que vous venez d'exprimer... D'autre part vous venez de parler de séparation, voilà, certes, une manière d'agir à laquelle je ne serais nullement hostile ! Il y a deux façons de l'imaginer : ou elle est faite légalement par un jugement pour un motif que nos avocats n'auront pas grand mal à trouver, ceci entraînant pour vous toutes les conséquences pratiques que vous pouvez imaginer aussi bien sur le plan mondain que financier... Ou bien nous maintenons le *statu quo* dans lequel nous vivons depuis quelques années déjà et qui, mon Dieu, ne vous a pas apporté que des désavantages ! Croyez bien que je suis au regret d'être contraint de vous rappeler — mais n'est-ce pas vous qui me placez dans une telle obligation par les propos assez désobligeants que vous venez de tenir — que, ne possédant vous-même aucune fortune personnelle, vous avez vécu, depuis le jour de notre mariage, de toutes les largesses que j'ai bien voulu vous prodiguer... Je sais qu'il est aussi pénible pour vous que pour moi d'en être venus à parler d'aussi basses questions matérielles, mais enfin n'est-il pas préférable — comme vous venez vous-même de le suggérer en m'informant que vous attendiez ma réponse — de crever l'abcès une bonne fois pour toutes ? Ainsi la situation sera beaucoup plus nette. Qu'en pensez-vous ?

Et comme, blême de rage, elle demeurait silencieuse, il reprit avec une gentillesse relative :

— Ne croyez-vous pas que ces derniers propos méritent une sage réflexion de votre part plutôt que de la mienne puisque je ne suis opposé à aucune des deux solutions : ou chacun de nous choisit un avocat auquel il confiera ses soucis et qui l'amènera inéluctablement en fin de compte dans le cabinet d'un magistrat qui statuera sur les modalités d'une séparation légale — je me permets aussi de vous rappeler que, n'ayant pas d'héritier, le problème ne sera pas très ardu à régler — et vous toucherez une pension alimentaire que je me ferai un devoir de régler avec ponctualité mais qui, tout en vous permettant de vivre décemment, n'aura aucun rapport avec le train de vie que le fait de porter mon nom vous a permis de mener jusqu'à présent... Ou nous continuons, grâce à un accord aussi tacite qu'amiable, à vivre notre existence chacun de notre côté comme nous le faisons actuellement tout en prenant bien soin cependant de sauver certaines de ces apparences que la bienséance et la civilité mondaine nous imposent de respecter bien que nous n'y trouvions, aussi bien vous que moi, pas le moindre attrait ! Je pense, très chère, avoir résumé la situation exactement telle qu'elle se présente. C'est à moi maintenant de vous écouter.

— Je n'ai rien à dire sinon que, sous vos apparences de grand seigneur, vous êtes le plus abject des époux ! Je vais réfléchir.

La conversation aigre-douce en resta là. Ce ne fut qu'après une semaine pendant laquelle Roland ne modifia en rien sa façon de vivre, qu'il put confier à sa maîtresse :

— Je crois, chérie, que bientôt il y aura peut-être du nouveau dans mon ménage légal...

— Qu'est-ce que tu veux dire ?

— Il serait possible que, contrairement à ce que j'ai toujours pensé, mon épouse se montrât disposée à accepter l'idée du divorce...

— Et toi ?

— Moi ? Envoyant une fois pour toutes au diable les vieux principes périmés, je ne serais pas non plus contre... Il faut dire que j'aurai, pour prendre cette décision, une raison plus que valable : toi !

— Tu m'épouserais ?

— Que deviendrais-je si je me retrouvais seul ? Et je ne serais sûrement pas le premier homme à épouser sa dame de compagnie !

— Je t'adore ! Ça va arriver vite ?

— Tout dépendra des réflexions de la comtesse... Il y a déjà une semaine qu'elles se prolongent... Autant c'est une femme qui se précipite quand il s'agit de se montrer désagréable, autant elle prend tout son temps pour mesurer ses propres intérêts ! Je la connais bien, hélas ! Et mettons-nous à sa place : divorcer signifierait pour elle une réduction sensible de ses moyens d'existence, le sourire ironique aussi de ses amies que cela amuserait d'apprendre qu'elle a été délaissée pour une femme infiniment plus belle et plus charmante qu'elle — les bonnes amies sont ainsi faites qu'elles courent presque toujours vers la triomphatrice ! — et enfin, dernier motif de réflexion mais le plus impératif celui-là, l'idée qu'elle, l'ex-petite-bourgeoise, perdrait le noble titre avec lequel elle a pris l'habitude de se gargariser ! Tu vois, mon Elisabeth, qu'il y a quelques sérieuses raisons pour ne pas trop nous réjouir ni hâter la décision. La précipitation, surtout dans les affaires de cœur, est néfaste.

— Pourtant nous ? Nous n'avons pas attendu une seconde quand nous nous sommes rencontrés !

— C'est différent ! Je suis convaincu que nous nous sommes aimés avant même d'être ici-bas... Qui sait ? Peut-être étions-nous déjà des amants dans un monde antérieur ! Nous nous sommes réincarnés : toi dans la peau d'une cantatrice et moi dans celle du fils de famille... Sans doute n'étions-nous pas, selon les mystérieux secrets de la réincarnation, des êtres humains et probablement des animaux... Quel animal penses-tu avoir été ? Une chatte, une pouliche de pur-sang, une gazelle ?

— Pourquoi pas un rossignol ? Ce serait plus dans mes cordes... Et toi ?

— Moi ? Déjà le ver de terre qui était amoureux de son étoile.

Quelques jours passèrent encore avant qu'il n'annonce à Elisabeth :

— C'est le désastre... Je le redoutais ! Elle a choisi la deuxième solution : elle préfère rester l'épouse résignée d'un monsieur qui s'offre toutes les maîtresses qu'il veut... Sans doute souhaiterait-elle même dans ses sombres pensées qu'il y en ait plusieurs se succédant les unes après les autres ? Processus réconfortant et découlant d'une pensée commune à beaucoup de femmes mariées qui se disent : « L'important c'est que cela ne dure avec aucune ! Ce qui me permettra de continuer à me cramponner à la bonne place, la seule qui compte : la légale ! » Seulement là, Christiane se trompe complètement ! Je t'ai fait la promesse que désormais tu serais mon unique compagne, je la tiendrai.

— Tu n'as pas besoin de me le dire. Je le sais. Et chaque homme n'ayant qu'une seule vraie femme dans sa vie, j'ai une entière confiance. Nous ne pourrons plus nous séparer.

— Rien ne prouve que, malgré l'entêtement de Christiane, le destin, auquel je voudrais bien commencer à croire, n'arrangera pas les choses en notre faveur ! Ce serait trop injuste qu'il ne sache pas se montrer favorable aux amants !

Ce soir, ce serait la joie au Châtelet : on y fêterait la 200ᵉ à bureaux fermés de la triomphale reprise de *La Chauve-Souris*. Et deux cents représentations dans un théâtre de 3 000 places, ça représente de substantielles recettes ! Après le spectacle, un buffet, installé dans le foyer et offert par la direction, permettrait à tous les artistes, aux musiciens, au personnel de scène et de salle de fêter l'événement. Elisabeth, qui se devait d'assister à une réunion aussi sympathique, avait exigé que Roland l'y accompagnât. Ses arguments s'étaient révélés péremptoires :

— Je n'ai aucune raison de te cacher, étant donné que tu es le seul homme de ma vie et que tout le monde au théâtre t'adore parce que tu as su t'y prendre avec les plus modestes en restant simple. Ils ne te pardonneraient pas de ne pas être parmi eux !

— J'ai compris : cela veut dire qu'il faudra que je fasse le chauffeur.

— Vous ne voudriez tout de même pas, chauffeur, que je vous donne congé un soir pareil pour vous permettre d'aller rejoindre votre ex-épouse ! Pour moi, cette femme n'est plus rien d'autre.

— Comme cette fête finira sûrement très tard, préviens ta femme de chambre qu'elle ne s'inquiète pas et que tu seras pas de retour avant le lever du jour.

— Demain nous en serons quittes pour dormir toute la journée !

La célébration du succès fut une totale réussite. Ceci d'autant plus que le directeur du Châtelet annonça qu'au train où allaient les choses, il était à peu près certain qu'aucun autre spectacle ne serait prévu pour cette deuxième saison. Mais Elisabeth, se sentant un peu lasse vers une heure, s'excusa devant tous après avoir demandé à son amant de la ramener chez elle. Ce qu'il fit, pas trop mécontent d'être débarrassé de la corvée.

Quand ils se retrouvèrent devant la grille du jardin, leur étonnement fut grand de constater que les fenêtres du rez-de-chaussée, celles du salon et de la salle à manger, étaient toutes éclairées comme s'il y avait une réception. Ayant frappé à la porte de la loge de Sigismond, qui apparut en pyjama, Roland lui demanda :

— Qu'est-ce qui se passe là-bas ?

— Il se passe, monsieur le Comte, que — prévoyant sans doute que Mademoiselle ne rentrerait que très tard — ils font un boucan là-dedans depuis vingt et une heures ! Ils font marcher la radio à tout va, ils chantent, ils dansent... C'est la joie, quoi !

— Qui cela, ils ?

— Mais Delphine, Edouard et leurs invités !

— Leurs invités ?

— Quelques bonnes portugaises travaillant chez

des bourgeois du quartier et un chauffeur turc qui est un ami d'Edouard.

— Vous les connaissez donc ?

— De vue seulement, monsieur le Comte... Ce n'est pas la première fois qu'ils viennent !

— Et vous ne les avez pas empêchés d'entrer ? Mais enfin, Sigismond, si Mlle Neuray a eu la bonté de vous maintenir à votre poste de gardien, c'est pour que vous continuiez à assurer la surveillance !

— Que Mademoiselle me pardonne d'attirer ce soir son attention sur le fait qu'elle ne me dit jamais ni bonjour, ni bonsoir quand elle passe devant ma loge en rentrant ou en sortant. C'est comme si je ne comptais pas pour elle ! Et c'est la même chose chez « son » personnel auquel il semble que l'on ait donné des instructions pour qu'il me nargue... Sans doute parce qu'étant le dernier représentant des vieux serviteurs de Mlle Adélaïde, j'appartiens déjà au passé ?

— Vous dites des choses stupides, Sigismond ! s'écria Roland. Personne ne vous snobe ici ! N'est-ce pas ton avis, chérie ?

— Si je n'adresse pas la parole à Sigismond, répondit-elle très calme, c'est uniquement parce que, depuis que j'ai acquis cette maison, il n'a jamais éprouvé le besoin de sortir de sa loge pour me saluer quand je passe devant elle. Puisqu'il m'ignore, je lui rends la pareille. C'est tout.

— Viens, dit Roland. Puisqu'on n'attendait pas aussi tôt notre retour du théâtre, nous allons jouer les trouble-fête...

Pendant qu'ils se dirigeaient vers le perron, il ajouta à voix plus basse :

— Je t'avais conseillé de ne pas garder ce Sigismond à ton service.

— Si je l'ai fait, c'est un peu en mémoire de ta marraine qu'il a connue et moi pas... Mais, après ce qu'il vient de me dire, je ne suis nullement opposée à ce qu'il parte et le plus vite possible !

— C'est ce que tu feras dans un second temps. Tu ne peux pas les mettre tous à la porte en même temps, sinon tu te retrouverais sans personne pour assurer ton service ! En premier lieu tu dois d'abord liquider immédiatement les joyeux qui reçoivent chez toi et à ta place ! Cela me paraît d'autant plus urgent que tu vas les prendre en flagrant délit... Et surtout montre-toi ferme ! Pas d'attendrissement, chérie ! Je ne t'en ai jamais fait part mais j'ai souvent pensé qu'un jour viendrait où ta trop grande gentillesse te perdrait...

Le spectacle de Delphine, d'Edouard, des bonnes portugaises et du Turc se vautrant dans les fauteuils et sur le grand canapé du salon rappela à Elisabeth la réception burlesque du troisième acte de *La Vie Parisienne* d'Offenbach — où tous les invités sont des domestiques — plutôt que les fastes du bal élégant du deuxième acte de *La Chauve-Souris* où elle triomphait tous les soirs sous son masque de dentelle vénitien. Si cela ne s'était pas passé chez elle, c'eût été risible. Mais elle sut s'adresser à la femme de chambre et au chauffeur sur un ton ferme que Roland ne lui avait encore jamais connu et qui le laissa muet d'admiration.

— Alors comme cela, Delphine, on reçoit du beau monde dans mes meubles pendant que je ne suis pas là ?

— Mais mademoiselle...

— Il n'y a pas de mademoiselle qui tienne ! Qu'est-ce qui vous a pris ? Seriez-vous devenue folle ?

— Peut-être, puisque je suis amoureuse...

— Evidemment ça explique beaucoup de choses... Amoureuse de qui ?

— D'Edouard...

— De mieux en mieux ! Non seulement vous utilisez ma maison mais vous accaparez aussi mon chauffeur !

— Nous allons nous marier et c'est pour fêter cet

événement que nous avons réuni quelques amis... Nous pensions, puisque Mademoiselle nous a informés qu'elle ne rentrerait qu'à l'aube, que cela ne la gênerait pas beaucoup ?

— Mais voyons ! Et on boit même du champagne à ce que je vois ?

— C'est Ahmed — elle désigna le Turc — qui nous l'a apporté... Jamais nous ne nous serions permis de boire celui que M. de Jumièges a fait rentrer l'autre jour dans la cave pour les besoins de mademoiselle !

— Peut-être aviez-vous aussi l'intention d'utiliser bientôt la *Bentley* pour partir en voyage de noces ? Eh bien, vous le ferez, ce voyage, sur un tapis volant que pourra peut-être vous fournir aussi Ahmed ! Et vous allez déguerpir immédiatement avec toute votre clique d'invités ! C'est compris ?

— Oui mademoiselle.

— Je tiens à ce que vous ayez déblayé le terrain demain avant midi ! Vous ne m'en voudrez pas, j'espère, si je ne vous délivre ni à l'un ni à l'autre de certificats de bons et loyaux services ?

Quand elle se retrouva seule avec Roland dans le salon elle lui dit :

— Aide-moi à éteindre partout parce que, pour ce qui est de la lumière, ils n'ont pas lésiné ! On voit bien que ce ne sont pas eux qui paient le courant !

— Chérie, deviendrais-tu mesquine ?

— Non mais je t'ai déjà laissé dépenser tant d'argent pour moi qu'il est grand temps que je commence à t'entraîner dans quelques économies... C'est égal, si je m'étais attendue à une pareille réception chez moi !

— Amants comme nous le sommes maintenant, avons-nous le droit de leur en vouloir de s'adorer jusqu'au point de commettre des folies ?

— Tu as raison : nous n'avons que le droit de nous taire... Veux-tu que nous les gardions ?

— Surtout pas ! Ce qui est dit est dit... Ils s'en iront

demain et je vais rester dormir auprès de toi pour vérifier que tout se passera dans de bonnes conditions.

— J'ai donc bien fait de les mettre à la porte puisque j'y gagne une nuit supplémentaire avec mon amant alors qu'il avait l'intention de rentrer chez sa bourgeoise ! Dès demain nous nous mettrons en chasse à coups de petites annonces pour trouver des remplaçants.

— C'est pourquoi, pour le moment, il fallait conserver au moins le chien de garde Sigismond même s'il aboie mal ! Seulement vas-tu pouvoir te débrouiller seule sans femme de chambre ?

— Avant de te rencontrer, je n'ai jamais eu de soubrette et pourtant je ne me suis pas tellement mal tirée d'affaire dans mes chers vieux Gobelins.

— Et le chauffeur ?

— Je t'ai : ça me suffit amplement.

— Moi ça m'enchante ! C'est vrai : j'adore conduire la *Bentley* à condition que tu y trônes assise à ma gauche. Nous montons ? Dis-moi : étais-tu réellement aussi fatiguée que cela quand tu m'as demandé au Châtelet de te ramener ici ?

— J'étais lasse de toutes ces congratulations inutiles entre cabotins mais, dès que je me suis retrouvée seule avec toi, je me suis sentie beaucoup mieux... Tellement mieux que nous allons vite aller nous coucher pour fêter à notre manière la 200e de *La Chauve-Souris*...

Alors qu'ils gravissaient l'escalier, il avoua :

— Tout à l'heure pendant que tu gourmandais dans le salon cette valetaille sans grande envergure, je t'ai trouvée sublime... C'est la première fois que je t'ai vue te mettre en colère.

— Je n'étais nullement en colère... Je n'ai fait que suivre les préceptes qu'un certain comte venait de m'enseigner.

— Ton sursaut subit d'autorité n'a fait que confirmer en moi l'idée qu'il eût été regrettable que cet hôtel particulier ne revînt pas à une femme très douce qui serait capable, quand il le faudrait, de faire preuve d'aptitude au commandement.

Une semaine plus tard, les serviteurs miraculeux n'avaient pas encore été trouvés sans que les amants se soient fait le moindre souci à ce sujet. Il arriva cependant un jour où Roland annonça :
— Je suis ennuyé... Demain soir je vais être dans l'obligation d'accompagner Christiane à un dîner assommant donné au Cercle Interallié et auquel il m'est impossible de ne pas assister, sinon je me brouillerais avec une foule de bons et vrais amis. M'en voudras-tu ?
— Tu es fou, mon amour... Je sais très bien ce que sont certaines obligations mondaines... C'est comme si tu m'interdisais d'assister à une réunion plénière de l'Union des Artistes sous prétexte que tu n'en es pas membre ! Va à ton dîner.
— Mais je crains que ça ne se termine très tard et, dans ce cas, je ne pourrai pas aller te chercher au Châtelet... Que feras-tu puisque tu n'as pas encore de chauffeur et que tu ne conduis pas ?
— Comme tous ceux ou celles qui sont dans le même cas — et qui sont légion ! — je ferai demander un radio-taxi qui me ramènera chez moi. Et voilà ! Tu me téléphoneras le lendemain matin pour me réveiller mais pas trop tôt comme tu sais si bien le faire à chaque fois que tu découches.
— Chérie !
— Quand on évite de dormir avec sa vraie femme — n'est-ce pas moi cette femme-là ? — c'est le terme consacré : on découche ! Et si tu oubliais de me réveiller, ce qui m'étonnerait, je te ferais parvenir un télégramme téléphoné ainsi libellé : *Belle au bois dormant endormie réclame d'urgence Prince*

charmant pour l'arracher à son sommeil. Tu en ferais une tête !

— Je serais ravi d'apprendre que je suis devenu un personnage de féerie.

— Et Christiane ?

— Peut-être un peu moins... Et encore je n'en sais rien ! Nous en sommes arrivés, elle et moi, à un tel degré d'indifférence réciproque que c'est presque un point de non-retour...

Le lendemain soir, après l'avoir accompagnée jusqu'au taxi, Caroline, son habilleuse, glissa à l'oreille du chauffeur :

— Soyez gentil d'être prudent : je tiens à elle.

Après que le taxi l'eut déposée devant le porche de l'immeuble, derrière lequel se dissimulait le petit hôtel, Elisabeth passa sous la voûte pour atteindre la cour au fond de laquelle se dressait la grille de son jardin encadrée par la loge de Sigismond et le garage où se trouvait la *Bentley* provisoirement démunie de chauffeur. Ce fut à ce moment qu'une ombre, surgie de l'obscurité de la cour, se rua vers elle et lui lança en plein visage un liquide qui la fit hurler de douleur pendant qu'elle s'effondrait. L'ombre disparut et une bonne minute s'écoula avant qu'une lumière ne s'allume dans la loge de Sigismond qui ne pouvait pas ne pas avoir entendu le cri déchirant. Sortant de son pavillon il ouvrit la grille et se dirigea vers la forme allongée dans la cour. Agenouillé près d'elle il s'exclama de sa voix rauque de bouledogue :

— Mademoiselle !

Sans plus attendre, il l'emporta le plus vite qu'il le put vers la maison. Après avoir gravi le perron avec son fardeau, il poussa la porte du vestibule où il entra en appuyant sur le commutateur électrique. De là, aussi ahuri qu'affolé, il alla directement vers le salon qu'il alluma également et où il déposa sur le grand canapé le plus doucement qu'il le put celle dont le visage n'était plus qu'une plaie monstrueuse à l'exception cependant de la région des yeux dont les paupières étaient fermées. Se penchant contre la poitrine d'Elisabeth, il écouta... Le cœur battait faiblement, ce qui prouvait que la vie ne s'était pas enfuie. Se parlant à lui-même à haute voix, comme quelqu'un qui ne sait pas trop quelle décision prendre et qui veut se donner du courage, Sigismond dit alors :

— Je vais appeler M. le Comte chez lui...

A cette seconde, sans que les paupières se fussent réouvertes, la voix de la malheureuse balbutia avec beaucoup de difficulté :

— Ne faites pas ça ! Appelez un médecin...
— Police secours ?
— Non.
— Le Samu ? Les pompiers ?
— Non. Médecin : Thiviers... Professeur Thiviers... téléphone inscrit sur un petit carnet dans mon sac...

Elle avait conservé ce sac dans sa main droite crispée dont il eut du mal à desserrer les doigts. Le sac ouvert, il trouva le carnet et courut vers le téléphone placé sur un guéridon du vestibule après avoir dit :

— Je reviens...

Il attendit quelques secondes pendant que l'appel de la sonnerie résonnait à l'autre bout de la ligne et avant qu'une voix ne réponde :

— Ici le professeur Thiviers...
— Monsieur le Docteur, dit Sigismond, venez vite... Mlle Elisabeth Neuray a besoin de vous de toute urgence ! Elle est très mal et elle vous réclame.
— Quelle adresse ? demanda la voix posée du médecin.

Après l'avoir indiquée, Sigismond reprit :

— Je crois qu'elle va mourir...
— Je serai là dans une trentaine de minutes tout

au plus... Si elle peut vous comprendre dites-lui que j'arrive et veillez à ce qu'elle ne bouge pas si elle est allongée !

Revenu auprès d'Elisabeth, toujours inerte sur le canapé, le gros homme la regarda en silence. C'était affreux ! Le visage était tellement méconnaissable que l'on pouvait même se demander si cet amas de chair rouge était encore un visage ? La bouche, qui venait cependant de parler quelques instants plus tôt, n'était plus qu'une ouverture béante encerclée par les lèvres boursouflées qui lui donnaient l'apparence d'un cratère en réduction.

Estimant que le médecin ne devait plus tarder, Sigismond alla se poster dans la rue devant le portail de l'immeuble. Quelques minutes passèrent et une voiture s'arrêta. Un homme en descendit tenant une sacoche en cuir à la main et demandant :

— C'est vous qui m'avez appelé ?
— Oui, docteur.
— Qui êtes-vous ?
— Le gardien de l'hôtel particulier de Mlle Neuray... Suivez-moi : je vais vous montrer le chemin.

Arrivé dans le salon, Thiviers eut un léger mouvement de recul en voyant le visage tuméfié mais très vite il sortit de sa sacoche un stéthoscope qu'il appliqua sur la poitrine de celle qui donnait déjà l'impression de n'être plus qu'une moribonde. Ensuite il prit la tension après avoir fait une ligature au bras gauche. Tout cela en présence d'un Sigismond silencieux auquel il demanda après ce premier examen :

— Qu'est-il arrivé ?
— Je ne sais pas. J'étais endormi dans la loge quand un cri m'a réveillé. Je suis sorti dans la cour pour voir ce qui se passait et j'ai vu... C'était la patronne ! Je l'ai ramenée tout de suite ici, chez elle. Je me souviens m'être dit à haute voix que j'allais téléphoner à M. le Comte... Enfin, à M. de Jumièges,

l'ami de Mademoiselle... Mais elle m'a entendu et a parlé en disant qu'il ne le fallait pas ! Ensuite elle a prononcé votre nom en indiquant que votre numéro de téléphone était inscrit sur un petit carnet qui se trouvait dans le sac qu'elle portait. Voici ce carnet... On peut dire que c'est une chance qu'elle l'ait eu avec elle ! Elle n'a pas voulu non plus que j'appelle police secours, ni le Samu, ni les pompiers... Voilà, c'est tout.

— Vous n'avez pas idée de ce qui a pu se passer ? Avez-vous vu quelqu'un s'enfuyant dans la cour ou sous la voûte quand vous êtes arrivé ?

— Personne !

— Et quand vous êtes ressorti ensuite pour venir m'attendre dans la rue, la porte d'entrée était-elle entrouverte ?

— Fermée. J'ai dû appuyer sur le bouton électrique placé à droite sous la voûte et commandant son ouverture.

— Bizarre ! Maintenant il n'y a pas de temps à perdre. Je vais lui faire une piqûre qui devrait lui permettre de tenir pendant son transport là où elle pourra recevoir les tout premiers soins indispensables... Où est le téléphone ?

— Ici, docteur.

Il l'entraîna dans le vestibule avant de revenir auprès du canapé du salon alors que le médecin donnait des instructions au téléphone. Dès que ce dernier fut de retour dans le salon, il fit la piqûre au bras droit puis attendit quelques instants en observant Elisabeth avant de relever la tête en disant :

— Je pense que ça devrait aller pour le moment...

— Vous allez la faire transporter à l'hôpital ?

— Je la transporterai moi-même pour gagner du temps et vous allez m'aider jusqu'à ma voiture où nous l'allongerons sur la banquette arrière... Dites-moi : quand vous vous êtes trouvé dans la cour devant son corps affalé, avez-vous remarqué si des lumières se sont allumées aux fenêtres des immeubles environnants ?

— Aucune lumière ! C'était à croire que j'étais le seul à avoir entendu le cri.

— C'est possible et c'est tant mieux ! Quel est votre nom ?

— Sigismond.

— Comprenez-moi bien, Sigismond, si Mlle Neuray a trouvé la force, malgré son état, de vous demander de n'avertir personne à l'exception de moi, c'est qu'il doit y avoir une raison sérieuse... Donc vous devez garder le silence le plus absolu sur toute cette affaire. Je peux compter sur vous ?

— Oui, docteur.

— Je vous mets dans le secret professionnel. C'est compris ? Et apprenez maintenant que votre patronne a été vitriolée par un liquide à base d'acide sulfurique ou de sulfate de cuivre. Ce qui est un crime !

— Elle est sûrement revenue du théâtre en taxi puisque sa voiture est restée au garage et qu'elle n'a pas été ramenée ce soir par M. de Jumièges.

— Comment le savez-vous puisque vous dormiez ?

— Quand il l'accompagne il rentre toujours avec elle dans la maison.

— Je viens de prévenir une clinique où l'on m'attend. Pendant le trajet jusqu'à la voiture, évitez de parler et faites le moins de bruit possible. Ce n'est pas la peine d'attirer l'attention des locataires de l'immeuble que ça ne regarde pas.

Dès qu'Elisabeth fut allongée à l'arrière de la voiture, Thiviers dit à Sigismond :

— Merci de votre collaboration et surtout je vous félicite d'avoir perdu le moins de temps possible avant de m'appeler. Grâce à votre esprit de décision Mlle Neuray vous devra peut-être la vie...

— Je n'ai fait que mon devoir... Pauvre Mademoiselle ! Si on m'avait dit qu'une chose pareille lui arriverait devant la maison qu'elle vient d'acheter il y a seulement quatre mois... Alors je ne téléphone toujours pas chez M. de Jumièges pour l'informer de ce qui est arrivé ?

— Vous ne bougez pas. Inutile de l'affoler ! Je me charge de le prévenir dès que Mlle Neuray sera entre les mains de ceux qui vont la soigner. Donnez-moi le numéro de téléphone de ce monsieur pour que je l'inscrive sur un bout de papier. Merci.

Sigismond regarda s'éloigner la voiture en hochant la tête dans un geste de doute comme s'il n'était pas tellement sûr que celle, qu'il n'aimait pas tellement parce qu'elle s'était toujours montrée assez distante à son égard, se « tirerait d'affaire »...

Deux heures plus tard la sonnerie du téléphone retentissait dans l'hôtel particulier du comte et de la comtesse de Jumièges, rue Spontini. Un laps de temps assez long s'écoula avant qu'une voix masculine, peu aimable à cette heure tardive, ne réponde :

— Qu'est-ce que c'est ?

— Le comte de Jumièges ? Ici le professeur Alain Thiviers. Je pense que vous ne me connaissez pas mais Elisabeth Neuray m'a toujours parlé de vous avec enthousiasme à chaque fois que je me suis permis de lui téléphoner pour prendre de ses nouvelles.

— Elle m'a dit aussi beaucoup de bien sur vous mais, vous vous en doutez, pas par téléphone ! C'est vous qui aviez écrit le livret d'une œuvre qu'elle a créée et qu'elle a beaucoup aimée bien que sa réussite ait été, m'a-t-elle raconté, des plus aléatoires ?

— C'est moi... Quant à ce que vous appelez « mon œuvre », ce fut un désastre ! Mais, si je me permets de vous réveiller à une pareille heure, c'est pour un motif grave... Puis-je parler en toute liberté ?

— Je vous en prie... Ma femme dort dans sa chambre qui est assez éloignée de la mienne et où elle n'a pas voulu que l'on installe un appareil téléphonique.

— Je vous demande avant tout de conserver votre calme... Cette nuit en rentrant chez elle et juste au moment où elle allait franchir la grille de son jardin, Elisabeth a été victime d'une agression.

— Quoi ? Elle est blessée ?

— Je puis vous certifier que ce n'est pas mortel... Le mieux, si cela vous était possible, serait, je crois, que vous veniez me rejoindre le plus rapidement possible à la clinique que j'ai choisie la plus proche du domicile de Mlle Neuray et où je l'ai transportée moi-même d'urgence. C'est rue de Turin. Là, je pourrai vous expliquer plus facilement de vive voix ce qui s'est passé.

— Vous avez raison, monsieur le Professeur. Je m'habille et j'arrive... Vous avez dit rue de Turin ? Quel numéro ?

Après l'avoir indiqué, le médecin précisa :

— Je vous attendrai dans le hall d'accueil. A tout de suite.

Avant de partir, Roland griffonna en hâte un mot à l'intention de son épouse qu'il plaça bien en évidence sur la plaque de marbre de la coiffeuse — installée dans le dressing-room contigu à sa chambre où elle était en train de dormir — et dans lequel il disait :

« *Je suis appelé d'urgence auprès d'Elisabeth qui vient d'avoir un malaise. Je serai presque sûrement de retour avant votre réveil.* » Le billet ne contenait aucun mot de tendresse. Pourquoi jouer les hypocrites puisque le couple s'était mis une fois pour toutes d'accord sur une certaine façon de vivre ?

Comme convenu, Thiviers l'attendait et, après l'avoir dévisagé pendant quelques secondes :

— Monsieur de Jumièges ?

— Lui-même.

— Professeur Alain Thiviers. Venez avec moi.

Il l'entraîna vers une pièce de consultation du rez-de-chaussée dont il referma la porte avant de continuer :

— Ici nous serons plus tranquilles pour éclairer plusieurs points restés assez obscurs dans mon esprit...
— Puis-je la voir ?
— Tout à l'heure. De toute façon je vous préviens que vous ne pourrez pas lui parler : elle dort... Je l'ai fait placer sous tranquillisant pour lui éviter de souffrir.
— Elle souffrait beaucoup ?
— Et elle risque de souffrir encore plus, quand elle sortira de son sommeil, comme cela se produit souvent pour les grands brûlés.
— Elle est brûlée ? Mais... ne m'avez-vous pas dit au téléphone qu'il s'agissait d'une agression ?
— Précisément : on lui a lancé du vitriol qui lui a presque entièrement ravagé le visage...
— Quelle horreur !
— Asseyez-vous et continuez à garder votre calme pour m'écouter... Voici ce qui s'est passé, suivant les quelques renseignements que j'ai pu obtenir du gardien de l'hôtel d'Elisabeth Neuray qui se nomme, comme vous le savez certainement mieux que moi, Sigismond. Celui-ci n'a cependant pas été le témoin direct de l'attentat mais enfin, ayant entendu le cri poussé par la victime, il est sorti le plus vite qu'il l'a pu de sa loge et il a été la première et même la seule personne à découvrir Elisabeth à demi inanimée. Ensuite...

Après avoir tout raconté jusqu'à son appel téléphonique, il conclut :

— Ce dont nous pouvons être certains est qu'il ne s'agit pas d'un accident mais d'une tentative criminelle... C'est pourquoi je ne cesse de me demander : « Qui a bien pu agir ainsi et pour quelle raison ? » Il ne semble pas que ce soit un crime crapuleux puisque l'on n'a pas cherché à lui arracher son sac, le très beau rubis qu'elle porte à l'annulaire gauche ou quoi que ce fût, comme cela se passe généralement lorsqu'il s'agit de voyous... Il ne reste donc que deux motifs possibles : la jalousie professionnelle parce qu'Elisabeth est une grande artiste connaissant une réussite indéniable ou la jalousie passionnelle... Et là, je m'excuse de vous le dire aussi crûment, il me semble que vous êtes peut-être la personne la mieux placée pour avoir une idée sur l'identité du ou de la criminelle ?

— Je ne vois pas très bien où vous voulez en venir ?

— Je ne sais pas, moi... Imaginons par exemple — mais ce n'est là qu'une très vague supposition ! — qu'avant de faire la connaissance d'Elisabeth, vous ayez eu, ce qui serait tout à fait normal, une autre femme dans votre vie et que celle-ci ait cherché à se venger par dépit amoureux ?

— Il y avait très longtemps que je n'avais pas eu d'aventure, mon cher professeur ! L'unique femme qui était encore dans ma vie au moment de notre rencontre au Châtelet — elle m'y accompagnait ce soir-là — était la mienne, la comtesse de Jumièges, avec qui j'entretenais d'ailleurs depuis quelques années déjà des relations intimes de plus en plus espacées... Et je ne vois pas très bien pourquoi mon épouse légale en voudrait tellement à Elisabeth puisqu'elle a accepté, en échange de certaines compensations financières, le principe de la présence d'une maîtresse dans mon existence... C'est vous dire que je me sens incapable, si l'on penche pour l'hypothèse d'un acte de vengeance passionnelle, de vous répondre.

— Il ne reste donc que celle de la jalousie professionnelle d'une artiste rivale qui ne lui pardonne pas de connaître un pareil succès, ni surtout que celui-ci soit durable !

— Je n'ai jamais entendu Elisabeth parler de quelqu'un de sa profession qui ne penserait qu'à lui faire du mal... Qui pourrait d'ailleurs lui en vouloir ? Elle est gentille avec tout le monde, même parfois beaucoup trop gentille ! Je lui en avais fait un jour la remarque. Au Châtelet, où elle chante actuellement, tout le monde l'adore depuis les comédiens jusqu'aux musiciens — qui pourtant, m'a-t-on dit, ne sont pas toujours des tendres — en passant par les choristes, danseurs, machinistes, habilleuses, etc. S'il existe une cantatrice populaire à tous les points de vue, c'est bien elle !

— Je sais, l'ayant connue en tant qu'auteur néophyte, qu'on ne peut que l'admirer.

— Ne trouvez-vous pas, monsieur le Professeur, qu'il est assez surprenant, aussi bien pour vous que pour moi, de faire connaissance dans de telles circonstances ? Elisabeth m'a montré le programme du ballet *Le Chercheur et la Mort* qu'elle avait conservé et dont le livret était votre œuvre. Je me suis même demandé alors lequel la fascinait le plus en vous : l'auteur ou le médecin ? Mais cette nuit c'est à ce dernier seul que je m'adresse : son état est-il réellement sérieux ?

— Normalement elle devrait s'en tirer parce qu'elle est saine et que les organes vitaux tels que le cœur, les poumons ou le tube digestif sont restés protégés. Seulement le visage...

— Mais c'est déjà épouvantable !

— Et encore un miracle a voulu que les yeux n'aient pas été atteints, sinon ils auraient été irrémédiablement brûlés ! Ce qui les a sauvés, c'est que, mue par un réflexe instinctif de conservation, elle a sans doute fermé ses paupières au moment où le liquide a été lancé vers elle... Pour le reste du visage, c'est autre chose. La thérapeutique des brûlures est longue : elle demande de nombreuses greffes... Même guérie en apparence extérieure, je me demande avec inquiétude si Elisabeth parviendra à retrouver toute la beauté et tout l'éclat que nous lui connaissons ? Pendant que j'attendais votre arrivée, j'ai fait appel à mon éminent confrère, le professeur

Louvet, que je n'ai pas hésité à réveiller comme vous. Il m'a promis de passer ici dans les toutes premières heures de la matinée avant même de se rendre à l'hôpital Saint-Antoine où il dirige un service important. C'est de loin le meilleur spécialiste des grands brûlés que nous ayons en France. A mon avis tout dépendra de son verdict. Nous devons donc attendre encore jusqu'à demain matin... Vous tenez toujours à monter la voir dans la chambre où je l'ai fait hospitaliser provisoirement et où elle est sous la surveillance d'une garde expérimentée ?

— Mais je le veux absolument ! Mettez-vous à ma place, monsieur le Professeur !

— Je comprends très bien votre réaction, seulement je vous préviens : elle est toujours inconsciente sous l'effet du tranquillisant et, même si vous voyez son corps allongé, vous n'apercevrez pas son visage que j'ai déjà entièrement fait protéger par des pansements. De plus elle ne se rendra pas compte de votre présence. Alors, sincèrement, pensez-vous que cette visite soit opportune ? Elle n'aura pour effet que d'intensifier votre angoisse ! Je vous parle en ami... Savez-vous ce qui serait le mieux ? Que vous rentriez sagement chez vous en essayant d'y trouver un peu de repos si cela vous est possible... Je vais rester là auprès d'elle avec l'infirmière pour continuer à surveiller le rythme de son pouls qui heureusement est demeuré satisfaisant... S'il présentait, ce que je ne crois pas, le moindre signe de défaillance je serais là pour intervenir aussitôt et faire éventuellement une piqûre... Ma présence devrait peut-être vous rassurer ?

— J'ai entière confiance en vous.

— Dans ce cas partez ! S'il le fallait aussi, je vous appellerais. Si je ne téléphone pas, dites-vous que ce sera bon signe. Pas de nouvelles, bonnes nouvelles...

— Je ne sais comment vous remercier.

— Si je ne veillais pas sur ceux que ma vocation

me destine à soulager, ça n'aurait pas valu la peine de choisir une pareille profession !

— Au cours des conversations téléphoniques que vous avez eues avec elle, Elisabeth vous avait-elle expliqué que j'étais marié ?

— Non mais je l'ai pressenti après les quelques mots échangés avec le gardien de la très belle demeure que vous lui avez offerte. C'est pourquoi je me suis montré assez circonspect quand je vous ai appelé tout à l'heure.

— Je vous sais également gré de cette discrétion... Seulement je me demande si celle-ci pourra se maintenir avec les gens de théâtre qui — vous le savez aussi bien que moi puisqu'il vous est arrivé de les fréquenter incidemment à l'époque de la création de votre opéra-comique — sont à l'affût des moindres ragots de coulisse ! Il me paraît assez improbable qu'Elisabeth puisse reprendre rapidement son rôle dans *La Chauve-Souris* ?

— Vous pouvez considérer que c'est exclu ! Même si son état physique s'améliorait rapidement, il faudra des mois, et peut-être même plus avec les greffes successives si l'on parvient à les faire prendre, avant qu'elle ne puisse reparaître sur une scène.

— C'est effrayant ! Vous ne voulez pas dire que sa carrière risque d'être définitivement compromise ?

— Peut-être pas mais, de toute façon, l'interruption sera longue.

— Même si nous parvenions à ce que personne ne se doute à Paris ou ailleurs de ce qui s'est passé, puisque, grâce au réflexe d'Elisabeth à l'égard de Sigismond, police secours n'est pas intervenue ni aucun médecin du Samu ou autres unités d'urgence, comment agir pour prévenir la direction du Châtelet que sa vedette ne pourra pas chanter ce soir ?

— Quand vous reviendrez ici vers onze heures après que mon confrère Louvet aura formulé son diagnostic et que je vous aurai exactement précisé où en est l'état de notre patiente, je rédigerai un certificat médical que je signerai — ma signature de « Patron » devrait suffire — spécifiant que Mlle Elisabeth Neuray est condamnée au repos le plus absolu pendant quelques semaines.

— Vous indiquerez la véritable raison ?

— Certainement pas, sinon la nouvelle de l'attentat courrait vite ! Ce serait pire que tout ! Vous voyez d'ici les journaux annonçant en première page et en caractères gras ELISABETH NEURAY VITRIOLÉE EN RENTRANT CHEZ ELLE ALORS QU'ELLE REVENAIT DU CHÂTELET... Comme il n'est pas possible de laisser paraître une telle information, je mentionnerai sur mon certificat d'arrêt de travail qu'en sortant du théâtre elle a été victime d'un coup de froid qui a déclenché un œdème pulmonaire... Dans beaucoup de cas c'est un mal qui survient brusquement. Et ce sera tout ! Je ne donnerai aucune autre explication.

— Mais si la direction du théâtre, ses camarades artistes et sans doute aussi des journalistes, toujours avides d'en savoir plus, demandaient où l'on peut prendre de ses nouvelles et même lui envoyer des fleurs, que répondre ?

— Qu'elle n'est pas chez elle et que, sur mes ordres, elle a été transportée de toute urgence dans une clinique privée dont l'adresse ne peut être communiquée, pour éviter que les soins indispensables et le repos absolu dont elle a le plus grand besoin ne soient troublés... Je viens déjà de donner des instructions ici à ce sujet. Elles seront suivies : c'est une maison sérieuse que je connais depuis longtemps et où l'on sait se taire. De votre côté, je vous conseille d'aller dès demain matin, avant de venir ici, à l'hôtel particulier pour donner au gardien l'ordre de ne rien révéler de ce qui s'est passé pendant la nuit. Si on lui demande où se trouve sa patronne, il n'aura qu'à répondre qu'il n'en sait rien et que son médecin est venu la chercher : ce qui sera d'ailleurs la stricte vérité. Ce Sigismond est-il un homme sur la discrétion duquel nous pouvons compter ?

— Moyennant une substantielle gratification, peut-être...

— En somme vous avez en lui une confiance des plus limitées ? Mais comme il n'est pas possible d'agir autrement, essayez d'acheter son silence... Le seul point qui me rassure en ce qui concerne ce bonhomme, c'est qu'il ignore absolument où j'ai emmené Elisabeth avec ma voiture.

— Il y aura un moment terrible quand Elisabeth, ayant repris conscience, réalisera qu'elle ne peut pas jouer le soir ni même les jours suivants ! Pour elle, qui a la passion de son métier, ce sera une douleur morale peut-être plus atroce que ses souffrances physiques. Ce ne sera pas seulement le fait de ne plus pouvoir continuer à avoir ce contact qu'elle aime tant avec le public, qui lui fait fête à chaque représentation de cette *Chauve-Souris* où elle s'est révélée inégalable, mais aussi l'idée que, par son absence involontaire, elle va peut-être porter tort à tous les autres artistes de la troupe qui vivent grâce à ce triomphe. On dit que nul n'est irremplaçable... Sans doute n'est-ce pas faux mais, entre nous qui connaissons tous deux ses qualités scéniques, pensez-vous que ça va être facile de la remplacer ?

— C'est là, cher monsieur, une hypothèse qui doit être déjà prévue... Même s'il s'agit d'une vedette, il y a toujours dans tout théâtre organisé une doublure qui est là, prête à reprendre le rôle au pied levé et attendant parfois avec impatience que cette chance se présente pour elle. Elisabeth vous a-t-elle fait voir cette doublure éventuelle ?

— Non. N'est-ce pas normal puisqu'elle m'a confié n'avoir jamais été doublée ? Elle riait même en m'avouant que dans tous les théâtres où elle était passée, on l'avait surnommée « la cantatrice increvable » ! Depuis qu'elle est dans ma vie, je ne l'ai pas vue une seule fois souffrante. Comme vous le disiez vous-même tout à l'heure, c'est une femme saine qui est très solide.

— Ce qui devrait la sauver...

— Et elle détestait l'idée de pouvoir être doublée, aussi bien dans sa vie privée que sur la scène ! Il faudra quand même bien que le directeur du Châtelet se débrouille... Il paraît que les salles sont louées quinze jours à l'avance ! La pièce semblait devoir tenir jusqu'à l'été prochain. L'absence d'Elisabeth risque d'être un désastre pour tout le monde.

— Elle est l'une de ces très rares femmes qui sont, à elles seules, tout le théâtre... Maintenant, monsieur de Jumièges, il faut m'écouter : rentrez chez vous... Ah ! avant que nous nous séparions, il reste un dernier point mais qui n'est pas, à mon avis, secondaire... Malgré toutes les précautions que nous allons prendre et qui devraient suffire pour étouffer momentanément cette triste affaire, il y a quand même quelqu'un qui, en dehors de vous, de moi et de Sigismond, est au courant de la vérité...

— Qui cela ?

— Le criminel... le ou la ? Est-ce un homme ? Est-ce une femme ? Et si cette personne maléfique parlait ?

— Je ne crois pas, monsieur le Professeur, que l'auteur d'une pareille ignominie tienne tellement à s'en vanter !

— Sans doute est-il satisfait d'avoir, si j'ose dire, « réussi son coup » mais cela va-t-il lui convenir que personne — ni dans les milieux théâtraux, ni dans le monde, ni dans les journaux ou à la radio et à la télévision — ne parle de l'affaire ? Pour lui, ce ne sera qu'un demi-succès s'il n'a agi que parce qu'il voulait que l'on sache partout que la belle Elisabeth Neuray ne pourrait plus jamais être tout à fait la même après avoir été vitriolée ? A moins que ce ne soit la vengeance strictement personnelle de quelqu'un ou de quelqu'une qui ne cherchait qu'une chose : empêcher à l'avenir l'artiste, triomphante à tous les points de vue, de continuer à jouer et à chanter parce qu'étant défigurée, ou même en ayant le visage sensiblement modifié grâce aux miracles de la chirurgie esthétique, elle perdrait beaucoup de son charme ? Et si, une fois Elisabeth débarrassée de sa laideur momentanée, celle-ci faisait sa rentrée sur les planches et dans la vie parisienne beaucoup plus rapidement que prévu par son ou par sa tortionnaire, ne craignez-vous pas que ce monstre dépité ne se lance dans une nouvelle tentative criminelle à l'égard de celle qu'il considère comme étant sa pire ennemie ? C'est surtout pour éviter qu'une pareille récidive ne se produise qu'il faut absolument que nous identifiions le ou la coupable... Comme je présume que cette recherche ne va pas être aisée, je tiens à vous assurer tout de suite que je suis prêt à vous aider sans que la police soit mêlée à cette affaire, comme j'ai cru comprendre que c'était aussi bien le souhait d'Elisabeth que le vôtre.

— Monsieur le Professeur, « mon » Elisabeth — je suis sûr que vous ne m'en voudrez pas si je l'appelle ainsi devant vous — m'avait laissé entendre que vous étiez un homme surprenant... Elle avait raison ! Je me permets d'ajouter à cette définition trois petits mots : « Un homme de cœur ». Voilà ce que vous êtes ! C'est pourquoi je suis très heureux de vous serrer la main.

Quand il se retrouva chez lui, Roland put constater que le billet, qu'il avait laissé sur la coiffeuse à l'intention de son épouse, avait disparu. C'était donc qu'il avait été lu. N'attachant à ce fait qu'une importance relative, il rejoignit sa chambre et son lit où il ne parvint pas à trouver le sommeil réparateur conseillé par le professeur Thiviers. Bouleversé par ce qu'il venait d'apprendre sur l'état d'Elisabeth, il était surtout hanté par ces mots du médecin : *Il faut absolument que nous identifiions le ou la coupable.* « Le », il ne voyait pas... « La », par contre, lui faisait — sans qu'il l'ait voulu le moins du monde — penser à deux criminelles possibles : Christiane sa femme et Hélène la jumelle d'Elisabeth. Toutes deux pouvaient avoir de sérieuses raisons de haïr celle qui n'était plus maintenant qu'une victime. Christiane parce qu'elle estimait à tort que cette chanteuse l'avait complètement supplantée dans le cœur de son époux, alors qu'Elisabeth n'avait fait en réalité qu'occuper une place restée vacante depuis des années déjà dans les pensées de Roland qui avait un mal fou à supporter la présence de son acariâtre épouse... Hélène qui, malgré le semblant de gentillesse dont elle avait fait preuve à Vichy, ne devait pas pouvoir admettre que sa sœur continue à triompher au Châtelet alors qu'en dépit des mirifiques projets élaborés, les *Trois Valses* n'avaient pas été transplantées sur une scène parisienne. Une Hélène, rongée par une jalousie tenace, qui s'était peut-être dit qu'elle ne parviendrait jamais à faire une grande carrière tant qu'il y aurait, lui barrant la route du succès, cette jumelle qui avait trop de chance sans être plus jolie et sans avoir — pourquoi ne le penserait-elle pas ? — tellement plus de talent qu'elle !

Assez vite Roland élimina l'idée d'une Christiane coupable puisqu'elle se trouvait avec lui au Cercle Interallié le soir de l'attentat. Pour Hélène le doute pouvait persister.

N'étant pas parvenu à s'endormir, il était encore allongé sur son lit vers huit heures quand son épouse pénétra dans sa chambre en disant :

— J'ai trouvé le mot que vous m'avez laissé.

— Je pense que ça ne vous a pas empêchée de dormir ?

— Nullement, et c'est uniquement par amitié pour vous que je viens vous demander si le malaise de cette personne n'a été que provisoire ou pas ?

— Ça risque de se prolonger pendant quelque temps...

— Elle n'est pas contagieuse au moins ?

— Vous craignez que je ne vous rapporte la maladie ? Eh bien rassurez-vous : ce qu'elle a ne se transmet pas.

— J'en suis enchantée pour vous. Ça l'a prise brusquement ? Tout de même pas pendant qu'elle était en scène ?

— Avouez que ça ne vous aurait pas déplu si vous aviez vu ce spectacle de la salle ?

Elle ne répondit pas. Mutisme prouvant qu'il n'était pas loin de la vérité. Il précisa :

— Ça l'a prise brusquement entre le Châtelet et son domicile.

— Elle est chez elle ?

— Non. Un médecin de ses amis a jugé plus sage de la faire transporter sans plus attendre dans une clinique.

— Quelle clinique ?

— Ça vous intéresse donc autant que cela ?

— Le lieu où on l'a emmenée m'indiffère complètement !

— Je m'en doutais...

— Et que va devenir sa demeure ?

— Elle attendra son retour. Ce qui ne devrait pas tellement surprendre cette vieille maison qui est déjà restée inhabitée pendant trois années après le décès de tante Adélaïde... Et puis le fidèle Sigismond est toujours là pour veiller.

— Elle l'a gardé à son service ?

— Vous ne le saviez donc pas ? Je pensais qu'avant de me gratifier de cette scène parfaitement déplacée à mon retour de Vichy, vous aviez été faire quelques investigations dans le IXe arrondissement ? Maintenant ne m'en veuillez pas si je mets fin à cet entretien. Je dois me lever, ayant une journée assez chargée en perspective... je ne sais pas trop vers quelle heure je serai de retour mais sachant aussi que nos allées et venues réciproques ne nous inquiètent pas plus l'un que l'autre, je vous souhaite de passer une excellente journée. Le temps semble s'être mis au beau. Profitez-en !

Elle ressortit de la chambre sans dire un mot et en claquant la porte.

Suivant le conseil de Thiviers il se rendit d'abord à l'hôtel particulier où, accompagné de Sigismond, il fit — remplaçant l'absente — le tour du propriétaire. Quand ce fut terminé et après avoir fermé à double tour la porte d'entrée donnant sur le perron, il dit au gardien :

— Personne ne doit pénétrer dans la maison sans que Mlle Neuray ne vous ait donné par téléphone, puisqu'il y a un appareil dans votre loge, l'ordre formel de laisser entrer. Ça aussi c'est bien compris, Sigismond ?

— Oui, monsieur le Comte.

— Je m'arrangerai pour venir tous les jours et vérifier que les choses sont en ordre. A chaque fois vous me remettrez le courrier que je transmettrai à Mlle Neuray.

— Puis-je savoir si elle a passé, malgré ce qui lui est arrivé, une nuit qui n'a pas été trop difficile ?

— Mettez-vous bien dans la tête que son rétablissement demandera un certain temps.

— Nous la reverrons quand même ici ?

— Evidemment... J'espère que vous n'avez parlé à personne de ce qui s'est produit cette nuit ?

— A personne, monsieur le Comte.

— Quand Mademoiselle a trouvé la force de vous dire de n'appeler que le professeur Thiviers, dites-vous bien qu'elle avait des raisons majeures... A l'exception de lui, de moi et de vous, nul ne doit être mis au courant ! C'est parce qu'elle vous fait entière confiance sur ce point que votre patronne m'a chargé de vous remettre cette gratification exceptionnelle qui n'a rien à voir avec vos appointements mensuels... Prenez cette enveloppe, Sigismond.

Le bonhomme ne se fit pas prier tout en marmonnant :

— Mademoiselle est trop bonne... mais ce n'était pas la peine ! De toute façon je n'aurais rien dit.

— J'en suis persuadé... Au fait, depuis combien de temps occupez-vous cette loge ?

— Ça va faire sept années : trois du vivant de votre marraine, trois depuis sa disparition et maintenant avec Mlle Neuray.

— C'est déjà un bon bail. Il n'y a aucune raison pour qu'il ne se prolonge pas : tout dépendra de votre discrétion... Ah ! J'allais oublier... Au cas où un journaliste, ou quelqu'un appartenant au monde du théâtre, se présenterait à la grille pour vous poser quelque question que ce fût, ne répondez pas ! Et si l'on insistait pour vous demander si Mlle Neuray est là en ce moment, vous direz que vous n'en savez rien. C'est pourquoi, tout en laissant la porte du vestibule et les fenêtres bien fermées, il faudra faire très attention de ne pas mettre les volets : ça donnera l'impression que la maison est habitée. A demain.

Revenu à la clinique il y trouva un Thiviers pas rasé.

— Toujours là, monsieur le Professeur ?

— Je tiens ma promesse : j'attendais votre retour avant de rentrer chez moi prendre un peu de repos. Ensuite j'irai voir si tout va bien dans mon service de l'hôpital et je repasserai ici ce soir pendant quelques instants en fin de soirée. Première constatation de la consultation que nous avons eue avec le professeur Louvet qui vient de repartir, je peux vous confirmer n'être pas trop pessimiste en ce qui concerne l'état général qui se maintient à un bon niveau. Deuxièmement, mon confrère était accompagné de l'un de ses assistants auquel il a confié la mission de venir examiner ici tous les jours Elisabeth qu'il a jugé, comme moi, préférable de ne pas transporter dans un autre établissement de soins pour éviter des indiscrétions toujours possibles. Il a amené aussi avec lui une infirmière de sa grande équipe de Saint-Antoine qui est tout à fait compétente pour s'occuper des brûlés de la face. Elle est restée là-haut et ne bougera plus de cette clinique jusqu'à ce que notre patiente en soit sortie pour rentrer chez elle. S'il le fallait, un autre lit serait installé dans la chambre pour que Mme Nicole, c'est le nom de l'infirmière, puisse y passer les nuits auprès de celle dont elle a la garde. C'est vous dire qu'Elisabeth bénéficiera des meilleurs soins.

— Un grand merci pour elle... Quel est l'avis de votre confrère spécialiste ?

— Pourquoi vous cacher la vérité ? Son verdict correspond exactement au mien : il est des plus réservés en ce qui concerne l'avenir.

— Ce qui veut dire ?

— Que le liquide utilisé par l'agresseur et qui — nous en avons maintenant la preuve après l'analyse d'un prélèvement infinitésimal d'un morceau de peau restant — était à base d'acide sulfurique pur... ceci laisse prévoir, les brûlures s'étant produites au troisième degré, qu'il sera très difficile d'effectuer certaines greffes susceptibles d'améliorer l'esthétique et que nous serons peut-être condamnés à laisser le visage dans l'état où il se trouve actuellement, même si Elisabeth, ne souffrant plus physiquement, reprenait une quelconque activité.

— Ce qui signifierait qu'elle resterait définitivement hideuse ? Mais, monsieur le Professeur ce n'est pas possible ! Vous rendez-vous compte de ce que vous venez de m'annoncer ?

— Hélas très bien, monsieur...
— Connaissant Elisabeth — vous aussi qui êtes son ami ne pouvez que penser comme moi ! — elle ne survivra pas à une pareille dégradation physique ! N'importe quelle femme, ayant été aussi belle, se comporterait ainsi ! Réalisez-vous ce que serait sa souffrance morale ? Après avoir été pour des milliers de gens la splendide Elisabeth Neuray, il y a vraiment de quoi se suicider !
— Elle ne le fera pas.
— Qu'en savez-vous ? Vous n'allez tout de même pas m'expliquer que vous devinez mieux que moi ses sentiments intimes.
— Je n'ai nullement cette prétention, monsieur de Jumièges, mais je maintiens mon affirmation. Elisabeth saura supporter toute l'horreur qui l'accablera... Ceci à une seule condition : que vous ne la lâchiez pas ! Ça voudra dire que votre intimité, seul remède possible pour atténuer les conséquences redoutables de son malheur, devra être encore plus grande que maintenant. Sans votre présence, elle serait perdue ! Vous saisissez bien ? Ce n'est pas à vous que je vais apprendre que l'amour peut accomplir des miracles... Si Elisabeth continue à se savoir adorée, non plus pour son talent d'artiste mais pour elle-même, elle retrouvera l'envie de vivre même si un empêchement physique majeur l'empêchait de se montrer en public. Ce sera là l'orgueil sublime d'une femme voulant que la foule qui l'a admirée puisse continuer à ne conserver que le souvenir de sa radieuse beauté... La plus noble ambition d'une artiste ne doit-elle pas être de ne laisser que des regrets plutôt que ces relents d'amertume qui accompagnent presque toujours une fin de carrière pitoyable ?

Après avoir regardé pendant un long moment et avec une stupeur angoissée son interlocuteur, Roland demanda :

— Puis-je monter la voir dans sa chambre ?

— Je vais vous y accompagner mais vous n'y resterez que quelques instants... Une pareille entrevue lui sera certainement salutaire pour contribuer à intensifier la volonté de vivre qui demeure en elle malgré tout... Souriez-lui ! Comme tous ceux qui souffrent, elle a besoin de voir des gens gais autour d'elle ! C'est un réconfort... dans son cas aucun sourire ne pourra être plus bénéfique que le vôtre ! Car elle vous verra... Oui ses yeux sont maintenant réouverts, la chance ayant voulu qu'ils aient été épargnés par la pulvérisation ravageuse. En constatant les dégâts, le professeur Louvet et moi-même avons acquis la conviction que celle-ci n'avait pu être produite qu'en utilisant un appareil qui a dû être fixé au goulot d'une bouteille contenant le liquide.

— Le crime a donc été soigneusement prémédité ?

— Sans aucun doute ! Le coupable était sûrement très bien renseigné sur les moindres allées et venues de sa future victime puisqu'il a agi l'une des rares fois où celle-ci est rentrée chez elle sans être accompagnée par vous. Il est certain, si vous aviez été là, qu'il n'aurait pas osé agir puisque Sigismond m'a expliqué que d'habitude vous alliez jusqu'à l'intérieur de la maison.

— C'est exact.

— Qui, dans votre entourage immédiat à tous les deux, pouvait savoir à l'avance que ce soir-là vous ne seriez pas là exceptionnellement ?

— Je ne vois pas... La femme de chambre et le chauffeur n'étaient plus au service d'Elisabeth, ayant été remerciés quelques jours plus tôt. Il ne restait que Sigismond dans sa loge mais ni Elisabeth ni moi ne l'avons jamais mis au courant de nos sorties et de nos rentrées puisque nous possédons chacun une clef de la serrure de la grille.

— Je m'excuse de poser une pareille question : et la comtesse de Jumièges ?

— Même si j'ai consenti à me rendre à un dîner en sa compagnie, je ne lui ai absolument pas parlé ce soir-là d'Elisabeth ni même laissé entendre qu'il m'était assez désagréable de savoir qu'elle rentrait seule chez elle.

— N'y aurait-il pas quelqu'un du théâtre à qui elle aurait confié, en y arrivant avant la représentation, qu'on ne vous verrait pas ce soir au Châtelet et qu'il faudrait qu'on lui réserve un taxi pour lui permettre de revenir à son domicile après le spectacle ?

— Elle n'aurait pu charger de ce soin que Caroline, une femme incapable de vilenie et qui lui est entièrement dévouée depuis des années, ayant déjà été son habilleuse à l'Opéra-Comique.

— Et si cette brave femme, trop occupée par ses fonctions, avait transmis l'ordre reçu à une tierce personne, au concierge du théâtre par exemple ?

— Quel intérêt aurait eu ce bonhomme à défigurer ou à faire attaquer par un complice la vedette du spectacle qui les fait tous vivre, grands et petits, depuis des mois ? Cela paraît tout à fait invraisemblable, monsieur le Professeur !

— A moins qu'Elisabeth n'ait eu, sans s'en douter, une rivale cachée dans la troupe ? Et pourquoi pas une doublure qui, rêvant de la remplacer, aurait soudoyé le concierge après avoir appris par hasard que le moment propice pour agir se présenterait quelques heures plus tard ?

— Vous imaginez une rivale qui, ayant fait depuis longtemps l'acquisition d'une bouteille de vitriol, l'aurait ensuite équipée d'un pulvérisateur avant d'attendre que l'instant fatidique ne se présente enfin ? Ce n'est guère crédible !

— Peut-être avez-vous raison, cher monsieur, mais ma profession de réparateur de dégâts physiques chez l'homme m'a fait découvrir tellement de malveillances insensées que je ne parviens plus à me débarrasser d'une certaine méfiance à l'égard des agissements du prochain ! Aussi devriez-vous quand même faire une enquête discrète du côté du Châtelet...

— Une fois de plus je vais vous écouter, monsieur le Professeur. Sans plus tarder, en partant d'ici, je me rends au théâtre pour y annoncer qu'Elisabeth ne pourra pas chanter ce soir, ni pendant quelque temps... Avez-vous pensé à rédiger le certificat médical dont nous avions parlé hier ?

— Le voici. Vous verrez : par prudence j'y ai déjà prévu un arrêt de travail d'un mois... Si ça pouvait seulement être vrai ! Mais comme je viens de vous le faire comprendre, je doute fort qu'il en soit ainsi !

Roland enfouit le certificat dans une poche pendant que le médecin continuait :

— Quand j'ai dit tout à l'heure à Elisabeth que vous alliez revenir, j'ai décelé dans son regard une lueur de joie qui m'a fait comprendre qu'elle vous espérait avec impatience ! Evidemment, son visage, à l'exception des yeux, étant entièrement enveloppé de bandelettes, elle ne peut pas parler. Ça viendra plus tard... Oui, je reconnais que ce doit être très pénible pour une comédienne et surtout pour une cantatrice de réaliser qu'aucun son harmonieux ne peut sortir de sa voix... Surtout, monsieur de Jumièges, pas d'attendrissement quand vous la verrez ! Ce serait pire que tout pour son moral ! Comme je vous l'ai dit, souriez en disant simplement qu'elle vous verra matin et soir, que tout s'arrangera et que bientôt elle sera débarrassée de ces vilains pansements qui cachent son sourire.

Les longs voiles de protection, qui avaient été installés autour du lit pour isoler complètement la patiente tout en évitant la moindre contamination avec le monde extérieur, firent entrevoir à Roland son amour comme si celui-ci appartenait déjà à un monde irréel. On sentait que le grand spécialiste et son équipe étaient passés par là, exigeant la mise en place du dispositif qui permettrait de prodiguer les soins très délicats dans les meilleures conditions d'hygiène possibles. L'infirmière compétente, dont Thiviers avait annoncé la venue, se trouvait là, immobile, assise sur une chaise et veillant sur la forme allongée dont la tête était toujours entourée de pansements. Le visage restait caché, à l'exception des yeux émergeant de l'amas de bandelettes. Grâce à une ouverture spécialement pratiquée, ceux-ci apparaissaient, fixant avec intensité les ombres qui se profilaient autour du lit et à travers les voiles. Un regard qui disait à Roland « Enfin, te voilà ! » sans qu'aucune parole fût nécessaire.

Un Roland qui, luttant de toute sa force virile pour ne pas fondre en larmes et conserver le sourire prescrit par le médecin, finit par répondre à haute voix au reproche muet :

— Oui, chérie, je suis là et, comme je te l'ai promis un jour, je ne te quitterai plus. Ce ne sera pas parce que tu ne me verras pas tout le temps dans cette chambre où l'on va te soigner que je serai loin de toi... Notre amour va t'aider à guérir et un jour tu partiras d'ici pour rejoindre « notre » maison qui nous attend. Je viendrai moi-même te chercher avec la *Bentley* parce que je sais que tu ne veux plus d'autre chauffeur... Tu dois être très heureuse aussi que ton grand ami, Alain Thiviers, soit également là auprès de toi... L'union ne fait-elle pas la force ? A trois nous finirons par gagner !

— A condition, ajouta doucement le médecin, que vous sachiez vous montrer raisonnable, Elisabeth... Nous reviendrons ce soir. A tout à l'heure !

Ils partirent, la laissant seule avec l'infirmière qui n'avait pas bougé de son siège.

Dans le couloir, le praticien tapota amicalement sur l'épaule de Roland :

— Vous avez été très bien en disant exactement ce qu'il fallait. A chaque fois que vous viendrez lui rendre visite, continuez à vous montrer optimiste et ne restez pas trop longtemps. Vous n'avez rien pu voir mais dites-vous bien que, sous ces pansements, le traitement a déjà commencé et que progressivement elle souffrira de moins en moins... N'est-ce pas d'abord à cela qu'il fallait parer au plus vite ? Le reste, c'est-à-dire son retour chez elle et éventuellement la reprise de sa carrière, surviendra plus tard. Laissons le temps, ce grand réparateur, accomplir son œuvre.

Arrivés au rez-de-chaussée, il dit encore :

— Maintenant, courez vite au Châtelet en emportant mon certificat pour les avertir directement qu'ils ne doivent plus compter sur elle pendant un bon moment et moi, je file à l'hôpital. Je serai ici de retour vers dix-huit heures. Si vous pouviez y être aussi, ce serait parfait !

Au théâtre, Roland fut reçu par le directeur en personne. Un homme courtois auquel Elisabeth l'avait présenté quelques semaines plus tôt avant la clôture estivale. Après avoir écouté son visiteur lui expliquer que sa vedette venait de contracter brutalement un regrettable œdème pulmonaire et avoir pris connaissance du certificat médical confirmant les faits, l'homme de théâtre s'exclama :

— Je comprends très bien les raisons impérieuses qui contraignent une artiste aussi consciencieuse que Mlle Neuray à interrompre pour un temps limité ses représentations, mais je me demande avec inquiétude ce que nous allons devenir ? Notre *Chauve-Souris* marche tellement bien ! Un soir sans Elisabeth, deux à la rigueur, pendant lesquels le régisseur fait une annonce avant le lever du rideau pour expliquer que celle qu'ils aiment tous est souffrante, peuvent passer et, comme les spectateurs ont loué leurs places depuis très longtemps, ils ne rechignent pas trop... Mais si ça se prolonge un troisième soir, cela risquera de se gâter ! Dans notre monde assez fermé du spectacle les mauvaises nouvelles courent encore plus vite que les bonnes ! Il ne faudra pas longtemps avant que nous ne sentions pour les représentations futures, dès le bureau de location, l'effet dévastateur de l'absence d'Elisabeth ! Un mois c'est très long pour un public qui chérit une artiste.

— Et si ça durait plus ?

— Ce serait la catastrophe ! Si j'avais la conviction qu'un tel malheur pouvait se produire, je mettrais immédiatement en répétition un autre spectacle.

— Mais qu'allez-vous faire pendant ce mois d'interruption certaine ? Même si elle ne l'a jamais vue ni rencontrée, il y a bien une doublure prévue pour le rôle d'Elisabeth ?

— Naturellement. Nous sommes une grande maison sérieuse, seulement les doublures...

Après avoir consulté une fiche, il reprit :

— Le nom de cette artiste est bien inscrit là sur le tableau général de la distribution. Elle s'appelle Janine Brassin.

— Je pense que vous l'avez déjà entendue chanter ?

— Chanter et jouer quand je l'ai auditionnée, sinon je n'aurais pas couru le risque de l'engager comme doublure ! La voix, sans égaler celle d'Elisabeth, n'est pas mal mais la présence scénique est plutôt moyenne. Je vais tout de suite la faire prévenir chez elle qu'elle jouera à partir de ce soir en remplacement de notre grande absente... En voilà une qui va être contente de ce qui se passe !

— Elle connaît le rôle ?

— Par cœur comme toutes les doublures, qui

espèrent, piaffantes d'impatience, que celle qu'elles doivent éventuellement remplacer ait une grippe carabinée ou tombe dans la fosse d'orchestre ! Tous les soirs elle est tenue, par contrat, de rester quelque part cachée dans les coulisses pour bien observer comment la titulaire du rôle s'y prend. Les doublures sur lesquelles nous pouvons le plus compter, en cas d'un coup dur comme aujourd'hui, sont celles qui savent le mieux copier ! De plus, le régisseur a fait consciencieusement répéter chaque semaine pendant tout un après-midi — où nous « filons », c'est l'expression consacrée, sur le plateau la pièce en entier dans sa mise en scène — Janine Brassin. Seulement l'ennui, c'est qu'avec une artiste de la qualité d'Elisabeth Neuray, qui n'est jamais malade, on finit par se relâcher dans ce travail assez ingrat en se disant que l'on aura très peu de chance d'interpréter le rôle ! Mais on peut se tromper ! Comme la vie, qu'il est censé représenter, le théâtre n'est fait que d'imprévus...

— Si j'ai bien compris, vous n'êtes guère enthousiasmé par la doublure d'Elisabeth ?

— C'est une jolie fille plutôt gentille mais elle est encore très jeune et n'a pas assez d'expérience pour pouvoir incarner une belle femme épanouie qui cherche à se venger des incartades d'un mari volage : ce qui est exactement le rôle interprété avec éclat par Elisabeth ! Le métier de directeur de théâtre peut être parfois difficile...

— Je le constate, en effet. Dites-moi : je serais très surpris qu'un homme aussi avisé que vous n'ait pas entendu parler d'une artiste se nommant Hélène Bourdin ?

— C'est un nom plus apprécié en province qu'à Paris où on l'ignore. Ce qui ne veut pas dire que cette artiste manque de talent ! Il arrive que le public de nos grandes scènes régionales telles que le Capitole de Toulouse, l'Opéra de Lyon, le Grand Théâtre de

Bordeaux et beaucoup d'autres soit parfois plus difficile que le nôtre... Pourquoi me posez-vous une pareille question ? Vous intéresseriez-vous personnellement à cette artiste ?

— Indirectement. Elle est ma « presque » belle-sœur...

— Votre ?

— Entendons-nous, monsieur le Directeur, Hélène Bourdin est la sœur d'Elisabeth.

— Ce n'est pas possible ?

— Vous n'aviez jamais entendu dire qu'elle avait une jumelle ?

— Ma foi non... Je savais qu'il existait une Hélène Bourdin mais de là à établir un tel rapprochement familial avec votre...

Il s'arrêta net de parler. Souriant, Roland l'encouragea :

— Vous pouvez dire « votre femme » ! Ça ne me gêne pas et c'est une appellation qui enchante Elisabeth... Enfin ne sommes-nous pas ici même dans l'un des plus hauts lieux du monde théâtral où l'on sait heureusement se montrer moins pointilleux que dans le mien sur certaines façons de s'exprimer ? Je sais très bien que quand un comédien parle de sa belle amie, il n'hésite pas à dire « ma femme » ! N'at-il pas raison puisque cette personne est à cet instant-là l'unique objet de son admiration ?

— Vous ne manquez pas de bon sens, monsieur de Jumièges.

— Il en faut, monsieur le Directeur, sinon la vie deviendrait bien vite monotone ! C'est ce que je me suis toujours efforcé de rabâcher à ma chère Elisabeth.

— Elle ne m'a jamais parlé de sa jumelle.

— Elle ne l'a sûrement fait que par discrétion, craignant sans doute que vous ne vous imaginiez qu'elle cherchait à vous l'imposer pour une prochaine distribution ? Je reconnais qu'elle a eu tort !

Hélène est, à tous points de vue, charmante, et ne manque pas de certains dons... Mais je crois que son plus grand talent est de ressembler à s'y méprendre à sa sœur. Ce qui, entre jumelles, est fréquent.

— L'avez-vous vue sur scène ?

— Cet été au Casino de Vichy où elle interprétait le principal rôle des *Trois Valses*. C'était Elisabeth qui m'avait entraîné pour l'écouter.

— Elle vous a plu ?

— En tant que simple spectateur, je l'ai trouvée remarquable mais, ce qui devrait vous intéresser davantage, Elisabeth a estimé que sa voix avait accompli de gros progrès.

— Vraiment ? L'avis de Mlle Neuray dans ce domaine est déjà une excellente référence.

— Aussi je me demande si Hélène Bourdin, qui est le sosie d'Elisabeth, ne serait pas plus indiquée que n'importe quelle doublure pour remplacer momentanément sa sœur dans *La Chauve-Souris* ?

— Vous en avez parlé à Elisabeth ?

— Pas encore. Elle est toujours trop faible... Il n'y a même pas vingt-quatre heures qu'elle garde le lit... Mais je pourrais lui soumettre cette idée, qui ne vient que de moi, dès que je la sentirai mieux. Connaissant sa conscience professionnelle et son respect du public, vous pouvez être assuré qu'elle doit déjà se faire un souci terrible à l'idée que cette remplaçante, que vous avez trouvée, ne fera peut-être pas le poids pour arracher l'adhésion de tous les spectateurs et, par voie de conséquence, pour continuer à maintenir l'afflux du public ?

— Si l'indisposition d'Elisabeth devait se prolonger au-delà du mois déjà prévu par le certificat médical, il est évident qu'il me faudrait remplacer la jeune doublure. Mais qui mettre dans ce rôle qui exige de sérieux moyens ? Je reconnais que votre idée présente l'avantage d'apporter un élément nouveau de curiosité si l'on annonce que, durant son absence indépendante de sa volonté, Elisabeth Neuray a accepté d'être remplacée par sa jumelle qui est sa réplique vivante... Ce pourrait être assez amusant... Je suis persuadé que les spectateurs reviendraient même pour établir des comparaisons entre les deux sœurs... Mais où se cache-t-elle donc, cette Hélène Bourdin ? Où la joindre rapidement ?

— Je pense pouvoir m'en charger mais il reste encore un *hic* majeur ! Même si Elisabeth se montre d'accord pour que sa sœur la remplace pendant quelque temps, il n'est pas du tout certain que cette dernière acceptera l'offre ! Il fut un temps où les deux sœurs ne se voyaient pratiquement plus... Maintenant les choses se sont un peu arrangées entre elles mais Hélène, qui ne manque pas d'ambition — et qui oserait le lui reprocher ? n'est-ce pas la preuve qu'elle possède l'étoffe d'une authentique artiste ? — n'a qu'une idée en tête : faire une création à Paris qui l'a boudée jusqu'ici. Ce qui s'accorde mal avec l'acceptation de jouer les remplaçantes de sa propre sœur qu'elle a toujours un peu enviée ! En sortant d'ici je vais quand même tenter d'aller lui rendre visite à son domicile parisien. Si je ne l'y trouve pas, peut-être faudra-t-il vous contenter de la doublure prévue depuis longtemps ?

— De toute façon, avant de reprendre le rôle, la jumelle devra l'apprendre, le travailler vocalement et venir ici le répéter l'après-midi avec tous les autres interprètes que je ferai convoquer pour ces répétitions spéciales... Je tiens tout de suite à vous avertir qu'ils ne lui rendront pas la vie facile ! Il n'y a rien que ne détestent plus ces messieurs-dames, bien installés dans un rôle d'une pièce qui marche, que de se sentir mobilisés pour des répétitions supplémentaires destinées à aider une artiste que l'on incorpore brusquement dans leur troupe ! Même si cette Hélène Bourdin est aussi douée que vous semblez le dire, ils ne lui feront pas de cadeaux !

— J'ai l'impression qu'elle est tout à fait de taille à se défendre, la vie ne lui ayant jamais fait jusqu'à présent de « cadeaux » comme vous le dites... Selon la réponse qu'elle me fera, je reviendrai vous voir mais pas avant d'avoir pris soin de consulter Elisabeth qui, seule, pourra donner le feu vert à l'opération.

— Et si Elisabeth Neuray ne veut pas que sa sœur la remplace, qu'est-ce qui se passera ?

— Hélène ne jouera pas.

— En êtes-vous bien sûr ? Cette Hélène Bourdin est cependant majeure, libre d'agir à sa guise et ne dépend en rien de sa sœur !

— On croit ça, monsieur le Directeur, mais moi-même je reste très surpris d'avoir compris à quel point des jumelles ne sont pas des sœurs tout à fait comme les autres ! La prochaine fois où nous nous reverrons, j'espère vous apporter de meilleures nouvelles qu'aujourd'hui : soit qu'Elisabeth, rétablie, reprendra son rôle dans un mois au plus tard, soit que tout est arrangé pour qu'Hélène puisse la remplacer.

Quand la silhouette solitaire de Roland se présenta dans l'encadrement de la porte d'entrée de son appartement du Marais, Hélène fut encore plus étonnée que lorsqu'elle avait déjà vu le même personnage apparaître en compagnie d'Elisabeth dans sa loge d'artiste du Casino de Vichy. L'exclamation qu'elle poussa fut nette :

— Vous ici ? Si je m'attendais à une visite aussi imprévue !

— Ma chère Hélène, ce n'est tout de même pas à une femme de votre profession que j'apprendrai qu'au théâtre les situations les plus imprévues sont généralement les plus indiquées pour faire rebondir l'action ! Je peux entrer ?

— Vous êtes chez vous...

— N'exagérons pas ! Savez-vous que vous avez

tiré un merveilleux parti de cet appartement mansardé ? C'est charmant et intime...

— Vous trouvez ?

— Je me doutais que vous étiez une femme raffinée.

— Que puis-je vous offrir à cette heure encore matinale ? Vous comprenez aussi pourquoi je vous reçois en pantalon ?

— Ça vous va très bien... A Elisabeth aussi mais elle préfère les jupes.

— Peut-être parce que celles-ci s'harmonisent mieux avec le cadre somptueux dans lequel elle vit maintenant ? Pour moi, dans mon deux-pièces cuisine, le pantalon suffit... Je réitère ma question : que prenez-vous ?

— Rien, je vous assure... Je n'ai pas le cœur à ça actuellement.

— Qu'y a-t-il ? Souffrant ?

— Si ce n'était que cela ! Non, c'est Elisabeth qui n'est pas bien.

Et il lui raconta ce qui s'était passé au cours de la nuit. La stupeur attristée du visage de celle qui l'écouta, muette de saisissement, semblait prouver qu'elle n'était pour rien dans l'odieuse machination. Même si elle était bonne comédienne, il paraissait douteux qu'elle pût simuler une émotion aussi intense. Ça le rassura. N'eût-il pas été effrayant que le récit de ce que venait de connaître sa jumelle amenât sur les lèvres d'Hélène sinon un mauvais sourire, du moins une expression d'indifférence ? Dès qu'il eut terminé, elle s'écria :

— Quelle horreur ! Qui a fait cela ?

— Nous nous le demandons avec le professeur Thiviers, un vieil ami d'Elisabeth qui a pris en main les soins très spéciaux dont elle a besoin.

— Evidemment, en pleine nuit, elle n'a sans doute pas pu voir celui ou celle qui lui a lancé ce produit à la figure ?

— Non parce qu'un réflexe miraculeux lui a fait fermer les yeux... Sinon aujourd'hui, en plus des brûlures du visage, elle serait aveugle ! Heureusement la vue est intacte.

— Elle va rester longtemps dans cette clinique où elle a été transportée ?

— Sûrement autant de temps qu'il le faudra pour des soins intensifs. Ensuite elle pourra rentrer chez elle.

— Puis-je aller la voir à la clinique ?

— Mais bien sûr ! N'êtes-vous pas son unique parente ? J'allais justement vous demander de m'accompagner quand je partirai d'ici pour retourner auprès d'elle mais avant nous avons, vous et moi, des choses importantes à nous dire...

Surprise par ces derniers mots, elle le regarda d'une étrange façon. Son regard, qui était à peu de chose près le même que celui d'Elisabeth, s'adoucit comme s'il s'était brusquement imbibé d'une immense tendresse à l'égard de celui qui venait de prononcer des paroles aussi mystérieuses. *Des choses importantes*, qu'est-ce que cela signifiait ? Qu'est-ce que ça cachait surtout ? Roland serait-il devenu amoureux d'elle comme elle l'avait discrètement souhaité la première fois où il l'avait emmenée souper avec Elisabeth ? N'allait-il pas profiter de l'occasion aussi dramatique qu'inespérée qui se présentait pour dire ce qu'il n'aurait jamais osé lui confier en période d'euphorie ? Ne venait-il pas de raconter qu'il n'avait pas pu revoir le visage de sa maîtresse dissimulé sous des pansements ? Et n'éprouvait-il pas le besoin de retrouver quand même ce visage adoré dans celui de la jumelle qui en était la prodigieuse réplique ? Oui — Hélène en était sûre — Roland de Jumièges, complètement désemparé, avait soif de se rassasier d'une beauté qui le faisait rêver depuis le premier rôle en or où il l'avait vue au Châtelet et dans lequel elle-même Hélène aurait su se révéler aussi ravageuse que sa sœur ! Pourquoi n'obtiendrait-elle pas le même succès dans *La Chauve-Souris* ? Intriguée par la visite et frémissante d'ambition refoulée, elle sentait que le moment se rapprochait où justice allait être enfin rendue à sa féminité délaissée... Aussi fut-ce d'une voix très douce qu'elle répondit :

— Je vous écoute, Roland...

Mais ce qu'elle entendit ne fut pas exactement ce que son égoïsme attendait :

— Avant de venir vous trouver pour vous informer de ce drame, j'ai eu une conversation avec le directeur du Châtelet auquel j'ai fait comprendre, certificat médical en main, qu'étant donné l'état préoccupant où elle se trouvait, il ne saurait être question qu'Elisabeth continuât à paraître sur sa scène. Il fut consterné, mais devant l'évidence de la situation, il fut bien obligé d'admettre que le rôle d'Elisabeth devrait être repris dès ce soir par sa doublure.

— Ce qui est dans l'ordre normal des lois du théâtre, dit sèchement une Hélène qui, arrachée brutalement à ses folies de grandeur, venait d'être ramenée à la réalité.

— L'inconvénient — et il me paraît de taille ! — est que cette doublure, qui se nomme Janine Brassin, serait assez médiocre. Vous la connaissez ?

— Pourquoi voudriez-vous que je connaisse les doublures ? Elles ne m'intéressent pas : personnellement je n'ai jamais été doublée...

— Elisabeth non plus.

— Avec ce qu'il lui arrive aujourd'hui, il faudra pourtant bien qu'elle se fasse une raison !

— Telle que nous la connaissons, vous et moi, elle ne l'admettra que très difficilement à moins que...

— Quoi ?

— Que ce ne soit vous qui la remplaciez ?

— Ah ça ! Vous êtes fou, Roland ? Moi doubler ma sœur, jamais !

— Entendons-nous... C'est là une idée qui m'est tout à fait personnelle et que je n'ai fait qu'émettre devant le patron du Châtelet qui ne s'y est pas montré hostile. Je puis même vous avouer qu'il m'a donné son accord pour que je vienne vous en parler... Mais je tiens à préciser que, n'ayant pas encore eu la possibilité de mettre Elisabeth au courant d'un tel projet, je n'ai pas du tout la certitude qu'elle y souscrira.

— Ça, ce serait le comble ! Elle serait bien difficile ! De toute façon je refuse.

— Vous voyez que j'ai très bien fait de venir vous consulter avant de dire quoi que ce soit à Elisabeth... Eh bien tant pis ! Le Châtelet devra se contenter de Mlle Brassin ! Et dites-vous bien, chère Hélène, que si je me suis permis de vous faire part de cette idée, ce n'était pas tellement pour rendre service au théâtre du Châtelet, dont les intérêts m'indiffèrent complètement, mais plutôt pour vous être agréable... C'est vrai ! J'ai ouï dire que ce projet charmant que vous aviez de chanter enfin à Paris dans la reprise des *Trois Valses*, où vous vous êtes révélée remarquable à Vichy, n'avait pas pris corps... Aussi ai-je pensé que le fait de remplacer Elisabeth dans *La Chauve-Souris* de Johann Strauss — qui vaut largement les *Trois Valses* d'un Oscar Straus ! — vous aurait enfin fait connaître de ces Parisiens se prétendant dénicheurs de talents mais qui, dans la réalité, ne sont que d'affreux petits-bourgeois confits dans leurs habitudes et n'allant applaudir que ceux que le monde entier, y compris notre bonne vieille province, a découverts avant eux ! Nous sommes très en retard à Paris ! Je suis sûr que vous auriez apporté un sang nouveau dans la distribution de *La Chauve-Souris*... Enfin, n'en parlons plus ! Et maintenant vous m'accompagnez à la clinique. Inutile, bien entendu, de parler de mon idée à Elisabeth puisque j'ai préféré ne pas lui en dire un mot avant d'avoir obtenu votre acquiescement. Et, de toute manière, même si vous aviez été d'accord, ce n'est pas aujourd'hui que nous pourrions lui expliquer le projet : elle est encore loin d'être en état de nous écouter après le choc épouvantable qu'elle vient de connaître. Vous venez ?

Après un moment d'hésitation, elle dit de sa voix redevenue doucereuse :

— Je crois, Roland, que nous ne nous sommes pas très bien compris... Il est évident, au cas assez improbable où Elisabeth souscrirait à votre projet, que celui-ci mérite quand même réflexion... Je ne dis pas que je refuserais obstinément de chanter dans *La Chauve-Souris* si l'on spécifiait bien dans les communiqués de presse, à la radio, sur les affiches et dans le programme qu'il ne s'agit pas pour moi de doubler pendant quelque temps ma sœur mais de reprendre définitivement le rôle jusqu'à ce que la série de représentations prenne fin au Châtelet. Vous comprenez que, pour moi, ce serait tout autre chose ! Aux yeux du public parisien qui découvrirait avec curiosité Hélène Bourdin puisqu'elle est le sosie d'Elisabeth Neuray, je deviendrais la grande artiste qui a bien voulu interrompre une triomphale tournée de *Trois Valses* en province, Belgique, Suisse, etc., pour venir sauver à Paris *La Chauve-Souris* et le Châtelet qui, sans ma venue providentielle, aurait été contraint de fermer ses portes avec tous les licenciements et mises au chômage d'artistes, de musiciens et de personnel technique que cela représenterait ! Vous me comprenez ?

— Très bien : sans Hélène Bourdin, pas de salut pour tous les autres ! Ce ne serait pas tellement sot...

— Et si, en plus, on pouvait trouver quelqu'un ou même une grande firme commerciale, vendant des parfums et des produits de beauté, qui me « sponsoriserait », comme cela se dit actuellement, en investissant un important budget de publicité supplémentaire sur mon nom sous forme d'un affichage massif ou de grands placards dans les journaux, ce serait encore mieux ! Ça me lancerait et me permettrait de faire la saison prochaine une authentique création à Paris.

— C'est très bien, ma chère Hélène, de prévoir ainsi les choses de loin... C'est ainsi que l'on finit par connaître la grande réussite ! Vous me donnez l'impression, tout en sachant être la plus charmante des artistes, d'avoir un sens publicitaire plus développé que celui de votre sœur qui a peut-être eu tort dans sa carrière de laisser les choses se faire un peu toutes seules.

— Pourquoi se serait-elle donné du mal de ce côté-là puisque tout, depuis son 1ᵉʳ Prix de chant du Conservatoire qui lui a ouvert toutes grandes les portes de l'Opéra-Comique jusqu'à votre rencontre et le reste, lui est tombé tout rôti dans le bec !

— Etant donné sa profession qui est également la vôtre, ne serait-il pas préférable de dire : dans le gosier ? Seulement ce qui vient de lui arriver cette nuit — et que l'on ne peut souhaiter à personne ! — prouve que ce que vous considérez comme étant une chance insolente n'est pas éternel ! Quel va être son avenir maintenant ?

— Ne serez-vous pas auprès d'elle ?

— Je ne la quitterai jamais.

— Savez-vous que c'est très beau ce que vous venez de dire là ?

— C'est normal. Venez à la clinique...

Lorsqu'ils pénétrèrent dans la chambre d'Elisabeth, le professeur Thiviers s'y trouvait, debout, près du lit, regardant avec une certaine anxiété celle dont le visage restait toujours caché sous les pansements. L'infirmière de garde aussi était là, immobile sur sa chaise et observant également Elisabeth. Ce fut avec une curiosité, uniquement limitée à l'étonnante ressemblance physique, que le médecin dévisagea Hélène avant de dire :

— Ce n'est pas la peine de demander si vous êtes sa sœur ! Elle m'avait parlé deux ou trois fois de vous en me disant que vous faisiez comme elle une très jolie carrière... Vous pouvez lui dire quelques mots à travers le tulle : elle vient de vous repérer mais elle est encore incapable de vous répondre. C'est très bien à vous d'être venue mais surtout soyez brève !

Hésitante, se demandant si cette forme allongée et ce visage invisible étaient bien ceux de sa sœur, Hélène balbutia :

— Chérie, ce qui t'est arrivé m'épouvante... Mais je suis sûre que ça s'arrangera... Je ne te donne pas de mes nouvelles. Pour moi ça va... L'affaire des *Trois Valses* à Paris n'a pas pu être conclue mais ce n'est pas grave : j'ai une foule d'autres projets ! La seule chose importante, c'est que tu guérisses... Je t'embrasse de loin et je reviendrai.

Roland, lui, n'avait rien dit, essayant de déceler dans le regard d'Elisabeth quelle était sa réaction à la vue de sa jumelle ? Et, très vite, il acquit la conviction que cette visite lui faisait plaisir.

Dès qu'ils eurent quitté la chambre, Thiviers les entraîna dans la salle de garde de l'étage dont il referma la porte avant de dire à Roland :

— Quand vous êtes revenu en fin de matinée, je n'ai pas voulu tout vous dire pour ne pas trop vous alarmer. Mais, maintenant que vous êtes là en compagnie de la plus proche parente d'Elisabeth, je vous dois la vérité... A l'issue de la consultation que nous avons eue, mon confrère Louvet, son premier assistant et moi-même et après avoir examiné avec la plus grande attention le visage, nous en sommes arrivés à la conclusion qu'en dépit des greffes éventuelles qui pourraient être tentées, celui-ci restera pratiquement irréparable... Et, même si ces greffes prenaient, le résultat serait des plus médiocres. La seule chose dont nous puissions être sûrs, c'est qu'avec le traitement qui a commencé à lui être appliqué dès ce matin, bientôt elle ne souffrira plus physiquement. Moralement, ça risque d'être une tout autre chose ! Il est certain que l'on peut difficilement l'imaginer remontant sur une scène... Ce qui, évidemment, va susciter quelques problèmes. Avez-vous pu parler avec la direction du théâtre ?

— C'est fait, répondit Roland. Le remplacement d'Elisabeth par sa doublure est prévu, comme vous l'avez demandé sur le certificat d'arrêt de travail, pour un mois.

— Un mois ? répéta Thiviers. Il me fallait bien fixer un délai à peu près raisonnable pour éviter les commérages et les bruits de coulisse... Mais après ce mois...

— Etes-vous bien certain de ce que vous venez d'avancer, monsieur le Professeur ? demanda Roland.

— Absolument !

— Mais... pour la vie d'Elisabeth, ça va être un désastre !

— Je le crains... Seules votre présence continue auprès d'elle et certainement aussi la vôtre, mademoiselle, dit Thiviers en s'adressant à Hélène, pourront peut-être l'amener à une certaine résignation en lui faisant comprendre qu'à l'avenir elle devra mener une autre existence, seulement je crains, connaissant sa vitalité et son tempérament de lutteuse, que ce ne soit là pour chacun de vous une tâche presque surhumaine exigeant une totale abnégation ? Sinon...

— Sinon quoi ? dit Roland.

— Sinon elle ne trouvera plus le courage de vivre... Chez les grands brûlés, qui ne sont pas des malades mais des accidentés, le moral joue un rôle primordial... Vous rendez-vous compte de ce que va devenir l'existence de celle qui fut une aussi belle femme — n'ayant même pas encore atteint la quarantaine — et qui va se savoir condamnée à vivre en recluse ? Car il ne faut se faire aucune illusion : le jour où, ayant conservé miraculeusement la vue, il lui arrivera de se regarder dans un miroir, ce sera terrifiant ! Pourra-t-elle même supporter une pareille vision sans s'évanouir ?

— Ce sera à ce degré de laideur ? questionna Hélène.

— Comment en serait-il autrement ? A l'exception des yeux, tout est brûlé, même une partie des oreilles ! Vous est-il jamais arrivé à l'un ou à l'autre, sinon de rencontrer, mais du moins de voir des photographies de grands brûlés de la face ? C'est hideux ! Pire que n'importe quel masque grotesque de mi-carême !

— Et sa voix ? Pourra-t-elle continuer à chanter ?

— C'est possible... Bien que l'ouverture de la bouche soit très abîmée, les cordes vocales n'ont pas été touchées par le liquide... Seulement, chanter avec un physique pareil ?

— Si sa voix est restée ce qu'elle est, remarqua Roland, elle pourrait faire des enregistrements : ce qui offrirait le double avantage de l'occuper dans sa détresse tout en maintenant dans l'esprit du public le souvenir auditif de la merveilleuse artiste qu'elle a été et qu'elle pourrait continuer à être même si on ne la voit plus...

— Peut-être est-ce là, reconnut le médecin, une idée à creuser ? Mais acceptera-t-elle de faire de tels enregistrements ? Enfin, nous verrons... Maintenant je vais être obligé de vous laisser, devant retourner à l'hôpital, mais je repasserai tard dans la soirée.

— Pensez-vous qu'après nous avoir aperçus elle va pouvoir dormir ?

— J'en suis persuadé : déjà elle ne se sent plus seule, ce qui est important ! Et puis la garde a des instructions très précises pour continuer à lui administrer des calmants si c'est nécessaire... Quant à vous deux, vous devriez rentrer chez vous. Revenez demain en début d'après-midi. Nous y verrons plus clair. Je serai là vers quatorze heures. Bonsoir monsieur de Jumièges, bonsoir mademoiselle... Je suis très heureux d'avoir fait votre connaissance tout en ne vous cachant pas que j'aurais préféré de beaucoup que ce fût dans d'autres circonstances.

Après qu'Hélène eut pris place dans sa voiture, Roland lui dit :

— D'abord je vous emmène dîner. Ce n'est pas que nous ayons tellement faim, vous et moi, mais étant donné ce que vient de nous révéler le professeur Thiviers, nous avons encore pas mal de choses à nous dire. Ensuite je vous déposerai chez vous. Nous partons ?

Intentionnellement, il l'invita dans un restaurant où il ne s'était jamais rendu en compagnie d'Elisabeth. Il ne voulait pas courir le risque de rencontrer l'un de ses amis, au courant de sa liaison, qui aurait pu commettre involontairement une gaffe pour le moins déplacée en confondant une Hélène, dont il ignorait l'existence, avec sa jumelle. Il eût été très difficile de répondre à certaines questions se voulant aimables et surtout de donner des explications ne regardant personne sur ce qui venait de se passer. Hélène enfin, avec son caractère beaucoup moins conciliant que celui de sa sœur, aurait peut-être très mal pris la chose. Sur ce plan-là les choses se passèrent bien. Sur un autre ce fut plus délicat.

— Ma chère Hélène, commença Roland quand le menu fut commandé, je pense, après ce que nous a laissé entendre le professeur Thiviers sur l'avenir, qu'il va falloir prendre certaines dispositions...

— J'en ai bien peur.

— Il semble à peu près certain que la carrière artistique d'Elisabeth — à moins d'envisager ce biais des enregistrements de sa voix qui ne pourra toujours être pour elle qu'un dérivatif destiné à maintenir son moral — soit définitivement terminée et ceci par la faute d'un crime dont nous devons, vous et moi, nous acharner à trouver l'auteur. Mais cela c'est un second point. Le premier est de savoir comment nous devons agir pour sauver la dignité de ce que va être maintenant la vie privée d'Elisabeth. Vous êtes bien de mon avis ?

— Entièrement.

— La toute première réaction qu'a eue votre sœur au moment de l'attentat, quand elle a supplié le gardien de ne prévenir en premier personne d'autre qu'un médecin ami, prouve qu'elle a voulu à tout prix éviter le scandale qui se serait étalé inéluctablement si la relation des faits, tels qu'ils se sont passés, s'était répandue... Vous non plus, je pense, ne devez pas tenir à ce qu'une vérité aussi hideuse soit divulguée... Ça pourrait porter indirectement tort à votre carrière qui a besoin d'être consolidée. Autant j'ai la conviction que le fait de remplacer la grande Elisabeth Neuray, brutalement arrachée par un mal imprévisible — dont aucun détail ne devra être révélé — à son éclatante destinée, peut être pour vous l'ouverture de la porte ingrate du succès auquel votre talent et votre courage ont droit, autant je suis persuadé que laisser les choses s'estomper lentement serait une erreur pour l'une et pour l'autre. Avec son grand cœur Elisabeth sera certainement disposée, en s'effaçant discrètement de votre profession commune, à vous laisser tenter, grâce à sa complicité silencieuse, votre chance, mais elle ne pourra admettre que ses admirateurs apprennent qu'elle continue à végéter défigurée ! Vous, qui êtes physiquement plus proche d'elle que personne au monde, ne partageriez-vous pas la même façon d'envisager l'avenir si vous étiez à sa place ?

— Je me tuerais !

— C'est justement ce que nous ne voulons pas pour Elisabeth, ni vous ni moi, n'est-ce pas ?

— Bien sûr...

— Elisabeth, qui se trouvait hier encore à l'apogée de son âge de femme, doit continuer à vivre ! Et elle vivra le mieux que ce sera possible... Je m'en charge, sachant également que, si cela s'avérait nécessaire, je pourrais compter entièrement sur votre aide et sur celle de son médecin pour la réconforter aux moments de désespoir qui, hélas, se présenteront pour elle assez souvent.

— Vous êtes un homme fantastique ! Sincèrement, vous l'aimez à ce point ?

— Je l'aime quoi qu'il arrive.

— Même si vous constatez, quand on lui retirera ces pansements, qu'elle a perdu toute sa beauté ?

— Elisabeth est une femme que l'on pourrait aimer laide ! Ses qualités morales sont tellement supérieures à tout le reste... Et puis, s'il me faut absolument me souvenir à certains moments du visage qu'elle avait, n'aurai-je pas la chance de pouvoir vous regarder ? Il suffirait pour vous de faire un tout petit effort : redevenir brune...

— Si je dois vraiment la remplacer dans *La Chauve-Souris*, je ne dis pas que je ne le ferai pas. Ça vous rendrait heureux ?

— Oui.

— Vous êtes inouï ! Je comprends de mieux en mieux pourquoi elle vous a adoré tout de suite et pour toujours. Car je peux vous le dire aujourd'hui : ce n'est pas parce que nous ne nous fréquentons pas beaucoup que je ne la connais pas ! Des jumelles ça se devine intimement entre elles, ça se sent au plus profond des entrailles depuis qu'elles ont été enfantées côte à côte dans le même ventre... C'est pourquoi je peux vous affirmer qu'en dépit des quelques aventures qu'elle a connues avant de vous rencontrer — laquelle de nous parmi les actrices, qui sommes tellement sollicitées, n'en a pas vécues ? — Elisabeth n'a aimé qu'un seul homme : vous ! Ce que je vais vous dire va sans doute vous paraître stupide ou même d'un goût assez douteux en ce moment, mais tant pis ! Si c'était moi que vous aviez rencontrée la première, je vous aurais aimé exactement de la même façon qu'elle a su le faire.

— Mais cela n'a pas été le cas ! C'est la raison pour laquelle, chère Hélène, il ne faut rien regretter... Nous nous estimons, c'est déjà beaucoup ! Moi aussi, puisque nous en sommes au point de nous faire des confidences, je puis vous faire un aveu qui peut-être ne vous enchantera pas ! Tout en vous trouvant absolument ravissante, je ne pense pas que j'aurais pu avoir pour vous le coup de foudre comme cela s'est produit à l'égard d'Elisabeth si c'était vous que j'avais vue et entendue dans *La Chauve-Souris* la première fois de ma vie où j'ai été au Châtelet... Vous ne m'en voulez pas ?

Elle ne répondit pas tout de suite et son regard, le même que celui de sa jumelle, s'embua de quelques larmes pendant qu'elle disait cette fois avec une douceur qui n'était pas feinte :

— Je n'en ai plus le droit après ce qui vient de se passer pour Elisabeth.

— Je vous ai fait de la peine ?

— Un peu, mais vous venez de m'apporter aussi une grande joie : la découverte de quelqu'un en qui je ne croyais plus et qui existe cependant... Un homme qui soit capable d'aimer une femme « pour le meilleur et pour le pire » comme cela s'annonce dans les formules de mariage ! Jusqu'à présent vous avez connu avec Elisabeth le meilleur... Maintenant peut-être sera-ce le pire ?

— Ne dites pas cela ! Les vrais amants sont parés

pour faire face à toutes les situations. Je me sais de plus en plus fort auprès de celle que je considère comme étant ma femme et vous verrez qu'elle aussi se sentira de moins en moins faible si je reste à ses côtés comme me l'a conseillé son admirable médecin. Vous ne mangez pas ?

— Et vous ?

— Je vais essayer... Il faut manger, Hélène, pour conserver toutes les forces dont nous allons avoir besoin, vous et moi, pour supporter le plus allègrement possible ce qui peut encore nous arriver... Vous, par exemple, allez être dans l'obligation absolue de préparer dans le plus grand secret vos débuts au Châtelet qui devraient normalement se situer dans un mois tout au plus... Vous verrez que, dès qu'elle se sentira un peu moins choquée, ce sera Elisabeth elle-même qui vous le demandera... Et vous ne pourrez pas ne pas lui faire plaisir ainsi qu'à moi.

— Que dois-je faire ?

— D'abord m'écouter. Vous pensez bien que nous ne pourrons pas laisser éternellement la direction du Châtelet ni tous les artistes ou membres de la troupe dans l'illusion que leur vedette va reprendre son rôle d'un jour à l'autre ! Ce serait malhonnête et ça ne plairait pas du tout à votre sœur qui a toujours respecté scrupuleusement les règles professionnelles de votre métier. D'autre part, il me semble douteux, d'après ce que j'ai cru comprendre au cours de ma conversation avec le directeur, que la doublure actuellement prévue ait l'étoffe suffisante pour tenir longtemps la tête d'affiche. Tôt ou tard, si l'on veut que la triomphale série de représentations puisse se poursuivre, il faudra la remplacer. Par qui ? Une artiste déjà consacrée ? Croyez-vous qu'il en existe seulement une qui oserait reprendre un rôle tellement marqué par le talent d'une Elisabeth Neuray ? La solution c'est vous, qui êtes la seule à pouvoir tenter la passionnante aventure parce que vous êtes toute proche de votre sœur. Grâce à une habile publicité on insistera sur le fait que vous êtes jumelles et, en quelques jours, vous deviendrez la révélation de l'année. C'est bien là ce que vous cherchez depuis longtemps ?

— Oui.

— Donc, vous allez immédiatement commencer, sans attendre la suite des événements, par étudier la partition du rôle. Vous la connaissez ?

— Très bien. Malgré tous les éloges qui lui ont été prodigués depuis plus d'un siècle, *La Chauve-Souris* n'est qu'une opérette et l'opérette, c'est mon domaine.

— Parfait. Si j'étais à votre place, je me rendrais en cachette au Châtelet nantie de lunettes aux verres teintés pour qu'on ne me prenne pas pour Elisabeth Neuray et j'assisterais à la représentation tous les soirs. Je regarderais avec soin comment la doublure s'y prend en repérant ses points faibles pour ne pas les imiter, j'observerais aussi le jeu de ses partenaires et je me munirais d'un livret de la pièce pour apprendre mon texte par cœur. Ainsi vous auriez déjà de sérieux atouts en main le jour où l'on vous convoquerait pour parler de votre contrat.

— Justement le contrat... N'étant pas encore assez connue, je n'ai pas de bon impresario qui consente à défendre mes intérêts.

— Laissez-moi faire : je m'en charge ! Vous verrez qu'ils seront d'autant mieux défendus que je n'hésiterai pas à faire comprendre au directeur que je suis tout disposé à financer la publicité qui va vous être indispensable pour enfoncer votre nom dans l'esprit et dans la mémoire du public aussi bien par un affichage monstre sur les murs de Paris — où l'on verra qu'Hélène Bourdin est bien le sosie de sa sœur — que par des interviews à la T.V. ou à la radio. Vous savez trop bien que, sans publicité, on ne parvient à rien aujourd'hui !

— Mais pourquoi feriez-vous tout ça pour moi ?
— D'abord parce que mon amour profond pour Elisabeth me pousse à croire qu'elle sera très heureuse que l'on s'occupe enfin de « son » Hélène pour qui elle a toujours conservé une grande tendresse même si elle ne l'a pas vue aussi souvent qu'elle l'aurait souhaité... Ensuite parce que vous avez du talent et que le jour arrive enfin où ce n'est pas tout de le dire mais où il faut avoir la possibilité de le prouver.
— Vous permettez que je vous embrasse ?
— Ici, en public, dans un restaurant ? Ce ne serait pas très convenable.
— Seulement sur les joues ?
— Même sur les joues...

Quand il revint rue Spontini après avoir déposé Hélène au Marais, il trouva son épouse installée dans le salon où, penchée sur des cartes étalées sur le tapis vert de la table à jouer, elle semblait très absorbée par une réussite.
— Ça marche ? demanda-t-il négligemment.
— Moins bien que je ne le voudrais ! Il y a une dame de pique brune qui empoisonne mon avenir...
— Vraiment ?
— Et vous, très cher, où en êtes-vous ?
— A quel point de vue ?
— Mais... avec cette personne qui est souffrante et que vous êtes parti soigner précipitamment en pleine nuit ! Elle va mieux ?
— Je n'aurais jamais cru que vous pouviez vous intéresser à ce point à Elisabeth Neuray ! Eh bien soyez rassurée : elle a eu un sérieux ennui mais, heureusement, elle s'en tirera.
— Tant mieux ! Quel genre d'ennui ?
— Disons un accident qui pourrait tout aussi bien vous arriver à vous...

— Brrr... J'espère bien que non !

— Seriez-vous donc au courant de ce qui s'est exactement passé ?

— Moi ? Pas le moins du monde ! Mais quand un mari, avec lequel on ne s'est jamais très bien entendue, vous souhaite presque de connaître les mêmes ennuis de santé que la dame de ses pensées, on ne se sent pas très rassurée !

— Savez-vous que vous êtes de plus en plus odieuse ? Je croyais pourtant que nous avions trouvé un terrain d'entente pour établir entre nous un *modus vivendi* ?

— Cette demoiselle est toujours en clinique ?

— Pourquoi n'y serait-elle plus ?

— J'ai dit cela comme ça... Si son ennui a été aussi sérieux que vous le dites, elle aurait très bien pu être transportée d'urgence dans quelque hôpital ?

— Vous cherchez vraiment à être très bien renseignée ! Eh bien sachez que, même si elle a préféré se faire soigner ailleurs, elle ne se trouve pas dans un hôpital ! Avouez que vous n'auriez pas détesté la savoir à l'hôpital, et pourquoi pas ? dans une salle commune ! Quelle publicité merveilleusement péjorative pour une artiste aussi adulée ! Ça vous ennuie, n'est-ce pas, qu'elle soit bien tranquille, choyée et dorlotée ailleurs ?

— Au contraire, j'en suis ravie pour elle.

— Bonne nuit quand même !

Ayant réintégré sa chambre il commença à se déshabiller mais il était songeur. Une fois au lit, il eut beaucoup de mal à trouver ce repos bénéfique conseillé par Thiviers. Une pensée, jaillie brusquement dans son esprit à la suite d'une remarque faite par son épouse au cours de la conversation aigre-douce qu'ils venaient d'avoir, l'obsédait... Si Christiane avait dit qu'Elisabeth aurait très bien pu être transportée d'urgence dans un hôpital, c'était qu'elle devait savoir ce qui s'était passé et peut-être même qu'un médecin mandé d'urgence était venu la chercher en pleine nuit ? Elle ne pouvait avoir été mise au courant que par Sigismond auquel elle avait dû téléphoner ce matin même et qui n'avait pas observé les consignes de silence que lui-même, Roland, lui avait données en le gratifiant d'un pourboire destiné à favoriser son silence... Un Sigismond qui touchait peut-être également une prébende régulière de Christiane, depuis que celle-ci avait appris la vente de l'hôtel, pour savoir tout ce qui s'y passait ? Un Sigismond qu'il était donc impérieux maintenant de mettre à la porte parce qu'il n'avait plus rien d'un gardien et tout d'un espion de basse catégorie. Une deuxième pensée, beaucoup plus nauséabonde, surgit presque aussitôt dans le cerveau enfiévré de Roland... Pensée abominable mais qui n'était pas dénuée de fondement : si c'était Christiane la véritable responsable de l'attentat perpétré contre Elisabeth ! Ses dernières paroles n'avaient-elles pas exhalé une haine sournoise à l'égard de celle qu'elle appelait avec ironie « La dame de ses pensées » ? Bien sûr, ce ne pouvait pas être elle-même en personne qui avait accompli l'acte criminel, étant bien incapable de savoir utiliser à mauvais escient un pulvérisateur rempli de vitriol ! De plus, au moment où l'horreur s'était produite, Christiane dormait ici, rue Spontini, dans sa chambre située à quelques mètres de celle de son mari qui se trouvait là lui aussi pour une fois... Mais elle avait très bien pu soudoyer une tierce personne, homme ou femme, qui s'était chargée d'exécuter la basse besogne !

Plus les heures passaient depuis le drame et plus Roland, l'esprit torturé, ne voyait dans l'entourage immédiat de son amante et de lui-même, que deux personnes susceptibles d'en vouloir à Elisabeth jusqu'au point de chercher à détruire sa beauté radieuse : ou sa jumelle Hélène, par stupide jalousie d'artiste, ou son épouse Christiane par haine d'épouse mal mariée... Mais, après la conversation qu'il venait d'avoir avec Hélène pendant le dîner, il avait de plus en plus la conviction d'être dans l'erreur à son sujet. Malgré son caractère plutôt emporté et les quelques dissensions professionnelles qui les avaient tenues éloignées l'une de l'autre, Hélène aimait sa jumelle d'un amour viscéral excluant toute possibilité de laisser l'idée de crime s'immiscer entre elles. Il n'en était pas du tout de même entre une Christiane et une Elisabeth. Autant la petite-bourgeoise, se croyant arrivée par le beau mariage, était capable de tout, autant l'artiste était une victime désignée. Et tout ce déferlement de vengeance n'était arrivé que par sa faute à lui, Roland de Jumièges ! S'il ne s'était pas laissé emporter par sa passion sans limites, rien ne se serait produit. Ce soir même, alors qu'enfermé dans sa chambre, il était là solitaire et rongé par le doute, ce n'aurait pas été une vague doublure qui aurait chanté sur la scène du Châtelet à la place de celle qui devait continuer à souffrir cruellement cachée derrière des voiles de tulle dans une sinistre chambre de clinique !

Pour l'homme désemparé et ne sachant pas où se trouvait la vérité, ce fut une nuit de cauchemar.

Le lendemain, il était à nouveau à la clinique en compagnie de ce médecin dont le dévouement désintéressé pour Elisabeth le stupéfiait de plus en plus et dont l'attitude discrète à son propre égard lui faisait découvrir pour la première fois de sa vie de mondain désœuvré une nouvelle facette de ce que pouvait être l'amitié entre hommes. Une amitié naissante dont le ciment était la femme adorable qui se trouvait entre ces deux hommes et pour laquelle ils étaient prêts, l'un et l'autre, à tout tenter en l'arrachant à l'horreur dans laquelle l'avait plongée un crime presque incompréhensible.

Pendant ce temps et à la même heure, Hélène venait de commencer à travailler, sous la direction de son pianiste-répétiteur, la partition follement désirable pour elle de *La Chauve-Souris*...

Le retour d'Elisabeth chez elle eut lieu quatre semaines plus tard, quelques jours seulement avant qu'Hélène ne débute au Châtelet. Comme cela se passe toujours après un malheur, les choses s'étaient plus ou moins arrangées. Réalisant d'abord qu'il n'y avait aucun espoir de pouvoir modifier le visage brûlé et définitivement atrophié, les médecins se rangèrent à l'idée émise par Roland et finalement acceptée par Elisabeth qui pouvait à nouveau s'exprimer malgré la hideuse déformation de sa bouche aux lèvres boursouflées. Une Elisabeth à qui il avait fallu une force de caractère peu commune pour exiger, dès que ses pansements avaient été retirés, qu'on lui présentât un miroir. Après avoir constaté en silence pendant un long moment l'horreur, elle avait fini par dire devant son ami Thiviers et le professeur Louvet :

— A qui ai-je donc fait autant de mal pour qu'on ait voulu me l'imprégner en revanche sur le visage ?

— Pour le moment, avait vite répondu Thiviers pour faire diversion, il va vous falloir patienter encore quelques mois avant que tout ne soit complètement cicatrisé. Ensuite, peut-être les choses pourront-elles s'améliorer ?

— Des greffes miraculeuses ?

— C'est possible et surtout l'emploi d'une nouvelle arme défensive contre les brûlures qui vient d'être récemment trouvée par une équipe de biologistes bordelais. Mon confrère vous expliquera infiniment mieux que moi la teneur de ce médicament puisqu'elle concerne sa spécialité.

— On l'appelle l'I.R.G. ou inhibiteur du rejet de greffe, expliqua Louvet. Il présente la propriété spécifique de moduler le système immunitaire pour l'empêcher de rejeter une greffe tout en continuant à se défendre parfaitement contre toute autre agression.

— Alors espérons, monsieur le Professeur !

— Il le faut, chère Elisabeth ! affirma Thiviers. Et nous estimons que votre présence ici est désormais inutile : on ne vous y prodiguera plus aucun soin qui ne puisse être donné à votre domicile où vous vous sentirez infiniment mieux que dans une clinique ! Nul lieu n'est plus indiqué qu'un chez-soi — dont l'intimité et le confort sont les plus sûrs éléments permettant de reprendre goût à la vie.

— La vie ? J'ai bien peur que la mienne ne s'annonce à l'avenir terriblement monotone !

— Il ne faut pas parler comme cela ! Vous allez être entourée et cajolée par M. de Jumièges et par le nouveau personnel qu'il vous a spécialement choisi dans le plus grand secret et qui devrait vous donner toute satisfaction... Votre sœur aussi viendra régulièrement pour vous raconter comment les choses se passent au Châtelet : les bruits de coulisse ! Avouez qu'ils vous amusaient parfois ?

— Pas souvent ! La plupart du temps ce n'étaient que des ragots plus méchants que drôles.

— Et moi, vous accepterez bien de me recevoir aussi de temps en temps ?

— Tous les jours si cela vous convient, Alain...

— Cela plairait peut-être moins à Roland ?

— Ne croyez pas ça ! Il m'aime beaucoup trop pour être jaloux ! Et il a pour vous la plus franche admiration.

Quand Louvet et l'infirmière se furent retirés, la laissant seule avec Thiviers, elle s'empressa de confier au vieil ami :

— Précisément Roland... Je suis inquiète à son sujet : pour vous qui, étant médecin, avez l'habitude de vous pencher jour et nuit sur les misères physiques de ceux que vous soignez, ce n'est pas pareil, mais pour lui ! Croyez-vous, malgré toutes les adorables protestations de fidélité qu'il ne cesse de me prodiguer et qui sont sincères, qu'il puisse demeurer amoureux d'une femme qui est devenue un monstre de laideur alors qu'il l'a connue belle ? Car j'ai été très belle, mon cher Alain ! N'êtes-vous pas bien placé pour le reconnaître, vous qui, après m'avoir tant aimée dans *La Tosca*, m'avez suppliée de créer votre merveilleux opéra-comique ? Sans doute allez-vous trouver que je manque totalement de modestie mais je vous affirme que quand je me regardais à cette époque-là dans un miroir, comme je viens de le faire dans cette chambre sévère, j'étais persuadée d'être une vraie beauté !

— Mais vous l'êtes toujours ! Tout dépend de la façon dont on vous regarde... avec les yeux ou avec le cœur !

Ayant compris qu'il serait en effet préférable pour elle de rentrer se cacher dans la thébaïde offerte par son amant, Elisabeth s'était laissé convaincre par les arguments lui exposant la façon la plus élégante qui pourrait se présenter à elle pour un au revoir « provisoire » à sa carrière. Adjectif qui avait été choisi intentionnellement pour l'engager à croire qu'elle se débarrasserait un jour de la gangue de laideur qui venait de lui être imposée brutalement par une main criminelle. Mais, dans la froide réalité de ses pensées, elle ne se faisait guère d'illusions !... Et elle eut raison car jamais plus elle ne retrouva l'éclat de son visage.

Il fut donc décidé, au moment où elle allait quitter la clinique, qu'Hélène la remplacerait au Châtelet. L'absence de la vedette se prolongeant, les recettes commençaient à baisser dangereusement. Roland avait su se montrer aussi habile avec Elisabeth qu'avec sa jumelle :

— Je suis persuadé, chérie, que la pensée de la direction du théâtre a été de s'adresser non pas à n'importe quelle petite théâtreuse pour te remplacer dignement mais à celle qui, étant la plus proche de toi par le sang et par la ressemblance, devrait être pour toi un baume supplémentaire sur ta blessure morale plus pénible à supporter qu'une déficience physique. Ceux qui verront et qui applaudiront Hélène se diront : « Evidemment ce n'est pas Elisabeth Neuray mais elle n'est pas maladroite du tout ! Si la voix est moins belle, la ressemblance est stupéfiante ! On voit qu'elle copie sa sœur qui a dû tout lui apprendre et elle a raison ! » Comme on aura laissé entendre dans les communiqués de presse que ton absence ne sera que momentanée, tout ira bien !

— Mais si mon absence se prolongeait trop ?

— Les cancans iront bon train ; ce qui ne sera pas plus mal pour le maintien de ta réputation ! Tu connais les gens qui inventent n'importe quoi pour se rendre intéressants ! On entendra dire dans Paris ou ailleurs : « Le mal dont souffre Elisabeth Neuray est probablement plus sérieux qu'on ne l'avait annoncé au début » et on compatira à ton sort... Comme personne ne saura jamais — ton ami Thiviers et moi ayant tout prévu pour cela — que ton visage n'est plus tout à fait le même, on n'aura pas pitié de toi : ce qui est le pire des sentiments à l'égard d'une artiste qui a été adorée et enviée ! Peut-être aussi murmurera-t-on qu'ayant découvert le bonheur de la vie privée, tu l'as préféré aux obligations exténuantes de la scène... On t'en voudra un peu mais, au fond, beaucoup de gens — et parmi eux surtout les femmes qui ne cessent de rêver au grand amour qu'elles ne rencontrent jamais ! — t'envieront. Ce qui sera excellent pour le souvenir que tu laisseras et plutôt flatteur pour moi si l'on apprend aussi, grâce aux médisances exacerbées de Christiane, que tu m'as complètement envoûté !

— Es-tu certain de pouvoir continuer à vivre avec moi ?

— Quelle question ! Nous ne nous montrerons

plus en public et nous vivrons calfeutrés mais follement heureux dans notre nid parisien où personne n'aura l'idée de venir nous observer et où, comme tu vas t'en rendre compte dès que tu l'auras réintégré, nous serons admirablement protégés contre tous les regards indiscrets... A ce sujet, je t'informe avoir pris la responsabilité de flanquer à la porte l'horrible Sigismond. Je lui ai même menti en lui annonçant que c'était toi qui m'avais prié de le faire.

— Il va me haïr ! Est-ce bien équitable d'avoir agi ainsi ? N'est-ce pas lui qui m'a sauvée en appelant Thiviers ?

— Ne t'inquiète pas trop pour ce gaillard : je lui ai donné la gratification qu'il méritait pour n'avoir fait que son devoir. De toute façon, il nous détestait tous les deux, toi parce qu'il prétendait que tu le prenais de trop haut et moi parce que je n'ai jamais pu le considérer comme étant un élément essentiel de l'héritage laissé par tante Adélaïde !

— Qui le remplace ?

— Pour toi, ça va être une surprise.

— Et les domestiques de la maison !

— Remplacés par une seule personne qui en vaut dix parce qu'elle t'aime et te restera dévouée jusqu'à sa mort ! Pour toi ce sera une seconde surprise.

— Et la *Bentley* ?

— Avec son calme britannique elle attend dans son garage ton retour...

— Et Hélène ? Elle n'est pas revenue souvent me voir ces derniers jours ?

— Normal ! Elle répète d'arrache-pied et, comme elle est loin d'être sotte, elle est parvenue très vite à se faire adopter par toute la troupe et par le personnel du théâtre. C'est le directeur lui-même, avec qui je reste en contact régulier par téléphone, qui m'en a informé.

— On ne peut pas dire que ce bonhomme, qui

m'est cependant redevable de plus de deux cents représentations à bureaux fermés, m'ait bombardée de fleurs !

— Il voulait le faire mais je l'en ai dissuadé ainsi que pas mal de tes partenaires : il ne fallait pas que l'on connaisse l'adresse de cette clinique ! J'ai dit que tu étais loin de Paris.

— Mais, chéri, grâce à *Interflora*, des fleurs ça s'expédie partout !

— J'ai ajouté qu'en ayant trop reçues dans ta vie d'artiste, tu ne pouvais plus supporter les envois de fleurs.

— Menteur !

— Les fleurs ne sont-elles pas l'une des prérogatives qui me reviennent dans ton existence ? Je veux être ton seul fleuriste ! Et ne t'inquiète pas... Il y en aura un amoncellement qui t'attendra déjà chez toi dans ton salon, dans le vestibule, dans la salle à manger, dans le boudoir et même dans ta chambre. C'est bien simple : ton hôtel n'est plus une demeure particulière mais une exposition florale !

— Encore des folies ?

— Toujours des folies... Comment la vie serait-elle supportable si on n'en faisait pas ?

— Revenons à Hélène... J'espère au moins que tu n'as pas été la voir répéter ? Sinon on va croire là-bas que tu t'intéresses plus à elle qu'à moi !

— J'aime le travail fini. Avec Hélène et quand on t'a connue avant elle dans ce même rôle, ce ne pourra toujours être que de l'à-peu-près... Mais chut ! que ceci reste entre nous !

— Au téléphone le directeur ne t'a quand même pas laissé entendre qu'il était un peu inquiet à son sujet ?

— Il n'a aucune raison de l'être : le public marchera parce qu'une publicité massive, à laquelle j'ai quelque peu contribué, va déferler sur le nom d'Hélène Bourdin aussi bien dans les journaux que sur d'immenses affiches. Ça ne nuit jamais, la publicité !

— Je voudrais tant que ma petite Hélène connaisse enfin la vraie réussite.

— Ta petite Hélène ? Elle va pouvoir enfin se faire un nom grâce à ton absence.

— Ne sois pas méchant !

— Je suis lucide et pour calmer tes dernières angoisses au sujet de ta jumelle, j'ai fait avec elle un arrangement... La veille de ses débuts elle viendra chez toi en fin d'après-midi pour jouer ou chanter son rôle. Elle sera accompagnée par son pianiste-répétiteur habituel qui lui donnera la réplique. Tu pourras donc juger et corriger au besoin ce qui ne te paraîtra pas être au point. Ça se passera dans ton salon où se trouve l'ancien piano de tante Adélaïde qui possède, m'as-tu dit, des sonorités exceptionnelles et que tu as toi-même déjà utilisé pour placer ta voix avant de partir chanter. Ne trouves-tu pas normal qu'il serve aussi à Hélène pour lui permettre d'auditionner devant sa célèbre sœur la veille du jour où Paris la jugera ? Cet instrument ne va-t-il pas devenir le « piano de famille » qui porte chance à toute la lignée ? Je viendrai te chercher demain vers quinze heures pour te ramener dans tes terres. Je me sauve.

— Aurais-tu un autre dîner mondain avec ton épouse ?

— Certainement pas ! Ce genre de corvée est de plus en plus espacé dans ma vie ! Tu ne devineras jamais avec qui je dîne ce soir ? Un flic ou plutôt un ancien officier de police qui a quitté la criminelle pour monter une agence de renseignements privée : un homme efficace à qui j'ai confié une mission délicate dont il devra me rendre compte.

— Tu ne l'as tout de même pas chargé de protéger ma demeure ? Ce serait le plus sûr moyen d'attirer l'attention de tous mes voisins !

— Dès que tu rejoindras ton domicile, tu pourras constater qu'à l'avenir tu y seras magnifiquement protégée par ton nouveau personnel qui attend avec impatience ton arrivée... Si j'ai pris la décision de faire appel aux bons offices de ce limier, c'est uniquement — et je suis persuadé que tu seras de mon avis — parce que je ne peux plus supporter l'idée qu'il y a actuellement à Paris quelqu'un t'en voulant à mort et qui continue à y vivre en pleine tranquillité ! C'est inadmissible ! Je comprends très bien les raisons courageuses qui t'ont amenée, à peine le crime commis, à vouloir éviter que l'affaire ne s'ébruite. Ce n'est pas à toi que tu as pensé à cette seconde-là mais à moi qui suis encore un homme marié. Tu as eu peur qu'un scandale n'éclate et qu'il ne rejaillisse sur ton amant. N'est-ce pas ainsi que les choses se sont passées ?

— Pourquoi devines-tu toujours tout ?

— Peut-être ne t'es-tu pas rendu compte depuis, étant donné ta générosité instinctive, que tu m'as donné à ce moment dramatique la plus authentique des preuves d'amour ! Je me demande quelle est la femme au monde qui, aussi affreusement meurtrie dans sa chair et souffrant le martyre, aurait su avoir un pareil réflexe instantané ? Si je ne t'ai pas encore remerciée pour ce geste d'amoureuse, c'est parce que j'ai pensé qu'il ne faudrait le faire qu'au moment où nous pourrions reprendre notre vie commune après le douloureux intermède.

— Tu veux donc vivre complètement avec moi ?

— Le jour viendra, plus proche que tu ne le crois, où nous cohabiterons certainement en couple marié mais il nous faut patienter encore un peu. Laisse-moi entamer et mener à bien la procédure de divorce à laquelle j'avais renoncé à tort et qui me paraît, après ce qui vient de se passer, être la seule solution nous permettant d'étaler au grand jour notre bonheur devant tout le monde.

— Tu n'hésiterais pas à me montrer aux autres, même si la chirurgie esthétique ne parvenait pas à me restituer le visage que tu adorais et auquel j'ai droit puisque c'est celui avec lequel je suis venue au monde ?

— Si tu en manifestes le désir, je te promets de t'emmener partout ! Comment oserais-je cacher une femme qui m'a aimé jusqu'au sacrifice ? Je suis fier de toi et ce seront les autres, ces misérables « autres » se croyant le droit de juger le comportement de leurs semblables, qui m'envieront d'avoir refait ma vie avec une compagne de ta classe... Mais si tu préférais que l'on ne te voie pas telle que tu es maintenant et que le souvenir de ta beauté demeure gravé à jamais dans le souvenir des foules, ce sera moi qui me cacherai blotti près de toi dans ta retraite discrète où personne — à l'exception de vrais amis, s'il nous en reste encore quelques-uns ? — n'aura le droit de troubler notre intimité.

— Au cas où, malgré toute la bonne volonté — que je sais immense — d'Alain Thiviers et la compétence de son confrère Louvet l'apparence de mon visage ne s'améliorerait pas, ce serait certainement pour cette seconde solution que j'opterais ! Et je vivrai en recluse. Oh ! Je trouverai bien à m'occuper : je lirai, je regarderai la télévision que j'ai peut-être eu tort de négliger jusqu'à présent et qui me paraît rêvée pour les malades ou pour ceux qui, sans être malades, n'osent plus sortir de chez eux, par orgueil ou simplement par respect humain ! Je chanterai aussi, en m'accompagnant de ce piano dont tu viens de vanter les mérites... Ce que je ne t'ai pas encore dit, c'est qu'avant-hier — profitant d'une absence momentanée de l'infirmière qui ne cesse de me surveiller — j'ai tenté de faire quelques vocalises ici dans cette chambre de clinique. C'est bête, n'est-ce pas ?

— Mais non, chérie ! C'est admirable au contraire... Qu'est-ce que cela a donné ?

— J'ai été étonnée moi-même : ma voix est restée intacte ! Mais je n'ai fait qu'un très court essai, ayant peur de gêner ceux qui occupent les chambres voisines. Si l'on m'a entendue, on a dû me prendre pour une folle !

— Pourquoi n'aurait-on pas plutôt apprécié ? Mais si tu as conservé tes possibilités vocales, c'est merveilleux ! Cela prouve que tu peux toujours continuer à chanter et peut-être même à faire des enregistrements, comme j'y ai déjà pensé.

— A condition de ne pas me montrer ! Les seuls rôles que je pourrais interpréter en public seraient ceux où mon visage resterait dissimulé derrière un masque vénitien comme dans ce finale du 2e acte de *La Chauve-Souris* que tu aimes tant ! Il y aurait aussi *L'Amour Masqué* de Sacha Guitry et André Messager...

— Un titre qui te conviendrait à merveille ! Ne serait-ce pas le reflet de ce que deviendra peut-être notre passion : un amour masqué ?

— Approche-toi et embrasse-moi doucement maintenant qu'ils ont enlevé la déprimante barrière des pansements.

Il eut une légère hésitation pendant laquelle il pensa sans doute que la vision de la bouche, telle qu'elle se présentait à nu, était pire que celle des bandelettes mais, très vite, il se reprit et effleura de ses lèvres celles qui s'offraient boursouflées pendant que le regard noir, devenu suppliant, semblait dire : « Auras-tu le courage de faire ce que je viens de te demander ? »

Il le fit. Les yeux, au bord des larmes, continuaient à le regarder amoureusement, disant en silence : « Maintenant je sais que tu m'aimes comme aucun homme ne serait capable de le faire... Tu viens de m'offrir le meilleur remède contre l'horreur dont je suis affligée. » Et la voix, restée chaleureuse, reprit presque gaiement comme si le cauchemar venait brusquement de fondre devant le magicien qui s'était rapproché de tant de détresse :

— Tu as compris, chéri, que je n'aurai aucune peine à meubler les heures pendant lesquelles je t'attendrai... Car il ne saurait être question, malgré tout ce qu'il vient de me promettre, que mon amant reste, lui aussi, enfermé dans l'ancienne demeure de sa marraine ! Il en sortira et il y reviendra à chaque fois que son cœur le lui conseillera. Il ira dans Paris où il fera exprès de se montrer pour que l'on puisse constater qu'il est toujours un homme heureux ! Tu me rapporteras aussi en vrac le plus de nouvelles et de petits potins possible qui me feront croire que je continue à faire partie de la vie parisienne puisqu'elle vient à domicile m'étourdir de ses cancans... Ce sera comme cela que nous vivrons désormais, n'est-ce pas ?

— Oui, mon amour.

— Et cela durera jusqu'à ce que tu aies recouvré la liberté qui te permettra de m'épouser. Ensuite...

— Qu'est-ce qui se passera ?

— Nous partirons faire de beaux voyages, chéri ! Jusqu'à présent nous n'avons pu en faire qu'un : notre voyage de noces en Dordogne... Peut-être y retournerons-nous avec la *Bentley* ? Mais j'ai encore à découvrir tant d'autres régions de France que j'ignore et de pays où les hasards de ma carrière ne m'ont pas permis de chanter... Ce sera merveilleux ! Sais-tu comment je me présenterai pendant ces voyages ? En ne quittant jamais ce masque qui me va si bien... ainsi tu auras l'impression d'évoluer dans une sorte de bal masqué ambulant ! Ce ne sera que dans le secret des chambres où nous nous retrouverons seuls, toi et moi, que je me débarrasserai de cet accessoire de beauté factice. Désormais, au cours de ces escapades, il n'y aura que toi à connaître le véritable visage de ta nouvelle femme... Ne serai-je pas un peu comme ces femmes obéissantes d'Orient qui ne se dévoilent que devant leur époux ? Ça te plaît ?

— Ça m'enchante...

— La plus grande erreur des couples est d'oublier, quand leur union commence à se prolonger, de maintenir entre eux le mystère faisant que l'on continue à se désirer... Et puis toi, tu resteras toujours tellement beau que ça rétablira l'équilibre entre nous ! Maintenant va dîner avec ton policier. Crois-tu vraiment qu'il finira par trouver le coupable ?

— Je le souhaite de toute mon âme. A ce propos, chérie, maintenant que tu sembles avoir récupéré des forces, je me permets de te poser une question dont la réponse peut avoir une très grande importance pour la suite de l'enquête... Je sais bien que, quand c'est arrivé, les choses se sont passées très vite mais quand même te souviendrais-tu par hasard d'un détail capital : cette silhouette de l'agresseur, que tu n'as eu qu'à peine le temps d'entrevoir, était-elle celle d'un homme ou celle d'une femme ?

— C'est là une question que je me suis souvent posée pendant les longues heures de réflexion que vient de m'imposer mon inactivité ici... La seule chose dont je suis à peu près certaine est que, dans l'obscurité de la nuit, je me suis brutalement trouvée devant une silhouette massive qui devait plutôt être celle d'un homme que celle d'une femme.

— Un homme ?

— J'en suis presque sûre.

— Ce que tu me dis est étrange... Mais quel homme peut bien t'en vouloir à ce point ?

— Je ne sais pas.

— Ce ne serait quand même pas un ancien amant ?

— Lorsque nous nous sommes rencontrés, il y avait déjà longtemps qu'ils m'avaient tous oubliée ! Et mes aventures n'ont été que très éphémères ! Ce qui est normal puisque nous étions destinés l'un à l'autre de toute éternité.

— A moins que ce n'ait été le geste de dépit d'un amoureux timoré qui n'aurait pas toléré que tu ne l'aies pas remarqué ?

— C'est possible...

— Ou même l'acte d'un fou ?

— Ce n'est pas non plus une hypothèse à écarter. Je ne t'en ai jamais parlé parce que je n'en ai pas eu le temps et que nous avions beaucoup de choses plus passionnantes à nous dire, mais si tu savais le nombre de lettres démentielles que j'ai reçues depuis le début de ma carrière à la Salle Favart jusqu'au Châtelet en passant par tous les théâtres où j'ai chanté aussi bien en France qu'à l'étranger, tu serais stupéfié ! Missives commençant presque toujours par des demandes d'entrevue et se terminant par des offres de mariage ! Le plus souvent elles étaient presque toutes signées de paraphes illisibles... Lettres de fous, d'illuminés, de tapeurs parfois... Lettres de femmes aussi m'injuriant sous prétexte que je leur avais pris leurs maris ou leurs amants qui ne rêvaient plus et ne parlaient plus que de moi en les négligeant aussi bien dans la vie courante que dans leur lit ! J'étais la seule fautive ! Des lettres menaçantes comme en récoltent tous ceux ou toutes celles dont la carrière marque un semblant de réussite ! Lettres anonymes aussi... Oui, peut-être ce crime est-il le fait de l'un de ces inconnus au cerveau dérangé ou de l'une de ces femmes mal dans sa peau ? Qui peut savoir ! Et, après tout, pourquoi savoir !

— Pour qu'il y ait un châtiment, chérie ! Un crime aussi odieux ne peut pas demeurer impuni !

— En supposant que ton fameux détective ou quelqu'un d'autre finisse par découvrir le ou la coupable — mais plus tu me fais parler de cette affaire et plus je m'enfonce dans l'opinion que j'ai plutôt dû avoir en face de moi un homme — que se passera-t-il ?

— Il sera arrêté.

— Et jugé ?

— Bien sûr !

— C'est cela que tu recherches au moment même où tu viens de décider de changer complètement d'existence en m'épousant ? As-tu réfléchi au fait que, s'il y avait un procès, beaucoup de choses seraient étalées au grand jour et tout particulièrement que j'ai été défigurée ! Tu tiens vraiment à ce qu'on le sache alors que nous sommes en train d'essayer de tout mettre en œuvre, avec l'aide de notre ami Thiviers, pour cacher ma brusque laideur ? Cela comblerait aussi d'aise certaines personnes mal intentionnées et détruirait définitivement l'image de cette femme ravageuse que je veux laisser à ceux qui m'ont admirée. Je t'en supplie, Roland, évite une publicité aussi désastreuse qui, quelle que soit la condamnation prononcée, ne me rendra jamais ma beauté ! Et, grâce à toi, ne sommes-nous pas suffisamment riches pour ne pas être contraints d'espérer une indemnisation financière qui ne serait jamais proportionnée au tort physique que j'ai déjà commencé à subir et qui se révélera peut-être à la longue irréparable ?

— Tu as raison. Si je trouve le criminel grâce aux recherches commencées, ce sera moi seul qui l'abattrai en secret sans que personne ne puisse se douter de ce qui s'est passé...

— Personne ? Mais si, malgré toutes tes précautions, la vérité sur ce meurtre filtrait ? Ce serait toi alors qui serais condamné ! L'amour te rend fou, mon chéri...

— Il y a des choses qu'un homme d'honneur ne peut pas admettre. Je te jure que tu seras vengée ! Et ne t'inquiète pas à mon sujet : ce sera fait avec une telle discrétion que tu resteras la seule personne au monde à savoir, dès que tout aura été liquidé, comment s'est passée exactement « notre » vengeance !

Même ton grand ami, Thiviers, ne se doutera de rien. Je pars.

— Calme-toi je t'en supplie ! Je te sens tellement énervé que j'ai peur que tu ne commettes une grosse bêtise en conduisant... Si cela pouvait contribuer à ce que tes idées changent, apprends que demain, quand tu reviendras ici pour me ramener à notre Paradis Terrestre, tu seras médusé ! Je serai ravissante...

— Tu... ?

Elle lui mit la main sur la bouche :

— Tais-toi ! N'en dis pas plus... Oui, ça t'étonne, n'est-ce pas ? Pendant que tu me regardes en ce moment, tu n'imagines pas que je puisse redevenir aussi rapidement jolie ? Il m'a suffi d'être embrassée par toi pour avoir à nouveau envie d'être désirable... Enfin, en plus de ce masque aux dentelles vénitiennes dont je parlais tout à l'heure, il existe heureusement pour les femmes qui veulent à tout prix rester attrayantes — même si elles ont été victimes de malveillances comme cela vient de m'arriver — quelques accessoires de beauté qui peuvent tout camoufler si elles savent s'en servir à bon escient... Il y a naturellement l'éventail, mais ça convient mieux pour chanter *L'Amour est enfant de Bohême* dans *Carmen* que pour monter dans une belle voiture conduite par un beau monsieur. Devine ce qu'il faut à ce moment-là à une amoureuse ?

— Je ne sais pas... une ombrelle ?

— Dans une conduite intérieure ? Ce serait ridicule, chéri ! Non, il y a beaucoup mieux parce que c'est plus léger tout en étant délicatement transparent et que ça n'encombre pas la main : c'est la voilette ! Mais oui ! Et, comme mes cheveux sont restés heureusement noirs, elle sera gris perle... Prévoyant mon prochain départ d'ici, je l'ai d'ailleurs déjà fait acheter par une employée très discrète de cette clinique. Le gris et le noir, ça s'harmonisera sur moi aussi bien que sur la *Bentley* ! Demain après-midi, quand M. le Comte ramènera chez elle sa conquête, celle-ci portera voilette... Qui sait ? Peut-être lui rappellera-t-elle sa chère tante Adélaïde !

Lorsque Elisabeth arriva à son domicile, les surprises annoncées par son amant furent la double présence d'Arsène — transfuge du *Châtelet* qui, remplaçant Sigismond, se tenait devant l'entrée de la loge — et de Caroline, l'habilleuse devenue gouvernante de l'hôtel particulier, qui attendait toute souriante en haut du perron. Tous deux avaient si fière allure qu'un non-initié aurait pu croire qu'ils avaient été légués à son filleul par tante Adélaïde en même temps que la maison. Roland expliqua :

— Estimant qu'il te fallait des gens autrement dévoués que ceux que tu as mis à la porte, j'ai pensé qu'il n'y aurait pas mieux que Caroline qui t'a suivie de théâtre en théâtre et de tournée en tournée... A l'avenir elle restera toujours auprès de toi où elle jouera tous les rôles : femme de chambre, cuisinière et pourquoi pas infirmière s'il y a des soins à te prodiguer. Ceci n'empêchera pas que, dans les premiers temps, tu auras tous les matins la visite d'une garde diplômée, choisie par l'ami Thiviers, qui viendra poursuivre le traitement de piqûres régénératrices commencé à la clinique.

— Crois-tu que ces piqûres finiront par avoir un effet salutaire ?

— Nous devons faire confiance aux as qui ne pensent, comme moi, qu'à ton entière guérison... D'ailleurs Thiviers passera te voir régulièrement deux fois par semaine en fin de soirée, pour surveiller l'évolution.

— Ne m'en veux pas mais je ne me fais pas beaucoup d'illusions ! Malgré toutes les promesses qui m'ont été faites par ces Messieurs les grands Professeurs, je sais très bien devoir être condamnée à vivre ici en recluse et à ne plus pouvoir sortir que voilée comme aujourd'hui de cette prison de luxe qui m'est imposée si je ne veux pas voir tous les regards se détourner de l'horreur que j'incarne... Il n'y aura que toi, Thiviers, l'infirmière annoncée et Caroline à pouvoir supporter une telle vision !

— Que fais-tu d'Arsène, ton nouveau gardien, sur qui tu peux également compter pour l'entretien méticuleux de ta voiture si elle doit rester dans son garage et qui pourrait éventuellement te servir de chauffeur puisqu'il a son permis de conduire ?

— Je te répète une fois pour toutes qu'à l'avenir je ne roulerai dans la *Bentley* que si elle est conduite par toi et à condition que mon visage soit entièrement dissimulé sous une voilette ! Pour varier ton plaisir j'en aurai de toutes les couleurs : des grises, des mauves, des noires et pourquoi pas des blanches tant que nous ne serons que fiancés ? A propos d'Arsène, as-tu eu l'impression — quand il m'a saluée lorsque nous avons franchi la grille — qu'il a pu découvrir ma laideur malgré la voilette ?

— Il n'a rien vu du tout ! Il a seulement reconnu ta voix qui est restée la même et ça lui a suffi ! N'oublie pas qu'il a travaillé pendant des années dans un théâtre lyrique où seules les voix sont souveraines... Enfin j'ai bien été obligé de les mettre au courant, Caroline et lui, de ce qui t'était arrivé... C'est même ce qui a décidé Caroline à abandonner provisoirement sa profession d'habilleuse : elle t'aime tellement qu'elle n'a pas hésité une seconde lorsque je lui ai parlé de quitter le monde des coulisses. Sais-tu ce qu'elle a répondu à ma proposition ? *« Si Elisabeth s'en va du Châtelet, ce théâtre perdra son âme et ne présentera plus aucun attrait pour moi ! »* Comme je soupçonne le machiniste Arsène d'être aussi amoureux d'elle que moi de toi, il n'y a eu aucune difficulté à leur sujet.

— Mais qu'ont-ils bien pu raconter à tous leurs camarades de la scène pour justifier ce double départ ?

— Qu'ils se « mettaient en ménage » ! N'est-ce pas joli ? Ceci d'autant plus que ce n'est pas tout à fait vrai : Caroline habite dans l'une des chambres du second étage et Arsène réside en bas dans la loge... Au fond ils sont un peu comme nous : il déserte son « chez-lui » pour venir rendre des visites à sa belle... beaucoup de visites ! Pourquoi ne seraient-ils pas aussi heureux que nous ?

— Il reste quand même quelqu'un que tu as oublié dans les rares « privilégiés » qui auront le droit de connaître l'horreur de mon nouveau visage : ma sœur Hélène. Crois-tu qu'elle pourra le supporter ? Parce que enfin elle ne m'a encore jamais vue dans toute ma laideur ! La dernière fois où elle est venue à la clinique, j'avais encore mes pansements...

— Comme Hélène a pour toi plus d'affection que tu ne le pensais, je suis persuadé qu'elle est déjà prête à accepter sa jumelle telle qu'elle est aujourd'hui... La fièvre, avec laquelle elle s'est mise au travail pendant ces derniers temps pour te remplacer le mieux possible, prouve qu'elle t'aime avec admiration. Si le sort qui t'accable n'avait eu pour seul bon effet que de faciliter un tel rapprochement entre vous deux, ce serait déjà un progrès. Il arrive souvent que ce n'est que dans le malheur que les liens se resserrent !

Après avoir été accueillie par une Caroline très émue et une fois entrée dans le vestibule, la dame à la voilette put constater que Roland n'avait pas exagéré : il y avait des fleurs partout. Un décor de rêve.

— Je te laisse aux soins de Caroline comme je le faisais quand je t'accompagnais jusqu'à l'entrée de ta loge au théâtre, dit Roland. Je reviendrai pour l'heure du dîner que nous prendrons en tête à tête dans la salle à manger. Tu verras comme c'est agréable de se dire que l'on n'a plus besoin de sortir de chez soi ! C'était tuant à la longue, tous ces soupers en ville...

Arrivée dans sa chambre, Elisabeth se laissa tomber dans une bergère en disant à l'ancienne habilleuse :

— Aidez-moi à retirer cette voilette comme vous le faisiez avec tant de délicatesse pour me débarrasser de mon masque vénitien à chaque fois que je remontais de scène après le 2e acte de *La Chauve-Souris*.

Caroline obéit mais, dès qu'elle aperçut le visage, de longues larmes silencieuses coulèrent sur ses joues.

— Qu'est-ce qui vous arrive ? demanda Elisabeth. Vous devriez au contraire vous montrer souriante puisque je viens de connaître ma plus grande réussite : sortir triomphalement d'un drame sordide auquel une véritable comédienne ne doit pas attacher plus d'importance qu'il n'en a ! Ce qui compte, Caroline, c'est l'espoir... Et j'en suis pétrie grâce à votre présence à tous ! J'espère au moins que vous nous avez préparé un bon dîner pour fêter un pareil succès ? Roland est aussi gourmand que moi.

— J'ai prévu un velouté d'asperges, des côtelettes d'agneau aux haricots verts et un soufflé aux fraises.

— Ce sera parfait. Le tout, bien entendu, arrosé au champagne. Il faut toujours du champagne pour fêter une victoire... Préparez mon déshabillé bleu pâle : c'est celui que le comte de Jumièges préfère.

Caroline avait ouvert le tiroir de la table de chevet d'où elle sortit le masque vénitien bordé de dentelles en disant presque à voix basse :

— Je l'ai intentionnellement placé là à portée de main de Madame pour le cas où elle en aurait besoin.

— Vous avez même pensé à cela, ma bonne Caroline ? Mais ce masque, vous l'avez donc rapporté du théâtre ?

— C'était celui de Madame...

— Dans mon rôle de la pièce mais pas dans la vie !

— Ayant appris par M. de Jumièges ce qui s'était passé, j'ai pensé...

— Vous avez très bien pensé. Seulement comment se débrouille ma doublure actuelle sans masque ?

— Elle en a un autre fourni par le magasin de costumes mais il ne lui va pas aussi bien qu'à Madame ! Elle n'a pas le chic ni le mystère qu'il faut.

— A part le masque, elle s'en tire quand même convenablement ?

— Ce n'est pas brillant. Les deux ou trois premiers jours le public l'a admise parce qu'il pensait que Madame n'avait qu'une indisposition passagère mais ensuite ça a commencé à murmurer dans la salle... Et maintenant ça ne va plus du tout !

— C'est bien parce qu'on me l'a fait savoir que j'ai souscrit avec enthousiasme à l'idée d'être remplacée par ma sœur qui doit commencer dans une huitaine de jours. Vous devez être au courant ?

— Je l'ai vue répéter pendant deux ou trois après-midi.

— Elle est très bien, n'est-ce pas ?

— Ça, pour la ressemblance avec Madame, il n'y a rien à dire. Seulement ce ne sera jamais une Elisabeth Neuray !

— Allons, Caroline, ne soyons pas médisantes ! Hélène a beaucoup de talent. Un rôle ça ne s'apprend pas qu'en répétant. Il faut aussi le temps de bien se mettre dans la peau du personnage... Au fond, ça s'épouse un rôle ! Quand c'est fait, le public ne peut même plus s'imaginer que quelqu'un d'autre l'ait interprété ! C'est ce qui arrivera certainement pour Hélène Bourdin.

— Ce se serait peut-être produit — que Madame me pardonne — s'il n'y avait pas eu avant elle sa jumelle qui avait déjà tellement bien occupé la même place !

— Chut, Caroline ! Dites-moi... Il y a une question que je ne vous ai encore jamais posée et je me demande pour quelle raison ! Pourquoi, depuis les années que nous nous connaissons et que nous « travaillons » ensemble, vous comme habilleuse et moi en tant que femme qui se laisse habiller, m'avez-vous toujours appelée *Madame* alors que je suis une demoiselle ?

— Parce que, même quand elle débutait à l'Opéra-Comique dans *La Bohème*, l'idée ne me serait jamais venue de dire « Mademoiselle » à Mlle Elisabeth Neuray ! C'est peut-être très bête de ma part mais je ne me la suis jamais imaginée en jeune fille... D'ailleurs, Madame le sait mieux que moi, les rôles d'ingénue ou de vierge effarouchée ne lui conviennent pas ! Les rares fois où elle en a interprétés, j'ai bien compris que Madame ne s'y sentait pas à l'aise... Elisabeth Neuray, c'est d'abord une belle femme, une séductrice, quoi !

— Vous venez de me faire là un charmant compliment. Aussi devez-vous mieux comprendre pourquoi il me serait difficile, maintenant que je suis dans cet état, de continuer à interpréter ce genre de rôle ! Séductrice ? Mais les spectateurs croiraient que je me moque d'eux ! Peut-être pourrais-je à la rigueur continuer à me risquer dans cet emploi mais à trois conditions : que je porte une voilette, que la voiture où je me trouve passe très vite si c'est en plein jour et que je me cache derrière ce masque, que vous avez très bien fait de m'apporter, pour les soirées d'intimité... Tout à l'heure, par exemple, je le porterai pour recevoir mon amant à dîner et il en sera d'ailleurs toujours ainsi à l'avenir à chaque fois qu'il voudra bien me rendre visite. Je ne le retirerai que s'il me le demande ! Ce soir aussi, pas de lustre électrique allumé dans la salle à manger ! Vous placerez sur la table les deux chandeliers en argent. Nous dînerons à la lueur des bougies. Ce sera infiniment plus poétique et ça permettra à mon invité de conserver encore quelques illusions sur mon compte... Nous nous sommes bien compris toutes les deux ?

— Ce sera comme Madame voudra... Seulement avec moi, que Madame va croiser forcément tout le temps à l'intérieur de la maison, comment ça se passera ?

— Très bien. Vous, Caroline, c'est autre chose... Comme lorsque vous veniez m'attendre sur le plateau tous les soirs côté *cour* ou côté *jardin* au moment de mes sorties de scène, vous faites partie intégrante de mon décor. Donc vous avez le droit de me voir exactement telle que je suis.

Huit jours plus tard eut lieu, vers vingt heures, dans le salon, l'événement que Caroline appelait « la soirée de Mlle Hélène »... Pour l'ancienne habilleuse autant Elisabeth Neuray demeurait dans ses appellations *Madame*, autant Hélène Bourdin — qui, à ses yeux de vieille professionnelle des coulisses, resterait toujours une débutante — n'était que *Mademoiselle*.

Celle-ci était arrivée une heure plus tôt en compagnie de son pianiste-répétiteur qui n'avait pas perdu de temps pour s'installer devant le clavier où tante Adélaïde avait dû jouer plus ou moins bien mais sûrement avec ferveur les concertos de Mendelssohn ou les mélodies de Reynaldo Hahn. Après s'être lancé dans quelques gammes bien sonores pour juger de la qualité de l'instrument, M. Boussignol — c'était le nom de ce virtuose méconnu — se sentait paré pour accompagner la divette d'opérette dans les valses tourbillonnantes, les polkas endiablées et les galops effrénés de Johann Strauss. Mais, avant que l'audition ne commence, il y avait eu un « buffet léger », arrosé de champagne selon l'excellente habitude imposée par la maîtresse de maison. Buffet dressé avec art par Caroline sur la table de la salle à manger pour la réception très intime donnée en l'honneur de celle qui ferait de son mieux pour défendre dès demain soir, sous le pseudonyme qu'elle voulait affirmer, la gloire de la famille Neuray sur la vaste scène du Châtelet.

La première remarque que lui avait faite Elisabeth en l'accueillant avait été :

— Tiens ! Tu as abandonné la teinte rousse de ta chevelure pour redevenir aussi brune que moi... Pourquoi ?

— Pour te ressembler davantage et moins décevoir tous tes admirateurs qui te regretteront dans la salle. Si je l'ai fait, c'est d'ailleurs sur les conseils de Roland.

— Voyez-vous ça ! Il ne m'en avait pas parlé, le cachottier !

— Chérie j'ai pensé, répondit ce dernier, que la surprise te serait agréable ? Me suis-je trompé ?

— Non. Comme toujours tu as bien agi.

— A mon tour, dit Hélène à sa sœur, de te poser une question : pourquoi conserves-tu ce masque vénitien plaqué sur ton visage pour me recevoir ? Je suis ta sœur et je sais très bien ce qui t'est arrivé, alors...

— Mais tu ne m'as encore jamais vue à visage découvert depuis... l'accident ! Quand tu es venue à la clinique, j'étais encore cachée sous les pansements tandis que maintenant... Peut-être te ferais-je tellement peur que tu ne pourrais plus auditionner devant moi ! Ce qui serait regrettable, n'est-ce pas, Alain ?

Thiviers, qui avait été convié également à la soirée, répondit avec son calme habituel :

— Je vous approuve, chère amie, de conserver ce masque... D'abord il vous va bien et la façon dont vous savez le porter pourra peut-être donner des idées demain soir à votre sœur quand elle devra en faire autant au finale du second acte... Ensuite je partage votre avis sur la sensibilité des artistes : beaucoup d'entre eux ne parviennent à bien jouer et à bien chanter que s'ils ne voient pas les visages de ceux qui les écoutent. C'est pourquoi ce fameux « trou noir », dû à la frontière établie entre une rampe aveuglante pour les artistes et une salle plongée dans l'obscurité, peut avoir sa raison d'être.

— Oh ! moi, monsieur le Professeur, dit Hélène, je ne m'occupe pas de la présence du public : c'est comme s'il n'était pas là... La seule chose qui m'intéresse c'est ce qui se passe sur la scène autour de moi.

— Cela prouve, conclut le médecin, que vous êtes une artiste-née puisque vous vous laissez prendre entièrement au jeu... Aussi vais-je être enchanté de vous écouter. Votre sœur m'a dit tellement de bien de vous !

— Si nous passions au salon transformé exceptionnellement en salle d'auditions ? suggéra Elisabeth. Bien sûr, vous venez avec nous, Caroline, ainsi qu'Arsène qui attend dans le vestibule... Oui, je l'ai obligé à quitter sa loge pour qu'il donne, lui aussi, son avis sur ma remplaçante. Comme vous, Caroline, il est ce qu'on appelle « quelqu'un du bâtiment ». L'avis d'une habilleuse et d'un machiniste — qui ont vu tant d'artistes travailler sous leurs regards impartiaux — a tout autant d'importance que les notations le plus souvent partisanes d'un critique ! On n'est bien jugé, Hélène, que par ses pairs et les pairs les plus objectifs dans notre profession se cachent à tous les échelons de cette grande communauté qu'est un théâtre : au fond de la fosse d'orchestre, tout en haut des cintres, sur les strapontins des ouvreuses, dans les vestiaires, partout où se trouvent les plus modestes qui gagnent leur vie comme nous.

Ce fut donc devant un jury assez hétéroclite dont la présidente était sa sœur jumelle et la composition faite d'un aristocrate bienveillant, d'un professeur en médecine clairvoyant, d'une habilleuse patentée et d'un machiniste chevronné qu'Hélène Bourdin connut son tout dernier examen de passage avant d'affronter ces milliers de spectateurs obtus qui auraient dû — selon son avis strictement personnel — reconnaître depuis longtemps déjà son immense talent !

Le pianiste-répétiteur, dont l'appui lui était acquis depuis longtemps puisqu'elle l'aidait à mieux vivre grâce au petit cachet supplémentaire qu'elle lui allouait à chacune de ses auditions, lui donna la réplique, interprétant au fur et à mesure que le déroulement de l'œuvre l'exigeait tous les rôles des personnages devant lesquels la plaçaient les méandres de l'intrigue.

Etrange répétition générale, en vérité, qui n'était pas donnée dans un théâtre mais dans un salon et sans décors, sans costumes, sans projecteurs, sans orchestre à l'exception d'un piano. Mais après tout ce n'était pas tellement grave ! La seule chose importante était que l'héroïne de cette représentation, pour laquelle les spectateurs devaient faire preuve de beaucoup d'imagination, se montrât à la hauteur du rôle difficile qui lui était confié pour la première fois de sa vie. Et la pièce « fila » comme l'avait expliqué le directeur du *Châtelet* à Roland... Elle courut même tellement vite qu'aux alentours de vingt-trois heures on en était au finale du troisième et dernier acte censé se passer dans une prison. Il n'y avait pas eu d'entracte ni la moindre pause ! A chaque fois que le répétiteur, cherchant à valoriser celle qu'il considérait comme étant sa pouliche la plus douée, ouvrait la bouche pour donner une explication, la voix d'Elisabeth l'empêchait de terminer sa phrase en disant :

— Enchaînons, monsieur Boussignol ! Nous verrons les détails plus tard... La seule chose qui compte actuellement est l'impression générale que va nous laisser l'artiste.

Excellente, cette impression ! Tellement favorable que tout le monde applaudit à l'exception de « la Présidente » qui se limita à prononcer ces quelques mots qui en disaient long :

— Demain, chérie, tu es sûre de gagner ! Viens m'embrasser.

Ce que fit Hélène en sueur et pâle comme une débutante, qui baisa du bout de ses lèvres la dentelle du masque à défaut de pouvoir effleurer la chair dissimulée de celle qui venait de lui prophétiser une réussite aussi prometteuse.

Tout le monde revint dans la salle à manger faire une deuxième station devant le buffet. Les émotions creusent, c'est bien connu. Chacun, de Roland au médecin et du machiniste à l'habilleuse, y alla de son petit couplet de félicitations personnelles pour congratuler la remplaçante... Une Hélène qui n'avait jamais été à pareille fête, même quand elle envoyait des baisers de remerciement au bon public des innombrables scènes de province sur lesquelles elle avait triomphé dans les rôles ressassés de *Véronique*, de *La Fille de Mme Angot*, de *Mam'zelle Nitouche*, de *Mimi Pinson* avec ou sans sa cocarde, de l'éternelle *Veuve Joyeuse* et de beaucoup d'autres héroïnes dont le plus grand mérite était certainement d'avoir toujours su raviver le côté fleur bleue des foules en leur faisant croire que les romances d'amour se terminent toujours par un beau mariage... Une Hélène qui, cette fois, dans l'hôtel particulier très douillet du IXe, se sentait enfin devant des Parisiens ! Une Hélène qui avoua entre deux gorgées de champagne :

— Vous ne pouvez pas savoir à quel point j'ai eu le trac, moi qui l'ai toujours ignoré jusqu'à ce soir ! C'est angoissant d'auditionner devant sa propre sœur quand on sait que celle-ci connaît à fond les traîtrises du métier et qu'elle ne vous fera pas grâce du moindre compliment si vous ne le méritez pas ! Sincèrement Elisabeth, tu es satisfaite ?

— J'avais déjà compris à Vichy que tu pourrais t'élever très au-dessus du niveau où tu piétinais... Et, contrairement à ce que tu viens d'affirmer, je suis persuadée que demain soir tu connaîtras enfin le trac devant un public qui n'est jamais acquis d'avance ! Je souhaite même de toute mon âme que tu aies un trac épouvantable ! Ça prouvera que tu es devenue comme tous ceux ou toutes celles qui ne sont jamais sûrs de bien faire, une authentique artiste... Ne pouvant pas être à tes côtés pour t'aider à le surmonter, je vais cependant te faire deux cadeaux qui te permettront de maîtriser cette angoisse aussi pénible qu'émouvante... Je te prête — mais uniquement pour cette Première ! — « ma » Caroline... Oui, Caroline, il ne serait pas juste qu'ayant été pendant des années mon habilleuse, vous ne soyez pas celle de ma jumelle le premier soir où elle me remplace parce que je suis défaillante... Vous ne la quitterez pas de toute la soirée : vous serez dans sa loge avant qu'on ne l'appelle sur la scène où vous l'accompagnerez et attendrez, cachée côté *cour* ou côté *jardin*, qu'elle rejoigne sa loge. Ceci acte par acte, comme vous le faisiez pour moi. Juste avant sa toute première entrée, vous n'oublierez pas de lui crier le mot de Cambronne qui porte bonheur... Dans la loge, pendant les entractes, vous ne cesserez pas de la réconforter en lui servant du thé chaud : c'est l'un des meilleurs stimulants de la voix ! Enfin, quand ce sera fini, vous empêcherez les importuns de venir l'ennuyer, à moins qu'elle n'ait déjà prévu d'aller faire un petit souper avec l'un de ses admirateurs préférés ? Qu'en penses-tu, Hélène ?

— Je n'ai rien prévu.

— Un soir pareil, c'est une erreur ! s'exclama Elisabeth avant de s'adresser au médecin : Mon cher Alain, vous qui êtes le plus serviable et le plus compréhensif des amis, croyez-vous que vous pourriez disposer demain soir de votre soirée pour emmener Hélène à cet indispensable souper après l'avoir applaudie ?

— Pour moi ce sera une joie et un honneur ! Mais acceptera-t-elle la compagnie d'un vieux barbon comme compagnon ?

— Vieux, c'est archifaux ! trancha Elisabeth. Vous voyez bien qu'elle est ravie... Il y a déjà longtemps qu'elle aurait dû se montrer en compagnie d'hommes de votre qualité ! Maintenant, chérie, parlons du deuxième cadeau que je te fais pour vaincre complètement le trac. Prends ce masque...

D'un geste brusque, elle avait retiré son masque vénitien avant d'ajouter :

— Je sais qu'au théâtre on t'en a confectionné un autre mais celui-ci, c'est le nôtre : celui des sœurs Neuray derrière lequel elles s'abritent quand elles ont besoin de cacher quelque chose... Moi maintenant, c'est ma laideur, toi ce sera demain ton trac ! Mais pourquoi me regardes-tu ainsi ? Tu as l'air horrifiée ? Alors tu l'acceptes, oui ou non, ce masque prévu pour le finale du Deux ? Seulement, la représentation terminée, tu le rendras à Caroline qui me le rapportera car, à la longue, j'en aurai certainement beaucoup plus besoin que toi !

Après s'être rapprochée en tremblant pour prendre l'étrange porte-bonheur, Hélène recula et s'immobilisa, pétrifiée...

— Je pressentais que je te ferais peur, ma petite Hélène! reprit sa jumelle. C'est pour cela que je n'irai jamais t'applaudir au *Châtelet* ni ailleurs! Je sais également que, te servant de repoussoir, ça pourrait mettre encore plus en valeur ta beauté... Mais tout de même! Si j'ai consenti à ce que tu deviennes ma remplaçante parce que tu es la doublure idéale pour rappeler au public que moi aussi j'ai été très belle, je ne pourrais admettre, si l'on établissait trop souvent des comparaisons entre nous deux, que ma laideur ne soit plus que la caricature de mon passé...Regarde-moi une dernière fois, Hélène, et mets-toi de profil... Oui, tu as bien mon profil... Au fond tu m'as tout pris et tu as tout gardé alors que j'ai tout perdu! Maintenant va-t'en vite! Alain, soyez gentil de la raccompagner et donnez-lui un calmant pour qu'elle ait quand même un bon sommeil: c'est indispensable avant la tension nerveuse qu'elle connaîtra demain... Quand vous en serez tous les deux au souper pour fêter ça, n'oubliez pas de me téléphoner, mon cher professeur, pour me dire comment les choses se seront passées. Je croirai tout ce que vous me raconterez au bout du fil puisque je connais la qualité de votre diagnostic.

Thiviers entraîna rapidement Hélène qui n'osa même pas se retourner. Le pianiste les suivit en enfouissant précipitamment dans un porte-documents la partition de *La Chauve-Souris*. Arsène les avait précédés pour leur ouvrir la grille du jardin avant d'aller se terrer dans sa loge. Il ne restait plus dans la salle à manger, avec Elisabeth et Roland, que Caroline qui demanda timidement:

— Que fait-on, madame?

— On éteint tout! Le spectacle est terminé. Il reprendra demain soir mais je n'y serai pas... Bonsoir Caroline.

— Bonne nuit madame, bonne nuit monsieur le Comte.

Ce dernier répondit par un geste vague de la main avant d'offrir un bras à l'amante sans masque et de la conduire jusqu'au pied de l'escalier en disant d'une voix infiniment douce :

— Montons, chérie. Tu as besoin de repos...

LA VALSE DES ADIEUX

Sans être triomphal, le succès remporté par Hélène fut honorable. Selon la promesse faite, le professeur Thiviers, qui l'avait emmenée souper dans les parages du Palais-Royal, téléphona vers minuit à Elisabeth pour lui annoncer que la représentation s'était bien passée... Une Elisabeth, rongée d'inquiétude, qui avait attendu toute la soirée en compagnie de Roland auquel elle n'avait pas cessé de répéter :
— Pourvu que le public sache se montrer compréhensif et indulgent !
Il s'était révélé mieux que cela, le public : plutôt chaleureux.
Après l'appel de l'ami médecin, la recluse avait avoué :
— Je crois avoir eu, à distance, beaucoup plus le trac qu'Hélène !
Le retour de Caroline — accompagnée d'Arsène qui, lui aussi, avait reçu l'accord d'Elisabeth pour aller assister aux débuts de la jumelle au *Châtelet* — acheva de ramener la sérénité dans les pensées tourmentées de celle qui était devenue leur patronne. Caroline avait tout raconté, depuis le premier habillage dans la loge jusqu'au dernier déshabillage en passant par les trois actes accompagnés de ces inévitables péripéties qui apportent le piment sur un plateau en pleine ébullition artistique. Chaque phrase du récit de l'habilleuse avait été ponctuée par un

hochement de tête approbateur de son éternel soupirant Arsène. Ceci se passa dans le salon et se termina par ces quelques mots de Roland :

— Pour respecter une excellente tradition, il ne nous reste plus qu'à fêter cet événement au champagne en levant nos verres à la santé d'Hélène Bourdin !

Ils burent tous les quatre en silence... Silence lourd de pensées secrètes où chacun se disait, y compris sans doute Elisabeth, que les grands artistes ont parfois raison d'être absents pour permettre à d'autres, moins doués, de tenter une percée qui leur permettra de se faire, sinon un nom, du moins une réputation de professionnels exerçant correctement leur métier.

— Je suis très heureuse de ce que je viens d'apprendre, dit Elisabeth. Maintenant, mes bons amis, nous allons tous aller dormir après ces émotions. La seule qui ait le droit de ne pas avoir sommeil un soir pareil est Hélène : laissons-la digérer son succès en compagnie du cher Alain... Elle y a droit !... Ah ! Caroline, quelle impression cela vous a-t-il fait de retrouver votre profession d'habilleuse ?

— Je n'ai pas cessé de penser à Elisabeth Neuray quand c'était elle que j'habillais...

— Et vous, Arsène ? N'était-ce pas grisant de pouvoir respirer à nouveau l'odeur des coulisses et de voir fonctionner cette machinerie que vous connaissez par cœur et que vous aimez ?

— Les copains, qui sont toujours là-bas, m'ont demandé ce que je venais faire parmi eux ?

— Qu'avez-vous répondu ?

— J'ai un peu menti... Je leur ai dit que, maintenant que j'étais en ménage, j'avais pris la décision de ne pas laisser « ma » femme vadrouiller dans ce lieu de perdition qu'est un théâtre... Du moment que Caroline était revenue là, il n'y avait aucune raison pour que je ne m'y trouve pas, moi aussi !

— Très bonne réponse, Arsène ! Bonsoir à vous

deux... Roland, vous m'accompagnez ? dit-elle en lui présentant son bras.

— Mais bien sûr ! Comment pourrais-je vous quitter un soir où la famille connaît un nouveau triomphe ?

Il l'accompagna pour la montée de l'escalier pendant que Caroline, aidée du machiniste, « mouchait les chandelles » comme cela se disait au temps de Molière.

Le surlendemain matin, rue Spontini, Christiane demanda à son époux :

— Avez-vous déjà parcouru le journal ce matin ?

— Ma foi non ! Y trouverait-on pour une fois une information qui soit vraiment passionnante ?

— Je n'en ai découvert qu'une qui, je l'avoue, m'a quelque peu intriguée mais qui devrait vous intéresser tout particulièrement... Elle se trouve à la rubrique des spectacles. C'est une critique consacrée à l'artiste qui remplace votre belle amie dans *La Chauve-Souris* au Châtelet... L'article est des plus élogieux et dit que la ressemblance avec Elisabeth Neuray est assez troublante ! Vous ne m'aviez pas dit que celle-ci avait une sœur jumelle qui, d'ailleurs, ne porte pas le même nom.

— Pourquoi vous en aurais-je parlé ? Et en quoi cela pouvait-il vous intéresser puisque vous haïssiez déjà Elisabeth ?

— Je ne la hais pas mais elle m'indiffère... Cette personne et moi n'appartenons pas au même milieu.

— Vous vous croyez une femme du monde parce que vous portez mon nom ? Je crains que vous ne soyez dans l'erreur la plus complète... On peut être une femme dite « du monde » sans l'être de naissance, ce qui est le cas de Mlle Neuray ! Mais il arrive souvent aussi que l'on n'en soit pas une tout en portant un titre que je ne considère que comme n'étant qu'un emprunt.

— Ce qui, selon vous, serait sans doute mon cas ?

— Je ne l'ai pas dit ! Alors que raconte le journal sur Hélène Bourdin ?

— C'est en effet le nom de la jumelle... Eh bien, mon Dieu, le critique semble en faire grand cas. Vous la connaissez, évidemment ?

— Assez peu...

— Les deux sœurs ne s'aiment donc pas ?

— Elles s'adorent mais les obligations de leurs carrières divergentes jusqu'à ce jour ne leur ont pas permis de tellement se voir.

— Maintenant c'est fait à la suite du mal dont est affligé votre belle amie... N'est-ce pas assez étonnant comme le destin permet parfois les rapprochements grâce à une maladie aussi subite qu'imprévisible ? A propos, comment va Mlle Neuray ? Son état de santé s'améliore-t-il ?

— Encore quelques semaines de repos et elle reprendra ses activités.

— Quelques semaines quand même ? C'était donc assez sérieux... Enfin ce n'est pas trop grave puisqu'elle a la chance d'avoir une jumelle capable de la doubler avec autant de talent... L'avez-vous déjà vue dans le rôle ?

— Elle ne m'intéresse pas.

— Vous n'avez aucune envie de voir la jumelle succéder à sa sœur ? Moi, ça m'amuserait... Pourquoi n'irions-nous pas ensemble un soir admirer ce tour de force au Châtelet ? Vous me devez bien cela, Roland : n'est-ce pas vous qui m'avez déjà fait découvrir Elisabeth Neuray il y a presque un an ? Vous êtes un véritable dénicheur de talents... J'aimerais tant faire la comparaison ! Pas vous ?

— Il n'y aura aucune comparaison possible. Elisabeth est irremplaçable !

— C'est beau l'amour, mon ami ! Ça vous donne de

ces convictions ! Eh bien j'irai quand même applaudir ou ne pas applaudir cette Hélène Bourdin pour me faire une petite idée personnelle. Voyez-vous, nous avons eu tort, vous et moi, de ne pas aimer davantage le théâtre... Il s'y passe des événements tellement inattendus ! Je crois que je vais commencer à y prendre goût. Seulement la difficulté pour moi va être de trouver un ami ou même une amie qui consente à m'accompagner pour cette sortie... Il n'est pas question d'en profiter en solitaire ! L'ennui c'est que je ne vois pas, parmi nos relations, beaucoup d'amateurs d'opérettes ! Mais enfin, j'espère quand même rencontrer une bonne âme qui consentira à se sacrifier, ne serait-ce que par pitié pour ma solitude ?

— N'exagérons pas, Christiane ! Il y a longtemps que vous vous accommodez très bien d'un pareil isolement qui est aussi confortable que relatif : vous êtes toujours entourée d'une nuée de quémandeurs ou de laudatrices ! Ce qui comble d'aise votre vanité, n'est-ce pas ?

Trois jours plus tard il apprit, de la bouche même du chauffeur de Mme la Comtesse, que celle-ci lui avait confié la mission très discrète d'aller réserver pour elle une loge d'avant-scène au Châtelet pour le vendredi suivant. C'est très pratique une avant-scène : même si l'on s'y trouve installée un peu trop de biais, on peut regarder de près les artistes tout en n'étant pas tellement remarquée par les autres spectateurs occupant la salle.

Parmi ceux-ci, le vendredi soir, il s'en trouvait un — installé dans l'un des fauteuils d'orchestre du deuxième rang, portant lunettes noires et nanti de moustaches assez fournies — qui observait de temps en temps, grâce à une paire de discrètes lorgnettes de théâtre, la loge où trônait, en compagnie d'une amie, la comtesse de Jumièges... Une Christiane donnant l'impression d'être enchantée de se trouver en un lieu aussi lyrique. L'amie était l'une des plus mauvaises langues de Paris : l'épouse divorcée d'un industriel. L'homme aux lorgnettes la connaissait très bien ayant eu à subir sa présence plusieurs fois à sa table au cours de dîners insipides auxquels son épouse avait cru indispensable de la convier pour confirmer sa réputation d'exquise hôtesse... Un Roland qui, ce soir, avait jugé bon de modifier son propre visage pour ne pas se faire repérer par les occupantes de l'avant-scène. Et il n'avait pas été trop étonné que la comtesse fût accompagnée par une chipie à la réputation aussi bien établie. Un amant solitaire qui s'était bien gardé de dire à son Elisabeth, à qui il avait été rendre sa visite quotidienne entre cinq et sept, qu'il était dans ses intentions d'aller assister deux heures plus tard à une représentation de cette *Chauve-Souris* dont les recettes avaient sensiblement remonté et qui risquaient, pour peu que l'on continuât à intensifier la publicité sur la jumelle miraculeuse, de se maintenir jusqu'à la fin de la saison. Un Roland craignant que sa maîtresse ne s'imagine — s'il lui disait la vérité — que, ne pouvant plus trouver chez elle toute la beauté qui l'avait subjugué, l'homme de sa vie cherchait à se consoler en contemplant l'éclat d'une Hélène. Et comme, de la contemplation à l'amour, il n'y a qu'un tout petit pas vite franchi, la pauvre Elisabeth, se croyant définitivement délaissée, aurait pu se sentir atrocement malheureuse... Pour rien au monde son amant ne voulait lui faire de peine.

Aussi n'avait-il éprouvé aucun remords quand il lui avait dit au moment de la quitter :

— Chérie, ne m'en veux pas si je ne dîne pas ici ce soir mais j'ai promis à mes vieux amis du *Jockey-Club* de faire un bridge. Ça fait des jours et des jours que je n'ai pas été les rejoindre, préférant de beaucoup rester auprès de toi ! Ils vont finir par m'en vouloir...

— Je t'approuve, mon amour. On doit tout faire pour conserver ses amis quand on a la chance, comme toi, d'en avoir encore quelques-uns ! Vois, moi : à l'exception de toi, de Thiviers, de Caroline, d'Arsène et peut-être d'Hélène, je sens que je n'en ai plus ! Comme les autres ignorent une vérité, qu'ils ne devront jamais découvrir, ils ne doivent pas me pardonner de les avoir laissés « tomber » et ils sont sûrement décidés à me rendre la pareille ! Tant pis, après tout ! Notre amour n'est-il pas assez fort pour que nous puissions nous passer d'eux à l'avenir ?
— Je t'aime.

Ce fut à peine s'il regarda le spectacle. Pendant toute la soirée il ne vit que deux femmes : Hélène qui faisait tous ses efforts sur scène pour égaler une Elisabeth Neuray, Christiane installée dans une avant-scène qui souhaitait de toute son âme que cette remplaçante obtienne beaucoup plus de succès que sa jumelle... Hélène se débrouillait assez bien mais malheureusement, tout en sachant être aussi jolie que sa sœur, il lui manquait l'atout indispensable qui permet à une artiste de surclasser n'importe quelle rivale dans un même emploi : la distinction. Elle avait beau tout essayer pour donner au public l'impression d'être une dame, ne l'étant pas dans la vie, il lui était très difficile de le devenir dans un spectacle. Un soupçon de vulgarité, qui pouvait plaire à certains, émanait d'elle aussi bien quand elle chantait que lorsqu'elle jouait les scènes de comédie. Et Roland avait une horreur viscérale de la vulgarité qu'il lui était arrivé de découvrir également parfois dans le comportement et la façon de s'exprimer de son épouse. Une Christiane ne parvenant pas toujours à dissimuler sa véritable nature sous son titre et qui, ce soir même, ne cessait pas d'avoir des apartés, plutôt mal venus au cours d'une représentation, avec son odieuse confidente. Que pouvaient-elles bien se dire ? se demandait Roland. Et brusquement il se sentit envahir par une étrange intuition qui le glaça autant de stupeur que de dégoût... Non, ce n'était pas possible — bien qu'il y eût déjà pensé — que celle qui portait encore son nom ait été l'instigatrice du crime abominable ! Et pourtant Christiane riait et applaudissait Hélène à chaque fois qu'elle chantait ou renvoyait la moindre réplique comme si elle était une actrice géniale ! Une Hélène Bourdin dont la présence — dans le rôle même de la pièce où avait triomphé Elisabeth Neuray — semblait réellement la combler d'aise ! Un enthousiasme aussi subit avait quelque chose de choquant et ne pouvait être dicté que par la satisfaction d'une femme qui se sent enfin débarrassée d'une rivale dont la beauté et le charme sont gênants. Plus l'aventure de *La Chauve-Souris* se déroulait sur la scène et plus une sorte de bien-être malsain semblait habiter la comtesse de Jumièges... Ecœuré, Roland n'attendit pas la fin de l'histoire pour s'enfuir du *Châtelet*. Il avait besoin de respirer un air plus frais, loin de l'atmosphère de haine implacable émanant de l'avant-scène.

Le lendemain, rue Spontini, au moment où il s'apprêtait à sortir pour aller rejoindre une Elisabeth à laquelle il se garderait bien de raconter l'odieuse nuit de doute qu'il venait de vivre, il se trouva à nouveau face à face avec son épouse qui dit sur un ton très détaché :

— Vous ne devinerez jamais, mon cher, où j'ai été passer hier ma soirée... au Châtelet ! Parfaitement ! Dans ce hangar où vous n'avez pas eu envie de retourner pour applaudir la remplaçante de votre tendre égérie... Eh bien, elle est véritablement providentielle et presque plus jolie que sa sœur — cette jumelle miraculeuse ! Je la trouve même moins maniérée, plus naturelle, plus vraie... Vous avez le plus grand tort de ne pas aller la voir ! Je suis certaine, étant donné les goûts que vous semblez avoir en ce moment, qu'elle vous séduirait...

— Vous avez fini ? coupa net Roland.

— Au contraire, je commence... J'estime qu'on ne vantera jamais assez les mérites de cette Hélène Bourdin dont le nom devrait grandir très vite.

Il sortit sans répondre tandis que Christiane se sentait de plus en plus contente d'elle-même : la lueur de mépris qu'elle venait de déceler dans le regard de son époux la comblait d'aise... La vraie joie selon elle : celle qui puise sa source dans l'assouvissement soigneusement dosé de la haine. De son côté, Roland venait d'acquérir la certitude que Christiane était la vraie responsable de l'horreur perpétrée : il y avait trop de fiel, à peine dissimulé, sous ses dernières paroles.

Quand il arriva chez Elisabeth, il fut accueilli par Arsène qui se trouvait derrière la grille d'entrée :

— Ah ! monsieur de Jumièges, il y a déjà un bon bout de temps que je vous attends... Voici ce qui se passe : vous savez, me conformant en cela aux instructions très précises que vous-même m'aviez données, que c'est moi qui reçois dans ma loge les appels téléphoniques de l'extérieur pour éviter que Mlle Neuray ne soit dérangée par des importuns ou par des indiscrets et que ce n'est qu'après en avoir reçu — grâce au téléphone intérieur — l'autorisation de Mademoiselle ou de Caroline que je branche la communication sur l'un des appareils se trouvant dans le vestibule de la maison ou dans la chambre de Mademoiselle...

— Je sais tout cela. Et alors ?

— Alors, il y a environ quarante minutes un monsieur a téléphoné, demandant à vous parler personnellement et uniquement à vous comme vous l'en auriez prié, m'a-t-il précisé. J'ai noté le nom sur ce bout de papier : un certain M. Langlois. Il a même ajouté que ce qu'il avait à vous dire était urgent et qu'il fallait l'appeler dès votre arrivée ici ! Mais il a refusé de me donner son numéro en prétendant que vous le connaissiez.

— C'est exact. Restez ici pendant que je l'appelle de la loge.

Ce M. Langlois était l'ancien officier de police reconverti dans l'agence privée de renseignements en tous genres qu'il avait créée. Dès qu'il l'eut au bout du fil Roland demanda :

— Vous avez enfin trouvé une piste ?

— Disons plutôt un indice mais il me paraît avoir son importance. Excusez-moi, monsieur de Jumièges, mais êtes-vous bien sûr que personne ne puisse entendre notre conversation sur une autre ligne ?

— Absolument ! Parlez en toute tranquillité.

— J'ai suivi scrupuleusement vos directives. Je reconnais que mes démarches ont été assez longues mais peut-être allez-vous estimer qu'une pareille attente valait la peine ? Au début, j'ai piétiné pendant quelques jours avant de trouver l'adresse où se trouvait l'homme que vous m'aviez chargé de filer avec éventuellement — mais au cas seulement où vous me le demanderiez — la mission d'essayer d'entrer en contact avec lui pour le faire parler... Il me semble qu'il nous serait possible maintenant de passer à l'exécution de cette deuxième phase.

— Cet homme est bien celui dont je vous ai précisé les nom et prénom ?

— Lui-même mais je crois, ayant bien repéré son logement et ses habitudes, qu'il serait plus judicieux que nous soyons tous les deux ensemble pour procéder à son interrogatoire... Le connaissant beaucoup mieux que moi vous auriez l'avantage de pouvoir le désarçonner plus rapidement ? Nous profiterions aussi de l'effet de surprise : le fait de se trouver brusquement en votre présence pourrait déclencher chez lui une réaction des plus salutaires ?

— Vous avez raison, Langlois. Quand nous retrouvons-nous pour passer à l'attaque ?

— Le plus tôt possible serait le mieux. Pourquoi pas ce soir ?

— A quelle heure ?

— Disons dix-neuf heures trente : cela me paraît être le moment le plus propice pour le coincer...

— Nous nous retrouverons où ?

— A un petit café situé dans le XVe arrondissement, rue Leblanc.

— Quel numéro ?

— Les numéros des immeubles dans ce quartier sont presque toujours introuvables ou illisibles. Notez plutôt le nom du café. Vous trouverez facilement mais venez en taxi pour que l'autre ne repère pas votre voiture qu'il doit connaître.

— Il sera donc dans ce café, lui aussi ?

— Non. Il tient ses assises dans le bistrot d'en face. Le nôtre s'appelle *Le Myosotis*.

— C'est charmant ! Nous y jouerons les rôles de fleurs discrètes... Donc à ce soir comme convenu à l'heure fixée et je vous adresse déjà un premier bravo pour la précision de votre travail.

Il raccrocha et dit en passant devant Arsène avant de rejoindre la maison :

— Il avait raison ce monsieur : ce qu'il avait à me confier était en effet très important... Mais, bien sûr, vous-même Arsène n'avez jamais entendu parler d'un Langlois même si Caroline vous posait quelques questions sur l'oreiller !

— Monsieur peut être rassuré : pour moi les femmes c'est gentil, à condition qu'on leur en dise le moins possible.

— Vous êtes le dernier sage du Châtelet.

Et il gravit quatre à quatre les marches du perron.

Lorsqu'elle l'accueillit dans le boudoir, Elisabeth demanda :

— Qu'est-ce qui t'arrive, chéri ? Tu me parais bien joyeux ?

— Joyeux, c'est beaucoup dire... Disons plutôt : satisfait... Oui, mon amour, j'ai l'impression que nous allons bientôt connaître l'identité de la personne qui t'a fait tant de mal !

— Parce que cette pensée t'obsède encore ? Moi qui croyais que tu avais abandonné tes idées vengeresses pour ne plus t'occuper que de nos amours ?

— Ces dernières seront d'autant plus belles que ceux ou celles qui ont cherché à les empêcher de s'épanouir ne seront plus de ce monde.

— Que veux-tu dire ?

— Tu comprendras un peu plus tard.

— Et ton bridge s'est quand même bien passé au *Jockey* hier soir ?

— Une partie difficile... Mon principal partenaire est devenu un adversaire ! J'ai l'impression que bientôt je n'aimerai plus du tout ce jeu !

— J'en serais ravie : tu passeras toutes tes soirées avec moi ! Mon pauvre chéri, c'est fou ce que l'amour peut rendre égoïste. Nous ne pensons plus qu'à notre propre petite personne. Tu m'en veux ?

— Je t'adore d'être ainsi.

Quand il la quitta vers dix-huit heures il ne fut plus question de bridge en perspective. Comme il ne lui dit rien, elle ne posa pas de question, son instinct d'amoureuse lui faisant comprendre que lorsqu'il s'en allait de cette façon, sans avoir raconté à l'avance tout ce qu'il allait faire, cela signifiait qu'il devait être contraint d'aller rejoindre sa femme... Mais comme il lui avait aussi laissé entendre que cette situation boiteuse de mari, d'épouse et de maîtresse pourrait bientôt prendre fin, elle trouvait plus sage de se montrer patiente.

Au *Myosotis*, il retrouva Langlois assis à une table de la terrasse et à l'abri d'une vitre qui le protégeait aussi bien des intempéries que des curiosités venues de la rue.

— D'ici, expliqua le détective, nous pouvons très bien voir tout ce qui se passe en face où notre homme ne va pas tarder à arriver... Il s'installe toujours à gauche devant le comptoir où il reste pendant un quart d'heure à contempler et à déguster son verre de pastis avant de rentrer chez lui.

— Il bavarde tout de même avec les autres consommateurs ?

— Même pas ! Il a une allure d'ours.

— Cette seule définition me prouve que c'est bien lui ! Son domicile, c'est loin ?

— Tout près : dans la deuxième rue à droite au numéro 17... Un immeuble modeste qui n'a pas mauvaise apparence, ayant dû être ravalé il n'y a pas tellement longtemps. Son appartement se trouve au deuxième avec vue sur la cour intérieure. C'est ce qu'on appelle le deux-pièces cuisine rénové.

— Il y habite seul ?

— Seul. Je vous l'ai dit : c'est un ours auquel les splendeurs de la télévision doivent amplement suffire. Après ces quelques jours de filature je peux vous garantir qu'il ne reçoit aucune visite ! Quand il sort le matin vers dix heures, c'est pour aller faire son marché aux alentours de la place Balard et rapporter son journal acheté au marchand installé près de la bouche de métro. Journal qui est le *Parisien libéré*.

— Vous êtes même au courant de ses lectures ?

— Dans ma profession on se doit de tout savoir sur la personne que l'on prend en filature. Mais, avant qu'il n'arrive et que nous ne nous aventurions dans la marche d'approche, jetez un regard sur cette feuille de papier : elle devrait vous apporter quelques éléments essentiels.

— Qu'est-ce que c'est ?
— Une suite d'indications sur la façon dont notre homme a acheté le deux-pièces cuisine où il est venu s'installer il y a trois mois à peine.
— Approximativement au moment où je l'ai congédié au nom de Mlle Neuray ?
— C'est exact.

Après avoir lu les notes mentionnées sur le papier, Roland s'exclama :
— Et il a acheté cet appartement en le payant *cash* d'un seul coup ? Fichtre !
— C'est grâce à cela qu'il a pu emménager aussi vite !
— Cinq cent mille francs nouveaux disponibles immédiatement plus les frais d'agence, d'assurance et tout le reste, c'est une grosse somme pour quelqu'un n'ayant que des moyens assez limités... Je sais mieux que personne ce qu'il gagnait au service de ma marraine et ensuite au mien puisque j'ai commis l'erreur imbécile de le conserver encore pendant trois années comme gardien de la maison dont j'avais hérité. Après la vente, la nouvelle propriétaire de la maison, Mlle Neuray, l'a gardé... Et dire que je lui avais conseillé de se débarrasser de lui le plus tôt possible ! Elle ne l'a pas fait tout de suite pour ne pas avoir l'air de se montrer ingrate à l'égard du dernier serviteur de ma tante Adélaïde qui était resté en place ! Quelle erreur !
— ...Ce qui m'a le plus intrigué, c'est qu'il a touché le double du montant du prix d'achat de l'appartement, soit un million qu'il s'est empressé d'aller déposer dans une succursale de la *B.N.P.* se trouvant dans le XVe, pas très loin de son nouveau domicile. L'enquête est très sérieuse.
— Mais comment diable a-t-elle trouvé tout cet argent sans que je m'en aperçoive ? s'exclama Roland.
— Elle ? Non... Lui !

— C'est là, cher monsieur Langlois, une réflexion strictement personnelle que je me faisais à haute voix... Il a donc maintenant à sa disposition de l'argent en plus de la retraite qu'il touche automatiquement après trente-cinq années de « bons et loyaux services » en qualité de gardien-concierge qui a été merveilleusement logé dans un adorable pavillon avec « vue sur jardin » où rêveraient de résider beaucoup d'autres solitaires et même des jeunes ménages ! S'il sait faire preuve de sagesse — et il ne m'a jamais paru être le genre de personnage à faire des folies ! — et si sa banque ne se montre pas trop maladroite pour gérer intelligemment le demi-million lui restant du généreux don reçu, notre héros peut vivre agréablement jusqu'à la fin de ses jours ! Et pour peu que, n'ayant strictement rien à faire, il passe son temps à piétiner dans les cafés où l'on vend des tickets de la loterie nationale ou autres, il risque de devenir multimillionnaire ! La bonne vie, quoi ! Il va falloir que nous mettions bon ordre à tout ça, sinon l'existence serait trop injuste à l'égard des braves gens qui se sont contentés de rester honnêtes... Sacré Sigismond ! Il va falloir le faire parler et cela chez lui où il se sentira en pays de connaissance et où nous nous trouverons plus à l'aise, vous et moi, pour lui arracher des aveux plus ou moins spontanés... Vous êtes armé ?

— Toujours monsieur de Jumièges. En tant qu'ancien officier de police et auxiliaire éventuel de ladite police — je suis assermenté — j'ai l'autorisation du port d'arme mais à la condition formelle de ne m'en servir qu'en cas de légitime défense.

— Ce qui doit toujours pouvoir facilement se prouver chez un homme ayant votre expérience et votre calme, n'est-ce pas ?

— Mon Dieu...

— Ne mêlons pas le Très-Haut à nos histoires ! Il pourrait nous punir sévèrement... Donc vous avez sur vous votre revolver... Parfait ! Peut-être serez-vous contraint de le montrer tout à l'heure à un moment psychologique sans, bien entendu, en faire usage ! Disons que ce ne sera qu'un simple moyen d'intimidation... Sans doute portez-vous également sur vous une vague carte de policier privé ou quelque pièce d'identité approchante vous permettant d'éblouir un salopard hésitant à se mettre à table ?

— J'ai cela en effet.

— Alors nous sommes parés car je dois vous l'avouer : personnellement je n'ai aucune arme et, comme carte de visite, je ne possède que la mienne gravée de mon nom à particule qui risque de se révéler plutôt gênant dans un cas aussi épineux que celui que nous allons connaître dans quelques instants.

Langlois lui avait saisi le bras :

— Le voici...

— Vous avez raison : c'est bien lui avec sa démarche de lourdaud... Il se dirige vers le comptoir... Le tenancier lui sert son petit pastis. Il reste maintenant le regard rivé sur l'apéritif... Le quart d'heure de charme sera vite passé ! Le voilà qui laisse la monnaie sur le zinc et qui repart paisiblement... C'est maintenant, Langlois, que la grande fête va commencer pour lui ! Suivons-le dans son escalier jusqu'au palier du deuxième et là, pas question de le laisser entrer seul dans son home ! Vous le ceinturez juste avant qu'il ne franchisse la porte ouverte avec sa clef et je le bâillonne avec mon écharpe... Nous sommes d'accord ?

— Compris.

Ce fut fait en moins de temps qu'il n'en avait fallu pour expliquer la manœuvre. Sigismond se retrouva assis, ahuri, dans le fauteuil de sa salle de séjour où il devait s'installer tous les soirs pour regarder béatement la télévision. Seulement cette fois le spectacle était tout autre : en relief... Les personnages étaient là, devant lui, bien vivants. Le premier, qu'il n'avait encore jamais vu, tenait un revolver en main et semblait être d'autant plus dangereux qu'il demeurait calme. L'autre, c'était le filleul de Mlle Adélaïde : M. Roland de Jumièges... Mais un comte qui avait perdu ce sourire un peu moqueur que l'ex-concierge lui avait toujours connu. Un aristocrate ne donnant plus du tout l'impression de vouloir badiner et qui dit d'une voix rauque que le cerbère ne lui avait encore jamais connue :

— Constatez, Sigismond, que tout le monde finit par se retrouver... Ce monsieur — il désigna Langlois — est officier de police. C'est vous dire que nous sommes foncièrement décidés à vous faire coffrer à moins que...

Il avait retiré le bâillon.

— Pourquoi coffrer ? balbutia le gros homme inquiet.

— Parce que vous êtes un criminel de la plus basse espèce... Vous allez nous expliquer, avec toutes les précisions désirables, comment s'est exactement passé l'attentat le soir où Mlle Elisabeth Neuray a été vitriolée ?

— Mais, monsieur de Jumièges, je vous ai déjà tout dit !

— Pas tout, Sigismond... Dans votre relation des événements, que vous aviez également faite au professeur Thiviers, vous avez oublié un personnage essentiel : celui qui a lancé le vitriol à la face de la victime désignée au moyen d'une sorte de pulvérisateur... Qui vous a donné cet instrument de torture assez spécial ? Cela m'étonnerait que ce soit vous qui ayez eu l'idée de vous en servir pour exécuter un aussi sinistre travail ? Car c'est vous seul, Sigismond, qui avez manié ce pulvérisateur ! Si vous n'avez pas mentionné, dans le faux récit que l'on a dû vous faire apprendre par cœur, la présence d'une seconde personne qui aurait accompli le geste criminel, c'est tout simplement parce qu'il n'y avait pas d'autre personne ! Vous étiez seul, Sigismond, et c'est vous qui avez tout fait ! Moyennant quoi, votre immonde besogne accomplie, vous avez reçu le lendemain une substantielle gratification qui vous a permis d'acheter cet appartement et de placer de solides économies sur un compte spécialement ouvert à la *B.N.P.* voisine. N'est-ce pas, Sigismond ? Ça vous ennuie un peu que la police, représentée ici par ce monsieur, ait été fourrer aussi rapidement son nez dans vos affaires ? Et savez-vous où cela vous mènera après votre arrestation suivie d'un jugement aux Assises ? En prison, à perpette ! C'est très long, perpette, et dangereux à votre âge... Il y a même tout lieu de craindre que vous ne quittiez pas la prison grâce à une libération anticipée pour bonne conduite mais plutôt quand vous serez complètement au bout de votre vilain rouleau... Vous ne sortirez pas de la maison d'arrêt sur vos deux jambes mais les pieds en avant... Est-ce bien ce que vous souhaitez ?

— Mais, monsieur le Comte...

— Tiens ! Voilà qu'on me redonne mon titre... Marque de déférence semblant indiquer que vous commencez à réaliser que les choses vont très mal se passer pour vous si vous ne faites pas preuve d'un peu de bonne volonté... Maintenant parlons net : qui vous a donné l'argent vous permettant d'acheter cet appartement et de faire un gros placement en banque ?

— Ce sont mes économies.

— Si vous vous fichez de nous, je vous préviens que ça finira en désastre pour vous ! Je réitère ma question : d'où vient le fric, si vous comprenez mieux ce mot ? Et sachez que quand je pose cette question ce n'est nullement pour vous le reprendre... Si vous me dites la vérité, vous pourrez bien le garder ainsi que votre appartement, ou filer, si vous le préférez, à tous les diables !

— Mais j'ai juré de ne jamais rien dire !

— C'est donc qu'on vous a bien donné l'argent... Qui cela ?
— Madame la Comtesse...
— Voyez-vous cela ! Et en échange de quoi ?... L'exécution d'un ordre très spécial ou d'une mission des plus périlleuses pour vous ?

Sigismond, buté, restait muet.

— Peut-être pas périlleux pour vous mais pour la destinataire. Il faut répondre maintenant, Sigismond, sinon nous appelons un car de police qui va vous embarquer et vous emmener quai des Orfèvres, ce qui fera un effet déplorable vis-à-vis de vos voisins d'immeuble et dans le quartier... Ensuite, ce ne sera plus moi qui vous interrogerai gentiment chez vous mais la brigade criminelle et, après, vous passerez devant un juge d'instruction... Vous avez déjà entendu parler de ce genre de personnage ? Il n'a pas la réputation d'être particulièrement un tendre... Dès qu'il vous aura interrogé, il vous inculpera presque certainement et la grande machine judiciaire se mettra en marche... Rien ne pourra plus l'arrêter jusqu'à ce que vous passiez en cour d'assises... Mais oui ! C'est un crime que vous avez commis ou fait commettre par un tiers en vitriolant Mlle Elisabeth Neuray qui s'était pourtant montrée si bonne à votre égard en vous conservant à son service lorsqu'elle a fait l'acquisition de la maison... Vous n'avez pas honte, ni le moindre remords ? Vos aveux immédiats, faits en la seule présence de M. l'officier de police ici présent — qui saura se montrer discret si je le lui demande — et moi-même vous éviteront d'être contraint de les faire en public devant une Cour qui, elle, ne vous laissera sûrement pas la disposition de fonds aussi mal acquis ! Et vous vous retrouverez sans rien à votre sortie de prison si, par miracle, elle se produisait après un crime aussi crapuleux comme je vous l'ai déjà expliqué... Parlez, Sigismond, ça vaudrait mieux !

— Et puis tant pis ! lâcha le gros homme. Je déballe tout ! La vraie responsable, c'est la comtesse. Et comme elle est votre femme légale, vous aussi, monsieur de Jumièges, vous serez mis dans le bain et cuisiné par la police... A vous deux vous vaudrez gros devant la Justice ! Après tout, moi je n'ai été qu'un sous-fifre.

— Excellente définition : un sous-fifre... Voilà bien l'appellation qui vous convient le mieux ! Sigismond le sous-fifre... Nous vous écoutons.

Une fois encore le gardien se retrouva muet.

— Peut-être serait-ce plus facile pour vous de répondre si je vous posais quelques questions précises ? Maintenant que nous savons d'où sont venus les fonds — qui ont vaincu vos scrupules en supposant que vous ayez pu en avoir ! — dites-nous exactement comment les choses se sont passées avant que vous ne passiez à l'exécution du plan prévu ?

— Ça a commencé pendant que vous étiez en voyage avec Mlle Neuray... Après s'être renseignée une première fois pour essayer de connaître votre adresse de vacances, que vous ne m'aviez d'ailleurs pas laissée, Mme de Jumièges est revenue pour me demander si je n'en avais pas assez d'être le gardien de la maison d'une aventurière qui était sa pire ennemie et qui faisait tout pour briser son ménage ! Elle me fit comprendre que si je venais à son aide d'une certaine façon détournée, les choses pourraient finir par s'arranger entre elle et vous.

— Ne me racontez tout de même pas que vous n'avez agi que par estime et par respect pour mon épouse que vous connaissez à peine puisqu'elle n'est venue qu'une ou deux fois, en ma compagnie, rendre visite à ma tante Adélaïde du temps de son vivant et qu'après sa disparition elle n'a jamais remis les pieds dans la maison inhabitée au cours des trois années qui ont suivi jusqu'à ce que je la mette en vente !

— Il est exact que j'ai peu connu votre épouse

mais, par contre, j'ai eu tout le temps de repérer votre maîtresse à dater du premier après-midi où vous êtes venu avec elle et où vous m'avez dit en passant devant la loge une phrase que je n'oublierai jamais : « *Mon bon Sigismond, vous avez devant vous la nouvelle propriétaire de cette demeure qui viendra s'y installer sous peu...* » A cette seconde-là j'ai tout compris.

— Même qu'elle était ma maîtresse ? Votre don de divination est prodigieux ! Eh bien si cela peut compléter vos voyances, apprenez qu'en dépit de vos machinations inspirées par Christiane, cette maîtresse deviendra bientôt mon épouse ! Cela vous épate, mon vieux ? Vous voyez que cet acte démentiel s'est révélé parfaitement inutile... Car vous n'avez pas été assez sot, quand vous-même ou l'une de vos relations a opéré, pour n'avoir pas compris le raisonnement de la comtesse de Jumièges qui s'est dit : « *Le jour où cette théâtreuse sera devenue hideuse, mon mari s'en désintéressera et la laissera tomber !* » L'ennui pour elle — et peut-être aussi pour vous par voie de conséquence — est que plus Elisabeth a commencé à souffrir et plus je me suis intéressé à son sort que j'ai décidé de lier au mien... Tous les hommes ne sont pas aussi égoïstes que vous, Sigismond, et ne trouvent pas leur bonheur dans la contemplation béate d'un verre de pastis ! Mais revenons à la deuxième conversation ultra-secrète que vous avez eue avec la comtesse en mon absence. C'est ce jour-là qu'il a été décidé, tout de go, qu'Elisabeth serait vitriolée ?

— Oh ! Pas tout de suite... Mme de Jumièges est revenue plusieurs fois ensuite, de préférence le soir quand Mlle Neuray était partie avec vous pour le théâtre, et elle m'a expliqué ce que je devrais faire quand elle jugerait le moment venu d'opérer avec succès.

— Avec succès ! Vous avez de ces expressions...

Pour un succès, on peut dire que c'en fut un ! C'est vous-même qui avez « opéré » ?

— Finalement oui... Au début, après la demande de votre femme j'avais pensé m'adresser à un truand de Pigalle qui fréquente assez régulièrement un bar situé rue Blanche, c'est-à-dire pas trop loin de la maison de votre tante.

— La maison de Mlle Neuray...

— C'est pareil !

— Non, Sigismond. Ce ne sera plus jamais pareil ! Continuez : ce truand... ?

— J'y ai renoncé pour deux raisons. D'abord il aurait exigé sa part du gâteau.

— Et quel gâteau ! Vous préfériez évidemment tout garder pour vous... La deuxième raison ?

— Il m'aurait peut-être dénoncé, une fois le coup fait, si la police s'était mêlée de l'affaire... Tandis qu'avec Mme la Comtesse, qui était seule au courant avec moi puisque l'idée venait d'elle, il n'y avait aucun risque à courir de ce côté.

— Qui sait ?

— Ce qui veut dire ?

— Qu'il faut se méfier des femmes, Sigismond ! Ce sont des traîtresses... Voyez comme Christiane s'est conduite à mon égard dans tout ce règlement de comptes sordide ! Donc l'idée du truand écarté, vous avez accompli le sale boulot... Comment vous y êtes-vous pris ?

— C'est Mme la Comtesse qui m'a apporté un gros vaporisateur dans lequel se trouvait le produit... Elle m'a dit de ne le manier qu'avec précaution et les mains gantées comme les siennes.

— Quel raffinement !

— Me désignant la poire en caoutchouc, elle m'a dit qu'il suffisait, pour que ça fonctionne, d'appuyer très fort sur cette poire et de diriger le jet liquide sur le visage de la destinataire jusqu'à ce qu'elle s'écroule... Ensuite je n'avais plus qu'à m'enfuir à toutes jambes pour rejoindre ma loge où j'attendrais pendant quelques secondes avant d'en ressortir comme quelqu'un qui a entendu hurler. Ce que j'ai fait. En somme tout s'est bien passé : c'est à croire que Mme de Jumièges avait déjà utilisé la même technique !

— Mais comment se fait-il que Mlle Neuray ne vous ait pas reconnu ?

— Il faisait très noir, j'avais endossé la cagoule que votre épouse m'avait apportée avec les gants en même temps que le vaporisateur. Enfin j'ai agi très vite ! J'avais attendu, caché contre le mur de l'immeuble, le retour de Mlle Neuray qui, je le savais parce que je vous avais entendu le lui dire la veille quand vous étiez passés devant ma loge, ne serait pas accompagnée par vous ce soir-là... J'avais tout de suite réalisé alors que ce serait le moment propice et j'ai téléphoné aussitôt à Mme de Jumièges pour l'informer que j'avais l'intention d'agir le lendemain soir.

— Qu'a-t-elle répondu ?

— Qu'il était grand temps et que ce serait parfait.

— En somme Christiane avait tout prévu ?

— Absolument tout dans les moindres détails.

— Mais dites-moi : pour agir avec une telle célérité, c'était que vous aviez déjà reçu l'argent ?

— La moitié seulement, Mme de Jumièges m'ayant promis de me régler le solde dans les vingt-quatre heures qui suivraient l'exécution du travail. J'avais confiance dans la valeur de sa parole : celle d'une comtesse... Sinon à qui pourrait-on se fier ?

— Et elle a respecté scrupuleusement l'accord, une fois terminé ce que vous considérez comme étant un « travail » ?

— Elle est venue m'apporter elle-même le lendemain après-midi ce qui me restait dû, très peu de temps après que vous étiez passé vous-même pour fermer la maison en me disant que personne ne devrait y pénétrer pendant l'absence de sa propriétaire. C'était même à se demander si votre femme n'avait pas attendu dans la rue, cachée dans un taxi, pour vous épier ?

— De quelle façon vous a-t-elle payé ?

— Tout en liquide. Je l'ai exigé. Les deux fois elle a apporté l'argent dans un grand sac.

— Il fallait au moins un sac ! Ça faisait un bon paquet ! Vous avez vérifié le montant de la somme devant elle dans votre loge ?

— Non, là aussi je lui ai fait confiance. Je n'ai compté qu'après son départ : le compte exact y était les deux fois.

— Si nous résumons, l'opération s'est donc faite comme dans de nombreuses tractations : 50 % à la commande, 50 % à la livraison... Et vous vous êtes dépêché d'aller déposer le tout à la banque, en le transportant peut-être dans le même sac que ma femme vous avait donné en prime ?

— Non. Elle l'a emporté, ne voulant sans doute pas laisser traîner des traces personnelles après ses venues.

— Peu importe, après tout, la ou les façons dont vous vous y êtes pris pour déposer le magot à la banque. L'important, c'est qu'il y soit resté assez longtemps pour que mon ami M. l'officier de police puisse le repérer ainsi que cet appartement payé intégralement en une seule fois sur la même banque... Une dernière question : quand vous avez déposé tout cet argent à la banque, on ne vous y a pas posé de question ?

— Non. Les banquiers sont toujours très contents quand on leur apporte de l'oseille. C'est quand on la retire qu'ils font la tête.

— Quelle profession avez-vous mentionnée quand vous avez ouvert le compte ?

— La mienne : retraité... Ce n'est pas ça qui manque aujourd'hui : contrairement à une fausse croyance les retraités ont de l'argent ! J'ai pourtant l'impression que l'un des employés de la banque me soupçonne d'être le gagnant d'un gros lot d'une quelconque loterie qui ne tient pas à faire savoir qu'il a gagné pour qu'on lui fiche la paix... A chaque fois que je vais à la banque, il me regarde avec de drôles d'yeux... et je n'aime pas les yeux bizarres !

— C'est sans doute pourquoi vous n'auriez aucun regret si ceux d'Elisabeth Neuray avaient été brûlés, comme le reste de son visage, par ce que vous appelez « le produit de Mme la Comtesse » ? Ceci parce que des yeux aussi beaux que les siens ne peuvent sembler que « bizarres » à un individu de votre espèce ! Eh bien maintenant que nous commençons à voir plus clair, avec nos yeux normaux, dans toute cette affaire, il me semble indispensable de vous faire comprendre que vos agissements sont passibles du pire châtiment ! Le réalisez-vous ? C'est étrange mais j'ai l'impression que vous ne mesurez pas à quel degré de criminalité vous êtes descendu ?

— Moi ? Je me suis toujours dit que je n'avais été qu'un exécutant et ça ne m'a pas empêché de dormir.

— Vous êtes ignoble !
— Et votre femme ?
— Elle, c'est autre chose... Je pense sincèrement que Christiane est pire que vous : la haine a fait d'elle un monstre ! Aussi saurons-nous différencier votre cas du sien, n'est-ce pas, Langlois ?

Celui-ci, qui n'avait pas dit un seul mot depuis le début de l'entretien et qui s'était contenté de maintenir son revolver braqué dans la direction d'un Sigismond terrorisé, baissa l'arme sans la moindre précipitation avant de l'enfoncer dans l'une de ses poches, tout en disant d'une voix calme :

— Dès maintenant j'approuve la ligne de conduite que vous choisirez à l'égard de ce misérable.

— Une autre appellation qui lui va aussi bien que sous-fifre ! Voici ce que nous décidons, Sigismond : malgré l'ignominie de votre geste, nous sommes disposés non seulement à vous laisser l'argent ainsi que la propriété de cet appartement et nous prenons l'engagement formel d'ignorer votre participation dans toute cette affaire — c'est-à-dire de taire votre nom — à une seule condition... C'est que vous ne confiiez jamais à mon épouse Christiane que nous vous avons repéré et que vous nous avez révélé qu'elle était l'unique instigatrice du coup. Si vous lui dites le moindre mot de notre entretien ici, vous pourrez vous considérer comme un homme doublement mort... D'abord la toute première chose que fera Christiane — qui est loin d'être une sentimentale, comme vous venez de vous en rendre compte au cours de toute cette machination — sera de vous faire abattre immédiatement par un sbire du même acabit que le vôtre et moyennant une somme beaucoup plus modeste que celle devant laquelle vous n'avez pas pu résister avant de vous transformer en criminel. Et, au cas où elle n'agirait pas ainsi — ce qui me surprendrait ! — ce sera la police qui prendra les choses en main pour ne plus vous lâcher jusqu'à ce que l'on vous ait fait expier. Vous vous trouvez donc dans une position des plus délicates... Si j'étais à votre place, savez-vous ce que je ferais ? Je revendrais rapidement cet appartement qui ne doit pas avoir beaucoup de mal à trouver acquéreur et ceci peut-être même avec un bénéfice pour vous. Ensuite je retirerais mon compte de la banque trop voyante où il se trouve pour le planquer quelque part en Suisse ou au Luxembourg. Ces deux précautions prises, je quitterais la France le plus vite possible pour ne plus y remettre les pieds ! Avec de l'argent on se débrouille partout... Et on n'entendrait plus jamais parler de moi à Paris : c'est la grâce que je nous souhaite à tous ! Nous sommes d'accord ?

— Oui, monsieur le Comte.

— Je ne veux plus vous voir traîner ici. Vous avez une semaine pour déguerpir et interdiction absolue de téléphoner rue Spontini ou ailleurs ! D'ailleurs j'ai tout lieu de penser que mon épouse — s'estimant débarrassée de vous grâce à ses largesses — ne doit pas avoir tellement envie non plus de vous revoir ! Et n'oubliez pas que vous resterez sous la surveillance permanente de M. Langlois et de son équipe jusqu'à ce que vous quittiez la France. Ça aussi, c'est bien compris ?

— Oui, monsieur le Comte.
— Adieu Sigismond. Je ne vous souhaite pas bonne chance, estimant que vous en avez déjà eu beaucoup trop grâce à ma mansuétude !

Il sortit, accompagné de l'ancien officier de police, laissant un Sigismond inquiet.

Une fois dans la rue, Roland dit à Langlois :
— Ne le quittez plus des yeux jour et nuit — soit vous, soit l'un de vos acolytes — jusqu'à son départ. S'il n'exécutait pas les consignes que je viens de lui donner, prévenez-moi tout de suite par un coup de fil adressé à Arsène qui saura me joindre où que je serai. Si au contraire il se montre obéissant, vous m'informerez de son départ par un seul appel téléphonique. Cela étant fait je passerai à votre officine pour régler votre note de frais. Ce que ça coûtera, je m'en moque. La seule chose qui importe pour moi est d'avoir les mains libres pour régler mes comptes avec l'âme damnée de ce triste complot ! Qu'elle ait agi ainsi ne me surprend qu'à moitié, mais qu'elle ait trouvé tant d'argent pour financer l'opération me laisse rêveur... Elle ne peut pas l'avoir prélevé sur ma fortune, alors ? A moins que ? Non, ce n'est pas pensable et pourtant ? ...Bonsoir, mon cher Langlois, continuez votre surveillance.

— Vous pouvez compter sur moi.

Une semaine plus tard Roland arriva chez Elisabeth en disant :

— Pardonne-moi, chérie, si je ne t'ai pas donné de nouvelles depuis vingt-quatre heures, mais j'ai eu un emploi du temps des plus chargés.

— Tu es pardonné puisque tu m'avais promis que nous dînerions ensemble ce soir et puis tout le monde le sait : pas de nouvelles, bonnes nouvelles !

— En fait de nouvelles j'en ai deux, excellentes pour nous, à t'annoncer. La première c'est que nous ne reverrons plus jamais l'horrible Sigismond : il s'est exilé pour toujours à l'étranger.

— Personnellement cela m'indiffère. Je n'avais pas la moindre envie de le revoir... A l'étranger, dis-tu ? Peut-être est-il parti tenter fortune ailleurs ? Entre nous je me demande qui peut avoir envie d'utiliser les services d'un pareil personnage ?

— Ils ont pourtant déjà été appréciés par quelqu'un qui avait su lui reconnaître des capacités assez spéciales... Personnellement je ne suis pas mécontent qu'il se soit éloigné de notre bonheur autour duquel il aurait pu continuer à rôder pour tenter de le saboter.

— Qu'aurait-il pu faire ? Et quelle est la seconde nouvelle ?

— Elle devrait te combler d'aise : Christiane est morte.

— Quoi ?

— Mais oui ! Sa femme de chambre l'a trouvée inanimée dans son lit ce matin quand elle lui a apporté son petit déjeuner... Elle est venue aussitôt me prévenir et j'ai mandé par téléphone notre médecin habituel qui a été très vite là... Diagnostic formel : arrêt du cœur.

— Chéri, c'est épouvantable !

— Tu trouves ? Pas moi.

— Oh ! Christiane a tout de même été ta femme pendant des années !

— Beaucoup trop longtemps...
— Roland ! Je t'interdis de parler ainsi ! C'est indigne de toi ! Christiane a porté et porte encore ton nom... Toi qui veux m'épouser, parlerais-tu ainsi de moi si je disparaissais ?
— Certainement pas parce que j'ai compris, dès le premier jour où je t'ai vue au Châtelet, que tu étais ma seule vraie femme ! L'autre n'a été pour moi qu'une erreur de jeunesse.
— Une erreur qui s'est prolongée... Elle était fragile du cœur ?
— Elle ne s'en est jamais plainte. Hier soir encore, quand elle est rentrée d'un dîner en ville chez l'une de ses amies, que personnellement je ne peux pas supporter, elle m'a paru être en pleine forme et même radieuse. C'était presque à se demander si elle n'était pas tombée amoureuse après ne l'avoir jamais été de moi ! Sans le lui montrer, j'étais plutôt ravi d'un pareil changement qui faciliterait rudement bien nos affaires ! Un divorce suivi d'un double mariage — chacun de son côté ! — ça arrange tout le monde, n'est-ce pas ton avis ?
— Sûrement mais... maintenant ?
— Les choses s'arrangent encore mieux pour nous deux : comme toi tu es libre, plus besoin de divorce précédé d'une ridicule tentative de conciliation et suivi de l'attribution d'une pension alimentaire à la pauvre délaissée !
— Pourquoi être cynique à ce point ?
— Parce que je t'aime et que nous en avions par-dessus la tête, toi et moi, que ça traîne... Nous allons pouvoir convoler beaucoup plus tôt que nous ne l'espérions.
— Chéri, tu es de plus en plus fou ! C'est probablement ce qui fait ton charme... Mais il faut quand même respecter la décence en laissant s'écouler un temps raisonnable entre le jour de ton veuvage et celui de ton remariage ! Et j'y pense brusquement :

j'espère que, dans ton entourage, on ne se doute pas que tu es déjà ici en train d'annoncer ce que tu appelles « la bonne nouvelle » à ta maîtresse ? Ça produirait un effet désastreux !

— Autour de moi tout le monde s'en fiche : les domestiques, les parents de Christiane qui savent maintenant qu'ils n'hériteront pas puisqu'elle est partie avant moi et ses soi-disant amies ou intimes qui n'étaient que des pique-assiette.

— Mais la famille de ton côté ?

— Elle se réduit à de vagues cousins très lointains... C'est toi qui constitues maintenant toute ma famille ! Ça ne te plaît pas ? Ah, j'allais l'oublier : tu m'as même gratifié d'une ravissante belle-sœur, Hélène... Je suis gâté ! Je ne pense pas que ce sera elle qui regrettera la disparition de cette Christiane qui a été l'applaudir frénétiquement quand elle t'a remplacée mais qu'elle-même ne connaît pas ! Sincèrement, Elisabeth, j'ai l'impression que tout s'arrange pour le mieux !

— Tu es inouï ! Que va-t-il se passer maintenant ?

— L'enterrement ! Forcément, quand quelqu'un s'en va on est bien obligé d'en passer par là... Dans la plupart des cas ce n'est qu'une formalité mais enfin elle existe et on ne peut pas lui échapper ! C'est même pourquoi je vais être condamné à renier ma promesse en ne dînant pas avec toi ce soir... Oui, j'ai rendez-vous dans trois quarts d'heure chez moi avec le représentant des Pompes funèbres générales dont l'étrange métier est de tout organiser... Rassure-toi : les choses seront faites au mieux ! Un très beau cercueil, beaucoup de fleurs parsemées de *Regrets Eternels* et surtout un superbe convoi avec un corbillard discret suivi d'une file de voitures de grande remise, louées par moi pour la circonstance, permettant aux innombrables amis désireux de me manifester leur sympathie attristée d'accompagner Christiane jusqu'à sa dernière demeure et de me serrer la main au cimetière au cours de l'un de ces défilés dont j'ai horreur ! Mais enfin, on ne peut pas, quand on est un Jumièges, ne pas se conformer aux usages pratiqués dans son monde et dans beaucoup d'autres depuis des générations. Christiane sera inhumée dans le caveau de famille — dont je n'ai pas eu encore l'occasion de te parler parce qu'il y a des conversations plus gaies — qui se trouve aménagé à Saint-Saturnin, un petit village situé à deux kilomètres de la propriété dont j'ai hérité là-bas.

— Encore un héritage !

— Eh oui ! Mais celui-là, je m'en serais volontiers passé ! C'est un horrible château louis-philippard de style disparate construit à une époque où mes ancêtres, revenus d'émigration, avaient assez peu de goût et trop d'argent à dépenser. C'est très laid mais le parc, dessiné à l'anglaise selon la mode de l'époque, ne manque pas de charme. Je le connais par cœur, ayant pédalé à bicyclette dans ses allées pendant mes grandes vacances quand je n'étais encore qu'un tout petit jeune homme... Ça s'appelle, je ne sais trop pourquoi, *Les Arches*. C'est à cent vingt kilomètres de Paris aux confins du Perche, à la frontière des départements d'Eure-et-Loir et de la Sarthe. Tous les miens étant inhumés là-bas, il est normal que Christiane les rejoigne. Elle y retrouvera, en plus de mon père et de ma mère, cette chère tante Adélaïde qui ne l'appréciait guère mais qui — résidant dans la tombe voisine — saura l'accueillir, j'en suis sûr, avec cette grande bonté dont elle a su faire preuve à mon égard.

— Chéri, ne m'en veux pas si je te pose une question un peu saugrenue : le jour, que je souhaite de tout mon cœur le plus lointain possible, où il t'arrivera de disparaître à ton tour, tu seras enterré dans ce même caveau ?

— Quand on a une bonne place — je ne dis pas toute chaude mais décente — qui vous attend depuis longtemps, pourquoi la refuser ?

— Où te mettra-t-on ?
— A la droite de Christiane.
— Et si tu m'épouses ?
— Mais je vais t'épouser, Elisabeth !
— Je porterai donc ton nom ?
— Tu vas devenir la deuxième comtesse de Jumièges.
— Et je serai enterrée dans le même caveau ?
— A ma droite... Comme ça, je retrouverai dans l'au-delà exactement une situation identique à celle que j'avais connue de mon vivant : entre toi et Christiane...
— Ne crains-tu pas que ça ne paraisse un peu bizarre à ceux qui viendront nous rendre visite au cimetière de voir ainsi nos trois noms côte à côte ?
— D'abord, chérie, personne n'a envie de respirer l'odeur des caveaux de famille qui suintent l'ennui ! Ensuite je ne pourrai supporter la présence de « l'autre » que si je t'ai, toi, à côté de moi... Et qui sait ? Le mystère de la mort est tellement insondable que nous finirons peut-être par nous entendre : tante Adélaïde, Christiane, toi et moi ! On ne peut pas se chamailler et encore moins se haïr pendant toute l'Eternité ! On finirait par aller pour de bon en enfer... Ça te plaît cette idée d'être ainsi ma voisine ?
— Je ne dirais pas qu'elle m'enchante mais je préfère de beaucoup cette solution à celle de me retrouver au cimetière de Bagneux en compagnie de mes parents... Note bien que je les ai beaucoup aimés mais j'ai pris en horreur ce cimetière le jour où, la tombe de ma mère venant de se refermer, Hélène et moi nous sommes séparées sans même nous embrasser... J'ai eu alors l'horrible impression qu'elle et moi nous ne nous reverrions plus jamais ! Heureusement, et ceci beaucoup grâce à toi, il n'en a rien été. L'harmonie est revenue... Malheureusement on ne pourra pas enterrer Hélène à Saint-Saturnin !
— Hélas, il n'y a plus de Jumièges à épouser : je

suis le dernier... Mais pourquoi Hélène ne trouverait-elle pas un mari, elle aussi ? Un bon époux adorable et bien nanti qui posséderait lui aussi un beau caveau de famille ?

— Chéri, tu es impossible ! Pour en revenir à ta défunte femme...

— Décidément, tu ne penses qu'à elle !

— Je crois que, même morte, elle continue à m'obséder... Tu m'as bien dit qu'elle avait encore ses parents ?

— Ces horribles petits profiteurs qui auraient bien voulu vivre leur retraite ici dans cette maison ! Oui, si c'est cela que tu veux savoir, ils seront là à l'enterrement... Le contraire serait scandaleux. Je leur ai passé un coup de fil aussitôt après que le médecin eut rendu son diagnostic.

— Ils ont dû être effondrés ?

— Je n'ai pas eu cette impression... Je crois qu'ils auraient préféré de beaucoup être les parents d'une jeune veuve titrée ayant de substantiels moyens... Ils doivent se dire qu'ils n'ont pas eu de chance !

— Quel jour aura lieu la cérémonie ?

— Je l'ai fixée à vendredi prochain pour permettre aux amis de venir à Saint-Saturnin.

— Les amis ?

— Oui je devine ta pensée et j'ai la même opinion que toi sur ce genre d'amis ! Mais il est difficile de les éviter : tu n'as pas idée comme les gens adorent se faire voir dans les enterrements et adresser des congratulations dont ils ne pensent pas le moindre mot. Seulement, que veux-tu, c'est cela la routine de la vie et de la mort. Après la cérémonie il me faudra endurer encore ces présences indésirables devant le buffet que je suis dans l'obligation de faire installer dans la grande salle à manger du château. J'ai souvent remarqué que l'on se goinfre plus aux lunchs d'enterrements qu'aux repas de noces : ceux qui restent vivants ont besoin d'un tel réconfort ! Je me suis déjà adressé à *Potel et Chabot*, un traiteur épatant qui fait son travail avec la même conscience que les Pompes funèbres... Oh ! compte sur moi pour que ça se termine le moins tard possible ! Dès que tout ce joli monde sera liquidé, je saute dans ma voiture et je rapplique ici. Comme d'habitude nous souperons tous les deux en tête à tête, servis par Caroline. Ce ne sera peut-être pas très folichon parce que l'ombre de Christiane planera encore sur nous mais le deuil n'envahira quand même pas nos cœurs ! S'il n'en était pas ainsi ce serait signe que toi et moi ne sommes que d'affreux hypocrites ! Et nous saurons l'un et l'autre avoir une pensée pour la disparue, une seule : c'est qu'elle trouve un confortable repos éternel... Amen ! Maintenant, mon amour, je dois me sauver ! L'ordonnateur des Pompes funèbres, qui doit déjà m'attendre rue Spontini, risquerait de s'impatienter... Ce soir je reste chez moi : il y aura la veillée du corps en compagnie des parents. La folle gaieté, quoi ! Demain matin il faut que je fasse passer un faire-part dans le carnet mondain du *Figaro* et tout le monde sera content.

— Mais toi ?
— Moi ? Je dois rester digne. C'est pourquoi je te baise la main... A demain. Je serai là vers dix-sept heures comme d'habitude.

Après son départ Elisabeth demeura songeuse. La façon très brusque avec laquelle il lui avait annoncé le décès de son épouse et la désinvolture dont il avait fait preuve presque aussitôt pour lui expliquer où et comment se dérouleraient les obsèques la rendaient assez perplexe. Tout en adorant toujours son Roland et sachant qu'il lui rendait la pareille, elle se demandait comment un homme pouvait enterrer aussi vite dans son cœur les sentiments, bons ou mauvais, qu'il avait pu éprouver à l'égard d'une femme qui était restée sa compagne pendant des années ! Même si la présence de Christiane à ses côtés avait pesé pour lui jour après jour depuis les premiers temps de leur mariage et si elle avait réussi à se rendre totalement odieuse, était-il possible qu'il ne restât même pas quelques cendres encore tièdes de leur union ? C'était affolant... Et si c'était lui, Roland, qui était mort, Christiane aurait-elle tout effacé de son souvenir avec la même volupté ? Dans ce cas n'était-ce pas atroce de prononcer le mot « mariage » destiné à désigner deux êtres qui avaient pris l'engagement de vivre l'un avec l'autre pour le meilleur et pour le pire ?

La douce Elisabeth, qui n'avait jamais rencontré la défunte ni même manifesté la curiosité de la voir en photographie, commença dans son subconscient presque à plaindre cette ex-rivale de n'avoir pas su créer le bonheur de son époux... Et pourtant ! Ce n'était pas bien difficile de rendre un Roland heureux ! Il n'y avait pas d'homme plus doux, plus prévenant, plus gai et plus heureux de vivre que lui ! Avec cela son cœur tout en or se montrait toujours prêt à s'accommoder de n'importe quelle situation où sa générosité parvenait à suppléer aux moindres déficiences de ses semblables ! Il n'y avait qu'une explication au sentiment de libération qui s'était exhalé de l'âme de Roland quand il avait annoncé la mort subite et presque inespérée pour lui de son épouse : cette Christiane, qui avait certainement un physique agréable, avait dû être monstrueuse moralement... Exactement le contraire de ce qu'était maintenant Elisabeth, mais celle-ci n'osait même pas se le dire, continuant à ne pouvoir oublier sa laideur accidentelle.

Le lendemain, selon la promesse faite, Roland était là à dix-sept heures, tout de sombre vêtu et portant cravate noire.

— Chéri, constata Elisabeth, le noir ne te va

pas sauf quand tu es en smoking que tu portes très bien.

— Il me sera difficile de me montrer sous d'autres teintes et avec des cravates claires pendant les premières semaines de deuil. Ensuite le noir s'estompera progressivement...

— Il y a le gris, mon amour, qui peut arranger beaucoup de choses !

— J'y penserai.

— La cérémonie se prépare comme tu le souhaites ?

— Je ne fais que me conformer aux usages. Ce matin il y a eu la mise en bière en présence de ses parents et de moi-même. Encore l'horreur ! Je ne connais pas de moment plus sinistre ! C'est la dernière fois où l'on se voit face à face... Ses paupières étaient closes mais j'ai eu l'impression qu'à travers elles son regard dur continuait quand même à m'observer ! Lorsqu'il devenait mauvais, il prenait des reflets d'acier... N'est-ce pas quand même terrible, quand on est encore aussi jeune et qu'on paraît être en pleine santé, de se trouver brusquement enfermée dans une longue boîte ?

— Tais-toi ! Tu n'as toujours pas changé d'avis en ce qui nous concerne ?

— Tu es folle ?

— Alors il faudra m'écouter maintenant que nous sommes enfin seuls ! Malheureusement je ne peux t'être d'aucun secours dans les pénibles moments que tu passes et que tu vas encore connaître. Même si j'étais en pleine forme, telle que tu m'as connue, je ne bougerais pas. Ce n'est pas mon rôle de me mêler de ce qui n'appartient qu'à ton passé. Quand toutes ces formalités seront terminées, je commencerai à m'occuper de toi... Car, contrairement à ce que pourraient penser beaucoup de gens, de nous deux c'est toi maintenant qui as le plus besoin d'aide, mon chéri ! Bien sûr tu es riche mais ce n'est pas suffisant pour faire ton bonheur. Je reconnais que ça peut aider à en donner l'illusion parce qu'on se sent débarrassé de contingences matérielles qui sont odieuses mais ce n'est qu'une incidence. La seule richesse qui compte est celle du cœur et tu m'as prouvé, après mes ennuis, que tu la possédais à un degré rare. Seulement celle-ci risque de s'atrophier si elle est solitaire ! Et aujourd'hui te voilà complètement seul : plus de parents à l'exception de deux ou trois neveux lointains du côté de ta mère que tu ne vois jamais, des domestiques qui ne te servent que parce qu'ils sont grassement payés et nullement par dévouement comme une Caroline ou un Arsène que j'ai la chance d'avoir ici, absolument personne à l'exception de moi qui estime être ta vraie femme et qui t'aime sincèrement. Mon rôle est donc de m'occuper moralement de toi. Ceci d'autant plus que j'ai appris à bien te connaître : j'adore tes défauts tout en estimant tes qualités. Dès que ces lugubres événements seront passés, tu abandonneras ton hôtel de la rue Spontini où tu ne connaîtras plus que la tristesse parce qu'il a été trop marqué par le long passage de Christiane et tu viendras habiter ici avec moi... L'expérience de la cohabitation est excellente avant le mariage pour voir si l'on se tolère l'un l'autre... Tu m'as déjà donné maintes preuves de ton amour mais crois-tu sincèrement, au moment où il n'y a plus aucun obstacle entre nous, que tu pourras supporter de vivre jour et nuit avec le monstre que je suis devenu ?

— Monstre ou pas monstre, de toute façon, ce sera beaucoup mieux que d'être le mari d'une Christiane ! Ici au moins règne une atmosphère très rare qui se nomme la chaleur humaine et dont les murs de cette maison restent sans doute imprégnés parce que tante Adélaïde, qui la possédait au maximum, a dû te la léguer. Tu es de la même étoffe qu'elle mais en plus belle...

— Chéri !

— Oui, tu es belle, Elisabeth ! Tu as toutes les beautés qui rendent une femme désirable... Nous résiderons ici, certes ! Ce sera notre port d'attache en plein cœur de Paris mais nous nous en évaderons de temps en temps pour faire d'aussi beaux voyages que celui en Dordogne... Que dirais-tu de croisières ?

— J'en ai toujours rêvé mais, accaparée par mon métier, je n'ai jamais trouvé le temps d'en faire.

— Nous comblerons cette lacune par d'admirables traversées ! Nous irons aux Antilles, aux Galapagos, à Hong Kong, à Tahiti et pourquoi pas au Groenland si tu as besoin d'air très frais ? Partout ! Et tu verras la joie que nous connaîtrons quand nous retrouverons ici notre cachette toujours bien gardée par Caroline et Arsène. Ceci pendant que ta sœur Hélène continuera à faire briller la famille sur toutes les scènes d'opérettes ! Un programme de rêve et pas d'aventure puisque nous serons devenus mari et femme... Mais je m'attarde alors que j'ai encore une foule de décisions à prendre pour les obsèques ! Ce qui est terrible et merveilleux à la fois avec toi c'est que l'on ne parvient jamais à s'arracher à ta féminité ! Et pourtant il va bien le falloir pendant quarante-huit heures : tu ne me reverras que vendredi en fin de soirée quand tout sera terminé. Sur la route, je roulerai le plus vite possible pour m'éloigner définitivement du passé et me rapprocher de notre avenir.

— Non, chéri ! Tu dois au contraire faire preuve de prudence puisque je t'attendrai ici au bout du chemin pour notre dîner en tête à tête. Et l'attente pour des amants est une sorte de délectation secrète...

— En fait de dîner sais-tu pourquoi je partirai demain matin à la première heure pour *Les Arches* ? A seule fin d'y organiser, avec le personnel du traiteur, le lunch qui sera servi le lendemain au retour du cimetière... Une véritable corvée qui m'oblige à réouvrir cette demeure que je n'aime pas parce qu'elle peut faire croire aux visiteurs que je n'ai pas très bon goût alors que je n'ai toujours cherché qu'à m'entourer de beauté... Embrasse-moi, chérie, en me disant quelque chose de très gentil qui me donnera un peu de courage pour les moments que je vais vivre.

— Après-demain, pendant que tu conduiras le deuil, je ne penserai qu'à toi. Ainsi tu te sentiras déjà moins seul devant cette foule qui te serrera la main en s'en fichant ! J'aurai aussi une petite pensée pour celle que je vais remplacer dans ta vie et à qui je dois bien cela puisqu'elle ne m'a jamais fait de mal.

Avant de partir, il la regarda longuement sans rien dire.

Pendant toute la journée du vendredi, Elisabeth tenta d'imaginer la cérémonie et surtout un Roland condamné, pour la bienséance, à jouer les veufs éplorés ! Rôle convenant mal à sa fantaisie et à son exubérance. Et sachant par avance que lorsqu'il reviendrait le soir auprès d'elle, il serait saturé de toutes les condoléances ou de toutes les marques de sympathie faussement attristées, elle se promit de ne lui poser aucune question sur les heures qu'il venait de passer. Prévoyant aussi qu'il ne serait de retour qu'assez tard dans la soirée, elle avait dit à Caroline :

— Préparez un repas froid et allez vous coucher si Roland n'est pas encore arrivé à vingt-deux heures.

— Il n'en sera pas question ! avait répondu l'exhabilleuse. Je patienterai comme vous et j'attendrai dans ma cuisine... Un soir pareil M. de Jumièges aura besoin d'être réconforté et je servirai un repas chaud qui commencera par un bon potage bien fumant comme il en raffole.

— Vous aimez bien Roland, Caroline ?

— Tout le monde l'aime, Madame ! C'est un monsieur vrai qui sait rester simple. Et je suis tellement heureuse à l'idée qu'à l'avenir il va pouvoir vivre encore beaucoup plus auprès de vous. Arsène aussi est très content.

— Du moment qu'Arsène donne son assentiment à nos projets, nous n'avons plus qu'à les mettre à exécution...

Vingt-deux heures, vingt-trois heures, minuit et une heure du matin passèrent sans que Roland fût de retour.

— Caroline, je commence à être très inquiète ! confia Elisabeth.

— Il ne le faut pas, madame ! N'oubliez pas que c'est un vendredi, jour où les routes sont encombrées.

Mais Caroline non plus n'était pas très rassurée. Connaissant l'exactitude de M. de Jumièges, il aurait dû être là depuis longtemps ! Peut-être avait-il eu une panne de voiture et en pleine nuit...

A quatre heures du matin, véritablement angoissée, Elisabeth prit la décision de demander à Arsène d'appeler, du poste de sa loge et en faisant preuve du plus de discrétion possible malgré l'heure tardive, l'hôtel de la rue Spontini dont Roland lui avait donné le numéro de téléphone « pour le cas, avait-il précisé, où il arriverait quelque chose d'exceptionnel ». Ceci à la suite du misérable attentat. Quelques minutes s'écoulèrent avant qu'Arsène, quittant sa loge, ne vienne retrouver Caroline qui veillait toujours dans sa cuisine pendant que sa maîtresse attendait dans son boudoir du premier étage. Un Arsène hagard qui annonça à Caroline :

— Il s'est tué...

— Quoi ?

— Dans un accident de voiture vers vingt et une heures à la sortie de Rambouillet... C'est ce que m'a expliqué le valet de chambre de M. de Jumièges en ajoutant qu'il avait été prévenu par un envoyé de la préfecture de police venu spécialement au domicile de la rue Spontini. Envoyé qui était bien ennuyé, expliquant que la police ne savait pas qui avertir de la famille puisqu'il semblait qu'il ne restait que des neveux assez lointains... Je me suis permis de répondre au valet de chambre que c'était ici, chez Mlle Neuray, qu'il aurait fallu téléphoner en tout premier ! Mais il n'a pas eu l'air de comprendre, me demandant qui était cette personne.

— C'est normal, Arsène. Son patron n'avait sûrement pas éprouvé la nécessité de raconter sa vie privée à son personnel ! Ce que tu m'annonces est épouvantable ! Il était seul dans sa voiture ?

— Seul. On ne s'explique pas très bien comment les choses se sont passées ! A la fin d'une courbe, la voiture a percuté un arbre... Il a été tué sur le coup, le thorax enfoncé... Ça ne pardonne pas les arbres !

— Il devait aller trop vite ! Pourtant Madame m'a dit lui avoir bien recommandé avant-hier d'être prudent... Seulement voilà : les hommes n'écoutent jamais celles qui les aiment en se disant que leurs conseils ne sont que des marques d'un excès d'amour... Où est le corps ?

— Il a été transporté à la morgue de l'hôpital de Rambouillet.

— A la morgue ! Quelle horreur !

— Il paraît, a encore dit l'envoyé de la préfecture, qu'on ne peut pas le reconnaître : le visage est complètement défiguré ! C'est en consultant les papiers qu'il portait sur lui qu'on a pu l'identifier.

— Lui qui était tellement bel homme ! Comment vais-je pouvoir expliquer cela à Mme Neuray qui attend là-haut dans son boudoir ?

— Il le faut cependant... Veux-tu que je m'en charge, Caroline ?

— Toi ? Ce serait pire que tout ! Tu annoncerais les choses trop brutalement comme tu viens de le faire avec moi... Les hommes ça ne sait pas prendre des gants quand c'est indispensable. Rejoins ta loge pour filtrer les appels téléphoniques s'il y en avait... Moi je monte dans le boudoir pour mettre au courant Madame le plus doucement possible. La pauvre ! Amoureuse et gentille comme elle l'est, elle ne mérite pas cela... Que va-t-elle devenir sans lui ? J'ai bien peur que les conséquences de cette disparition prématurée ne soient terrifiantes ?

Avec son solide bon sens populaire et son dévouement sans limites à l'égard de celle qui, après avoir été pendant des années pour elle une véritable déesse de la scène, était devenue l'incarnation de toutes les amantes, Caroline sut se révéler, dans l'annonce de la tragédie, plus habile et surtout beaucoup plus humaine que n'importe quelle messagère. Après l'avoir laissée parler sans l'interrompre, Elisabeth saisit le masque de dentelle qu'elle conservait toujours à portée de sa main et s'en recouvrit le visage pour cacher des larmes qui ne seraient toujours qu'à elle et qui, elle le savait, ne pouvaient que l'enlaidir un peu plus... Caroline sut attendre pendant de longues minutes, respectant la douleur qui refusait de s'offrir en spectacle aux autres. Quand elle acquit la certitude que le flot de pleurs silencieux commençait à se tarir, elle dit doucement :

— Je vais aller réchauffer à la cuisine ce bouillon que j'avais préparé pour réconforter M. de Jumièges et qui sera tout aussi salutaire pour vous.

— Je n'ai pas le courage d'avaler quoi que ce soit, ma bonne Caroline. Par contre vous allez descendre dans le vestibule et appeler le professeur Thiviers en lui disant que j'ai besoin de le voir d'urgence... Décidément il doit être écrit quelque part dans le grand livre du destin qu'à chaque fois qu'il m'arrivera malheur, ce sera toujours ce cher Alain qui sera désigné pour me porter secours ! Ensuite restez en bas et prévenez Arsène que j'attends la visite de mon vieil ami... Pour le moment laissez-moi : j'ai besoin d'être seule.

Caroline se retira et ne revint qu'une demi-heure plus tard, annonçant :

— Le professeur est là, mademoiselle.

— Qu'il entre.

Le premier geste du médecin, avant toute parole, fut de serrer dans ses bras celle qui n'avait pas jugé nécessaire de conserver son masque pour l'accueillir : une Elisabeth qui se livrait au praticien, auquel il était inutile de cacher quoi que ce fût, avec toute sa laideur et toute sa détresse.

— Asseyez-vous, finit-il par dire. Vous n'avez rien à me raconter de l'accident. Caroline m'a tout expliqué. Ce qui importe maintenant, ce n'est pas ce qui vient de se passer mais votre avenir à vous. Je suis persuadé que ce que je vais vous dire m'est inspiré par le cher Roland dont l'âme ne peut être qu'ici maintenant, se dissimulant dans cette maison où erre depuis longtemps déjà celle de sa marraine, cette tante Adélaïde qu'il aimait tant ! Demeure dont il avait réappris à savourer le charme depuis que vous y habitiez. Ces derniers mois vous avez prouvé que vous étiez une femme courageuse... Courage qui ne doit pas faiblir maintenant et qu'aussi bien Caroline qu'Arsène et moi-même, votre confident depuis tant d'années, allons vous aider à conserver devant tout le monde. Je sais que Roland l'exige ! L'une des qualités qu'il appréciait le plus en vous est votre force de caractère. Vous devez donc continuer à vivre dans son souvenir comme s'il était toujours là...

— Jamais je ne le pourrai !

— Jumièges n'aimerait pas du tout vous entendre parler ainsi, lui qui était un homme sachant prendre ses décisions. Ne l'a-t-il pas prouvé en ce qui vous concerne ? Dans l'intimité de vos pensées, il continuera à rester votre plus grande force secrète tandis que vous demeurerez la beauté dont il avait un tel besoin !

— Quelle gentillesse, Alain ! Vous devriez plutôt dire la beauté dont il avait pitié...

— Il n'a jamais eu aucune pitié de vous ! Il vous admirait beaucoup trop pour cela ! Et je suis exactement comme lui... D'abord vous n'allez rien modifier des habitudes de vie que vous avez commencé à prendre le jour où vous vous êtes installée ici.

— Rien changer ? Mais Roland ne sera plus là, auprès de moi, venant me voir tous les jours et parfois deux fois par jour ! Un Roland qui m'a affirmé, il y a quelques jours, être fermement décidé à vivre complètement ici avec moi ! Et voilà que l'injustice du destin anéantit ce beau projet en quelques secondes grâce à un stupide accident ! C'est trop bête, la vie, et ni Roland, ni moi ne méritons ce qui nous arrive... C'est affreux !

A nouveau elle fondit en larmes, mais, devant celui qu'elle considérait comme étant son sauveur depuis la nuit de cauchemar où il était venu à son secours pour l'emmener rapidement dans une clinique, elle n'éprouva même pas l'orgueil de cacher son chagrin — comme elle venait de le faire une heure plus tôt, abritée derrière le masque de *La Chauve-Souris*, pour son ancienne habilleuse. De même que Caroline, le médecin la laissa pleurer, sachant que dans une douleur insurmontable les larmes sont un exutoire salutaire.

— Maintenant, dit-il quand il sentit que la crise se calmait, je vais appeler Caroline qui vous accompagnera dans votre chambre pour que vous puissiez essayer de dormir.

— Je ne le pourrai pas non plus ! Vous rendez-vous compte que normalement, s'il n'y avait pas eu cette nouvelle horreur, ce ne serait pas vous qui seriez là en ce moment avec moi dans ce boudoir —

que je vais prendre en haine parce qu'il a été pour moi celui d'une attente désespérée ! — mais mon Roland... Ce serait lui qui m'aurait conduite jusqu'à mon lit et je me serais endormie à ses côtés, telle une femme qui sait qu'elle a enfin trouvé un époux entièrement à elle et qu'elle n'aura plus à le partager avec une autre vivant ailleurs dans Paris ! C'était cela qui devait se passer, Alain, et rien d'autre ! C'était logique et simple comme l'existence d'un vrai couple alors que, désormais, la solitude désespérée dans mon lit sera l'angoisse de toutes mes nuits... Vous comprenez ?

— Je vous ai toujours comprise. Peut-être est-ce la raison pour laquelle j'ai pu rester votre ami ? Et c'est cet ami qui vous dit : Elisabeth, il faut dormir ! Prévoyant, après avoir appris par Caroline au téléphone ce qui venait d'arriver, que vous auriez beaucoup de mal à trouver le sommeil, j'ai apporté un tranquillisant. Ce sont des comprimés. Dès que vous serez au lit, Caroline vous en fera prendre deux — pas un de plus ! — et vous dormirez vite. Demain, quand vous vous réveillerez, la première nuit sera passée : la pire ! Et je serai là, à nouveau, pour que nous puissions converser plus calmement. Nous avons déjà beaucoup trop parlé cette nuit alors qu'il y a des moments où seul le silence peut être la réponse efficace à toutes les questions que l'on se pose.

Après avoir appelé Caroline et lui avoir donné des instructions, il demanda à Elisabeth :

— Puis-je vous embrasser ?

Quand elle se fut réfugiée à nouveau dans ses bras, il reprit de sa voix très douce :

— Ce n'est pas moi qui vous serre ainsi d'aussi près, mais lui... C'est très étrange : ce soir j'ai l'impression de vivre l'illusion que Roland, de l'au-delà où il se trouve déjà, m'envoie une mystérieuse procuration pour que je le remplace provisoirement auprès de sa vraie femme, mais ceci uniquement dans la tendresse ! Et j'aimerais pouvoir vous dire bonsoir comme lui seul, sûrement, savait le faire... **A demain.**

Quand il revint le lendemain, il trouva une Elisabeth plus calme mais complètement anéantie, prostrée même... Une femme qui avait vieilli de dix années en quelques heures et dont la seule apparence lui faisait comprendre que ce n'était que maintenant qu'elle allait commencer à pouvoir mesurer le poids de la séparation brutale. Déjà quand il était arrivé dans le vestibule, Caroline avait répondu à ses toutes premières questions.

— Réveillée ?

— Il y a une heure environ, monsieur le Professeur. Grâce à votre médicament, la nuit a été calme. Par précaution, redoutant, si elle reprenait conscience de la réalité en se réveillant brusquement, qu'elle ne commette une folie...

— Quelle folie ?

— Je ne sais pas, moi... Qu'elle se tue de désespoir, par exemple ?

— C'est une femme trop maîtresse de ses nerfs et trop équilibrée pour en arriver là...

— Je me le suis dit aussi mais j'ai préféré quand même la veiller dans sa chambre, assise dans la bergère.

— Et c'est vous qui n'avez pas dormi ?

— Pas beaucoup...

— Ma bonne Caroline, vous ne devez pas faire de folie inutile, vous non plus ! Car il va vous falloir tenir le coup ! Plus que jamais Mlle Neuray aura à l'avenir le plus grand besoin de votre présence et de celle d'Arsène. Vous êtes ses derniers remparts contre la solitude envahissante qui est le pire des maux parce qu'elle ronge le cœur et absorbe peu à peu toutes les autres pensées pour ne plus en laisser qu'une dominante : l'affreuse sensation d'abandon... Lui avez-vous servi un petit déjeuner quand elle a été réveillée ?

— Elle a bu un peu de thé dans son lit.

— C'est déjà cela. Vous a-t-elle parlé ?

— Non et c'est cela qui m'inquiète... Elle m'a regardée hébétée, assise dans son lit, comme une femme qui ne sait plus du tout où elle en est. A un moment, en la voyant ainsi après que j'eus ouvert les rideaux, j'ai bien cru que le choc lui avait fait perdre la raison et je lui ai annoncé pour la faire sortir de sa torpeur : Le professeur Thiviers ne va pas tarder à arriver, comme il l'a promis.

— Quel a été l'effet de ces paroles ?

— Elle m'a fixée sans rien répondre avec un regard qui donnait cependant l'impression d'être absent comme si votre venue ne la concernait pas ! Elle m'inquiète, monsieur le Professeur ! Elle est toujours là-haut, assise dans son lit...

— J'y vais et je vous en conjure, Caroline, faites tous vos efforts pour conserver votre sang-froid ! Je ne saurais trop vous le répéter : désormais elle aura besoin de vous à chaque instant.

Arrivé dans la chambre, il vit une Elisabeth exactement telle que l'avait décrite Caroline. S'approchant d'elle il lui prit le pouls avant de constater au bout de quelques secondes :

— C'est bien. On est raisonnable.

S'asseyant à côté du lit, il reprit :

— Vous allez continuer à garder bien sagement la chambre. En passant devant la loge j'ai dit à Arsène d'aller vous chercher les journaux et de les remettre à Caroline comme il le fait, m'a-t-il expliqué, chaque matin. Vous les aurez sous peu.

— Parlent-ils de l'accident d'hier soir ?

— Sans détails superflus. Ils disent simplement que la fatalité a voulu que le comte Roland de Jumièges trouve la mort dans un accident de la route alors qu'il revenait de l'enterrement de son épouse.

— La fatalité ? Croyez-vous en elle, Alain ? Ne pensez-vous pas que c'est plutôt la volonté du destin qui, une fois de plus, a voulu se montrer inexorable ?

— Je ne sais pas trop...

— Dans ces journaux, ils ne donnent pas de précisions sur la date éventuelle des nouvelles obsèques ?

— Non.

— Il va bien falloir pourtant qu'elles aient lieu et au même endroit que celles d'hier... Ce cimetière de Saint-Saturnin où le corps de Roland sera déposé dans le caveau de famille à droite de celui de Christiane... Il faut respecter la tradition ! Je sais tout cela parce qu'il me l'avait expliqué la veille de son départ pour là-bas sans se douter que son tour viendrait aussi vite... Mon Roland ! Ma place aussi était prévue dans ce même caveau pour le jour, le plus lointain possible, où — étant devenue à mon tour une comtesse de Jumièges — j'aurais également droit à l'honneur de reposer de mon dernier sommeil en compagnie de toute la noble lignée... Eh bien je n'aurai pas droit à un tel privilège maintenant puisque je ne serai jamais une comtesse de Jumièges authentique ! Je devrai me contenter d'une place beaucoup plus modeste, dans le cimetière populaire de Bagneux, auprès de mes parents... On a le plus grand tort de faire des rêves de grandeur, mon bon Alain, même à titre posthume ! Vous ne trouvez pas que tout cela est presque risible ?

— C'est sinistre ! parlons d'autre chose...

— Non. C'est ce qu'il y a de plus important dans cette conversation calme que vous avez souhaitée avant de rentrer chez vous cette nuit. Et « enchaînons » comme cela se dit à une répétition théâtrale : qui va conduire le deuil ?

— Avant de revenir vous voir, j'ai pris la liberté, arguant de mon nom, de téléphoner à la préfecture de police, où je compte quelques relations, pour poser certaines questions... Le service concerné m'a rappelé dix minutes plus tard pour me préciser que l'on avait pu joindre des cousins assez lointains — un couple marié ayant deux enfants en bas âge — issus de la branche maternelle de Roland dont il vous a peut-être parlé ?

— En effet. Je crois que ce sont ses seuls parents encore vivants. Il ne les voyait jamais.

— Mais ils existent ! Et quand il s'agit d'un héritage aussi important en vue, il y a toujours l'un de ces parents providentiels de dernière heure qui se porte volontaire pour conduire le deuil. Avant de répondre à la convocation du notaire, il faut bien faire un petit geste ! Les neveux seront donc là.

— ... et accueilleront au Château *des Arches*, après la cérémonie, tous ceux qui auront bien voulu se déplacer une seconde fois pour leur offrir le lunch réconfortant préparé et servi à nouveau par *Potel et Chabot*... Ne croyez pas que je fabule ! Roland m'a également exposé tout ce programme sans penser que la deuxième représentation succéderait aussi vite à la première ! Une fois de plus ce sera du grand spectacle rigoureusement réglé et bien ordonné avec une figuration muette, d'innombrables poignées de main et des accolades plus ou moins spontanées... Spectacle dont Roland sera, pour la première et dernière fois, la grande vedette qui ne veut plus se montrer ! Il a voulu abandonner à l'improviste la scène de la vie comme moi j'ai quitté celle du Châtelet...

— Je vous en supplie, Elisabeth, cessez d'être aussi amère ! Mais, puisque nous venons de prononcer le mot héritage, pardonnez-moi si je vous pose une question un peu indiscrète : Roland a-t-il pensé à vous pour le cas où il lui arriverait malheur comme cela vient de se produire ?

— Il a tout prévu et a eu l'extrême élégance de constituer pour moi un capital le jour même où il m'a fait le don déguisé de cet hôtel. Vous n'avez donc à vous soucier de rien en ce qui me concerne. Cher Alain ! Je sais très bien que vous ne m'avez posé une pareille question que pour pouvoir me venir en aide au cas où je me serais trouvée brusquement dans la gêne. Je me trompe ?

— Je ne sais pas, grande amie, mais je pense que j'aurais fait tout mon possible.

— Merci. Et, comme vous l'avez déjà dit tout à l'heure, parlons d'autre chose : je vais quand même vous demander de me rendre service... Vos amis de la préfecture ne vous ont pas dit à quelle date la nouvelle cérémonie est prévue ?

— Je ne l'ai pas demandé mais nous l'apprendrons certainement dès demain par *le Figaro* qui régit avec beaucoup de conscience la ponctuation de notre état civil... A mon avis, ça ne devrait pas avoir lieu avant une huitaine de jours. Il faut laisser aux héritiers présomptifs le temps de reprendre leurs esprits devant l'énormité de la bonne surprise qui les atteint mais aussi, ne serait-ce que par respect pour chacun des défunts, laisser s'espacer les deux cérémonies.

— Vous avez raison. Voici donc le service que je vous demande : quand le jour sera fixé, j'aimerais que vous alliez là-bas au moins à l'église et au cimetière pour me représenter... Pas question de vous imposer le lunch du château où il n'y aura que des snobs en train de s'empiffrer. Je sais que ce que je vous demande là n'a rien de bien réjouissant ni d'exaltant pour un homme tel que vous absorbé par des tâches infiniment plus nobles et plus utiles.

— Ne dites pas cela ! J'avais beaucoup d'estime pour Roland de Jumièges dont le plus grand mérite, à mes yeux, a été d'avoir su vous rendre heureuse en réussissant à créer autour de vous dans cette demeure une sorte d'atmosphère presque familiale grâce à sa présence très fréquente et toujours optimiste ajoutée à celle d'un personnel qui vous est entièrement dévoué... Même si vous ne me l'aviez pas demandé, j'aurais été à cette cérémonie, mais, maintenant que vous avez manifesté le souhait que je m'y rende, je me sens comme investi d'une sorte de mission sacrée.

— Vous comprenez bien qu'il ne m'est pas possible de m'y montrer : d'abord parce que mes liens avec Roland étaient infiniment plus tendres que ceux de toute personne qui se trouvera dans l'assistance mais aussi à cause de mon état physique qu'il me serait bien difficile de dissimuler au grand jour même si je portais un voile de crêpe ! Ce que je ne ferai jamais parce que je sais que Roland détestait le crêpe — il me l'a dit — et que pour moi-même trop de deuil vestimentaire ostensiblement poussé m'a toujours paru être exagéré. Il peut même prêter à sourire si l'on pense aux grands voiles ridicules portés par la « veuve du colonel » dans *La Vie Parisienne* d'Offenbach... Enfin ma présence là-bas produirait le plus mauvais effet et paraîtrait certainement inopportune à ces cousins héritiers que je ne connais pas et que Roland n'a jamais tenu à me présenter. Voyez-vous, Alain, je crois que notre place à nous, les maîtresses — dans la cérémonie d'enterrement de l'être le plus cher de notre existence — est de nous cacher derrière un pilier de l'église ou une tombe abandonnée pour ne pas nous faire remarquer ! Après avoir régné avec éclat du vivant de celui dont j'ai été la plus grande amoureuse, je suis brusquement devenue une laissée-pour-compte tout juste bonne à tenir un emploi de figurante... C'est affreux !

— Pendant que je serai là-bas vous ne bougerez pas d'ici et, si vous le souhaitez, dès que je serai de retour, je vous raconterai comment les choses se seront passées...

— Je n'y tiens pas du tout ! Roland s'est tué alors qu'il revenait pour me raconter l'inhumation de son épouse... Je l'ai attendu et je continuerai à l'attendre toujours! Jamais je ne connaîtrai ce récit morbide qui n'aurait pu m'intéresser qu'en fonction de ce que mon tendre amant avait été contraint de supporter pendant toute une journée d'hypocrisies. En ce qui concerne la cérémonie prévue pour Roland, je pense avoir assez de souvenirs communs avec lui pour pouvoir me l'imaginer! Et fasse le Ciel que je perde la mémoire quand vous serez là-bas à ma place!

— Vous ne pouvez pas rester seule une journée pareille! Si vous téléphoniez à Hélène pour qu'elle vienne vous tenir compagnie? Elle pourrait très bien être là puisqu'elle ne chante que le soir. Voulez-vous que je l'appelle?

— J'aimerais mieux, en effet, que ce soit vous plutôt que moi...

— Evidemment, elle ne doit pas être déjà au courant de ce qui est arrivé hier? Aussi est-il préférable qu'elle l'apprenne par moi.

— Vous êtes un ami irremplaçable! Merci de me suppléer en tout... Que deviendrais-je sans votre soutien?

— De toute façon, vous connaissant, je sais que vous sauriez vivre entièrement dans le souvenir d'un grand amour... N'est-ce pas déjà une fantastique consolation? Aviez-vous encore quelque chose à me demander?

— Plus rien... pour le moment! Mais je suis à peu près certaine qu'à chaque fois que vous reviendrez me voir je mettrai à contribution votre amitié! Vous ne m'en voudrez pas?

— Croyez-vous que la vôtre ne me fait pas aussi beaucoup de bien?

— Embrassons-nous, et sans le masque!

Après que ce fut fait, elle reprit:

— Quand revenez-vous?

— Mais demain... Je souhaite que les exigences de ma profession consentent à me laisser le plus de temps libre pour que j'aie la possibilité de venir vous tenir compagnie. En partant je laisse à Caroline deux autres comprimés — les mêmes que ceux d'hier dont l'effet s'est révélé salutaire — qu'elle vous fera prendre ce soir pour que vous puissiez vous endormir en oubliant tout. Vous me jurez de les prendre ?

— C'est promis.

Comme l'avait organisé le médecin, Hélène arriva chez sa sœur le matin vers dix heures en disant :

— Ma pauvre chérie, ce qui est arrivé est abominable ! Si tu savais comme j'ai pensé à toi depuis que notre ami Thiviers m'a tout raconté au téléphone... Quel malheur ! Et dire que les choses étaient sur le point de s'arranger au mieux pour toi puisque « l'autre », qui gênait tout, avait eu la bonne idée de disparaître ! Toi et Roland vous vous seriez mariés et vous auriez été très heureux... C'est quand même une drôle de vacherie, la vie ! On se donne un mal fou pour que tout marche à souhait et patatras ! Le pépin arrive... Et quel pépin pour Roland ! Tu sais, je peux te le dire maintenant qu'il n'est plus de ce monde : il me plaisait beaucoup, ton Roland ! S'il n'avait pas été à toi, je me le serais volontiers approprié... Seulement, entre sœurs, on ne peut pas se faire une saloperie pareille ! Ce serait trop moche... Qu'est-ce que tu vas devenir ?

— Ne t'inquiète pas pour moi. Ceci d'autant plus que je sais que, si j'avais de gros ennuis, ce ne serait pas toi qui volerais à mon aide !

— Pour t'aider, Elisabeth, il faudrait le pouvoir ! Je commence enfin à gagner ma vie avec notre métier mais ce n'est quand même pas le Pérou ! Disons que je vis moins mal.

— Je m'en doute. Ça marche toujours aussi bien au Châtelet pour toi ?

— *La Chauve-Souris,* que tu as relancée il y a plus

d'un an et dont j'ai prolongé l'existence, ira jusqu'au bout de cette deuxième saison. Maintenant c'est certain : le directeur me l'a confirmé.

— Tant mieux ! J'en suis très heureuse pour toi... Et ensuite, qu'est-ce que tu vas chanter ? As-tu des projets ?

— Une foule ! Après ce succès, je suis devenue un peu comme tu l'étais : je n'ai qu'à me baisser pour ramasser les contrats...

— Toujours dans l'opérette ?

— Oui, mais la grande opérette... Je pense sérieusement à Offenbach.

— Toi aussi tu y viens ?

— Maintenant que ma voix a pris de l'ampleur, la petite opérette légère et les rôles d'ingénue ou de soubrette ne me conviennent plus du tout ! Ce qu'il me faut, ce sont les personnages de maîtresses, de reines, de princesses à la rigueur. Je me sens très tentée par l'idée d'interpréter *La Grande Duchesse de Gérolstein*...

— Où tu pourrais « aimer les militaires » ? Est-ce que ça t'est jamais arrivé d'avoir une aventure avec un militaire ?

— Un vrai ?

— Bien sûr ! Pas un militaire d'opérette... Un qui serait venu directement de la vie ?

— Jamais ! Moi, tu sais, les uniformes ne m'ont jamais fascinée ! Et toi, tu en as connu un ?

— Un marin... à Monte-Carlo, il y a déjà bien longtemps ! Un lieutenant de vaisseau américain, il se prénommait William...

— Pas mal, William ! Ça me plaît.

— N'est-il pas normal que nous ayons les mêmes goûts puisque nous sommes jumelles ? C'est pour cela que Roland t'a plu... La seule différence entre nos sentiments est que sa disparition ne me paraît pas trop t'affliger ?

— Je l'aimais bien.

— Voilà ! Et c'est beaucoup mieux qu'il en ait été

ainsi... Aussi est-ce très gentil de ta part d'être venue me tenir compagnie un jour pareil. Cela me prouve que, malgré les petits différends qui nous ont opposées et qui sont désormais oubliés, tu m'aimes quand même un peu mieux que « bien ».

— C'est drôle : je me suis demandé, il n'y a pas si longtemps, pourquoi je commençais à t'aimer, parce que au fond j'ai toujours été jalouse de ton talent et surtout de ta réussite... Eh bien je crois avoir trouvé la réponse : je ne t'aime que depuis le jour où l'immonde attentat t'a obligée à me céder ta place ! Maintenant que tu es moins belle que moi et que tu ne chantes plus, je me sens tout à fait à l'aise... Ton renoncement, plus forcé que spontané, m'a permis de m'épanouir enfin ! De cela je te suis follement reconnaissante et, de la reconnaissance à l'amour, il n'y a qu'une toute petite distance qui peut être aisément franchie ! Ne penses-tu pas que c'est ainsi que les choses viennent de se passer entre nous ? Et toi, depuis quand m'aimes-tu ?

— Depuis toujours, ma chérie... Malheureusement, butée dans l'idée fixe qu'il n'y avait pas de justice pour toi parce que ta jumelle te supplantait aussi bien dans le domaine de notre carrière que dans celui des aventures sentimentales, tu n'as jamais accepté de t'en apercevoir ! Tu t'es dit à tort pendant des années : « Il n'y a aucune raison pour qu'elle m'aime alors que moi je la déteste ! » Par bonheur toute cette rancœur stérile a disparu et j'ai la conviction que nous le devons, l'une et l'autre, à l'influence pacificatrice de celui que nous pourrons appeler désormais « notre cher disparu »... Ce n'est pas parce que nous ne le voyons plus en chair et en os qu'il n'est pas à côté de nous en ce moment... Tu ne sens pas qu'il est caché dans cette chambre, nous observant, écoutant notre conversation et tout prêt à nous supplier de rester unies si nous avions à nouveau quelque velléité de nous chamailler ? Ce ne peut être que lui qui m'a conseillé hier après-midi, dans le secret de mes pensées de femme solitaire, de faire venir ici mon notaire — qui fut aussi le sien et qui porte un véritable nom d'opérette : Maître Rupied de Malavoine — pour lui donner des instructions précises à ton sujet... Apprends donc qu'au cas où moi aussi il m'arriverait de disparaître brusquement comme Roland, ma seule légataire sera toi, mon unique parente... C'est-à-dire que tu hériteras du capital que Roland a placé en banque et chez des hommes d'affaires à mon nom ainsi que de cette maison et de tout ce qu'elle contient comme mobilier, tableaux, objets d'art et même la *Bentley* de mes amours qui n'a pas bougé du garage depuis longtemps ! Quand je ne serai plus de ce monde, je te conseille de venir habiter dans cet hôtel où tu trouveras un cadre beaucoup plus digne pour l'artiste célèbre que tu seras devenue. Mais si tu avais des amants, ce que je souhaite, promets-moi de ne jamais les installer ici ! L'ombre de Roland ne te le pardonnerait pas ! Je sens qu'elle veut rester celle du seul amant qui ait eu la force morale d'attendre d'être libre de toute autre entrave pour venir vivre complètement ici auprès de sa maîtresse... Le malheur a voulu qu'il rejoigne le pays des ombres avant d'avoir pu enfin profiter de cette liberté ! Nous n'avons pas eu de chance, lui et moi... Maintenant que la tienne arrive, jure-moi de ne pas la gâcher par des aventures sans lendemain : elles ne conviendraient pas au parfum d'amour qui continuera toujours à imprégner cette demeure.

— Tu as vraiment fait pour moi ce que tu viens de dire ?

— Tu sais très bien que je ne sais pas mentir ! Pourquoi commencerais-je au moment où mon amant va rejoindre la terre ? Tu restes pour déjeuner ? Caroline a tout préparé et serait très vexée si tu ne faisais pas honneur à ses dons culinaires après avoir pu apprécier, le soir de tes débuts au Châtelet, ses talents d'habilleuse.

— Après tout ce qui vient de se passer, je ne sais pas si j'aurai très faim ?

— Moi non plus mais tu dois me tenir encore un peu compagnie pendant ce repas, sinon je n'aurai personne en face de moi dans la salle à manger qui va me paraître trop grande puisque Roland n'y viendra plus ! Descendons.

Le repas aurait été morne si Hélène, interrogée par sa sœur, ne lui avait rapporté tous ces petits potins et ces bruits de coulisse qui constituent le piment indispensable de la vie théâtrale. En l'écoutant, Elisabeth avait l'impression de se trouver encore dans sa loge, d'être sur un plateau ou devant la rampe d'où jaillit la seule lumière dont ne peut pas se passer une chanteuse doublée d'une comédienne. Aux questions qu'elle posait, Hélène répondait avec la fougue et l'enthousiasme d'une débutante. Et ce fut en découvrant une flamme restée aussi juvénile qu'une Elisabeth Neuray comprit qu'à défaut d'être aussi fulgurante que la sienne, la carrière d'une Hélène Bourdin pourrait se révéler beaucoup plus longue. Ce qui l'enchanta.

Après le repas elle rappela à sa sœur :

— N'oublie pas que tu chantes ce soir !

— Je ne fais que penser à cela tous les jours dès mon réveil ! Ça devient presque pour moi une hantise, mais agréable ! Ne doit-il pas être affreux de se sentir contrainte de se dire : « Je ne chanterai pas ce soir » ?

— Ou : « Je ne chanterai plus jamais ! » comme c'est mon cas.

— Mais si ! Tu rechanteras, Elisabeth... Un de ces prochains jours je reviendrai ici accompagnée de mon pianiste-répétiteur que tu connais.

— Monsieur Boussignol ?

— Lui-même ! Et nous interpréterons ensemble le duo de la barcarolle des *Contes d'Hoffman* uniquement pour notre plaisir, rien que nous deux !

— Encore de l'Offenbach ? Décidément, il nous poursuit !

— N'est-il pas la providence des vieilles débutantes dans mon genre et des jeunes retraitées telles que toi ? répondit Hélène en riant.

Ce fut le premier rire qui résonna dans la maison depuis cinq jours, et il réconforta Elisabeth qui dit en guise d'au revoir à sa jumelle au moment où celle-ci rejoignait le perron :

— Ce soir, au Châtelet, quand vous en serez au finale du 2ᵉ acte et au moment de la réception où tu chantes masquée la grande valse, essaie d'avoir une toute petite pensée pour ta sœur qui, elle aussi, se cache parce qu'elle ne peut plus faire autrement.

Cinq années s'étaient écoulées depuis cette conversation. Années pendant lesquelles Hélène était devenue une artiste de plus en plus demandée qui remportait de francs succès aussi bien à Paris que sur les grandes scènes de province où ses cachets avaient triplé. Le public l'avait définitivement adoptée. Parallèlement aussi à cette carrière grandissante, elle avait connu quelques aventures retentissantes avec des amants que beaucoup de rivales pouvaient lui envier. Aussi la vie lui donnait-elle maintenant l'impression de ne pas être tellement difficile et même plutôt agréable.

Pendant ce temps à l'inverse de sa jumelle, que l'on pouvait voir toujours très bien accompagnée un peu partout dans les endroits en vogue ainsi qu'en photo sur les pages de magazines illustrés, Elisabeth avait complètement disparu de la vie parisienne. Ceci à un tel point que l'on ne cherchait plus à se demander ce qu'elle était devenue et que même ceux qui avaient été ses plus fervents admirateurs ne se passionnaient plus pour elle. L'indifférence, ce redoutable apanage des vedettes oubliées, avait fini par l'atteindre comme tant d'autres avant elle ! Mais cela ne la chagrinait nullement. C'était elle-même qui, par un renoncement complet à toute activité, l'avait voulu :

elle récoltait le fruit de son obstination à rechercher l'isolement. Seules trois personnes continuaient à la voir régulièrement : Caroline, Arsène et l'ami Thiviers... Hélène, accaparée par ses succès, ne lui rendait que rarement visite et se contentait de lui téléphoner de temps en temps pour essayer de savoir insidieusement par quelques questions déguisées si les dispositions testamentaires prises en sa faveur n'avaient pas été modifiées. Le reste, c'est-à-dire l'état de santé ou l'abandon relatif où se trouvait sa jumelle, ne l'intéressait pas.

Le seul vrai fidèle, n'habitant pas auprès d'elle comme les deux serviteurs, était le bon praticien qui venait lui rendre visite régulièrement. Et, de semaine en semaine, pendant ces cinq années, Elisabeth et Alain étaient devenus plus que des amis : des confidents inséparables. Elle lui racontait tous ses rêves enfuis et il la tenait au courant de toutes les recherches essentielles que lui-même ou ses confrères entreprenaient. Il y avait bien aussi, pour pouvoir rester au courant de ce qui se passait dans le monde, un poste de télévision, mais l'ancienne cantatrice ne le regardait pas et ne l'écoutait surtout jamais. La lecture des journaux, apportés chaque matin par Arsène, lui suffisait.

N'essayant même plus de chanter pour son seul plaisir, que pouvait-elle bien faire entre deux visites du professeur et la lecture des journaux ? Elle revivait tout simplement dans ses plus infimes péripéties le grand amour vécu avec Roland, ressassant dans sa mémoire les moindres paroles qu'ils avaient prononcées l'un et l'autre... La voix joyeuse de l'amant continuait à résonner dans la chambre à coucher, le vestibule et la salle à manger, les seules pièces où Elisabeth consentait encore à pénétrer. Les autres, le salon et le boudoir, restaient définitivement fermées parce qu'elles lui rappelaient trop les envois de fleurs quotidiens qui avaient cessé et les étreintes échangées à chaque fois qu'ils se retrouvaient, même après une séparation de quelques heures ! Le sourire aussi de Roland la caressait, irradiant les rares lieux de la demeure où il faisait encore bon vivre comme si l'irremplaçable amour tournoyait toujours autour d'elle, l'enveloppant... Quand elle avait dit un jour à Hélène que l'âme de « son » Roland continuait à rôder dans toutes les pièces où elle se trouvait et même dans le jardin les soirs où elle allait s'y promener, elle savait n'avoir pas menti ni fabulé. Le véritable amour n'est-il pas un sentiment trop fort et trop tenace pour que ses adeptes puissent disparaître complètement ? Il reste toujours, disséminées, quelques poussières d'une passion jamais rassasiée...

Il arrivait aussi à Elisabeth de parcourir les programmes des théâtres dans lesquels elle avait triomphé ou de relire les articles de critique qui lui avaient été consacrés et qu'elle avait conservés avec autant de soin que les chiffons du passé.

Un après-midi elle fut assez étonnée d'entendre Caroline annoncer au milieu de l'après-midi :

— Arsène m'appelle par téléphone de sa loge pour me dire qu'il y a, attendant devant la grille d'entrée, un monsieur qui prétend avoir très bien connu M. de Jumièges et qui demande si Madame accepterait de le recevoir parce qu'il aurait des choses assez importantes à lui dire.

— Quel monsieur ?

— Un M. Langlois...

— Ce nom ne me dit rien du tout. Peut-être ce monsieur a-t-il quand même été un ami ou une relation de Roland, mais ce dernier ne m'a jamais parlé de lui.

— Il a montré à Arsène une carte d'officier de police...

— Dans ce cas, dites à Arsène qu'il l'accompagne jusqu'à la salle à manger où je le recevrai. Ça ne peut tout de même pas se passer dans le vestibule puisque le salon et le boudoir sont fermés et ce ne sera sûrement pas pour un envoyé de la police que je les rouvrirai ! Mais vous ne m'imaginez pas non plus accueillant ce personnage dans ma chambre ! Je vais donc descendre, mais passez-moi mon masque vénitien. Il est inutile que cet inconnu pour moi découvre mon vrai visage. Quand il me verra masquée, sans doute me prendra-t-il pour une folle, mais je m'en moque ! Et peut-être n'a-t-il pas dit la vérité ? Si ce n'était que l'un de ces journalistes qui assurent leur matérielle en fouillant dans le passé des gens qui, après avoir été connus, ne veulent plus l'être ? L'un de ces petits reporters qui, pour être reçu, a prétendu avoir été en relation avec Roland parce qu'il sait que ma porte reste hermétiquement fermée pour tout le monde, sauf pour le professeur Thiviers et pour Hélène à condition que celle-ci veuille bien se donner la peine de venir me rendre visite ! Aussi dois-je faire preuve de la plus extrême méfiance ! On a vite fait aujourd'hui, sous prétexte de publier un reportage sensationnel, de dire des horreurs sur les gens ! Quand lui et moi serons dans la salle à manger, vous-même et Arsène attendrez dans le vestibule pour monter la garde pendant tout le temps où durera l'entretien. Si jamais vous m'entendiez appeler, ouvrez sans hésiter la porte de la salle à manger. « C'est bien compris ? » comme aurait dit M. de Jumièges... Je m'arrange un peu et dites à ce visiteur, après l'avoir fait entrer dans la salle à manger, que je serai là dans quelques instants. Allez, Caroline !

Lorsqu'elle descendit trois minutes plus tard, après avoir soigneusement vérifié que ses deux gardes du corps étaient bien dans le vestibule, elle se trouva en présence d'un homme corpulent aux tempes grisonnantes et ayant bonne apparence. Contrairement à ce qu'elle aurait pensé, il ne parut pas tellement surpris de la voir masquée alors qu'elle était vêtue d'une simple robe d'intérieur n'ayant rien d'un costume de carnaval. Il s'inclina en demandant :

— Mlle Elisabeth Neuray ?
— Elle-même.

— J'ose espérer, mademoiselle, que vous voudrez bien me pardonner d'avoir tant insisté pour avoir l'honneur d'être reçu par vous ?

Il tendit sa carte avant de continuer :

— Vous pourrez y voir indiqués l'adresse de mon bureau ainsi que mon numéro de téléphone pour le cas où vous auriez éventuellement besoin de faire un jour appel à mes services...

Après avoir jeté un regard sur le bristol, elle demanda :

— Ainsi vous dirigez une « *Agence de renseignements et filatures en tous genres* » et vous êtes un ancien officier de la mondaine sans doute à la retraite qui s'est senti une très nette attirance pour la police privée ?

— C'est à peu près cela... Et c'est très joliment dit !

— Je dois vous avouer que votre visite m'intrigue.

— En réalité, mademoiselle, je suis chargé d'une mission que j'ai mis un point d'honneur à remplir... Voilà : il y a cinq ans, les hasards de ma profession m'ont mis en rapport avec M. le comte de Jumièges... Il s'agissait de retrouver les traces et, si possible, l'adresse d'un certain Sigismond Boudil.

— Sigismond ? Mais il fut le gardien de cette demeure avant que je ne l'achète et même pendant trois mois après. Roland m'a alors conseillé de le congédier. Ce que j'ai fait.

— Vous avez bien agi : il ne valait pas cher !

— Peut-être mais je me dois d'attirer votre attention sur le fait que c'est quand même lui qui a été le premier à venir à mon secours le soir où j'ai subi le supplice qui m'oblige à porter encore aujourd'hui ce masque devant vous !

— M. de Jumièges m'a mis au courant de ce qui s'est passé. Mais ce qu'il ne vous a sans doute jamais révélé, par crainte de bouleverser votre sensibilité, c'est qu'avec l'aide de mes services il a pu acquérir la preuve irréfutable que, contrairement à ce que vous pensez, le criminel — dont vous n'avez pu, au moment de l'attentat, qu'entrevoir la silhouette massive — était ce Sigismond Boudil.

— Qu'est-ce que vous me racontez là ?

— La stricte vérité. Ce même Sigismond qui, quelques instants plus tard, est revenu auprès de vous jouer les bons Samaritains pour, soi-disant, vous porter secours ! Je pense qu'il est superflu de vous expliquer que, pour accomplir son crime, cet immonde bonhomme a reçu une somme d'argent très importante d'une personne qui vous haïssait jusqu'au point de rêver de vous savoir défigurée et qui, croyez-le, n'aurait pas hésité à vous faire éventuellement disparaître ! Mais déjà l'idée de se dire qu'à l'avenir vous seriez dans l'impossibilité de pouvoir séduire physiquement quelqu'un lui sembla être la plus exquise des vengeances !

— Qui est-ce ?

— Vous l'apprendrez sans doute par cette lettre qui est l'objet de ma mission et que M. de Jumièges m'a enjoint de vous remettre en mains propres cinq années après son décès au cas où il n'aurait pu, de son vivant, vous révéler la vérité sur l'identité de cette personne.

— Pourquoi Roland a-t-il voulu laisser passer cinq années ?

— Peut-être a-t-il estimé qu'il fallait au moins ce délai pour que les passions et les idées de vengeance posthume puissent complètement s'atténuer ?

— Mais quand il vous a remis cette lettre, c'est donc qu'il prévoyait déjà que lui-même disparaîtrait beaucoup plus tôt que son âge et sa santé ne pouvaient le laisser présumer ?

— Certainement pas puisqu'il m'a précisé qu'au cas où il vous aurait fait entre-temps la révélation, il m'en informerait pour que je lui rende la lettre devenue inutile et qui serait détruite.

— Et pourquoi avoir accepté une aussi étrange mission, monsieur Langlois ?

— Mon Dieu, mademoiselle, j'ai été rétribué — et très généreusement — par M. de Jumièges aussi bien pour cela que pour la façon dont je l'avais aidé à établir la complicité criminelle d'un Sigismond. N'est-il pas grand temps maintenant de m'acquitter de ma mission dans les délais fixés ?

— Et si vous aviez disparu, vous aussi, avant l'expiration de ces cinq années ?

— Toutes les dispositions étaient prises. Le cabinet que j'ai fondé est bien organisé. J'y ai formé, depuis pas mal de temps déjà, un associé et successeur beaucoup plus jeune que moi qui aurait été là pour assurer la continuité du travail. Ma mission étant remplie aujourd'hui, je n'ai plus qu'à vous demander l'autorisation de me retirer tout en mettant cependant un point d'honneur à vous préciser que je ne me suis jamais permis de prendre connaissance du contenu de cette lettre.

— J'en suis persuadée, monsieur, et je vous remercie pour la façon dont vous avez rempli la tâche que vous avait confiée le comte de Jumièges... Oh ! Avant que vous ne partiez, je voudrais vous poser une toute dernière question : que se serait-il passé si j'avais moi-même quitté ce monde durant ces cinq années ?

— Si cela s'était produit — ce qui n'est heureusement pas le cas ! — j'avais reçu aussi de M. de Jumièges des instructions formelles pour faire disparaître cette lettre qui ne pouvait concerner personne d'autre que vous. Ce qui aurait été fait. Mes hommages, mademoiselle...

Se retrouvant seule avec la lettre sur l'enveloppe de laquelle ne se trouvaient inscrits de la main de Roland que ses prénom et nom sans mention d'aucune adresse, Elisabeth rejoignit sa chambre après avoir fait comprendre aussi bien à Caroline qu'à Arsène qu'elle n'avait plus nul besoin de leur protection discrète.

Cette lettre, rédigée sans doute hâtivement, disait beaucoup de choses :

Mon Amour,
avant de me rendre demain aux Arches et à Saint-Saturnin pour la triste cérémonie, je confie ce message cacheté aux mains de quelqu'un de très sûr qui a reçu l'ordre de ne te le remettre que cinq années après mon décès. Là où je serai alors j'aurai tout le temps d'attendre que tu viennes me rejoindre. Je me dirai simplement : « C'est de ta faute, mon vieux Roland, si ton Elisabeth ne se presse pas trop... Elle doit se sentir tellement bien dans cette maison, où tu l'as installée et où une Caroline et un Arsène continuent à la choyer, qu'elle n'a plus aucune envie de la quitter ! » Et je comprendrai encore mieux qu'après avoir lu ce qui va suivre tu aies de moins en moins envie de précipiter nos retrouvailles ! Oui, chérie, je dois te l'avouer : ton amant n'est plus qu'un assassin.

Si je te livre une aussi sinistre confidence, c'est parce que je sais que toi seule, qui as su m'aimer comme je ne l'ai jamais été, seras capable de m'aider à alléger le poids du remords qui continuera à me peser sur le nouveau rivage où j'aurai échoué. A deux les amants ne sont-ils pas faits pour mieux supporter une faute ? Car toi aussi tu es un peu coupable... Jusqu'à ce que nous nous rencontrions je n'étais que celui qu'on appelle « un honnête homme » selon tout ce qu'une pareille définition peut comporter de mauvaise foi, mais pas encore un criminel ! C'est à cause de toi, de ta beauté, de ta féminité et de toutes tes qualités, qui m'ont ébloui, que je suis devenu le meurtrier de celle qui s'obstinait à vouloir continuer à porter mon nom. Oui, chérie, Christiane n'est pas morte d'une crise cardiaque comme je te l'ai annoncé et comme je suis parvenu à le faire croire aux autres ! C'est moi qui l'ai empoisonnée. Les choses se sont passées très simplement... Après m'être renseigné — mais pas auprès de ton ami Thiviers qui m'aurait vivement déconseillé d'agir ainsi ! — j'ai versé un soir dans la tasse de tilleul qui était déposée chaque jour sur sa table de chevet et qu'elle buvait pour mieux dormir, quelques gouttes de l'un de ces poisons rares qui ne laissent pratiquement pas de traces apparentes. Elle s'est endormie, cette fois, pour toujours... Le lendemain la femme de chambre, qui est venue me chercher, notre médecin habituel que j'ai fait mander d'urgence, tous enfin ont cru à l'infarctus, ce mal de plus en plus à la mode !

Pourquoi ai-je agi ainsi ? Parce que j'avais acquis la certitude absolue que c'était elle qui avait remis le vitriol au misérable Sigismond et qui l'avait grassement payé pour qu'il l'utilise contre toi. Et dire que tu persistais à croire que ce dernier avait été le premier personnage à venir à ton secours dans ta détresse brutale ! S'il a été le bras d'un aussi lâche attentat, Christiane en a été l'instigatrice. Après quelques recherches assez secrètes, dont Christiane ne s'est pas doutée, je suis parvenu à réaliser comment elle avait trouvé la grosse somme qu'elle a versée à Sigismond pour récompense de son forfait... Apprends qu'elle a tout simplement vendu — et en cachette de moi, bien entendu ! — l'admirable collier de perles à quatre rangées que la bonne tante Adélaïde, qui ne l'aimait cependant guère, lui avait légué dans son testament ! N'est-ce pas le comble d'apprendre que mon épouse a utilisé le produit d'un don venu de ma famille pour pouvoir faire vitrioler ma maîtresse ! C'est là une raison de plus pour laquelle il fallait qu'elle paie ! Il n'y avait qu'une peine juste : la mort ! Si je n'avais pas agi ainsi rien ne nous dit qu'ivre de rage et de haine, à l'idée qu'au lieu de nous séparer l'attentat nous avait au contraire rapprochés au point de nous donner l'envie irraisonnée de nous unir encore plus étroitement par les liens du mariage, elle n'aurait pas récidivé en essayant alors de te tuer ? Mieux valait que ce fût elle qui disparaisse ! Ni toi, ni moi, ni personne ne la regrettera. Le seul regret que *j'ai est celui d'avoir accompli un crime, mais je n'ai pas trouvé d'autre solution pour bâtir enfin notre bonheur, ayant aussi la certitude que jamais Christiane ne consentirait au divorce. Ce que je n'ai pas eu le courage de t'expliquer parce que je t'aimais trop!*

Quand tu apprendras ceci, sans doute aurons-nous été mariés et follement heureux ensemble pendant une durée de temps que nul n'est capable d'évaluer aujourd'hui? Et comme il ne pourra pas en être autrement, je ne veux pas — s'il m'arrivait de disparaître avant toi — que tu apprennes avant au moins cinq années la vérité que je te livre dans cette lettre... Cela fera plus de mille huit cents jours pendant lesquels tu pourras continuer à vivre dans la joie de mon souvenir sans te douter que tu es devenue la veuve d'un assassin! Après, quand tu sauras enfin, tu pourras faire ce qui te semblera le mieux pour toi... Ou bien tu essaieras de sourire en conservant enfoui au fond de ton cœur le prodigieux secret qui nous lie à la vie et à la mort, ou tu décideras de venir me rejoindre le plus rapidement possible par un moyen ou par un autre... Et nous nous retrouverons dans l'autre monde où il n'y aura plus ni mari, ni épouse, ni maîtresse mais rien que des amants pour qui un crime dicté par l'amour ne compte pas.

Je crois, ma chérie, n'avoir rien d'autre à te dire. Mais comme je pressens aussi qu'il nous reste encore pas mal de temps pour vivre sur cette terre, je sais qu'il n'est pas proche le jour où tu pourras prendre connaissance de cet aveu que je ne te ferai jamais de mon vivant parce que, étant donné ta droiture et ton honnêteté, tu ne pourrais peut-être plus supporter de vivre aux côtés d'un homme qui a tué pour te venger. Je t'aime. Roland.

Sa lecture terminée, Elisabeth n'attendit pas avant de redescendre dans le vestibule où se trouvait le téléphone.

— Allô! Puis-je parler au professeur Thiviers?

Dites-lui que c'est urgent, de la part de Mlle Elisabeth Neuray... Allô ! C'est vous, Alain ? Pouvez-vous venir le plus tôt possible ? Je viens de recevoir un document très important pour moi que j'aimerais vous montrer pour avoir votre opinion sur sa teneur... C'est bien : merci de faire diligence. Je vous attends.

Dès qu'il fut là, deux heures plus tard, elle le reçut dans sa chambre où elle lui présenta la lettre écrite par Jumièges :

— Lisez ! Je sais que cette missive est un peu longue mais je vous demande d'aller jusqu'au bout... C'est d'ailleurs à la fois la première et la dernière lettre que Roland m'ait jamais écrite ! Il était plutôt brouillé avec le genre épistolaire ! Par contre, je peux vous certifier que c'est bien son écriture et sa signature... Et pourquoi m'aurait-il écrit de son vivant puisque, tout en ayant chacun un domicile séparé, nous n'avons pratiquement pas cessé de nous voir pendant le temps qu'a duré notre liaison ! Les lettres auraient donc été inutiles. Quand vous aurez terminé cette lecture, vous me direz en toute franchise ce que vous en pensez... Il n'y a qu'à vous que j'estime pouvoir livrer la terrifiante révélation qu'elle contient. Ceci parce que j'ai besoin d'être conseillée par le seul véritable ami qui me reste. Et, estimant que je dois vous laisser vous concentrer pour analyser et pour digérer — si c'est possible ! — un pareil message, je vous laisse seul dans cette chambre. Ayant quelques ordres à donner aussi bien à Caroline qu'à Arsène, je ne serai pas de retour avant un quart d'heure : c'est vous dire que vous avez tout le temps avant de me donner votre opinion.

Elle quitta la chambre. Quand elle y revint, elle trouva devant elle un professeur Thiviers qui, ayant toujours la lettre en main, lui tournait le dos et contemplait par la fenêtre les frondaisons du jardin. Après quelques secondes de silence elle demanda doucement :

— Pensif ?

— N'importe qui à ma place le serait, chère amie ! Pensif mais peut-être moins surpris que vous ne pouviez le supposer par les termes de ce message d'adieu... N'est-ce pas ainsi qu'il faut accepter d'aussi étranges confidences ? Je considère également cet aveu comme étant une très émouvante preuve d'amour. Combien sont-ils les hommes capables de confier à leur amante qu'ils n'ont pas hésité à supprimer une rivale décidée à paralyser l'harmonie de leur bonheur ? Il faut adorer quelqu'un pour faire preuve d'une telle franchise !

— Depuis que j'ai reçu cette confession posthume, je n'ai pas cessé de la relire et de la tourner et retourner dans mes mains en me demandant s'il est encore possible à notre époque, de plus en plus veule, qu'un homme puisse tuer uniquement par amour pour atteindre enfin une félicité qu'il croit inaccessible s'il n'agit pas ainsi ?

— Croyez-moi : il y a encore beaucoup plus de crimes passionnels que vous ne le pensez... Et, ce qui est curieux, surtout chez les jeunes d'aujourd'hui qui se révèlent trop facilement désespérés !

— De caractère et de mentalité, Roland était encore resté très jeune...

— Vous aussi, sinon vous ne vous seriez pas lancée, tête baissée et sans même prendre le temps de réfléchir, dans une telle aventure !

— C'est un reproche ?

— Oh, non ! C'est plutôt une forme d'admiration... Ni vous, ni moi qui nous sommes pourtant rencontrés bien avant que vous ne fassiez la connaissance de Roland n'avons eu le courage d'en faire autant ! Nous avons préféré rester chacun dans notre petit coin d'égoïsme en nous retranchant derrière le sentiment sacro-saint de l'amitié...

— Mais, Alain, même si nous nous estimions, nous ne nous aimions pas !

— Qu'en savez-vous en ce qui me concerne ?

— Rien en effet... Seulement moi, si je vous ai toujours admiré à un degré sur lequel je n'ai jamais placé aucun autre homme, je n'ai jamais pu vous aimer avec ce besoin subit de possession qui ne s'encombre d'aucun principe de convenance ou de morale ! Je peux vous l'avouer : la femme de Roland m'a toujours été indifférente et n'a absolument pas compté pour moi ! Dans mes pensées, elle n'existait même pas ! Quand j'ai appris son décès, j'ai même été — sans le laisser trop apparaître devant mon amant qui partageait sans doute le même sentiment que moi — assez satisfaite de me dire qu'elle ne serait plus là entre nous ! La seule chose qui me gêne, maintenant que je sais après des années de quelle façon elle est morte, c'est de me dire que je suis en effet la veuve cachée d'un criminel que je continue à adorer et que j'aimerai jusqu'à mon dernier souffle ! Vous comprenez mieux pourquoi j'ai le plus grand besoin de me libérer d'une pareille obsession en la faisant partager à un ami tel que vous ?

— Je comprends. Même si l'amitié ne servait qu'à aider quelqu'un à se libérer d'un poids moral écrasant, elle serait déjà d'une très grande utilité... Que Roland ait tué sa femme, il n'y a aucun doute : lui-même l'avoue dans sa lettre mais il reste quand même un point qui me hante, moi aussi : sommes-nous bien certains que lui-même ait trouvé la mort dans un banal accident de la route ?

— Que voulez-vous dire ?

— Je me demande si ce n'est pas lui seul qui a choisi sa fin ? N'oublions jamais qu'il était avant tout un homme d'honneur : il vous l'a maintes fois prouvé... Et si, revenant de l'inhumation de son épouse légale, qu'il n'aimait certes pas, il avait été pris brusquement d'un terrible remords devant l'impunité de son entière responsabilité dans ce crime ? Oubliant alors toutes les promesses qu'il vous avait faites et obsédé par la monstruosité de son geste homicide à l'égard de celle qui portait son nom, s'il avait lancé de son plein gré sa voiture contre l'arbre de mort dont la présence au bord de la route lui a peut-être paru à cette seconde-là providentielle ?

— C'est impossible ! Il m'aimait trop pour m'abandonner à ma hideuse solitude !

— Peut-être a-t-il pris la décision brutale de tout sacrifier, y compris celle qu'il appelait « son bonheur permanent » c'est-à-dire vous, pour expier sa faute ? Vous n'avez pas idée comme il peut survenir, dans le subconscient d'un homme pas plus malhonnête qu'un autre, des revirements stupéfiants qui le conduisent insensiblement de la haine à l'oubli et de la vie à la mort ! S'il a accompli ce geste suicidaire, sa souffrance a dû être atroce pendant les quelques secondes qui l'ont précédé.

— Ce que vous me dites là est étrange... Pas un instant, étant sûre de notre amour, je n'ai pensé à un suicide de sa part et je n'y croirai jamais mais, par contre, j'en arrive à me demander — aussi insensé que cela puisse paraître à un homme aussi équilibré que vous — si ce ne serait pas la femme assassinée qui, de cet au-delà où elle se trouve maintenant, aurait fomenté l'accident pour se venger dès que sa tombe serait refermée. Ce qui est terrible pour moi c'est que ces deux êtres, qui avaient enfin décidé de se séparer par un divorce, se sont retrouvés dans la mort avant que la moindre procédure n'ait pu être entamée et c'est moi qui me suis retrouvée seule ! Quand on parle de la vengeance du Ciel, je crois que l'on n'a pas tout à fait tort...

— Qu'allez-vous faire de cette confession ? demanda-t-il en lui rendant la lettre.

— La brûler. Elle ne regarde personne d'autre que nous. Mais j'ai pris une décision : moi aussi je veux quitter cette terre à laquelle plus rien ne me rattache.

— Même votre sœur ?

— Surtout Hélène qui n'attend que le moment

d'hériter de moi pour venir vivre ici avec la même aisance dont elle a déjà fait preuve pour s'installer dans mon plus beau rôle de théâtre ! Elle ne sera complètement heureuse que le jour où elle ne courra plus le risque qu'on lui dise un jour où sa beauté triomphera : « Mais j'ai entendu murmurer que vous auriez une sœur jumelle dont le visage est affreux ? »

— Et ceux qui n'ont pas hésité à sacrifier leur cher monde du spectacle, qui était cependant toute leur vie, pour se mettre à votre service : Caroline et Arsène... Que deviendraient-ils ?

— Ils sont prévus, comme Hélène, sur mon testament... Il n'y a qu'une personne qui ne s'y trouvera jamais : vous !

— Pourquoi une telle faveur ?

— Je ne ferais pas à mon unique ami l'injure de lui laisser penser, après ma disparition, que je ne l'ai considéré, lui aussi, que comme étant un homme intéressé. Vous êtes bien d'accord avec moi sur ce point ?

— Entièrement ! C'est la raison pour laquelle je vous demande si le désir de voir notre amitié se prolonger le plus possible ne vous inciterait pas plutôt à vouloir continuer à vivre aussi longtemps qu'elle durera ? C'est très joli — et même romantique — de souhaiter vous évader de cette vallée de larmes mais il faut penser un peu à l'ami qui reste après votre départ. Qu'est-ce qu'il deviendra ?

— Il vivra dans le souvenir d'une longue affection et continuera à prodiguer les bienfaits de son savoir dont tant de pauvres gens ont le plus grand besoin ! Mais revenons à mon projet de départ rapide... Il y a déjà longtemps que je le mûris ! Pour être plus précise : exactement depuis le jour où Roland n'est plus revenu ici. Quand j'ai réalisé que ma vie sans lui n'aurait plus le moindre sens, je me suis questionnée : pourquoi resterais-je dans un monde où je suis contrainte de me cacher si je ne veux pas être l'objet de la pitié ou même de la risée de tout le monde ?

J'ignorais encore à ce moment-là que l'épouse de Roland était la responsable de ma déchéance physique et cette ignorance a duré pendant ces cinq années où je n'ai pas cessé de me poser la double question : qui et pourquoi ? Maintenant que je sais et qu'elle n'est plus, j'en arrive même à me demander si je lui en veux ? Je crois que je préférerais de beaucoup qu'elle vive encore et que mon amant soit toujours auprès de moi ! Sans sa présence je n'ai plus envie de rien, ayant conscience d'être devenue inutile. Je n'ai plus aucune famille à l'exception d'une Hélène qui — je vous l'ai dit — ne compte pas ! Tout l'argent dont j'ai hérité n'est bon aujourd'hui qu'à entretenir des serviteurs qui me permettent de végéter dans mon isolement et je me sens incapable de l'utiliser à bon escient pour créer une fondation destinée à venir en aide à une société qui s'est éperdument moquée de mon destin ! Sincèrement, Alain, je n'ai plus rien à faire sur cette terre... Alors ? Le mieux ne serait-il pas de disparaître pour de bon ?

— Si vous le vouliez vraiment, vous pourriez faire encore une foule de choses utiles... Donner par exemple des leçons de chant, comme l'ont fait et le font beaucoup de grands artistes qui ne peuvent plus paraître en public.

— Et avoir une foule d'élèves qui n'oseraient pas venir contempler ma laideur ou qui me traiteraient en cachette de vieille caricature alors que je ne suis encore que dans ma quarante-quatrième année ? Non ! La seule véritable difficulté pour partir discrètement est que je n'aurai jamais le courage de me suicider ! Je me connais, je ne suis qu'une lâche qui a continué, malgré tout ce qu'il lui arrivait, à vouloir s'accrocher désespérément à l'existence... Mais maintenant c'est fini ! Je n'ai même plus un pareil désir ! Seulement quelqu'un doit m'aider à franchir le grand pas qui me permettra d'atteindre l'autre rive... Après mûre réflexion, je me suis dit que ce nocher des temps modernes ne pouvait être que vous, Alain !

— Moi ?

— Vous qui, dans ce dernier geste secourable, saurez me donner la plus grande de toutes les preuves d'amitié... Je me souviens très bien que l'un de ces soirs où vous m'aviez invitée à souper à l'issue du spectacle où je chantais, comme vous le faisiez si souvent avant que Roland n'entre dans ma vie, vous m'avez clairement fait comprendre que vous n'étiez pas contre l'euthanasie et que vous estimiez qu'elle pouvait se légitimer pour quelqu'un qui, n'ayant plus personne ni plus rien au monde à qui ou à quoi se raccrocher, n'était plus qu'un sujet de compassion pour les autres... N'est-ce pas exactement mon cas ? Je vous en supplie, aidez-moi à mourir ! Et comme vous êtes un être qui n'est fait que de délicatesse et de sensibilité, je sais que vous saurez agir avec le plus de douceur possible... Guidée par vous je suis sûre que je me retrouverai brusquement de l'autre côté sans même m'être aperçue du passage... Vous voulez bien ?

— Ne déraisonnons pas, Elisabeth ! Chassez toutes ces pensées ! Peut-être viennent-elles actuellement du fait que vous avez du mal à supporter l'idée d'avoir été la compagne d'un homme qui a tué ?

— Nullement ! Jamais je ne cesserai d'adorer ce tendre criminel qui n'a agi que pour me venger ! Au contraire, si je veux mourir, c'est pour le rejoindre et le reprendre définitivement à cette horrible femme qui ne doit pas cesser de le harceler dans l'au-delà ! Ce n'est pas juste qu'elle soit encore auprès de lui alors que c'est moi seule qui ai le droit de vivre désormais l'éternité à ses côtés ! Ce ne sera que là où notre bonheur pourra être durable... Vous ne comprenez donc pas qu'il a encore plus besoin de moi là-bas ? Quand vous m'avez soignée avec tant de dévouement, c'était pour que je puisse rester auprès de lui... Aussi maintenant est-ce vous seul qui pouvez, grâce à une simple piqûre, me jeter dans ses bras pour toujours ! Je sais, grand ami, que ce que je vous demande de faire là est un sacrifice suprême mais comment pourriez-vous le regretter, vous le médecin, alors que vous savez mieux que personne que seules les grandes amours conduisent vers le Ciel ?

Et, comme il demeurait muet, elle reprit sur un ton étrangement calme présentant un contraste saisissant avec l'exaltation dont elle venait de faire preuve :

— J'attends votre réponse ?

La voix douce du chercheur répondit comme si elle provenait d'un personnage irréel qui se serait trouvé en état second :

— Si vous le voulez bien, nous parlerons de cela un peu plus tard...

Lorsqu'il revint la semaine suivante, elle eut la même supplique et il en fut ainsi de semaine en semaine, de mois en mois jusqu'au jour où elle lui dit avec une résolution déconcertante :

— C'est la dernière fois où je vous demande de m'aider... Voici ce que je vous propose : dans quelques jours, jeudi prochain, ce sera mon anniversaire. Mes quarante-quatre années seront révolues et comme je ne veux pas connaître la quarante-cinquième, je vous demande de venir passer avec moi ma dernière soirée... Ma mère m'a toujours dit que j'étais née à une heure du matin. Il faudra donc que vous soyez là à temps, muni de ce qu'il faut, pour que je puisse partir pour l'autre monde avant le douzième coup de minuit. Je sais aussi que vos travaux vous retiennent très tard... A quelle heure pourriez-vous être ici pour partager le petit souper d'anniversaire que je ferai préparer par Caroline ?

— Je pense pouvoir être là vers vingt-trois heures...

— Ce sera parfait pour nous laisser sabler le

champagne, déguster un peu de caviar que nous aimons l'un et l'autre, manger enfin une tranche du gâteau d'anniversaire... Nous serons seuls, vous et moi. J'aurai envoyé Caroline se coucher et je donnerai des ordres à Arsène pour qu'il vous ouvre la porte d'entrée et qu'il vous accompagne ensuite jusqu'au vestibule. Arrivé là vous connaissez le chemin depuis le temps que vous gravissez cet escalier ! Vous n'aurez qu'à monter : je vous attendrai ici dans ma chambre où sera dressé le souper. Dès que vous serez là, nous créerons une ambiance musicale grâce à cet électrophone qui ne bouge plus de cette pièce depuis que j'ai décidé de ne plus retourner dans le boudoir voisin ni dans le salon du rez-de-chaussée, lieux sacrés réservés au souvenir de Roland qui les chérissait... Naturellement, un soir pareil, je me ferai très belle, d'abord parce que ce sera mon dernier anniversaire et surtout en votre honneur ! Peut-être remettrai-je la robe de taffetas mauve qui plaisait tant à Roland et que je portais au finale du dernier acte de *La Chauve-Souris* ? J'aurai aussi mon masque de dentelle pour que vous puissiez avoir l'illusion que je n'ai rien perdu de cette splendeur insolente que vous aimiez tant chez moi quand vous m'avez demandé de créer votre opéra-comique. Si cela n'était pas également trop vous demander, savez-vous ce qui me ferait un immense plaisir ? Ce serait que vous veniez en habit... Ça vous va très bien, l'habit, alors que Roland était plutôt fait pour le smoking. Et je ne vous ai jamais revu dans ce genre de vêtement depuis la Grande Première de Gala du théâtre des Champs-Elysées.

— Première qui fut aussi une dernière ! Si je m'étais remis en habit un autre soir on aurait pu croire que je continuais à porter le deuil de ma pièce ratée ! Ecoutez, Elisabeth, je veux bien vous offrir ce petit plaisir en venant souper en habit le soir de votre anniversaire mais il ne me sera pas possible d'agir cliniquement comme vous le souhaitez... Etant donné que, malgré votre défiguration, vous êtes — que vous le vouliez ou non — encore en excellente santé, ma conscience professionnelle m'interdit de pratiquer ce que vous ne considérez que sous l'apparence d'une piqûre libératrice... Ce serait un nouveau crime, pire peut-être que celui de Roland parce que lui, au moins, a eu certaines circonstances atténuantes qui ont été le caractère odieux de son épouse et sa passion aveugle pour vous tandis que je n'aurais aucune excuse ! Certes, moi aussi j'ai été et je serai toujours amoureux de vous mais pas au point de vous tuer comme dans *Carmen* ! Nous ne sommes plus au théâtre mais face à la vie qu'il faut respecter parce qu'elle est le bien le plus précieux du monde.

— Vous savez à quel point je vous estime, Alain, mais, malgré cela, si vous refusez de me rendre le dernier service que je vous aurai demandé, ce ne sera pas la peine de venir souper avec moi ici jeudi prochain à vingt-trois heures. Je ne fêterai pas mes quarante-quatre ans et je trouverai bien quelque spécialiste, certainement moins compétent mais aussi moins rigoriste que vous, qui n'hésitera pas, devant la somme que je lui proposerai, à pratiquer l'exécution très discrète que je solliciterai.

— Ce serait de la démence !

— Démence ou pas, les choses se passeront ainsi parce que, depuis longtemps, je ne peux plus et ne veux plus vivre loin de Roland ! A vous, qui avez toujours prétendu m'aimer en jouant les soupirants transis, j'offre là une chance inespérée de prouver que vous ne m'avez pas menti depuis des années ! Et vous refuseriez ? Vous serez là jeudi soir ?

— Je ne sais pas.

— De toute façon, je patienterai jusqu'à ce jour-là pour vous laisser le temps de la réflexion. La seule chose que je vous demande encore, c'est de me téléphoner la veille de cette date limite pour me dire si, oui ou non, vous viendrez à mon aide le lendemain ?

— C'est promis... Mais, si je venais — ce dont je

doute fort ! — ce serait signe que je serais encore plus fou que celui qui a eu la chance de devenir votre amant.

Le mercredi en fin de matinée, Arsène vint annoncer à sa patronne que le professeur Thiviers venait de téléphoner qu'il serait là le lendemain, comme convenu, vers vingt-trois heures.

Il allait être vingt-trois heures. Elisabeth attendait dans son lit le moment fatidique où deux ou trois coups discrets seraient frappés à la porte. Elle était sereine, ayant eu le temps, grâce à la manipulation des chiffons qui se trouvaient encore répandus sur le lit, de revivre l'essentiel de son passé... La desserte du souper était là, placée à droite du lit et un disque, qu'elle avait spécialement choisi le matin même, attendait, déjà placé sur la plate-forme de l'électrophone, que quelqu'un — soit elle, soit son visiteur — appuie sur le bouton de contact pour qu'une ambiance musicale très douce puisse se répandre dans la chambre aux rideaux fermés. Discrète aussi, la lampe de chevet continuait à diluer son éclairage tamisé. Le masque vénitien enfin était à portée de main, pour être appliqué sur le visage dès que le visiteur frapperait.

La solitaire ne se posait plus de questions, sachant que si un homme de la trempe de Thiviers avait finalement choisi de venir, c'était parce qu'il était décidé à remplir l'étrange contrat d'amitié qui lui avait été proposé. Il n'y avait plus aucune inquiétude à avoir : le médecin saurait agir quand il estimerait que le moment décisif serait venu.

Des pas s'approchèrent de la porte. Après avoir caché prestement sa laideur sous le masque, Elisabeth cria, avant même que les coups eussent résonné :

— Entrez, Alain ! Je vous attends...

Il apparut en habit, tel qu'elle l'avait souhaité, portant une petite trousse qu'il déposa sur la commode avant de s'extasier en la contemplant :

— Jamais vous n'avez été plus resplendissante que ce soir !

— J'ai utilisé toutes mes réserves de coquetterie pour l'être avant mon dernier soupir ! Sincèrement je vous parais en forme ?

— Superbe !

— Et puisque vous revoilà en habit, n'est-il pas normal que vous fassiez le service ? Commencez par déboucher la bouteille... J'espère que vous aurez le doigté indispensable pour qu'en se libérant le bouchon fasse ce délicieux bruit d'explosion que j'aime plus que tout au monde... Un bruit de joie qui m'a toujours semblé administrer une bonne claque à la morosité ! Mais, comme il est bien que tout le monde fasse quelque chose un soir pareil, approchez davantage la table de mon lit pour qu'il me soit possible de beurrer les toasts sur lesquels nous n'aurons plus qu'à étaler le caviar... Cher caviar auquel on a mille fois raison de ne goûter que dans les grandes occasions sinon on finirait très vite par s'en dégoûter !

Dès que le bouchon eut sauté et que Thiviers eut rempli les deux premières coupes, elle s'exclama en levant son verre :

— Maintenant buvons comme cette *Traviata* dont j'ai le regret de n'avoir jamais interprété le rôle... Il faut croire que les directeurs devaient estimer que j'incarnais trop la bonne santé pour me transformer en *Dame aux Camélias* souffreteuse ! Maintenant ce serait tout autre chose si on me demandait de chanter les fameuses strophes ! Mais il faudrait pour cela que je retire ce masque, qui me convient si bien, pour étaler toute ma misère physique... Ce ne serait qu'à ce prix que l'hymne à boire deviendrait poignant comme l'exige l'opéra de Verdi ! Mais rassurez-vous, je ne chanterai pas ce soir : je me contenterai de boire avec vous... Buvons !

Ce qu'ils firent pendant quelques secondes silencieuses avant qu'elle ne reprenne :

— Oui, buvons d'abord à vous, Alain, qui avez eu le courage de venir pour éviter qu'une mission aussi délicate ne soit confiée à un inconnu... Buvons à la mémoire de Roland qui doit être déjà en train de m'attendre de l'autre côté en se disant : « Pour peu qu'elle continue à se goberger, elle va entrer ivre morte dans l'Eternité ! » Mon Roland ! Je ne vous l'ai pas encore dit : c'est lui qui m'a conseillé dans un songe de faire appel à vous pour que cette soirée se termine bien... Il avait tant d'admiration pour vous ! Buvons aussi au souvenir de tous ceux que j'ai connus et qui ont accepté, pour participer à ma représentation d'adieu à la vie, de défiler ce soir en rêve devant moi pendant ces heures où je vous ai attendu... Ils ont tous surgi de ces bouts de chiffons que vous voyez étalés sur mon couvre-lit : Adolphe, l'apprenti pharmacien qui m'a donné l'impression de cacher sa timidité derrière ce tissu de la robe bleu nuit que je portais le soir où j'ai fêté avec lui mes débuts dans *La Bohème* à l'Opéra-Comique... William, le beau lieutenant de vaisseau américain rencontré à Monte-Carlo qui raffolait de moi quand j'apparaissais dans ce kimono blanc de *Madame Butterfly*... Miguel Ornaga, le fringant matador qui n'hésitait pas à me serrer très fort contre lui, comme si je lui appartenais, pendant que je frissonnais sous un châle espagnol — dont il ne me reste que ces quelques franges — alors que je chantais *Carmen* dans les arènes de Nîmes... Je ne vous ai jamais parlé de tous ces amoureux de passage, Alain... Eh bien maintenant vous les connaîtrez ! Buvons aussi à ma sœur Hélène en formulant le vœu que le luxe qu'elle va connaître en héritant ne lui tourne pas la tête au point de lui faire croire qu'elle n'a plus du tout besoin de travailler pour perfectionner sa voix qui a pourtant encore de sérieux progrès à faire ! Buvons enfin à tous ceux qui m'ont jalousée quand j'ai eu la chance de rencontrer Roland alors que j'étais très belle ! Maintenant, cher ami, dites-moi ce que vous pensez de ce caviar ?

— Les grains sont gros et gris comme je les aime. Il n'y a qu'à les regarder pour voir qu'ils ont été choisis par une femme au goût raffiné.

— Pour que la fête soit complète, puisque vous êtes debout et que je n'ai aucune envie de m'arracher à la tiédeur de ce lit, soyez gentil de mettre en marche l'électrophone...

En un instant ce fut comme si Johann Strauss envahissait la chambre.

— La valse du deuxième acte de *La Chauve-Souris* ! s'exclama Thiviers.

— Eh oui... Celle qui m'a permis, alors que j'étais masquée comme ce soir, de faire ma plus belle conquête : celle de Roland... Et si j'ai chanté cette valse, c'est parce que c'est vous, mon grand ami, qui m'avez incitée un soir à abandonner momentanément les sombres drames de l'opéra-comique pour me réfugier dans l'opérette ! Ai-je bien fait ? Je me le suis souvent demandé pendant ces années de réflexion et de solitude que je viens de vivre et qui vont heureusement prendre fin... Mais plus je me suis posé la question et plus j'en suis arrivée à la conclusion que le rythme à trois temps de la valse est celui qui conviendra le mieux à ma fuite vers l'au-delà. Ces trois temps ne résumeront-ils pas les trois périodes essentielles de mon existence qui ont été l'émoi, la joie, le chagrin ? Aimeriez-vous que j'abandonne mon lit pour valser avec vous, cher grand professeur ? Après tout il ne nous est jamais arrivé de danser ensemble ! Ne serait-ce pas pour nous l'occasion unique de juxtaposer pour notre seul plaisir et dans le même tourbillon deux titres de valses célèbres, *La Première Valse* de Johann Strauss et *La Dernière Valse* d'Oscar Straus ?

— Je crains que cet essai ne se transforme en *Valse Triste* de Sibelius ! Mieux vaut pour nous rester raisonnables... Si nous goûtions à ce magnifique gâteau au chocolat ?

— A condition, Alain, que vous allumiez d'abord les quarante-quatre bougies que je soufflerai ensuite avant de découper la première tranche que je vous offrirai.

Quand toutes les flammes brillèrent il sembla que le cercle de feu vacillait sur le rythme de la valse, dispensée par l'électrophone, qui semblait ne plus jamais vouloir prendre fin. Pendant une durée de temps qui ne pouvait se mesurer parce que trop rare, les deux convives du souper irréel regardèrent le ballet fascinant des petites lumières qui clignotaient et — fut-ce un prodige ou un effet de fantasmagorie ? — insensiblement la chambre imprégnée d'une chaleur nouvelle parut plus gaie...

Rompant enfin le silence Elisabeth dit en souriant :

— Vous voyez, bon ami, ce soir ce ne sera pas nécessaire que vous fassiez mander quatre forts gaillards, comme dans votre livret du *Chercheur et la Mort* capables de soulever et de tourner sans cesse ce lit où je me trouve avec l'idée secrète d'empêcher « la dame à la cape couleur de muraille » de s'approcher du pied puisque ce n'est pas la mort qui va venir me prendre mais moi qui vais la chercher...

Et brusquement, prise d'une sorte de frénésie destructrice, elle souffla sur toutes les bougies le plus vite qu'elle le put... Quand la dernière s'éteignit, ce fut comme si la vie se retirait définitivement de la pièce redevenue sombre. N'était-ce pas le contraire de la fin de l'opéra-comique, imaginée par Thiviers, où la mort soufflait elle-même la bougie qu'avait échangée le jeune médecin de la belle histoire pour tenter de sauver la vie de celle qu'il aimait ?

Le silence revint aussi dans la chambre où l'électrophone s'était arrêté, peut-être commandé par un fluide venu de l'au-delà ? La valse de Johann Strauss cessa de tourbillonner.

Il ne restait plus pour seul éclairage que la lumière très diffuse de la lampe de chevet qui fut cependant suffisante pour permettre à Elisabeth de couper la tranche de gâteau qu'elle offrit à son invité, en disant :

— Même si vous n'avez pas plus faim que moi, vous devez au moins goûter au symbole matériel de mon anniversaire ! J'en fais autant avec cette deuxième tranche qui constitue mon viatique pour le grand voyage que je vais entreprendre...

Ils mangèrent en silence comme s'ils communiaient dans un même amour qu'ils savaient impossible entre eux parce qu'il y avait un Roland qui attendait... Quand ils eurent terminé elle murmura en s'allongeant et après s'être débarrassée du masque vénitien :

— Maintenant je crois que le moment est venu, monsieur le Professeur...

Sans rien répondre il ouvrit la sacoche noire qu'il avait apportée et d'où il sortit une seringue, déjà fixée à une ampoule contenant le liquide de mort, avant de s'approcher du lit où attendait l'amante désespérée... La piqûre faite, il prit le pouls puis se pencha sur le cœur silencieux de celle qui venait d'être enfin, grâce à un tout petit geste de son vieux confident, libérée de sa laideur et de sa solitude. La grande dame qu'était Elisabeth Neuray avait su mourir avec dignité.

Avec une infinie délicatesse l'homme en habit replaça le masque sur le visage, éteignit la lampe et quitta la chambre sans faire le moindre bruit, en emportant sa sacoche. Après avoir descendu lentement l'escalier, il longea le vestibule, atteignit le perron, traversa le jardin et passa devant la loge d'Arsène d'où ne filtrait aucune lumière. La grille franchie, il se retrouva sous la voûte de l'entrée de l'immeuble où il appuya d'un geste machinal sur le bouton électrique commandant l'ouverture de la porte donnant sur la rue. Celle-ci était silencieuse et déserte. Le seul bruit très léger qui s'y fit entendre fut celui du démarreur de la voiture qui s'éloigna rapidement pour s'enfoncer dans la nuit de la capitale.

Le lendemain, vers huit heures, Alain Thiviers ne fut guère surpris d'entendre résonner la sonnerie du téléphone.

— Allô ! dit-il très calme.

Une voix angoissée était sur la ligne.

— Monsieur le professeur Thiviers ? Ici c'est Caroline... Venez vite ! Ce matin, quand je suis entrée dans la chambre de Madame pour lui apporter son petit déjeuner et ouvrir les rideaux, je lui ai dit comme chaque jour : « Bonjour madame... La soirée d'anniversaire s'est-elle bien passée ? » Et, comme elle n'a pas répondu, je me suis approchée du lit. Madame ne respirait plus. Ses mains étaient glacées. C'est épouvantable ! Je crois que Madame est morte ! Venez vite, monsieur le Professeur ! Arsène est à côté de moi. Qu'est-ce qu'il faut faire ?

— Attendez que je sois là. J'arrive.

Son diagnostic fut simple :

— Crise cardiaque foudroyante pendant le sommeil...

— Mais cette nuit, quand vous êtes reparti après le souper, elle devait cependant être encore bien portante ?

— Très bien portante, Caroline.

— Quelle heure était-il ?

— Pas tout à fait minuit...

— Ni Arsène ni moi ne vous avons entendu repartir !

— Je fais toujours très attention de ne pas réveiller les gens comme vous qui, travaillant beaucoup, ont besoin d'un sommeil réparateur.

— Donc Madame était encore vivante ?

— Tout ce qu'il y a de plus vivante ! Elle a même exigé que je mette le contact de l'électrophone pour que la soirée puisse se passer en musique.

— Ça, je l'ai entendu de ma chambre... C'était même la valse du finale du 2ᵉ acte de *La Chauve-Souris*... Vous pensez si je l'ai reconnue ! Quand je patientais dans sa loge d'artiste au Châtelet, j'attendais toujours d'entendre cette valse dans le haut-parleur relié avec la scène pour descendre accueillir Madame et lui jeter sur les épaules le châle qui lui évitait de prendre froid dans les couloirs des coulisses qui sont glacés... Pauvre Madame ! Dire que c'est chez elle, dans son lit et après avoir soufflé les bougies de son gâteau d'anniversaire, qu'elle a contracté le grand froid !

— Il était excellent votre gâteau, Caroline...

— Madame m'avait dit que vous aimiez beaucoup le chocolat.

— Elle songeait toujours aux autres avant de penser à elle.

— Mais, demanda Arsène qui n'avait pas ouvert la bouche jusque-là, qu'est-ce que nous allons devenir, Caroline et moi ?

— Je suis persuadé que Mlle Neuray ne vous a pas oubliés sur son testament. Elle vous aimait tant tous les deux.

— Nous aussi, monsieur le Professeur !

— Je vais rédiger le certificat de décès indispensable qu'il faudra porter sans tarder au service de l'état civil de la mairie. C'est hélas une mort assez banale comme il y en a tellement... La seule consolation que nous puissions avoir c'est qu'Elisabeth Neuray n'aura pas eu le temps de souffrir... N'est-ce pas mieux de partir ainsi, même si cette rapidité est terrifiante pour ceux qui restent ? Si je peux vous donner un dernier conseil, ce serait de téléphoner immédiatement à sa sœur Hélène Bourdin qui est son unique parente restante et, de toute façon, son héritière légale si elle n'a pas mentionné d'autres dispositions particulières sur son testament. Peut-être ne vous êtes-vous pas rendu compte que Mlle Bourdin pouvait être très gentille ?

Et comme il n'y avait aucune réponse, il ajouta :
— Je suis sûr qu'elle saura très bien se conduire à votre égard.
— Ce n'est quand même pas Mme Elisabeth Neuray ! s'exclama Caroline.
— Ah ça non ! surenchérit Arsène.
— Ne soyez pas injustes tous les deux ! Mlle Neuray qui était l'indulgence même n'aurait pas aimé une pareille exclamation...
— Mais monsieur le Professeur, Arsène et moi nous avons pu la juger, cette Hélène, pendant les semaines où elle est venue répéter au Châtelet pour pouvoir remplacer sa sœur... C'est une personne qui ne pense qu'à son métier ! Le reste...
— Quel reste, Caroline ?
— Je ne sais pas, moi... Les amis...
— Les amis ne comptent pas dans la vie d'une artiste ! Je suis mieux placé que quiconque pour vous le dire, ayant eu le temps de le comprendre car je n'ai toujours été pour Elisabeth Neuray qu'un ami qu'elle estimait et rien d'autre. Vous-même avez appartenu pendant trop d'années au métier pour ne pas savoir qu'après tout c'est normal, sinon, selon l'expression consacrée lorsqu'un artiste disparaît, comment le spectacle pourrait-il continuer ?

Ils ne furent que quatre — Hélène, Caroline, Arsène et Thiviers — à accompagner la plus tendre des amantes jusqu'à sa dernière demeure située au cimetière de Bagneux à côté des tombes de ses parents, loin de Roland... N'ayant pas été épousée légalement, elle n'était pas digne de profiter de l'accueil du caveau de famille des Jumièges à Saint-Saturnin. La tombe à peine refermée, Hélène se hâta de se débarrasser de l'hôtel de tante Adélaïde ainsi que de tout ce qu'il contenait, y compris la *Bentley* des amours vagabondes. Elle avait trop peur que le fantôme de sa jumelle ne vînt hanter les lieux pour lui reprocher de ne pas encore chanter suffisamment bien alors qu'elle-même avait la conviction d'avoir atteint les sommets de son art... L'habilleuse Caroline et le machiniste Arsène retournèrent au Châtelet où ils retrouvèrent respectivement, elle le parfum poudré des loges d'artistes et lui la poussière soulevée sur la scène par la manœuvre de ses chers décors... Le professeur Thiviers enfin, suivant en cela les pronostics d'une Elisabeth, continua à prodiguer ses soins de toute dernière heure à ceux qui, n'en pouvant plus de supporter l'existence terrestre, préféraient rejoindre un monde meilleur.

TABLE

LA VALSE DES CHIFFONS 5

LA VALSE PASSIONNÉE 83

LA VALSE DES ADIEUX 231

Composition Interligne B-Liège
Achevé d'imprimer en Europe (France)
par Brodard et Taupin à la Flèche (Sarthe)
le 16 mars 1992. 1672F-5
Dépôt légal mars 1992. ISBN 2-277-23192-4

Éditions J'ai lu
27, rue Cassette, 75006 Paris
Diffusion France et étranger : Flammarion